Majgull Axelsson · Der gleiche Himmel

MAJGULL AXELSSON

# *Der gleiche Himmel*

Roman

Aus dem Schwedischen von
Christel Hildebrandt

C. BERTELSMANN

Die schwedische Originalausgabe erschien 1994
unter dem Titel »långt borta från Nifelheim«
bei Tidens förlag, Stockholm

Die vorliegende Übersetzung wurde vom
SVENSKA INSTITUTET, Stockholm, gefördert.
Der Verlag bedankt sich dafür!

Umwelthinweis:
Dieses Buch und der Schutzumschlag wurden auf
chlorfrei gebleichtem Papier gedruckt.
Die Einschrumpffolie (zum Schutz vor Verschmutzung)
ist aus umweltschonender und recyclingfähiger PE-Folie.

1. Auflage

Satz: Uhl + Massopust, Aalen
Druck und Bindung: GGP Media, Pößneck
Printed in Germany
ISBN 3-570-00812-6
www.bertelsmann-verlag.de

## DANK UND ENTSCHULDIGUNG

Als Kind ging ich oft an dem Bananenhaus in Nässjö vorbei. Es lockte mich und weckte meine Fantasie. Ich habe es nie vergessen können, obwohl es inzwischen fast dreißig Jahre her ist, dass ich aus der Stadt weggezogen bin.

Ich war nie in dem Haus – nicht einmal in seinem Garten –, und ich habe keine Ahnung, wer darin wohnt oder gewohnt hat. Das Haus, das hier beschrieben wird, hat nur die Fassade mit dem wirklichen Bananenhaus gemein. Ich bitte die Bewohner des Bananenhauses um Entschuldigung für diese gedankliche Okkupation.

Auch die übrigen Häuser in diesem Roman haben ihre Vorbilder. Die Menschen und Ereignisse dagegen sind ganz und gar erdacht, und jede Ähnlichkeit mit der Wirklichkeit ist reiner Zufall.

Ich möchte Salvador »Jerome« Cayulo danken, der bei dem Ausbruch des Pinatubo im Juni 1991 dabei war, dass er mir seine Erlebnisse geschildert hat, Åsa Kristensson, die mich mit ihrem scharfen Blick dazu brachte, das zu sehen, was ich selbst nicht gesehen habe, Christer Åhström, weil er mir so einiges über automatische Waffen beigebracht hat, und Ingrid Montanaro, weil sie mir eine Geschichte erzählt hat.

Dieses Buch widme ich Jan Axelsson.

Er weiß, warum.

*»Seltsames Volk lebt in Niflheim*
*schwermütige Männer und Frauen*
*pflegen die Sehnsucht, die sie verzehrt*
*den Glauben als Priester und Priesterinnen*
*...*
*Das ganze Jahr herrschen Winter und Frost*
*Schnee lässt die Vulkane erkalten*
*und mit dem Schild aus Frost und Eis*
*bedecken sie ihre Seelen.*
*...*
*Verbergen hinter Schlössern ihr kostbar Gut,*
*die Schlüssel dafür sind verschwunden –*
*Arme tragen einen Königsring*
*unter dem Alltagsmantel verborgen,*
*sitzen zusammen an einem Tisch und sehen*
*das Licht sich langsam verzehren*
*in immer fremderes und kälteres Lächeln,*
*nie werden versöhnt sie werden.*
*...*
*In eiskalter Erde werden sie begraben.*
*Schwer bedeckt der Schnee ihre Spuren.*
*Alle nicht gesagten Liebesworte*
*flüstert das Gras erst im Frühjahr,*
*wenn im Rauschen um die stillen Häuser*
*endlich ihre Sehnsucht ein Lied wird sein –*
*ein Lied über die begrabene Sehnsucht*
*des Volkes von Niflheim.«*

Oskar Levertin

Jeden Nachmittag kommt die Haushaltshilfe und löst mich ab. Für eine Stunde werde ich befreit.

Am Dienstag und am Donnerstag ist es Gunilla, meine alte Schulfreundin. Sie hängt ihre Steppjacke an Mamas Garderobe aus Messing und grüßt kurz, während sie den Schal in den Jackenärmel stopft. Sie achtet genau darauf, mich nicht anzugucken.

»Wie geht es ihr?«, fragt sie.

»Kaum verändert«, antworte ich.

»War der Doktor da?«

»Nein. Aber die Gemeindeschwester. Die Liegewunden sind schlimmer geworden.«

Gunilla schiebt die Ärmel ihres Baumwollpullovers hoch und kontrolliert, ob die Handschuhe auch in der Jackentasche liegen, sagt aber nichts weiter. Sie weiß, was ich will, ist aber unerbittlich. Ich muss fragen.

»Kann ich für eine Weile rausgehen?«

»Natürlich«, sagt sie. »Mach du nur deine *Promenade…*«

Anfangs war ich überrascht, dass sie so ironisch reagierte. Aber dann fiel es mir wieder ein: In Nässjö darf man keine eingebildeten Worte benutzen. Promenade ist ein eingebildetes Wort. Lunch ebenso. Inzwischen sage ich, dass ich eine Runde drehen will und dass ich mitten am Tag zu Mittag esse, aber sie verzeiht es mir trotzdem nicht.

Ich nehme einen von Mamas Pelzen, den braunen Nerz, denn ich habe keinen eigenen Mantel mehr, bleibe dann in der Tür stehen und sage: »Ich bin bald zurück…«

Sie lehnt sich an den Türpfosten zwischen Garderobe und Flur, die Arme vor der Brust verschränkt.

»Geh nur, ich weiß ja Bescheid.«

Ich schließe die Tür, fülle die Lunge mit Winterluft und mache mich auf den Weg den Gamlarpsvägen entlang, weg vom Bananenhaus und dem süßen Geruch nach Krankheit.

Dienstags und donnerstags gehe ich nie weit, nur bis zum Eksjöberg und zurück. Während dieser Zeit soll Gunilla arbeiten, aber es gibt nicht viel für sie zu tun. Ich habe bereits Staub gewischt und gesaugt, die Waschmaschine und die Geschirrspülmaschine gefüllt, habe die Badezimmer geputzt und das warme Essen, das richtige Essen, das sie Abendbrot nennt, vorbereitet.

Ich weiß nicht, was sie tut, während ich weg bin, aber ich kann es mir denken. Zuerst geht sie in das große Schlafzimmer, zieht die bereits straffen Laken noch einmal straff und lauscht Mamas schweren Atemzügen, dann wischt sie die bereits gewischten Möbel noch einmal ab, etwas halbherzig, nur um des Scheines willen. Und wenn sie im oberen Flur angekommen ist, bleibt sie eine Weile stehen, bevor sie tief Luft holt und beschließt, es noch einmal zu versuchen. Sie geht mit schnellen Schritten zu meinem Zimmer und fasst die Klinke an. Es ist abgeschlossen.

Deshalb ist sie so wütend. Weil ich abschließe und nicht erzählen will.

Ich habe Angst vor ihr und ihrer Wut. Obwohl ich mein Zimmer abschließe und nichts erzähle. Sie bleibt mit ihrer Enttäuschung dort stehen und kommt mit leeren Händen in den Pausenraum der Haushaltshilfenvermittlung, ohne Antwort auf die Frage, die ganz Nässjö hinter meinem Rücken flüstert. Was ist wirklich mit Butterfield Berglund passiert? Was?

Sie glauben, ich wüsste die Antwort, ich wüsste es, nur weil ich dabei war. Wie könnte ich Gunilla Karlsson erklären, dass es Menschen gibt, die nicht einmal ihrer eigenen Erinnerung trauen? Ich bin einer von ihnen. Das, was ich gesehen habe, und das, was ich nicht gesehen habe, ist beides gleich deutlich.

Nimmt man nur meine Erinnerung an Gunilla als Kind: ein sandfarbenes kleines Mädchen mit drahtigem Haar und vernarbter Oberlippe, das auf dem Schulhof steht und erzählt, wie sie mit ihrer besten Freundin heimlich die Haushälterin des

Rektors beobachtet hat. Ich weiß, von wem sie redet, ich sehe sie jeden Tag, wenn ich von der Schule komme. Sie tritt aus dem Reihenhaus, der Junggesellenwohnung des Schulleiters, im Mantel und mit einer Mädchenmütze, so einer, die mit einer Kordel unter dem Kinn gebunden wird. Der Knoten ist schwer aufzukriegen, das weiß ich, denn ich selbst habe vor einer Ewigkeit und zwei Jahren so eine Mütze gehabt – als ich in die Vorschule ging. Jetzt bin ich zu groß für das Modell. Die Haushälterin des Rektors ist auch zu groß, aber das weiß sie nicht. Sie weiß vielleicht nicht einmal, dass sie eine Mütze hat. Sie ist hier und doch nicht hier. Ihre Lippen bewegen sich, aber sie sagt nie etwas, sie schaut in eine weite Ferne und sieht nie jemanden an.

Während Gunilla erzählt, sehe ich alles deutlich vor mir: Die Frau steht in der hell erleuchteten Küche des Schulleiters und wäscht ab, während Gunilla und Marianne kichernd im Gebüsch hocken. Sie hat ihren Blick weit in die Dunkelheit gerichtet, redet mit sich selbst und summt. Plötzlich hebt sie die Hand und streichelt sich selbst die Wange. Ein kleiner Klecks Seifenschaum bleibt an ihrer Wange hängen, aber das bemerkt sie nicht, sie murmelt nur lächelnd weiter.

Ich habe es nie gesehen, aber ich sehe es. Ich sehe es, als Gunilla erzählt, und jetzt – dreiunddreißig Jahre später – sehe ich es noch genauso deutlich. Aber mich selbst kann ich nicht sehen, das rothaarige Mädchen in einem Mantel, aus dem sie fast herausgewachsen ist, das einen Schritt zurückgetreten sein muss, als Gunilla lachte, das dann aber doch feige mitlachte.

Daran erinnere ich mich ganz genau: dass mir Gunillas Geschichte Angst machte. Ich bekam Angst, weil ich begriff, was diese Frau tat. Sie träumte davon, geliebt zu werden. Und da ich es verstand, musste ich ja wohl genauso sein. Also musste ich mich unter Kontrolle halten, damit mein Inneres nicht nach außen hin sichtbar wurde. Wenn meine Aufmerksamkeit nachließ, würde ich wie sie werden, und die Blicke normaler Menschen und der Spott normaler Menschen würden mich verfolgen, wo ich auch ging.

Normale Menschen.

Als ich noch ein Kind war, meinte ich bereits alles über diese Gestalten zu wissen, die sich damit brüsteten, normale Menschen zu sein. Ich wusste, dass sie aus einem Guss waren; wenn man sie ankratzte, würden sie wie angeschnittene Marzipanschweinchen aussehen, grauweiß, kompakt, ohne jeden Platz für Zweifel. Ich wusste außerdem, dass sie grausam waren und dass ihre Grausamkeit eine Mangelkrankheit war. Sie litten an Fantasiemangel. Aber vor allem wusste ich, dass ich keine von ihnen war und dass ich immer Angst vor ihnen haben würde.

Viele Jahre lang glaubte ich, das wäre ein gutes Zeichen. Es würde bedeuten, dass ich ein guter Mensch war, zumindest besser als der Durchschnitt. Inzwischen weiß ich, wie es sich damit verhält, und bin nicht mehr stolz auf meine Angst. Ich habe sie einfach.

Die Geschichte von der Haushaltshilfe des Rektors kam mir als Erstes wieder in den Sinn, als ich der erwachsenen Gunilla im Bananenhaus begegnete. Sie war immer noch kompakt wie ein Marzipanschwein. Deshalb wurde ich ganz steif vor Schreck, als sie den Kopf schräg legte und lächelnd sagte, als wenn nichts wäre: »Du musst viel durchgemacht haben …«

Ich schwieg sehr lange und schaute weg, bis ich endlich antwortete: »Ja, das war schon so einiges …«

Und da klassifizierte sie mich als hochmütig. Eine, die nicht wie die anderen sein wollte, die sich zu fein dafür war. Frauen wie sie betrachten das Anvertrauen von Geheimnissen als Eintrittskarte zum weiblichen Geschlecht. Verrate uns deine Geheimnisse, dann wirst du eine von uns …

Ich habe viele Geheimnisse. Ich habe viel durchgemacht. Aber ich erzähle nichts und bitte nicht darum, in die Gemeinschaft aufgenommen zu werden.

Es gibt nur eine, die das Recht hat, alles zu erfahren, und die vielleicht verstehen würde. Marita. Aber sie ist fort, und ich weiß nicht, wohin sie gegangen ist. Gunilla weiß es vermutlich, denn sie weiß alles über die alten Klassenkameraden, aber ich will sie nicht fragen. Das wäre ein Zugeständnis, eine Niederlage in dem Kampf, den wir ausfechten. Das Schweigen ist meine einzige Waffe.

Außerdem möchte ich mehr Zeit haben. Ich werde Mama sterben und all das Alte begraben lassen, bevor ich mich entscheide. Vielleicht packe ich meine Koffer und verschwinde nach Canberra. Vielleicht bleibe ich hier und werde die einsame Frau aus dem Bananenhaus. Vielleicht mache ich Marita ausfindig und erzähle ihr alles. Wenn sie es überhaupt wissen will. Und wenn ich es überhaupt erzählen kann.

Es ist kühl draußen, kühl und so still. Das Einzige, was ich höre, sind meine eigenen Schritte auf dem Kies des Fußwegs. Meine Stimme und meine Art zu gehen waren immer meine beste Tarnung. Ich gehe schwer und entschlossen, als wüsste ich jederzeit, wohin ich will, und ich rede mit einem leicht rollenden Alt, sicher und selbstbewusst. Papas Stimme im Hals einer Frau.

Der Pelz ist warm und leicht. Die Häute von Männchen. Die besten Nerzpelze sind immer aus männlichen Fellen gemacht, erklärte Papa mir einmal kichernd. Die Weibchen sind zu schwer. Er wollte mir einen männlichen Pelz schenken, aber ich hielt ihn hin, es gelang mir, den Einkauf so lange hinauszuzögern, bis es plötzlich zu spät und er tot war. Auch gut. Zu der Zeit lebte ich in Delhi, und was hätte ich dort mit einem Nerz anfangen sollen?

Jetzt laufe ich in Mamas braunem Nerz herum, knöpfe ihn aber nie zu, ich wickle ihn um mich und halte ihn vorn zu. Es ist nicht nötig, ihn zuzuknöpfen, es ist zwar kühl, aber nicht kalt. Das ist ein Vulkanwinter, warm mit unanständig roten Sonnenuntergängen. Pinatubos Asche liegt wie ein Sonnenschleier in der Atmosphäre, knabbert an dem Stickstoff und hindert den Winter an seiner Blüte.

Ich gehe also zum Eksjöberg, um Mount Pinatubos Sonnenuntergang zu sehen. Das sind meine Berge, diese beiden, und es ist nur logisch, dass es eigentlich ein Berg ist. Pinatubo wurde ein Vulkan, und der Eksjöberg, der noch ein richtiger Berg war, als ich klein war, ist zu einem Hügel zusammengeschrumpft, zu einer kleinen Klippe in einem Wäldchen, eingeklemmt zwischen einer aufgegebenen Nähfabrik und ein paar Mietshäusern.

Ich stehe eine Weile auf dem Hügel und schaue gen Westen. Die Sonne ist dunkelrot, und der Himmel leuchtet in Farben, von denen ich nicht geglaubt hätte, dass es sie gibt: goldgrau und rosablau. Es weht ein bisschen, der Wind jagt die Wolken fort, auf die Wälder am Horizont zu.

Ich ziehe den Pelz enger um mich und sage halblaut die Namen derjenigen auf, die noch übrig sind: Butterfield und Nog-Nog, Ricky und Dolores. Das ist ein magischer Reim. Ein Schutzschild. Er hilft mir, die Gedanken beiseite zu schieben.

Als ich nach Hause gehe, ist es dunkel geworden. Im Licht der Straßenlaternen wächst mein Schatten lang und schmal, schrumpft dann zusammen und verschwindet, bevor er langsam wieder wächst.

Mama liegt im Sterben. Sie spricht nicht mehr.

Der Arzt ist großzügig mit Morphium, und die Gemeindeschwester hat mir gezeigt, wie man Spritzen setzt. Inzwischen zittere ich nicht mehr. Ich drehe ruhig Mutters Körper um, ziehe das Nachthemd hoch, sodass die Oberschenkel und Pobacken entblößt sind, und stelle fest, dass die Haut graubleich und großporig wie die einer Kröte ist. Ich reibe leicht mit einem angefeuchteten Wattebausch die Stelle ein, wo ich reinpieksen will, genau wie man es tun soll. Vorsichtig, ganz vorsichtig lasse ich dann die Nadel eindringen.

Sie will es nicht so haben. Sie will, dass ich schnell reinsteche und im gleichen Augenblick den Kolben bis zum Anschlag drücke. Sie glaubt, das würde weniger weh tun. Als ich ein Kind war, riss sie Pflaster so heftig von der Wunde, dass die Kruste mit abriss und es erneut anfing zu bluten.

Die Erinnerung macht mir ein schlechtes Gewissen. Schließlich bin ich ja nicht so vorsichtig, um mich zu rächen.

»Ich weiß«, sage ich, als sie sich mit den Augen beklagt. »Aber ich muss vorsichtig sein, damit ich dir nicht weh tue. Es ist gleich vorbei!«

Sie wimmert, ist aber zu schwach, um sich mir zu entwinden. Als ich die Spritze herausziehe und den Daumen auf die Einstichstelle drücke, seufzt sie tief und schließt die Augen.

Sie hat unbeschreibliche Schmerzen, sagt der Doktor. Er spricht es sehr, sehr deutlich aus: un-be-schreib-lich. Zehn Jahre lang hat er ihren Krebs bezähmen können, aber jetzt geht es nicht mehr. Es ist eine Frage von Tagen, höchstens von ein paar Wochen. Sie hat überall Metastasen, ihr gesamtes Knochengerüst ist davon bedeckt.

Als er das sagt, sehe ich Mamas Skelett vor mir. Es ist von großen roten Trauben bedeckt.

Im Ministerium ist man sehr verständnisvoll. Mir wird ein halbes Jahr unbezahlter Urlaub bewilligt, dennoch kann ich mit der Stelle in Canberra rechnen. Man hat sogar eine Vertretung dorthin geschickt. Das ist sehr ungewöhnlich und schmeichelt mir irgendwie.

Ulf ruft ein paar Tage nach meinem Entschluss aus New York an. Es ist das erste Mal, dass wir seit unserer Rückkehr aus Delhi miteinander sprechen; die Rechtsanwälte daheim in Schweden haben die Scheidung geregelt, und Sophies Ferienaufenthalte haben wir per Brief organisiert.

Er ist sehr freundlich. Diplomatenfreundlich.

»Hast du dich beurlauben lassen, Cecilia? Es ist doch nichts Schlimmes passiert, oder?«

Ich schneide vor dem Flurspiegel eine Grimasse.

»Woher weißt du, dass ich Urlaub genommen habe?«

»Ich habe es gehört. Jemand aus der Delegation hat gesagt, dass es in den Personalmitteilungen der Woche stand. Ist es wegen der Krankheit deiner Mutter?«

»Woher weißt du, dass Mama krank ist?«

»Ich habe gestern einen Brief von Sophie gekriegt. Sie war wohl bei ihr und hat sie besucht. Sie schrieb, dass es was Ernstes sei. Stimmt das? Gibt es etwas, das ich tun kann?«

»Ja. Nein.«

»Was meinst du?«

Endlich ein wenig echte Verwirrung, vielleicht sogar Angst. Er fürchtet, dass ich ihm eine Szene machen könnte. Ulf verabscheut Szenen.

»Ja, es ist was Ernstes. Und nein, du kannst nichts tun.«

»Pflegst du sie selbst? Sollte sie nicht besser ins Krankenhaus?«

»Sie will nicht ins Krankenhaus. Und der Arzt sagt, dass sie dort auch nicht mehr tun können.«

Ulf macht eine kurze Pause, bevor er vermintes Gelände betritt.

»Und wie geht es dir selbst? Ich habe gehört, dass du Schwierigkeiten auf den Philippinen hattest? Hast du dich inzwischen erholt?«

»Ja.«

»Was ist denn passiert? Sophie hat geschrieben, dass du mitten ins Vulkangebiet geraten bist. Stimmt das?«

»Ja.«

»Aber wie ist das denn möglich?«

»Es war dunkel. Wir haben uns verfahren. Und dann konnten wir nicht mehr zurück.«

»Und diese Person, die bei dir war, der Mann mit dem merkwürdigen Namen...«

»Butterfield Berglund.«

»Was ist mit ihm passiert?«

Ich habe mich an meine Lügen gewöhnt.

»Ich weiß es nicht. Sie haben ihn nicht gefunden...«

»Er kam aus Nässjö, nicht wahr? Ich erinnere mich, dass du mal von einer Familie Berglund erzählt hast...«

»Ja. Und ich erinnere mich, dass du nicht zugehört hast.«

Endlich ist es mir gelungen, mich verständlich auszudrücken. Er drischt noch ein paar hohle Abschiedsphrasen, und wir wissen beide, dass er mich nicht wieder anrufen wird.

Für lange Zeit nicht.

Die Journalisten rufen auch nicht mehr an, aber das Telefon ist dennoch nie ganz still. Mamas Freundinnen folgen ihrem Sterben mit Abstand, gleichzeitig mitleidig, triumphierend und erschrocken.

»Die arme Dagny«, sagen sie. »Sie ist doch noch gar nicht so alt, ich bin viel älter und vollkommen gesund. Hat sie starke Schmerzen?«

»Ja. Aber sie bekommt Morphium ...«

»Ach meine Liebe, ach meine Liebe... Dass das so enden muss. Kann sie Besuch empfangen?«

»Leider nicht«, sage ich. »Das schafft sie nicht mehr.«

Ich habe nichts gegen diese alten Frauen, aber ich will sie nicht hier haben.

Lars-Göran ruft jeden Abend um Punkt neun Uhr an, ganz gleich, ob er sich in Singapur oder in Örkelljunga befindet, in Stockholm oder in Göteborg.

»Wie geht es Mama heute?«, fragt er. »Irgendeine Besserung?«

Ich antworte ebenso militärisch: »Keine Verbesserung.«

»Bist du dir sicher, dass dieser Doktor Wie-immer-er-auch-heißt wirklich weiß, was er tut?«

»Alexandersson. Ja, er weiß, was er tut. Und Mama will auch nichts anderes.«

»Na gut. Ich rufe morgen wieder an. Und ich werde versuchen, am Samstag vorbeizuschauen.«

Ich antworte nicht. Ich habe nichts gegen meinen Bruder, aber ich will ihn nicht hier haben.

Sophies Anruf ist ganz anders.

»Hallo Mama. Wie geht es Oma, du, ich hatte eigentlich vor, das Wochenende zu euch zu fahren, aber jetzt hat Ebba Grönwall mich gefragt, ob ich nicht stattdessen lieber mit ihr nach Värmdö komme, was meinst du, geht das, oder bist du dann traurig ...«

So heißen ihre Freundinnen: Ebba und Siri, Gudrun und Elsa. Wie Mädchen aus einer Bierreklame. Wieder einmal hat die Oberschicht die Unterschicht überlistet. Als der Plebs anfing, seine

Töchter auf versilberte Namen wie Victoria und Angelica zu taufen, da machte sie genau das Gegenteil, suchte sich rostige, grobe Namen aus, in der sicheren Gewissheit, dass sie ein Jahrzehnt später strahlen würden. Und so war es auch. Selbstverständlich war es so.

Sophie ist ein halbglänzender Name. Genau die Mitte. Er passt überall.

Ich antworte ihr lachend: »Ach Kleines, fahr du ruhig nach Värmdö. Das kann ich gut verstehen. Oma kann sowieso nicht so viel Besuch vertragen.«

Ich liebe meine Tochter, aber ich will sie nicht hier haben.

Die sollen später kommen, alle zusammen, die Freundinnen meiner Mutter, mein Bruder und seine Familie, meine Tochter und meine eigenen Bekannten aus Stockholm, die ich als meine Freunde bezeichne. Aber nicht jetzt. Nicht während ich darauf warte, dass Marita anruft.

So ist es. Ich warte darauf, dass Marita anruft, aber zunächst ist es mir selbst nicht klar. Trotzdem schalte ich jedes Mal eilig den Herd aus, wenn ich das Telefon klingeln höre, und laufe so hastig auf den Flur, dass ich fast über die Türschwelle bei der Küche stolpere. Nach jedem Gespräch bin ich enttäuscht, weiß aber nicht, warum.

Eines Tages erblicke ich meine eigene Erwartung im Spiegel. Da wird es mir klar. Es leuchtet aus meinem Gesicht, als ich nach dem Hörer greife. Das ist sie! Diesmal muss es Marita sein!

Aber sie ist es nie.

Und das ist ja auch ganz logisch, rede ich mir selbst ein, warum sollte sie anrufen? Vermutlich interessieren weder Butterfield noch ich sie. Sie hat sich vor langer Zeit scheiden lassen, und sie hat seit mehr als zwanzig Jahren kein Wort mehr mit mir gewechselt. Wir haben uns nie eine Weihnachtskarte geschickt und nie einen Geburtstagsgruß.

Aber es müsste ihr doch einfallen! Dass wir am gleichen Tag

Geburtstag haben. Bald ist es so weit. Bald werden wir dreiundvierzig.

Wir waren gerade zwanzig geworden, als wir uns das letzte Mal sahen, und zu unser beider Entschuldigung kann genau das angeführt werden – dass wir noch so jung waren.

Es war zu Ostern, und ich war für ein paar Tage von Lund nach Hause gefahren. Nicht weil ich das wollte, oder weil jemand erwartete, dass ich käme, sondern weil mir klar war, dass man das eben tat. Alle anderen fuhren nach Hause, und ich machte es natürlich auch.

Am Vormittag des Ostersamstags überquerte ich den Södra Torget, zum tausendsten Mal auf dem Weg zu weiß Gott welchem Geschäft, um weiß Gott was zu kaufen. Eine junge Frau mit Kinderwagen kam langsam in der entgegengesetzten Richtung auf mich zu, eine, die noch nicht mitgekriegt hatte, dass schlampig toupiertes Haar, ein enges Kleid und hochhackige Schuhe mit schiefen Absätzen nicht nur unmodern, sondern geradezu verachtenswert waren. Ich warf ihr einen kurzen Blick zu und fühlte mich für eine Sekunde noch zufriedener mit meinem glänzenden Pagenkopf und meinem Minimantel aus echtem Kamelhaar.

»Cecilia«, sagte sie. »Doch, du bist es doch, oder?«

Ich erkannte ihre Stimme sofort wieder.

»Marita!«, rief ich und umarmte sie. Sie entwand sich mir sofort, war diese eingeübte Herzlichkeit nicht gewohnt, die man in Studentenkreisen praktizierte. Die Sozialschicht drei – wie wir es in vollem Ernst in der Soziologie nannten – umarmte sich nur auf Beerdigungen, und dann mit abgewandtem Gesicht.

Und hier war also Marita, eine leibhaftige Repräsentantin der Sozialschicht drei, oder vielleicht auch zweieinhalb, da sie zumindest die Mittlere Reife gemacht hatte. Sie hatte sich nicht verändert, immer noch der Streifen mit Sommersprossen über der stumpfen Nase und die großen grauen Augen. Aber die Wimpern sahen aus wie Fliegenbeine, lang, schwarz und steif von Wimperntusche.

Es war lange her, dass wir wirklich Freundinnen gewesen waren. Mindestens sechs Jahre. Da fing Marita auf dem Wirtschaftszweig der Realschule an, lernte Maschinenschreiben und Stenografie, während ich weiter den allgemeinbildenden Zweig besuchte und mich langsam an den Rang gewöhnte, der dem Mädchen aus dem Bananenhaus zustand, Gyllens Tochter. Ich wischte die dicke Schminke ab und wurde zu Partys in andere große Häuser eingeladen, richtige Einladungen mit Lagerfeuer und Tanz zum Grammofon. Marita machte weiter wie bisher: Sie stand mit weiß angemaltem Mund und schwarzen Augen auf dem Södra Torget, kaugummikauend und mit den anderen Halbstarken grölend, wenn die Mitglieder der Freien Christengemeinde aus dem Filadelfia herauskamen.

Ich konnte nicht ausmachen, ob das Kind im Wagen nun ein Junge oder ein Mädchen war, ein oder zwei Jahre alt. Kinder waren mir fremd und unwirklich. Nur mit Mühe konnte ich mir vorstellen, dass ich selbst einmal so wie sie gewesen war, und ich hegte große Zweifel, ob ich jemals selbst ein Kind haben würde. Dennoch beugte ich mich natürlich über den Wagen und hob einen Zipfel der Decke hoch.

»Ist das deins?«

Sie nickte lächelnd.

»Er heißt Peter.«

Ich traute mich nicht, die nächste Frage zu stellen, die auch Ende der Sechzigerjahre noch lebenswichtig war, aber Marita fuhr sich wie zufällig mit der linken Hand durch den Pony. Der Ring war sehr breit, er verdeckte fast das gesamte untere Drittel des Fingers. Sie blinzelte mit ihren schwarz angemalten Augen und sah aus, als könnte sie nur mühsam das Lachen zurückhalten.

Plötzlich waren wir wieder dreizehn, kichernde kleine Mädchen und beste Freundinnen.

»Bist du verheiratet? Mit wem denn?«

»Butterfield Berglund.«

»Was! Das ist nicht dein Ernst! Butterfield, äh, mein Gott, ich hätte nie gedacht, dass der sich einfangen lässt.«

Sie sah gleichzeitig zufrieden und peinlich berührt aus.

»Ich auch nicht, ehrlich gesagt. Aber Aron, sein Großvater, hat ihm die Pistole auf die Brust gesetzt, als ich schwanger war, tja, und dann haben wir geheiratet.«

Ich schob meinen Arm unter ihren. Als wir noch klein waren, gingen wir immer untergehakt, sie als Herr und ich als Dame.

»Komm. Wir gehen zu Thimons, Kaffee trinken, dann kannst du mir alles erzählen.«

Sie zögerte mit der Antwort.

»Ach weißt du. Da sind die Stufen so hoch. Da krieg ich den Wagen nicht mit rein.«

Ich hatte vergessen, das Nässjös Cafés streng nach Klassen getrennt waren. Das Thimons war für Leute wie mich, Mädchen mit glänzendem Haar und Jungs mit Pony und Pfeife. Das Parkhyddan war für solche wie Marita, Mädchen mit toupiertem Haar und schiefen Absätzen, Jungs mit Pomade im Haar und Öl unter den Fingernägeln.

»Dann ins Parkhyddan? Da sind ja keine Treppen.«

Sie zuckte mit den Schultern. Okay, wenn ich unbedingt wollte.

Das Café war mitten am Tag vollkommen leer. Ich bestellte Kaffee und Prinzessgebäck für uns, vergaß aber den Jungen im Wagen. Maritas Stimme war schrill, als sie der Kellnerin hinterher rief: »Noch einen Saft und ein Franzbrötchen, bitte. «

»Entschuldige. Ich dachte, er würde schlafen.«

»Das tut er auch. Aber er wird bald aufwachen.«

Wir saßen schweigend eine Weile da, aber dann, genau im gleichen Moment, beugten wir uns über den Tisch vor und sagten gleichzeitig: »Jetzt erzähl!«

Da war es wieder: das alte Zwillingsgefühl. Als wir klein waren, dachten wir uns oft aus, dass wir eigentlich Schwestern waren, zwei Mädchen, die am gleichen Tag von einer unbekannten, sterbenden Frau geboren wurden. Dann waren wir auf der Wöchnerinnenstation an zwei andere Frauen verschenkt worden, deren eigene Kinder tot waren. Ich fügte noch ein makabres Detail hinzu: Ich bestand darauf, dass diejenigen, die sich unsere

Mütter nannten, sich hätten entscheiden müssen. Entweder konnten sie uns nehmen, oder sie mussten ihre toten Kinder behalten, sie mit zu sich nach Hause nehmen und mit ihnen wie mit Puppen spielen. Ich wusste nicht viel vom Leben und nichts vom Tod.

»Du zuerst«, sagte Marita und zündete sich eine Zigarette an, eine lange schlanke Look, die sie genauso hielt wie damals, als wir anfingen, heimlich zu rauchen.

Ich war so stolz auf mein neues Leben, dass es mir peinlich war. Ich wollte ja nicht angeben. Deshalb erzählte ich schnell vom Studium, verschwieg aber die kleine Wohnung in dem Haus aus dem 18. Jahrhundert, die Gyllen mir gekauft hatte, und sagte kein Wort von dem gelben Käfer, den er mir zum Abitur geschenkt hatte.

»Soziologie«, sagte Marita und nahm einen tiefen Zug, jetzt etwas selbstsicherer und auf dem Weg, ihre alte Rolle als die Stärkere von uns wieder einzunehmen. »Und was wird man dann?«

»Nun ja«, antwortete ich. »Das kommt drauf an. Ich jedenfalls habe gedacht, dass ich noch Volkswirtschaft und Staatswissenschaften studieren will. Und dann das Examen machen. Und mich beim Außenministerium oder beim Entwicklungshilfeministerium bewerben.«

»Und dann?«

»Na ja, Diplomatin werden. Oder in der Entwicklungshilfe arbeiten.«

Sie schaute mich unschlüssig an.

»Diplomatin? So was wie ein Botschafter?«

Wieder war es mir peinlich, ich trank einen Schluck Kaffee und nickte.

»Und du? Arbeitest du?«

Erneute Inhalation.

»Na, wie sollte ich? Ich muss mich doch um Peter kümmern.«

»Und Butterfield, was macht der?«

Sie schaute zur Seite.

»Er ist eingebuchtet.«

»Im Gefängnis? Ich dachte, er wäre zur Ruhe gekommen...«

Sie drehte erneut den Kopf und schaute mich mit scharfem Blick an.

»Kennst du Butterfield?«

»Nein. Ich habe nur von ihm gehört. Das haben ja alle...«

Sie grinste und streifte die Asche ab. Plötzlich hatte ich den Eindruck, dass sie nur Theater spielte, dasaß und so tat, als ob: eine verbitterte, aber schöne Gangsterbraut mit einer Langweilerin als Freundin. Irritiert holte ich meine eigenen Zigaretten heraus, zündete mir eine an und legte demonstrativ mein glänzendes Markenfeuerzeug neben ihre Streichholzschachtel.

»Alle kennen Butterfield«, sagte ich. »Er ist ein Phänomen. Ich habe über ihn reden gehört, seit wir in die Sechste gekommen sind.«

Natürlich erinnerte ich mich an Butterfield Berglund, den König der Zentralschule. Es ging das Gerücht, dass er einen eigenen Sklaven hatte, einen kleinen Hänfling, der Butterfields großen Fäusten einmal zu oft ausgewichen war. Eines Tages zwang Butterfield ihn, mitten während des Unterrichts hinauszukriechen, um ihm Süßigkeiten zu kaufen. Der Lehrer merkte nichts, alle Lehrer, die Butterfield hatte, wurden nach einem halben Schuljahr ganz schrecklich kurzsichtig.

Das konnte ich nicht erzählen, aber Marita wartete.

»Nun ja«, sagte ich, plötzlich unsicher. »Es ist ja so einiges über seinen Einbruch geredet worden... Und dann hat er doch von Wallin, dem Künstler, malen gelernt. Er soll gut gewesen sein, aber nach allem, was ich gehört habe, hat es kein gutes Ende genommen...«

Das war eine sanfte Untertreibung. Die Wahrheit war, dass die halbe Stadt sich kaputt lachte, als Butterfields Taten ans Licht kamen. Jeden Abend stellte er sich vor Jeffersons Erlösungszelt, musterte das Publikum und suchte sich sein Opfer aus. Und jeden Abend kamen zwei oder drei Zungenredner nach Hause in ihr Haus oder ihre Wohnung, die von allem irdischen Gut befreit worden war. Butterfield Berglund glaubte nicht an himmlische Schätze, er sammelte sie lieber auf der Erde, genauer gesagt im Schuppen seines Großvaters. Dort fand die Polizei das Diebesgut, als der Sturm vorbei war und alles zu Ende.

»Ja, ja«, sagte Marita und drückte ihre Zigarette aus. »Und was hast du über Wallin gehört?«

Ich schaute ihr in die Augen.

»Dass Butterfield ihm ein Bild zerschnitten hat. Eine Altartafel. Und das, obwohl der Alte ihm das Malen beigebracht hat. Und übrigens habe ich es nicht *gehört*, es stand in der Zeitung ...«

Marita hatte aufgehört, Theater zu spielen. Jetzt war sie wütend.

»So, so. Das hast du also gehört! Dass Butterfield stiehlt und ein Messer hat. Das erwartet man ja auch von Zigeunern, nicht wahr, aber ich habe geglaubt, du wärst zu fein für solche billigen Vorurteile! Und du hast sicher nie gehört, was passiert ist, als er geboren wurde, oder? Wie seine Mutter bis nach Eksjö fahren musste, weil die alte Ståhl sich weigerte, einem Zigeunerbalg auf die Welt zu helfen! Und du hast bestimmt auch nicht gehört, dass eine ganze Bande aus Runneryd ihn grün und blau geschlagen hat, als er sechs Jahre alt war, nur weil sie glaubten, dass alle Zigeuner ein Messer haben, auch die kleinen. Oder dass alle alten Schachteln in Gamlarp ihren Kindern verboten haben, mit ihm zu spielen, nur weil er Berglund heißt. Und wenn du glaubst, dass das alles Vergangenheit wäre, dann kann ich dir sagen, dass es nicht so ist. Als wir eine Wohnung gesucht haben, nachdem wir geheiratet hatten, da gab es nicht eine einzige, die nicht plötzlich vermietet war, als ich sagte, dass wir Berglund heißen. Da waren sie plötzlich alle irgendwelchen Anderssons, Petterssons und Nilssons versprochen ...«

Ich senkte den Blick und rührte in meinem Kaffee.

»Wirklich? Habt ihr keine Wohnung gefunden?«

»Nein. Und Butterfield wusste es von Anfang an, er hat mir gesagt, dass ich aufhören soll, dass ich mich nicht erniedrigen soll, indem ich bettle. Also habe ich es aufgegeben.«

»Aber wo wohnt ihr dann?«

»Wir wohnen in Arons Haus. Das gehört ihm. Die Berglunds haben immer genug Geld gehabt... Das ist nicht das Problem.«

»Ich weiß. Ich habe das Foto von Aron im Expressen gesehen. Der letzte Pferdehändler. Mit einer Plastiktüte voller Geldscheine!«

Wieder lachte sie und lehnte sich zurück.

»Der Dummkopf. Hinterher hatte er das Finanzamt am Hals. Sie prozessieren immer noch. Aber er ist schon in Ordnung.«

»Dann sind sie also nett zu dir, die Berglunds?«

Sie schaute mir direkt in die Augen.

»Da gibt es nur noch Aron und mich im Augenblick. Und er ist nett. Jefferson ist weg. Und ich bin inzwischen ja auch eine Berglund. Wir halten zusammen. Aron bezahlt alles. Ich vermisse nichts, außer Butterfield, und der kommt ja bald wieder raus.«

»Weshalb ist er denn im Knast?«

Sie lachte und fiel wieder in die Rolle der stolzen Gangsterbraut.

»Kunstfälschung. Wallin hat ihm das Malen beigebracht. Er ist ziemlich tüchtig...«

Ich musste auch lachen.

»Aber nicht tüchtig genug, wie es scheint...«

Sie lachte und leckte den Teelöffel mit ihrer langen rosa Zunge ab.

Die Kuchengabel lag unbenutzt auf dem Tisch.

»Du«, sagte ich. »Nimm's mir nicht übel, aber da ist eine Sache, über die ich mich immer schon gewundert habe. Warum haben sie so merkwürdige Namen?«

Sie betrachtete sorgfältig den Löffel, ob nicht noch etwas Sahne dran wäre.

»Ach. Daran ist Aron schuld. Das war zu der Zeit, als sie als Indianer bezeichnet wurden, weißt du. Die Indianer von Gamlarps. Aron hatte die Idee, seinen Sohn auf den Namen eines amerikanischen Präsidenten zu taufen. Als eine Art Protest.

Und dann, als Jefferson einen Sohn bekam, da führte er die Tradition weiter. Und so wurde es Butterfield.«

»Gab es einen amerikanischen Präsidenten, der Butterfield hieß? Wann denn?«

Sie zuckte mit den Schultern.

»Das weiß ich nicht. Aber als sie Peter auf Theodore taufen wollten, da habe ich eingegriffen. Er soll einen normalen Namen haben, darauf habe ich bestanden. Und so kam es dann auch. Es wird ja keiner denken, dass Peter Berglund ein merkwürdiger Name ist, jedenfalls nicht außerhalb von Nässjö. Aber hier werden wir das wohl nie los.«

»Ihr könntet doch wegziehen. In anderen Orten ist Berglund ein ganz normaler Name.«

Sie schaute zweifelnd drein, als wäre ihr dieser Gedanke nie gekommen.

»Doch. Ja. Das könnten wir machen. Mal sehen, wie das mit Peter wird. Wenn er auch Zigeunerbalg genannt wird, dann ziehen wir weg.«

Ich schluckte und fasste allen Mut, näherte mich dem Thema, über das wir nie geredet hatten.

»Und die Mutter? Die Venus von Gottlösa? Warum wurde sie so genannt?«

Marita hatte es plötzlich eilig, sie wickelte das Franzbrötchen in eine Serviette und stopfte es in den Kinderwagen.

»Weiß ich nicht. Das war vor meiner Zeit. Ich muss jetzt gehen. Wohnen deine Eltern eigentlich immer noch im Bananenhaus?«

»Ja. Du kannst ja mal vorbeischauen. Mama würde sich freuen. – Und deine Eltern?«

»Wir haben keinen Kontakt mehr. Papa wollte nicht, dass ich einen Berglund heirate…«

Ich nickte und erinnerte mich, wie Marita wegen Dimitri eine Ohrfeige bekommen hatte. Ihr Papa hatte gehört, wie wir seinen Namen in der Küche geflüstert hatten, und das war genug gewesen: Seine Tochter sollte nicht hinter irgendwelchen verdammten Zigeunern her rennen. Er glaubte uns nicht, als wir ihm erklärten, dass Dimitri griechisch war und dass Marita noch nie ein Wort mit ihm gewechselt hatte. Wir hatten ihn nur von weitem gesehen, als unsere Klasse die Möbelfabrik besichtigte.

Ich erinnere mich an den Ausflug, und ich erinnere mich an Dimitri, Nässjös ersten Gastarbeiter. Er war sehr schön und sehr erwachsen gewesen. Wir sahen ihn nie wieder, hätten wir das, dann wären wir rot geworden und weggelaufen. Aber wir flüsterten oft seinen Namen, Marita öfter als ich.

Wir hatten den Park erreicht, die Luft war kühl und leicht zu atmen, der Himmel hoch und sehr blau. Es war Frühling. Marita stopfte die Decke um ihren Sohn fest, und dann standen wir uns schweigend einige Sekunden lang gegenüber, bevor wir uns schließlich die Hand gaben und uns wie erwachsene Menschen voneinander verabschiedeten.

Ich blieb noch eine Weile stehen und schaute ihr nach. Der Kinderwagen schien schwer zu sein, die Räder versanken in dem losen Kies. Ich dachte an ihre Absätze. Jetzt würden sie noch schiefer werden.

Ich bin die ganze Zeit beschäftigt, mache keine unnötigen Pausen. Mama muss gedreht und gewaschen werden, jeden Morgen bekommt sie ein sauberes Nachthemd und jede Stunde frische Windeln, im Haus muss Staub gewischt und gesaugt werden, alle acht Zimmer müssen gelüftet werden, und der Küchenfußboden sollte möglichst jeden zweiten Tag gewischt werden.

Ich stelle hohe Ansprüche ans Saubermachen, aber ich habe fast vergessen, wie man es macht. In Indien und auf den Philippinen haben weiße Frauen Personal. Jetzt genieße ich es, die Arbeit selbst zu tun, den Staubsauger die Treppe hoch zu schleppen und auf der Jagd nach vergessenen Haarbüscheln und diesem klebrigen Schmutz, den man nur in alten Badezimmern findet, hinter die Toilettenschüssel zu kriechen. Eines Tages habe ich sogar das Abflusssieb hochgenommen, es mit heißem Wasser abgebraust und dann mehr als eine Stunde damit zugebracht, den feuchten Dreck von dem Rost zu zupfen. Eine ganze Packung Ohrenstäbchen ist dabei draufgegangen, jedes einzeln in eine hygienische Hülle verpackt. Am nächsten Tag kaufte ich ein neues Paket und reinigte alle Schlüssellöcher.

Dennoch ist von Tag zu Tag weniger zu tun. Der Schmutz vermag nicht Schritt zu halten. Also versuche ich mich in der Küche zu beschäftigen, koche große Mengen Suppen und Pürees für Mama und komplizierte Eintöpfe und Gemüseaufläufe für mich. Aber bald ist die Kühltruhe voll, und ich stehe mit leeren Händen da, bevor ich auf die Idee komme, dass es an der Zeit ist, den Schrank aufzuräumen.

Dolores folgt mir, wenn ich arbeite, sie bleibt die ganze Zeit hinter meinem Rücken und greift mit ihren harten kleinen Fäusten nach meinen Jeans. Sie ist schnell. Wenn ich mich umdrehe, um sie zu packen, sie zu umarmen, sie zu schütteln oder sonst was mit ihr zu machen, ist sie immer schon fort. Ich sehe nur noch einen Schatten: schwarze Augen und einen vernarbten Schädel. Die Haare sind immer noch nicht nachgewachsen.

Die Hölle ist von Kindern bevölkert. Ich weiß es, ich war dort. Mehrere Male.

Die erste Erinnerung ist die an eine Papierfabrik in Indien. Eine Fabrik für Edelpapier. Ich bin nur durch einen Zufall dort gelandet, denn ich bin die Begleiterin des Botschafters und arbeite eigentlich nicht. Aber ich habe mich bereit erklärt, eine Rundreise mit einigen Frauen zu machen, während ihre Männer in Delhi verhandeln. Die meisten sind in der Holzbranche, deshalb sollen ihre Frauen eine Papierfabrik besichtigen.

Der Direktor und sein Sohn tragen westliche Anzüge, sie glänzen in der Sonne auf dem Hof silbergrau. Die beiden sprechen Englisch mit britischem Akzent.

Die Fabrik ist drinnen dunkelgrau, fast schwarz. Die Arbeiter sehen uns mit wachen Augen, aber verschlossenem Blick an, so, wie man Fremde in Indien ansieht. Es blubbert in großen Kesseln und zischt in rostigen Kochern. Der Gestank lässt plötzlich Übelkeit in mir aufsteigen. Ein Angestellter wird abkommandiert, um mich zur Toilette im Büro zu begleiten, aber ich schüttle den Kopf und mache mich frei. Wir kommen doch gerade von dort. Ich finde es schon.

Ich liege lange über dem Loch im Boden auf den Knien. Mein Magen dreht das Innere nach außen, immer und immer wieder. Das Geräusch verschlimmert meine Übelkeit noch; wenn ich mich selbst erbrechen höre, will ich dauernd weiter spucken. So ist es immer schon gewesen.

Nach zehn Minuten bin ich wieder hergestellt. Ich schminke mich vor den Spiegelkacheln an der Wand, kämme mich und trage ein wenig Parfüm auf, verlasse das Büro und bitte höflich um etwas zu trinken. Am liebsten Coca-Cola oder Wasser aus der Flasche bitte.

Der Hof ist leer, das Fabrikgebäude hat mehrere Eingänge, alle sehen gleich aus. Sie sind fleischrot und doppelt so hoch wie ich. Die Klinken sitzen fast in Augenhöhe. Ich fühle mich klein wie ein Kind, als ich die Tür öffne, die falsche Tür.

Der Raum ist groß wie ein Hangar und sehr dunkel. Die Wände sind mit einer Art Nicht-Farbe bedeckt, die an Grau erinnert. Vielleicht liegt das auch an der Dunkelheit. Es gibt nur wenige Fenster, und die befinden sich fast ganz unter dem Dach, in der Höhe des fünften Stocks, wenn es Stockwerke gegeben hätte.

Mitten in dem großen Raum liegt ein Berg von Lumpen, ganz hoch, höher als der Eksjöberg daheim. Ein Lumpenberg, umgeben von kleineren Hügeln.

Aber etwas bewegt sich.

Zuerst glaube ich, es wäre eine optische Täuschung. Dass es die vielen Farben sind, die mir einen Streich spielen. Ich kneife die Augen mehrmals zusammen, doch die Bewegung existiert weiter.

Es sind Kinder, kriechende Kinder. Kinder, die Lumpen sortieren.

Die Tür fällt hinter mir wieder zu, und sie hören den Knall. Die Bewegung hört auf, es wird vollkommen still. Sie sehen mich an, und ich sehe sie an. Ich zähle: Es sind vierundzwanzig, Jungen und Mädchen. Keines kann älter als zehn Jahre sein.

Achtundvierzig Augen schauen mich an; achtundvierzig Augen in vierundzwanzig Gesichtern. Ich denke, dass es der Hunger ist, der die Menschen grau macht.

Die Stille wird von einem kleinen Mädchen gebrochen. Ihr Haar ist verfilzt und grau vom Staub, es sieht aus wie ein Vogelnest. Sie eilt den Stoffberg hinunter und kommt mit ausgestreckter Hand auf mich zu. Sie hat eine offene Wunde im Gesicht. Die Augen sind entzündet. Ihre Kleidung ist zerlumpt. Sie ist schmutzig. Und sie hat zwei Milchzähne verloren.

Ich hole mein Portemonnaie heraus und gebe ihr eine Rupie. Fünfundzwanzig Öre. Die anderen werden zur Lawine, sie rollen den Berg hinunter, sie kriechen, krabbeln, hüpfen, springen mir mit ausgestreckten Händen entgegen. Aber keines sagt ein Wort, keines gibt ein Geräusch von sich. Sie sind still wie Ameisen.

Bald ist mein Portemonnaie leer, die Kinder bilden eine kleine Gruppe vor mir. Wir starren einander an, ich stehe vollkommen still, halte das Portemonnaie in der Hand, die Kinder verstecken Münzen und Zettel in ihren geballten Fäusten. Ein kleiner Junge bricht das Schweigen, er hustet dumpf, es hallt in seiner Brust wider. Die Stille reißt, bekommt scharfe Kanten. Gesprungenes Glas. Ein anderer Junge stopft sich das Geld in den Pullover und streckt die Hand nach mir aus, er will mein Haar anfassen. Ich weiche zurück, drücke mich gegen die Tür, und plötzlich bin ich wieder unter den schwedischen Damen. Sie umschwirren mich besorgt, und ich höre mich selbst mit klarer, fester Stimme sprechen.

»Keine Sorge, meine Lieben. Es war nur ein leichtes Unwohlsein, das ist schon vorbei…«

Ich erzähle niemals etwas von dem Lumpenraum, niemandem erzähle ich davon, aber meine Träume nehmen mich oft dorthin mit. Ich klettre auf den Berg, ich bin geschickt, ich komme hoch hinauf. Aber als ich fast oben an der Spitze bin, kommt die Lawine, ich verliere den Halt und falle, und über mich fallen Tonnen von Lumpen, und ich kann mich nicht befreien, ich finde nicht wieder aus dem Berg hinaus.

Dolores steht hinter mir, ich drehe mich um und greife nach ihr, fasse in die leere Luft.

Sie kommt nicht aus einer Papierfabrik in Indien. Sie kommt aus einer Textilfabrik auf den Philippinen.

In Mamas Kleiderkammer finde ich den Armutskasten. Dass es den noch gibt! Es ist ein brauner Karton, voll mit Dingen, von denen Mama mal meinte, sie müsste sie für die Zukunft aufbewahren. Falls sie wieder arm sein würde, wollte sie mit diesen Kerzenstummeln leuchten und sich mit diesen gestopften Handschuhen wärmen, diese unmodernen Kleider anziehen.

Sie hat fünf Pelze.

Gyllen verabscheute den Armutskasten und trat ihn jedes Mal quer durchs Schlafzimmer, wenn sie ihn herausholte.

»Warum bewahrst du diesen Mist auf? Warum?«

Mama hob Strümpfe und Kerzenstummel auf und legte sie wieder in den Karton.

»Schrei nicht so laut. Eines Tages bist du vielleicht dankbar, weil ich so klug war, das aufzubewahren. Nichts garantiert, dass das hier ewig so weitergeht ...«

»Dankbar? Du kannst mich mal! Und das muss ich von dir hören, wo du in Pelzen und mit Brillanten herumläufst, obwohl du dein ganzes Leben lang keinen Finger gerührt hast... und dann noch sauer wie 'ne Salzgurke, und das die ganze Zeit!«

»Dankbar, ja, genau das. Du wirst vielleicht noch dankbar dafür sein, dass ich die ganzen Jahre zu dir gehalten habe. Bilde dir doch nicht ein, dass sie, die andere, das tun wird. Diese Hure! An dem Tag, an dem die Firma den Bach runter geht, wirst du sehen, wie es um die Liebe steht. Glaub mir. Dann wirst du mich und den Kasten brauchen.«

»Ach, nun rede doch nicht wieder so dummes Zeug! Wie oft

soll ich dir noch sagen, dass das nur Altweibergeschwätz und alberne Fantasien sind, du dumme …«

Ich bin in der Kleiderkammer und sehe mich selbst im Obergeschoss stehen und zuhören, ein rothaariges Mädchen mit Pferdeschwanz. Es steht wie versteinert da und ballt die Fäuste so fest, dass die Knöchel weiß hervortreten.

Ich lege den Deckel auf den Armutskasten.

Ich habe viel zu tun: Kleider müssen gelüftet und gebürstet, Knöpfe angenäht und alte Schuhe mit neuen Schuhspannern versehen werden. Ich schreibe SCHUHSPANNER auf die Einkaufsliste, denn heute ist Mittwoch, und vielleicht kann ich einkaufen, wenn die Krankenpflegerin kommt.

Natürlich nur, wenn Mama nicht wach ist. Das kommt nicht oft vor, aber wenn es vorkommt, dann setze ich mich auf den Stuhl neben ihrem Bett, füttere sie mit aufgewärmter Suppe und versuche so zu tun, als würde nicht das meiste aus den Mundwinkeln wieder herauslaufen. Dann lese ich laut aus der letzten Nummer von Morgonbris, der sozialdemokratischen Frauenzeitschrift, vor, jeden Tag eine oder zwei Seiten, damit das Vergnügen für die ganze Woche reicht. Mehr schafft sie sowieso nicht, meistens schläft sie schon wieder, bevor ich fertig gelesen habe. Und wenn sie schläft, kann nichts sie wecken. Morphiumschlaf.

Ich selbst bleibe an ihrem Bett sitzen, plötzlich vollkommen passiv. Ich warte, dass das Telefon klingelt.

Eigentlich sollte ich müde sein, aber das Gegenteil ist der Fall, ich kann nicht schlafen. Vielleicht will ich auch nicht. Ich liege stundenlang wach, bezähme meine Gedanken und zwinge sie auf ungefährliche Pfade. Und hoffe, dass ich meine Träume lenken kann. Was ich nur selten schaffe.

Eines Nachts träume ich, dass es an der Tür klingelt, ich bin hoch erfreut und eile die große Hollywoodtreppe des Bananenhauses hinunter, während ich mir den Morgenrock überziehe. Das ist Marita!

Aber die Frau auf der Türschwelle ist jemand anders: Es ist die Venus von Gottlösa, die Wahnsinnige mit dem roten Haar. Sie hat dort, wo das rechte Auge sitzen sollte, ein Loch, und sie lächelt ein verkniffenes Lächeln, während sie sich langsam umdreht, so dass ich schließlich gezwungen bin, auch das Austrittsloch auf dem Hinterkopf zu sehen. Ihr Haar ist verklebt von Knochen, Blut und Gehirnmasse, und in ihrem Kopf sitzt Dolores. Sie hat ihren Blick starr in die Ferne gerichtet, sie sieht mich nicht, sie bewegt den Mund, gibt aber keinen Laut von sich.

Die Venus von Gottlösa dreht sich wieder langsam und zeigt mir erneut ihr Gesicht. Es ist das Grinsen eines Reptils. Sie legt einen Finger auf den Mund und mahnt mich zu schweigen. *»Psst!«*

Niemand, kein einziger Mensch, hört, wie ich schreie.

Pinatubo hatte sich verkleidet, tat, als wäre er ein Berg, und hatte nicht einmal einen Krater. Hinterher, im Flugzeug nach Bangkok, sah ich Fotos in einer Zeitschrift, Fotos, die nur wenige Tage vor dem großen Ausbruch gemacht worden waren. Der Pinatubo sah verlockend aus, feucht und fruchtbar, bedeckt von Palmen und wilden Bananenstauden. Er sah aus wie ein Fremdling in seiner eigenen Landschaft. Auf der Insel Luzon stehen die meisten Berge frischrasiert und verwüstet da.

Aber das Bild erzählte mehr: Ein schmales Rinnsal glühender Lava suchte sich seinen Weg durch das Grün. Ein paar weiße Rauchkringel schraubten sich graziös aus den Ritzen und schrieben ihren Text an den regenschweren Himmel.

Das erinnerte mich an einen kurzen Besuch in Pittsburgh vor vielen Jahren. Der gleiche Himmel, die gleiche Glut, der gleiche Rauch. Die Schmiede der Natur ähnelt der der Menschen.

Aetas, das alte Volk, das an den Hängen des Pinatubo lebte und ihn wie einen Gott verehrte, war bereits geflohen, als das Foto gemacht wurde. So stand es in der Zeitung. Obwohl sie nicht wollten. Lange Zeit fürchteten sie die Verachtung der Leute aus dem Flachland mehr als den Atem des Vulkans, denn die normalen Philippinos verachten die dunklen Wilden vom Berg. Aber als der Schwefelgestank einen kleinen Jungen erstickte, wurde ihnen klar, dass sie weichen mussten. Nur wenige blieben, um Gott und dem Feuer zu begegnen.

Die nächste Seite war voller Fotos vom Ausbruch. Ruinen, Finsternis und Asche, fliegende Steine und fliehende Menschen …

Ich schlug die Zeitschrift wieder zu und stopfte sie in die Sitzlehnentasche vor mir, klingelte nach der Stewardess und bestellte ein Glas Wein. Bitte schnell!

Und wenn sie jetzt anrufen würde, was sollte ich dann sagen? Wo sollte ich anfangen?

Mit dem Land: ein Märchenland, weit entfernt, mit goldfarbenen Menschen und grauem Hunger? Ein Paradies von Inseln, wo es alles fast umsonst gibt und wo jeder Mensch aus den westlichen Ländern reich ist. Und so kommen sie auch an. Eine Welle nach der anderen überschwemmt die Inseln: Importeure und Drogenhändler, Geschäftsleute und Touristen. Die meisten sind Hurenkunden, jeden Tag landen Hunderte von Männern aus der reichen Welt hier, Männer, die zu faul sind, zu zynisch oder zu schüchtern, um sich ins richtige Leben zu wagen, Männer, die lieber das kaufen, was andere so bekommen. Und wenn die Welle zurückrollt, nimmt sie das wichtigste Exportgut des Landes mit sich: Menschen. Dienstboten und Krankenschwestern, Fabrikarbeiter und Huren werden über die ganze Welt verteilt, in die Paläste der Araber und die Fabriken in China, in deutsche Bordelle und in die Wohnungen und Villen der schwedischen Upperclass.

Oder soll ich mit der Stadt anfangen? Eine amerikanische Militärbasis und zwanzigtausend Huren. Ein Ort mit hunderttausend Menschen und nur einer einzigen Industrie: der R&R Industrie, *The Rest & Recreation Industry.* In dieser Industrie sind Frauen und Kinder die Maschinen, *little brown fucking machines*, wie die Soldaten sagen, und ihre Männer und Väter sind Dienstboten, Arbeiter und Maschinenwarte. Eine ruhige Stadt tagsüber, fast friedlich, ein brodelnder Kessel in der Nacht. Ein Kessel, in dem alles geschehen kann, wenn ein Mann oder eine Frau, ein Kind oder ein Erwachsener sein eigenes Spiegelbild und seine eigene Erniedrigung erblickt.

Oder soll ich mit Butterfield selbst anfangen, damit, wie ich ihn antraf? Der Ausländer, der an der falschen Stelle lachte und dafür bezahlen musste.

Aber ich habe den Überfall ja nicht miterlebt. Es muss mitten am Tag passiert sein, und ich selbst kam erst spät abends nach Olongapo, fast um Mitternacht.

Die Hotellobby war voll von amerikanischen Offizieren, aber das überraschte mich nicht. Es gibt immer viele Amerikaner in Olongapo. Ich drängte mich mit meinem Schlüssel und einem Kofferträger an ihnen vorbei und verstand nicht, dass sie eigentlich Flüchtlinge waren.

Es war das beste Hotel der Stadt, das einzige, das weit vom Vergnügungsviertel entfernt lag, und das einzige, das keine Zimmer stundenweise vermietete. Dennoch sah mein Zimmer wie ein Operationssaal aus, mit geschlossenen Fensterluken, hellgrünen Betonwänden und einer nackten Glühbirne an der Decke.

Sobald der Kofferträger gegangen war, trat ich vor den Spiegel und betrachtete mein Gesicht. Es war blassrot und glänzte vom Schweiß, mit großen Poren und Linien unter den müden Augen. Das Gesicht einer abgekämpften Achtunddreißigjährigen. Aber das war gar nicht so schlecht – schließlich war ich zweiundvierzig. Frisch geschieden von Mann und Kind. Der Mann war zu einer UN-Karriere und einer neuen Ehefrau nach New York aufgebrochen. Das Kind war auf ein schwedisches Internat geschickt worden.

Ich war müde und verschwitzt, meinte einen leicht sauren, von meinem eigenen Unterleib ausgehenden Geruch wahrnehmen zu können. Der Ekel der Regenzeit. Nach acht Jahren in Indien und sechs Monaten auf den Philippinen hatte ich mich immer noch nicht daran gewöhnt. Ich wünschte mir einen Reißverschluss am Bauch, damit ich aus mir selbst herausklettern und meinen eigenen Körper loswerden könnte.

Es gab keine Klimaanlage, nur einen Ventilator an der Decke, aber der schaffte es kaum, sich zu drehen, so zäh und schwer war die Luft. Die Badezimmertür war angelehnt. Ich schob die Hand hinein und machte das Licht an, dann schloss ich schnell die Tür und zählte bis hundert, damit die Eidechsen und Kakerlaken es schaffen konnten, sich zu verstecken.

Das Badezimmer war besser, als ich erwartet hatte, mit weißen Kacheln an den Wänden und kühlem Wasser in der Dusche. Es war nicht einmal vom Rost gefärbt. Ich wusch mich mit dem

Schwamm, lange und genussvoll, schrubbte Finger und Füße mit der Bürste und schamponierte mein Haar immer und immer wieder. Fünf Tage war ich mit Schweden durch den nördlichen Teil der Insel Luzon gereist, und fünf Tage lang hatte ich mich genau danach gesehnt: duschen zu können, ohne mit dem Wasser sparen zu müssen.

Ich hörte gleich das erste Läuten, aber das Telefon klingelte noch viermal, bevor ich das Shampoo aus dem Haar gespült und mich in ein Badelaken gehüllt hatte. Dennoch war Bengt ruhig und freundlich wie immer. War das nur seine gute Erziehung? Oder war es dieses Blitzen in seinen Augen? Hoffte er immer noch, dass er es eines Tages wagen würde, mich auf das Botschaftssofa zu werfen und die Exfrau des erfolgreichen Ulf Lind zu der seinen zu machen? Wenn dem so war, dann war er jedenfalls nicht der einzige. Ich habe diese Art von Anziehung bei vielen Männern erlebt. Die blähten die Nasenflügel vor Neid auf Ulfs Karriere und sahen mich an, als meinten sie, er hätte seine Erfolge aus meinem Schoß gepflückt, wie Zuchtperlen aus einer Austernmuschel.

Ich ermunterte sie schamlos.

»Das hat ja gedauert! Du bist doch in Ordnung, Cecilia, oder?«

»Aber natürlich. Ich stand nur unter der Dusche. Ich bin gerade erst angekommen. Warum rufst du so spät an, ist etwas passiert?«

»Und das fragst du, die du doch mitten im Dreck steckst! Die Amerikaner haben die Clark-Basis evakuiert, hast du nichts davon gehört? Sie haben vorgestern vierzehntausend Mann von Angeles nach Olongapo verlegt und heute noch mal fünfzehnhundert ...«

»Aber wieso denn? Was ist passiert?«

»Der Pinatubo, der Vulkan. Er hat angefangen Asche zu spucken, und sie erwarten, dass er jeden Moment ausbricht ...«

Ich setzte mich aufs Bett und ließ das Badelaken herabgleiten.

»Was sagst du? Aber Olongapo ist doch wohl sicher?«

»Aber natürlich, keine Gefahr, meine Liebe. Sie haben in einem

Radius von zwanzig Kilometern evakuiert, du bist also glücklicherweise auf der sicheren Seite. Deshalb rufe ich auch gar nicht an. Es geht um diesen schwedischen Häftling in Olongapo, weißt du, den Falschmünzer …«

Aber ich wusste es nicht. Ich hatte seinen Namen seit mehr als zwanzig Jahren nicht gehört.

»Halleluja!«

Er ließ es wie einen Orgasmus klingen. Zwei kurze Stöße und eine Explosion: Hal-le-luja. Und dann ein schweres Ausatmen mit geschlossenen Augen, gefolgt von fünf Sekunden Schweigen.

Er trug einen weißen Anzug mit glänzendem Revers und hatte eine silberfarbene Brille auf, die die ganze Zeit herunterzurutschen drohte, aber im letzten Moment von einem kleinen aristokratischen Schwung der schmalen Nase noch gebremst wurde. Jefferson Berglunds Schöpfer hatte dafür gesorgt, dass er die Hände frei hatte, dass er sie zum Gebet falten und gen Himmel strecken konnte, ohne sich darum kümmern zu müssen, dass die Brille an ihrem Platz blieb.

»Gott ist gut«, sagte Jefferson Berglund. »Ja, halleluja, Gott ist gut. Alabasam, a la, niffor, alabasam! – Liebet Jesus! Hal-le-luja!«

In jenem Sommer, unserem letzten gemeinsamen Sommer, zogen wir jeden Samstagabend unsere Konfirmationskleider an. Wir liefen ziellos in der Stadt herum, zum Ingsbergpark und zum Södra Torget, die Storgatan hinauf und die Långgatan hinunter, auf der Suche nach Abenteuern, die sich nie ereigneten. Die Stadt war vollkommen still. Manchmal hörten wir weit entfernt das Geräusch eines Mopeds, dann streckten wir den Rücken und begannen zu hoffen, um nur wenige Sekunden später wieder zusammenzusinken. Die Halbstarken mit den Mützen. Die Stadt war voll von den Mopedfahrern mit ihren Mützen. Aber die Jungs waren fort. Die Jungs mit Pomade im Haar fuhren auf ihren Motorrädern ihrer Wege nach Huskvarna und Eskjö, sobald die Wärme kam. Und wir waren noch zu jung, um uns dranzuhängen. Niemand fragte uns. Ehrlich gesagt kannten wir nicht einen einzigen Rocker. Wir hatten nur von ihnen gehört, wussten, wie sie hießen, und machten sie in unseren Träumen zu Helden.

Unsere hochhackigen Schuhe klapperten auf dem Bürgersteig. Unsere Kleider wippten. Unsere Sehnsucht brannte. Nichts passierte. Die Stadt und der Sommer standen still.

Aber als Jefferson Berglund sein weißes Zelt neben der Sporthalle aufschlug und eine elektrifizierte Version von »Pärleporten« in die Stille hinein erklingen ließ, da wurde alles anders.

Die Abendzeitungen entdeckten ihn schnell. Reporter und Fotografen wurden aus Jönköping hergeschickt. Erweckung im finstersten Småland. Ein Prediger mit Rockmusik! Die Typen der Butafago Band, die Fußballmannschaft, die Nässjös erste Rockband wurde, lachten in die Kameras und hofften entdeckt zu werden. Vergebens. Neben Jefferson Berglund verblassten sie und wurden zu Schatten. Er vollbrachte schließlich Wunder: Er legte seine Hand auf einen diabeteskranken Jungen und überzeugte dessen Mama, das Insulin wegzuwerfen. Zwei Wochen später war der Junge immer noch am Leben. Aber das größte Wunder begriff die Boulevardpresse nie: dass es ein Berglund war, ein Zigeuner und Dieb, der mit der Bibel in der Hand dastand und ehrenwerten Bürgern den Dämon austrieb. Und das in einer Stadt mit sieben Kirchen in einer Straße und weiteren fünf in den anderen Straßen. Trotz dieses Überflusses strömten die gläubigen Nässjö-Bewohner zu ihrem Zigeuner, beugten die Knie und begannen mit Zungenreden.

»Ach ihr Versteinerten!«, rief Jefferson Berglund in seinem Zelt. »Gott will keine Nähkreise und keine lauwarme Selbstzufriedenheit! Gott will Erweckung! Gott will uns alle im süßen Blut des Lammes reinigen, affelogo, hareut, affelogo! Hal-leluja! Ja, ja, komm, komm zum Herrn!«

Ein einziges Mal gingen wir dorthin, Marita und ich, an einem Samstagabend im Juni, als der Södra Torget leer und nicht eine einzige Halbstarkenmaschine zu sehen war. Marita trug an diesem Abend vier Unterröcke, ich selbst sieben. Der unterste war aus steifem Pariser Tüll und ganz neu. Ich bekam Streifen an den Oberschenkeln und wurde ganz wund, wenn ich versuchte, mich hinzusetzen.

Wir stellten uns genau in die Zeltöffnung, zwischen die anderen Teenager, nickten ein paar alten Klassenkameraden aus der Volksschule zu und hoben höhnisch die Augenbrauen, um zu zeigen, dass wir nur hier waren, um uns zu amüsieren. Aber das hätten sie sicher auch so verstanden. Schon von weitem war zu sehen, dass wir nicht religiös waren: Wir trugen Lippenstift und hatten die Haare toupiert. Die andere Sorte von Mädchen trug Baumwollhüte und weiße Handschuhe. Die durften nicht ins Kino gehen. Die waren nicht ganz gescheit. Und Jefferson Berglund war auch nicht ganz gescheit, er erst recht nicht.

Er hatte die Arme wie ein Gekreuzigter ausgebreitet, die Bibel in der einen Hand, das Mikrofon in der anderen, und legte den Kopf nach hinten. Die Augen waren fast geschlossen, der Mund stand halb offen, seine Lippen waren feucht.

»Hal-le-luja! Kommt, kommt zu Jesus!«

Eine Sekunde lang konnte ich mich selbst sehen, wie ich das Unerhörte tat: den Kiesweg in der Mitte nach vorn gehen, die drei Treppenstufen zur Bühne hoch und vor ihm auf die Knie fallen. Ich sah mich seine Taille umarmen und meinen Kopf gegen seinen Bauch legen, den Bauch eines erwachsenen Mannes. Er würde seine große Hand auf meinen Rücken legen und mich an sich drücken, beschützend und begehrend …

Ich griff nach Maritas Arm und flüsterte: »Komm, wir gehen.«

»Nein«, widersprach Marita. »Das ist doch spannend …«

Es war Bewegung in die Versammlung gekommen, zunächst flüsternd und murmelnd, nach einer Weile lauter rufend. Menschen fielen auf dem Kies auf die Knie, streckten die Hände gen Himmel, weinten und jammerten. Die Butafago Band setzte ein mit »Dort hoch droben«, und Jefferson Berglund zog ein Taschentuch aus seiner Hosentasche, wischte sich schnell die Stirn ab und kam von der Bühne heruntergeglitten. Die Ekstase setzte ein: Eine junge Frau wurde wie von einer unsichtbaren Kraft nach hinten geworfen, von Jefferson aufgefangen und getröstet. Hinter ihnen erhob sich ein Mann in grauem Anzug und rief, dass er geheilt sei.

Da waren die Geräusche das erste Mal zu hören, die Geräusche von Motorrädern, die heranfuhren und vor dem Zelt stehen blieben. Eine halbe Minute lang brummten sie im Leerlauf. Marita machte sich von meiner Hand frei und schaute durch die Zeltöffnung hinaus. Ihr Gesicht strahlte, als sie mich wieder ansah. Die Gefährlichsten, die Größten waren gekommen.

»Das sind Leffe und der Komet. Und noch ein paar …«

Im gleichen Augenblick steigerte sich der Lärm zu einem Getöse. Die Motoren brummten voller Verachtung, und die Maschinen begannen um das Zelt herumzufahren, eine Runde nach der anderen.

Die Jungs in der Band wurden ganz blass vor Verwirrung. Wir sind doch gar nicht religiös, das da draußen müssen unsere Kumpel sein, verdammt, was machen wir? Die Musik wurde zaghaft und schräg, zuerst verstummten die Gitarren, dann der Bass und schließlich das Schlagzeug. Auch die Versammlung verstummte: Hände, die gestreckt gewesen waren, sanken herab, Kleider wurden glatt gestrichen, und gebeugte Rücken richteten sich auf.

Jefferson Berglund stand vollkommen still da, immer noch die Hände zum Segen ausgebreitet. Ein sekundenlanges Zögern huschte über sein Gesicht, dann drehte er sich um und sprang mit federnden Sprüngen auf die Bühne.

»Öffnet die Tore«, rief er. »Öffnet ihnen die Tore …«

Zwei ältere Männer eilten zur Zeltöffnung, hoben jeweils einen Zipfel und hielten ihn hoch. Und ins Zelt hinein fuhr der Komet auf seiner glänzenden Harley Davidson, ein Lederprinz auf seinem schwarzen Hengst. Ihm folgten noch weitere sieben Motorräder und sieben Pomaderitter. Auf jedem Sozius saß ein Passagier, vier Mädchen in luftigen Kleidern, vier Jungs in Jeans.

Der Beifahrer auf dem Motorrad des Kometen hatte immer noch ein Taschentuch über Mund und Nase und eine schwarze Mütze in die Stirn gezogen.

Der Komet fuhr äußerst langsam bis zur Bühne vor, dort stützte er sich mit einem Fuß ab, um die Balance zu halten, und ließ seinen Motor drohend ein paar Mal aufheulen. Er hielt den Blick fest auf Jefferson Berglund gerichtet, der vor einem weißen Transparent mit roter Schrift stand: JESUS LIEBT DICH.

Jefferson sagte nichts und bewegte sich nicht, bis das Motorrad ganz vorn angekommen war. Die Luft war schwer von den Abgasen. Jemand in der Versammlung hustete.

»Willkommen«, sagte Jefferson mit leiser Stimme, fast flüsternd. »Willkommen in Gottes Haus ...«

Der Komet grinste und zog seinen Metallkamm aus der Gesäßtasche, kämmte sich langsam und sorgfältig seine Elvisfrisur, den Blick unverwandt auf Jefferson gerichtet.

Jefferson hob die Stimme.

»Es freut mich, dass auch ihr den Herrn sucht. Sein Haus ist offen für alle. Der Himmel ist offen für alle! Jesus ist für dich gestorben, Komet, hal-le-luja ...«

Er ergriff seine Bibel und streckte sie vor, lachte mit weißen Zähnen und rief: »Hal-le-luja, Komet. Komm zu unserem Glauben, dann kommst du in den Himmel! Und im Himmel, da fahren die Engel weiße Zehntausend-Kubik-Maschinen! Die Motoren sind aus Silber, die Scheinwerfer echte Diamanten. Du kriegst eine davon! Du kannst einer von den Engeln im Himmel werden!«

Der Komet schwankte. Vielleicht verlor er das Gleichgewicht, als er den Metallkamm wieder in die Gesäßtasche schieben wollte. Vielleicht war er nur überrascht. Aber das genügte: Die Versammlung erwachte wieder zum Leben, begann zu rufen und zu lachen, lobte den Herrn und rief Amen. Die Butafago Band ließ einen zögernden Akkord erklingen und schlug dann auf die E-Gitarren ein, dass die Zeltleinwand flatterte.

Der Komet versuchte sein Motorrad zu wenden, ohne abzusteigen. Das gelang ihm nicht, zu viele Leute, zu viele Bänke. Er fluchte und zischte seinen Kumpeln zu, ein paar Meter zurückzurollen. Eine alte Frau legte ihre fleckige Hand auf seine Lederjacke und rief, er solle sich doch Jesus beugen, er schüttelte sie ab und rutschte vom Sitz, würgte den Motor ab und sah sich resigniert um. Er begann zu schwitzen. Die anderen Biker waren plötzlich weg, sie waren rückwärts rausgerollt.

Aber der Komet und sein Beifahrer wollten nicht klein beigeben, sie mussten einfach aus dem Zelt hinausfahren. Das Motorrad zu schieben, wäre eine Niederlage gewesen.

Jefferson Berglund übertönte mit lauter Stimme die Musik und grölte: »Der Himmel, Komet! Stell dir eine weiße Zehntausend-Kubik-Maschine vor, die über die Wolken segelt! Das könnte deine sein!«

Im gleichen Moment bekam der Komet endlich das Vorderrad in die richtige Richtung. Er trat den Motor an und begann mit geradem Rücken und verächtlich geschürzter Oberlippe auf den Ausgang zuzurollen.

Da geschah das Unerhörte: Sein Beifahrer erhob sich, stellte sich schwankend auf die Fußstützen und hielt sich mit einer Hand an Komets Rücken fest, während er mit der anderen seine Hose aufknöpfte. Er trug eine weiße Unterhose, aber die war nur eine Sekunde lang zu sehen, bevor er sie herunterzog und seinen rosigen, jugendlichen Hintern entblößte. Genau in der Zeltöffnung drehte er sich um und zog auch das Taschentuch herunter, das sein Gesicht verdeckt hatte.

Es war Butterfield Berglund.

Erst Jahre später, viele tausend Meilen entfernt, erfuhr ich, wer für diese Demonstration bezahlen musste.

Ich ziehe mit einem Klappbett in Mamas Schlafzimmer. Es geht ihr schlechter, und sie braucht oft Sauerstoff. Imelda Marcos hatte auch Sauerstoff in ihrem Schlafzimmer. Sie meinte, der würde sie schöner machen.

Ich erzähle Mama das, als ihr Atem leichter wird, und hoffe, dass sie mit den Augen lacht, wie sie es manchmal tut, aber sie ist nicht dazu in der Lage, sie schließt nur die Augen und scheint zu schlafen.

Ich selbst schlafe tief und traumlos auf dem Klappbett. Ich muss mir den Wecker jede Stunde stellen, damit Mama ihren Sauerstoff bekommt. Manchmal höre ich das Läuten nicht einmal.

Das beunruhigt mich: Gerade jetzt sollte ich doch leicht schlafen und bei dem geringsten Geräusch aufwachen, so wie ich es in meinem eigenen Zimmer tat.

Olongapo glänzte am letzten Morgen. Graue Gebäude, graues Licht und der Regen von mehreren Wochen ließen die ganze Stadt aussehen, als wäre sie aus Metall gegossen. Die Luft war schwer zu atmen, heiß und süß wie frisch gekochte Vanillesoße am Gaumen und in der Lunge.

Ricky wartete vor dem Hotel.

»Guten Morgen, Madam.«

»Guten Morgen, Ricky. Hast du gut geschlafen?«

Er lächelte, und ich wusste, warum. Anfangs war es mir schwer gefallen, mich daran zu gewöhnen, dass er im Auto schlief. Auf unserer ersten Reise hatte ich versucht, ihn zu überreden, doch ein Zimmer in dem gleichen Hotel wie ich zu nehmen. Er wich zurück, glaubte, ich wollte mit ihm schlafen. Auch ich wich zurück, als ich seinen Gesichtsausdruck sah; das war ja nicht meine Absicht gewesen, ich wollte nur mein schlechtes Gewissen beruhigen. Die Rolle der reichen Alten, die ihren Chauffeur auf dem Parkplatz schlafen lässt, gefiel mir nicht.

Jetzt gab ich ihm Geld fürs Hotel und ließ ihn selbst entscheiden. Er schlief immer im Auto und sparte das Geld für etwas anderes.

»Ich habe ausgezeichnet geschlafen, Madam. Geben Sie mir die Tasche.«

Der Himmel war dunkelgrau und die Luft feucht, obwohl es noch nicht angefangen hatte zu regnen. Die Feuchtigkeit ließ meine Kleidung hängen, die Hitze brachte alle meine Poren dazu, sich weit zu öffnen. Ich hatte im Hotelzimmer sorgfältig Make-up aufgelegt, aber das würde schnell schmelzen, wenn ich nicht bald in den Genuss der Klimaanlage des Autos kam. Aber Ricky öffnete nicht die Tür zum Rücksitz, sondern den Kofferraum.

»Madam, ich bin zum Markt gefahren, ich hoffe, Sie entschuldigen…«

Er hatte Mangos und Papayas gekauft, Ananas und frische Kokosnüsse, Süßkartoffeln und Tomaten, zwei Säcke Zwiebeln, ja, sogar Äpfel, die teuerste Frucht von allen. Und lebendige Krebse; ordentlich zu fünft in Bündel gewickelt, krabbelten sie übereinander.

Das Hotelgeld hatte seinen Zweck erfüllt. Und es gab keinen Platz mehr für meine Tasche.

»Es ist hier viel billiger als in Manila«, sagte er.

Wenn Freundschaft möglich gewesen wäre, dann wären wir Freunde geworden. Jetzt waren wir der Gefangene des jeweils anderen.

Er holte mich vom Flugplatz ab, als ich zum ersten Mal nach Manila kam, ein kleiner, dicker Mann mit glänzender Stirn und einem Lachen in den Augen. Vielleicht waren es die Augen: Ich hatte das Gefühl, als sähe er mich bereits beim ersten Mal wie eine Freundin, eine Gleichgesinnte an. Und ich dürstete nach Freundschaft, hungerte damals nach meinesgleichen.

Und trotzdem waren wir nicht gleich. Absolut nicht. Ricky war ein richtiger Philippino, ein frommer Katholik, der samstags in den Puff ging und sonntags in die Messe, ein redseliger Mann mit Sinn für Geistergeschichten und verrückte Erzählungen. Er nahm meine Tasche dort auf dem Flugplatz und sagte: »Die Botschaft hat mich geschickt. Ich war der Chauffeur Ihres Vorgängers. Wollen Sie ein Auto kaufen, Madam?«

»Ja«, sagte ich.

»Kaufen Sie einen Toyota«, sagte er. »Einen roten Toyota Camry, das ist der beste.«

»Such du aus«, sagte ich. »Ich verstehe nichts von Autos.«

Und damit war er eingestellt.

Er hatte fünf Kinder zu versorgen. Alle gingen in die Schule, alle brauchten Schuluniformen und Bücher, alle bettelten ständig nach neuen Turnschuhen. Ricky redete oft von diesen Turnschuhen, manchmal meinte er, seine Kinder würden sie essen, so viele schienen draufzugehen.

Ich selbst hatte lange Zeit im Land Diplomatien gelebt. Viel zu lange. Ich sehnte mich nach Menschen, die lachen konnten, ohne dabei über die Schulter zu blicken, nach Leuten, die frei und ohne Angst reden konnten.

Ich brauchte Ricky und sein Lachen. Ricky brauchte mich und mein Geld. So schmiedeten wir jeweils unsere Gitter.

Sie war etwas betrunken, diese Frau in dem grünen Kleid, so betrunken, dass sie sich nicht einmal scheute, sich über den Bartresen zu beugen und zu versuchen, mit dem Barkeeper zu flirten. Er war jung, mit goldener Haut, sie mittleren Alters und trocken braungebrannt.

Ich tat meine Pflicht und lotste sie in die Raummitte, in sicheren Abstand zum Bartresen mit seinen Spirituosen und dem peinlich berührten Jungen. Es war nicht einfach, sie dazu zu bringen, so zu reden, wie es Frauen am Tag der Schwedischen Flagge in Manila tun sollen: über die Schule der Kinder und über Wohltätigkeit, über Kunstausstellungen und gute Sommerschuhe. Sie antwortete nicht, tauchte nur ihren Zeigefinger in ihren Drink und rieb ihn auf der Glaskante, obwohl sie hätte wissen müssen, dass das nicht funktionierte. Dieses Geräusch entsteht nur, wenn das Glas auf dem Tisch steht, nicht, wenn man es in der Hand hält.

Sie unterbrach mich mitten im Satz.

»Dein Mann hat dich verlassen, nicht wahr?«

Ich musste erst einmal schlucken, bevor ich antworten konnte.

»Wir sind geschieden.«

»Aber er war derjenige, der es wollte, nicht wahr? Er wollte das doch?«

Ich streckte mich.

»Das hat sich so ergeben. Zum Schluss wollten wir es beide …«

Sie tauchte wieder den Finger in das Getränk, die Wut gar nicht bemerkend, die in mir aufstieg. Ich schaute sie ohne jede Barmherzigkeit an: eine Krämerseelenfrau mit einer Haut wie getrockneter Fisch, behängt mit viel zu protzigem Schmuck, gekleidet in unvorteilhafte Thaiseide. Mit Volants! Ich selbst trug maßgeschneidertes weißes Leinen. Kühl und einfach.

Dann senkte sie die Stimme.

»Mein Mann wird langsam ein richtiger Philippino. Jetzt hat er sich Nummer Zwei angeschafft und scheut sich nicht einmal, sie mit herzubringen …«

Sie nickte in Richtung eines Mannes am anderen Ende des Raums, ein langer Schwede in den Fünfzigern, kräftig, aber nicht fett, fast muskulös. Ich schlafe gern mit solchen Männern, ihr Gewicht und ihre Selbstsicherheit machen alles äußerst einfach. Aber dieser Mann war nicht zu haben: Neben ihm stand Nummer Zwei, eine junge Philippinin, sanft, freundlich lächelnd. Sicher eine Studentin aus guter Familie. Vermutlich kam sie gerade aus Europa oder den USA, denn sie trug alle Attribute, mit denen sich westliche Intellektuelle ausstaffieren: glatter Pagenkopf, einfache Kleidung, ein wenig origineller Silberschmuck. Keine Schminke, nicht einmal Lippenstift. Sie war strahlend schön.

Ich schaute wieder die Frau in dem grünen Kleid an, ihre Lippen, die grell orange leuchteten, ihre hellblauen Augenlider und die schlaffe Haut unter dem Kinn. Plötzlich tat sie mir Leid.

»So ist das auf den Philippinen«, sagte ich schulterzuckend. »Man muss sich daran gewöhnen. Wir sind eben hässlicher als sie. Und meistens älter.«

Sie nahm einen großen Schluck aus dem Glas, erleichtert darüber, dass ich endlich vertraulich redete.

»Kann sein. Aber das ist nicht so einfach. Es gibt ja nichts, womit man sich trösten kann. Die Philippinos haben eine Scheißangst, und die Ausländer sind nicht gerade interessant. Manchmal glaube ich, dass Gott ein elftes Gebot über die Welt verhängt hat: Verrückte aller Länder, versammelt euch in Manila!«

Ich musste lachen.

»Da ist schon was dran. Wir haben einen regelmäßigen Zufluss von ihnen in der Botschaft ...«

»Ich weiß. Jede Menge Asozialer. Aber guck dir doch diese Bande hier an: Die ist verdammt noch mal auch nicht viel besser.«

Ich schwieg, betrachtete aber die Gesellschaft mit ihren Augen.

Die Schweden bildeten Inseln, sie formten einen ganzen Archipel, wie sie so ihresgleichen suchten. Mitten im Raum, im Zentrum des Ganzen, stand eine Parlamentarierdelegation, ein Komitee auf der Rundreise durch Südostasien, Männer mit Safarihemden, die über dem Bauch spannten, Frauen in Batikkleidern, die an den Schultern zu weit waren, aber über den massiven Brüsten spannten. Sie lachten und redeten laut, taten so, als schauten sie einander die ganze Zeit an, obwohl sie doch immer wieder den anderen Inseln schnelle Blicke zuwarfen, als wollten sie kontrollieren, ob sie auch tatsächlich gesehen wurden.

Die Missionare hatten eine andere Insel in der rechten Ecke des Raumes gebildet, gedämpfte Männer mit ihren noch gedämpfteren Frauen, alle mit einem Gesicht wie frisch aufgegangener Hefeteig, bleich, warm und weich. Sie schauten häufiger zu Boden als einander an, und wenn ihre Blicke sich einmal trafen, dann flackerten sie auf und glitten zur Seite weg.

Hinten an der Terrassentür standen die Geschäftsmänner, einige grauhaarig und laut, andere jung und verhalten elegant, trotzdem unausgesprochen einig in Stolz und Kraft. Sie hatten den Abgeordneten den Rücken zugewandt, schauten durch die Missionare einfach hindurch und demonstrierten offen ihre Verachtung für die schwachen Botschaftsgetränke und die ebenso schwachen Diplomaten.

Um die Insel der Geschäftsmänner strichen ein paar Barbesitzer und versuchten sich hineinzudrängen, mit dem Ergebnis, dass der Kreis sich unmerklich vor ihnen verschloss, jedes Mal wieder, um sich dann ein Stück weiter wieder höhnisch zu öffnen. Es waren nicht viele. Man kann nicht alle schwedischen Barbesitzer in Manila zum Botschaftsempfang einladen. Nur wenige dürfen kommen, diejenigen, die sich in möblierten Räumen wahrscheinlich vernünftig aufführen können. Auch sie waren einander erstaunlich ähnlich: Männer mit brauner Lederhaut und weißen Raubtierzähnen.

Und um sie herum – als wären sie das Meer zwischen diesen Inseln – Massen von Philippinos, sowohl vermögende Gäste als auch arme Dienstboten. Menschen, die zu goldfarbenen und zu schlitzäugig waren, um wirklich von Bedeutung zu sein, Wesen, die benutzt werden konnten, als Diener, Lieferanten oder Liebhaberinnen, die zum Liberalismus, zu Luthers Gott oder den Ideen der Marktwirtschaft bekehrt werden konnten, die aber selbst keinerlei Interesse zeigten. In diesem Meer schwammen Bengt und seine Ehefrau Lydia, freundlich den Leuten auf den Inseln zulächelnd, stumm der Dienstbotenschar befehlend.

Schweden. Europäer. Die Society der Welt.

»Da siehst du es«, sagte die Frau in dem grünen Kleid.

Ich leerte mein Glas und lächelte unsicher, als hätte ich nicht so richtig verstanden, was sie meinte.

»Ich muss ein wenig Konversation machen«, sagte ich. »Ich werde nächste Woche die Schweden in den nördlichen Provinzen besuchen, und da ist es am besten, wenn ich mich schon mal vergewissere, dass ich auch keinen der hier Anwesenden vergesse …«

Sie hob ihr Glas, als wollte sie anstoßen, und lächelte ein halbes Lächeln.

»Mach du nur Konversation«, sagte sie. »Ich habe ja meinen kleinen Schnuckel an der Bar …«

Am nächsten Tag beschrieb ich Ricky die grüne Frau. Es war abends, wir saßen in einem stinkenden Verkehrsstau in Quezon City fest. Er legte den Arm auf den leeren Sitz neben sich und drehte sich halb zu mir um, sein Profil wurde zu einer schwarzen Silhouette.

»Ich weiß, Madam«, sagte er. »Ich habe auch einmal so eine Frau getroffen. Sie kam aus Australien. Reich. Sie wollte mich heiraten. Ich sagte ihr, dass ich schon verheiratet sei und vier Kinder habe, denn das war, bevor Danilo geboren wurde, aber sie schüttelte nur den Kopf. Das ließe sich schon regeln. Ich sollte Geld für ihren Unterhalt kriegen … Also ging ich zu meiner Frau und erzählte ihr davon. Anschließend besprachen wir alles eine ganze Nacht lang. Wir beschlossen, dass wir uns scheiden lassen wollten und dass ich mit der Frau nach Australien gehen sollte. Dort sollte ich mir einen Job suchen und kostenlos bei dieser Frau wohnen, und so könnte ich jeden Dollar Zosima und den Kindern schicken … Und wenn ein paar Jahre vergangen wären und wir genug Geld für die Ausbildung der Kinder hätten, dann würde ich mich von der Alten scheiden lassen und zurück nach Hause kommen …«

Ich saß schweigend da, aber die Luft im Auto wurde schwer von den Fragen, die ich nicht stellte. Ricky drehte mir wieder den Rücken zu und packte das Lenkrad, wir fuhren ein paar Meter vor. Dann stoppte die Schlange erneut.

»Verstehen Sie mich, Madam. Ich bin vierzig Jahre alt, und mein ganzes Leben lang bin ich arm gewesen. Und wenn man arm ist, dann wartet man die ganze Zeit auf das Leben, auf das richtige Leben. Ich habe geglaubt, dass die Frau aus Australien uns ein richtiges Leben geben würde. Aber sie hat einen anderen gefunden: einen jungen Typen, der in den Hotelbars herumhing. Er hatte keine Frau und keine Kinder, also hat sie stattdessen ihn genommen. Ich musste sie zum Flugplatz fahren. Den ganzen Weg über dachte ich an meine Kinder und ihre Ausbildung, den ganzen Weg über dachte ich an das richtige Leben.«

Er schwieg eine Weile, und als er wieder sprach, war seine Stimme leise, fast flüsterte er.

»Das richtige Leben, Madam. Die Zukunft. Wird sie jemals kommen?«

Alles konnten wir einander sagen, Ricky und ich. Außer einem einzigen Wort: Nein.

Deshalb schaute ich Obst und Gemüse in meinem Kofferraum an diesem Morgen in Olongapo nur mit einem Schulterzucken an. Dann musste ich meine Tasche wohl auf den Rücksitz stellen. Das sollte es wert sein. Rickys Frau würde an diesen Dingen gut verdienen, zumindest, wenn wir Manila vor dem Abend erreichten. Dann würde sie alles auf der Straße vor ihrem Haus ausbreiten und es zu Manilapreisen verkaufen.

Er hatte mich einmal dorthin mitgenommen, an einem Montagnachmittag, stolz auf die Arbeit des Wochenendes. Er hatte den alten Holzfußboden herausgerissen und der Familie einen Zementboden gebaut. Das war kein besonders schweres Projekt gewesen, sie hatten nur ein einziges Zimmer, und das war kleiner als meine Garage.

»Viel besser«, sagte Ricky, legte den Arm um seine Frau und betrachtete sein Werk. »Viel einfacher sauber zu halten …«

Zosima sagte nichts, und ich wusste, warum. Ricky hatte mir erzählt, dass sie mitten in einer Nörgelphase war; sie wollte in eine richtige Wohnung mit Küche und Zimmern ziehen. Aber Ricky konnte sich das nicht leisten. Seine Frau musste weiterhin das Essen auf dem Spirituskocher in einer Zimmerecke bereiten und die Schuluniformen der Kinder in einer Wanne auf dem Hof waschen. Sie wusch sie jeden Tag, wie Ricky erzählte. Alle fünf.

»Waschmaschinen machen die Kleidung nicht sauber«, sagte er. »Aber in der Wanne meiner Frau, da werden sie sauber …«

Ich lachte und bot ihm eine Zigarette an.

»Blödsinn, Ricky …«

Und so stritten wir uns freundschaftlich eine Weile.

Wir fuhren viel herum, da ich die Verantwortung für die botschaftlichen Fragen übertragen bekommen hatte, die klassische Beschäftigung der weiblichen Diplomaten. Das war in Manila schwieriger als in Delhi. Die Stadt war voll von alternden schwedischen Männern mit vom Alkohol aufgedunsenen Gesichtern und nicht verblassten Pubertätsträumen. Ricky gefiel das nicht.

Wenn wir in die schwedischen Bars kamen, um wieder einmal ein Wrack im Delirium abzuholen, wurde er steif und starr, redete viele Stunden danach nicht mit mir.

Aber jetzt hatten wir einige Tage lang die Schweden in den nördlichen Provinzen besucht, und das waren Leute nach seinem Geschmack: freundliche Missionare, die ihn mit am Tisch sitzen und nachts in einem richtigen Bett schlafen ließen. Trotzdem hatte er es eilig, nach Hause zu kommen, er wollte heim zu dem wohlvertrauten Gemecker seiner Frau und seiner Kinder.

»Es tut mir Leid, Ricky. Aber wir können nicht direkt nach Manila fahren. Wir müssen erst noch ins Krankenhaus. Die haben dort einen schwedischen Patienten.«

Er schaltete seufzend in den ersten Gang. Ich versuchte ihn abzulenken: »Hast du auf dem Markt etwas vom Vulkan gehört?«

»Mmm. Es sind reichlich viele Aetas in die Stadt gekommen. Und Amerikaner aus Angeles. Sie haben die Schulen geschlossen, um die unterbringen zu können.«

»Und keine Philippinos aus Angeles?«

»Nein. Die glauben nicht an das Gerede von weiteren Ausbrüchen. Es sind nur die Wilden, die sich so aufregen. Und die Behörden sagen, dass keine Gefahr besteht.«

»Ich weiß. Der Botschafter hat gesagt, dass sie im Umkreis von zwanzig Kilometern um den Vulkan evakuieren. Dann sind wir also auf der sicheren Seite.«

»Oh ja. Kein Problem. Obwohl es möglicherweise viel Verkehr nach Manila geben wird. Aber falls es Probleme gibt, kenne ich einen Schleichweg …«

Dann kam der Regen, zuerst flüsternd und leicht, eine Sekunde später laut trommelnd. Die Straße war bereits zuvor morastig gewesen, jetzt war sie überschwemmt.

Ricky ging mit dem Tempo herunter. Um die Räder gluckerte und sang es.

Ich war schon vorher mehrere Male in Olongapo gewesen und konnte feststellen, dass die Stadt sich verändert hatte. Es waren ungewöhnlich viele Frauen auf den Straßen, nicht nur philippinische Hausfrauen auf dem Weg zum Markt, sondern auch amerikanische Offiziersfrauen mit klappernden Absätzen und großen Regenschirmen. Und was noch ungewöhnlicher war: Es hasteten auch ein paar Straßenmädchen im Regen über die Straße, mit Plastiktüten auf dem Kopf und in zerknautschten Minikleidern. Sie blinzelten. Die Teenager aus Olongapo sind das Tageslicht nicht gewohnt, nicht einmal die grauen Tage der Regenzeit.

Aber vieles andere war wie immer. An der Müllhalde vor Santa Rita arbeiteten die Müllleute, trotz Regen und Vulkanbedrohung. Ihre durchnässten Fetzen klebten ihnen am Leib, während sie mit langen Stöcken die Abfallberge durchstocherten. Der Morast auf der Spitze war schlimmer als in den Straßen, schwarz und klebrig, wie Durchfall. Zottige Hunde strichen auf dem Markt herum und entblößten hungrig ihre gelben Zähne. Und auf den Bürgersteigen saßen die Straßenverkäufer, Kinder mit Zigaretten, Kaugummi und müden Gesichtern, Erwachsene mit Gemüse und den schwarzen Schatten des Hungers unter den Augen.

Die erste Prozession begegnete uns gleich hinter der Fontaine Street.

Ein Priester, ein paar Nonnen und Kinder in der Uniform der Klosterschule liefen singend hinter dem Heiligenbild her. Es war eine bleiche Jungfrau Maria in einem Mantel, der hellblau gewesen sein musste, bevor der Regen kam. Ricky bekreuzigte sich schnell und machte eine erklärende Geste mit der Zigarette: »Der Vulkan. Die Leute bitten Pinatubo, sich zu beruhigen…«

Zwei Straßenecken weiter begegneten wir der Prozession des Schwarzen Nazarener. Es brauchte acht Männer, um ihn zu tragen, denn der Schwarze Nazarener ist schwerer als andere Heiligenbilder. Er ist abgebildet auf dem Weg nach Golgatha, gekleidet in einem Purpurmantel, mit Dornenkrone. Das Kreuz drückt ihn, er ist halb in die Knie gegangen. Seine Haut ist dunkelbraun, fast schwarz, und er schaut zu Boden, ein wehrloser Mann auf dem Weg in den Tod.

Ricky drückte ehrerbietig seine Zigarette aus, bekreuzigte sich noch einmal und begann lautlos ein Ave Maria zu murmeln. Der Schwarze Nazarener war sein Christusbild, zu dem er immer mit seinen Gebeten ging.

Wir mussten anhalten, damit die Prozession durchkam. Singende Menschen drängten sich um uns herum. Das Christusbild verschwand aus unserem Blickfeld, jetzt gab es nur noch Arme, Körper und Hände. Ein Junge wurde gegen den Wagen gedrückt, er war zerlumpt und schmutzig. Wir sahen einander in die Augen. Er hatte große Augen.

Ich erschauerte ein wenig, mitten in der Hitze, und sehnte mich plötzlich nach der Kühle Schwedens. Es ist Juni, dachte ich, der Wiesenkerbel blüht und bedeckt das ganze Land mit seinen weißen Spitzen…

Ist das ein Traum oder eine Erinnerung? Ich setze mich hastig in dem Klappbett auf und hole tief Luft. Mein Herz rast.

Ich habe mich selbst in Olssons Speisekammer stehen sehen, in einer großen, altmodischen Speisekammer mit Fenster. Ich komme nicht ans Fenster, ich bin ein kleines Mädchen in Winterhose und Wollpullover. Marita hat ein kariertes Kleid in ihre Skihose gestopft, meine Mutter findet, das sieht hässlich aus. Maritas Mutter trägt eine Schürze mit Sommerblumen, sie ist verwaschen, die Farben sind fast nicht mehr zu erkennen. Ihre Arme sind nackt, weiß und drall.

Sie lächelt uns an.

»Wollt ihr sehen?«

Marita nickt ernst, aber ich bin wie versteinert. Kann nicht sprechen. Ich weiß nicht, was gleich passiert, weiß nur, dass ich Angst davor habe.

Tante Olsson streckt sich zu einem Regal hinauf, ergreift vorsichtig eine Flasche, hält sie mit beiden Händen, so dass man den Inhalt nicht sehen kann. Sie lächelt mich an.

»Hast du Angst, Cecilia?«

Ich kann mich immer noch nicht bewegen, nicht einmal schlucken. Und als ich nicht antworte, senkt sie die Flasche zu mir hinunter, so dass sie direkt vor meinen Augen ist. Etwas Rosafarbenes schwappt darin. Dann nimmt Tante Olsson die Hand weg und lässt mich sehen.

Es ist eine Schlange.

Eine Kreuzotter, die jemand in eine Flasche mit rosa Flüssigkeit gepresst hat. Sie ist zusammengerollt und gedrückt, wie graue Gedärme in einem Glasbauch, sie lächelt mit ihrem roten Maul, und ihre gespaltene Zunge hängt heraus. Der Bauch ist weiß, die gleiche Farbe, die gleiche Oberfläche wie Tante Olssons Arme.

»Die ist ganz schön dick«, sagt Tante Olsson und hält mir die Flasche näher ans Gesicht.

Ich will einen Schritt zurückweichen, kann aber nicht entkommen. Die Welt hat dort ihr Ende. Hinter mir gibt es nur noch einen Abgrund, eine große, schwarze Leere. Meine Mutter gibt es nicht mehr, mein Zuhause ist weg, ich habe keine Puppe mehr, die Elisabeth heißt. Es gibt nur noch das hier: eine Flasche, eine Schlange und Tante Olssons Lächeln.

Das Olongapo General Hospital war ein niedriges Gebäude, außen weiß gekalkt, aber innen grau von dem nackten Zement. Die Luft war schwer zu atmen, feuchte Luft, von draußen gemischt mit Äther und Essensgeruch. Es gab nur vier Säle und einen Flur, und ich ging diesen Flur entlang, watete ihn entlang wie durch ein Wasser aus Flüstern und Jammern. Überall wimmelte es von Menschen. Nonnen mit gestärkter Haube, Krankenschwestern in weißer Tracht, fragende Kinder und weinende Mütter, Junge, Alte, Kranke, Gesunde, alles durcheinander. Ihre Stimmen waren ein Sausen, ebenso gleichmäßig und gedämpft wie das Rauschen des Regens draußen.

Die Patienten lagen in hohen, weißen Eisenbetten, die meisten direkt auf der Matratze. Offenbar war es mit den Laken wie mit dem Essen: Es war Sache der Familie, dafür zu sorgen, und nicht alle hatten dafür sorgen können. Arme Philippinos schlafen weder auf Laken noch in Betten, wie ich gelernt hatte, sie rollen jeden Abend ihre Schlafmatten aus und rollen sie morgens wieder zusammen.

Er lag im hintersten Saal, in dem besten Bett, gleich neben dem Fenstergitter und der Luft von draußen. Vielleicht hatte er den Krankenschwestern Leid getan, weil er allein war, vielleicht war das nur ein Zeichen des üblichen Vorurteils: Weißer Mann, das ist gleichbedeutend mit reicher Mann, das ist gleichbedeutend mit mächtiger Mann.

Aber Butterfield Berglund hatte kein Laken.

Er lag mit geschlossenen Augen auf dem Rücken, den einen Arm über dem Kopf. Ich konnte ihn betrachten, ohne selbst betrachtet zu werden: dunkles Haar, leicht grau meliert, ein kräftiger Körper, weiße Armschlinge, T-Shirt und Shorts. Lang. Eine leichte Nasenkrümmung. Eine jüngere Version seines berühmten Vaters, bis auf die Armschlinge. Jefferson hätte sich gesundgebetet.

Ich berührte vorsichtig seine Schulter, und sofort schlug er die Augen auf, sie waren blau und standen etwas zu weit auseinander.

»Hallo, ich heiße Cecilia Lind und komme von der Botschaft…«

Er schob das karierte Kissen an das Kopfende und zog sich zum Sitzen hoch.

»Hallo«, sagte er lächelnd. »Und wo hast du Fredrik Åkare?«

Der Name. Draußen Regen und Dämmerung, die Straßenlampen haben einen Heiligenschein. Papa hat gerade das Bananenhaus gekauft. Marita und ich sitzen in meinem Zimmer, dem fertig gekauften Teenagertraum aus Rosentapete, nierenförmigem Frisiertisch mit Tüllrüsche. Wir schreiben unsere Namen in unsere Collegeblocks, Marita Olsson, Cecilia Dahlbom, Seite um Seite. Bald werden wir zwölf.

»Ich weiß, was dein Name bedeutet«, sagt Marita. Ihre Stimme klingt etwas belegt, denn sie kaut beim Reden an ihrem Haar.

»Ich auch«, sage ich. »Spinnweben.«

Sie schaut auf, lässt die feuchte Locke los.

»Nein, das stimmt nicht. Er bedeutet die Blinde. Das stand im ›Journal der Frau‹, auf der Frageseite …«

Ich bin vollkommen überrascht. Mein Name bedeutet Spinnweben. Das hört man doch, das ist doch selbstverständlich, das habe ich immer schon gewusst. Marita spürt meinen Trotz.

»Glaubst du mir nicht? Es stand in der Zeitung. Cecilia ist lateinisch und bedeutet die Blinde … Spinnweben – woher hast du das denn?«

Ich gebe keine Antwort, beuge mich nur noch tiefer über meinen Block, Cecilia Dahlbom, Cecilia Dahlbom. Der Vorname gelingt mir gut, mein C ist zierlich und hübsch, mit dem Nachnamen ist es schwieriger. Das große D sieht aus wie eine Frau mit einem Baby im Bauch.

Marita steht auf, macht eine Runde durchs Zimmer und fährt mit dem Zeigefinger über die Tapete.

»Weißt du, wie sie deinen Vater nennen?«

Ich schaue auf. Nein. Wie nennen sie meinen Vater?

Sie ist jetzt bei der zweiten Runde, ich habe Angst, dass sie die Tapete kaputt macht. Marita hat lange, spitze Fingernägel, sie kaut nicht daran.

»Okay. Wie nennen sie meinen Vater? Knoll und Tott? Barney Google? Popeye?«

Sie bleibt vor mir stehen.

»Ach, die sind doch aus der ›Allers‹. Nein, das war was aus dem ›Journal der Frau‹ …«

Ich schweige und schaue auf meinen Block. Marita lacht.

»Gyllenbom natürlich! Gyllenbom! Wie diesen kleinen dicken Millionär aus dem Comic! Schließlich ist er auch neureich.«

Es ist das erste Mal, dass ich dieses Wort höre und sofort weiß, dass es schlecht ist. Neureich.

Meine Stimme klingt ganz leise, als ich antworte: »Aber mein Vater sitzt jedenfalls nicht auf der Treppe und grölt. Mein Vater säuft nicht.«

Marita nimmt wortlos ihren Block und schlägt die Tür hinter sich zu. Ihre Schritte hämmern auf der Treppe.

Mir ist ganz heiß vor Scham, und ich bin nicht in der Lage, mich zu bewegen.

»Aber mein lieber Ulf«, sage ich, als wir in dem ausgesucht einfachen Restaurant in Lima, Peru, sitzen. »Man kann doch nicht Cecilia Lind heißen, nicht in Schweden!«

Er nimmt lachend meine Hand.

»Wir entscheiden nicht alles, was uns zustößt. Wir entscheiden nur, wie wir es tragen. Jetzt stößt dir der Name Lind zu, und ich bitte dich, ihn zu tragen...«

Er beugt sich vor und küsst die Diamanten des Verlobungsrings. Gyllens Stimme hallt in meinem Kopf wieder: Ach, leck mich doch kreuzweise!

Es gab keine Stühle, also setzte ich mich auf seine hellblaue Matratze. Die war ziemlich schmutzig. Er rutschte ein wenig zur Seite, trat die Decke ans Fußende und streckte die Beine aus.

Ich wusste bereits, dass ich mit ihm in dem gleichen Ton wie mit Gyllen und Lars-Göran sprechen konnte. Spaßhaft unverhohlen. Schwedische Männer kennen keine andere Form von Freundlichkeit.

»Wie witzig. Glauben Sie nicht, dass ich das schon mal gehört habe? Und ganz unter uns, Sie sind garantiert nicht der Letzte, der Leute wegen ihres Namens neckt...«

Er war verblüfft, ich redete schwedische Männersprache. Aber noch zögerte ich. Trotz allem kam ich ja von der Botschaft.

»Nehmen Sie's mir nicht übel, ich wollte nur einen Scherz machen...«

»Ich weiß«, sagte ich. »Und wir kennen uns ja fast, schließlich haben wir gemeinsame Bekannte.«

»Ja, wirklich?«

Sein Gesicht veränderte sich, als ich erzählte. Das gefiel ihm nicht: dass ich aus Nässjö stammte, dass ich früher einmal

Maritas beste Freundin gewesen war, dass ich mich höchstwahrscheinlich an Jefferson und an die Venus von Gottlösa erinnerte, auch wenn ich die beiden nicht erwähnte.

»Gyllens Tochter? Ich kann mich gar nicht mehr an dich erinnern, aber an den Kerl erinnere ich mich, er war es doch, der diese Kunsteisbahn organisiert hat. Erinnerst du dich noch an das Thermometer am Rathaus?«

Ich nickte. Es war Gyllens Idee, jedes Grad auf dem Thermometer entsprach tausend gespendeten Kronen. Und ein ganzes Schuljahr über waren alle Jungs im Teenageralter aus Nässjö mit freiwilliger Abendarbeit auf der Bahn beschäftigt.

Ich schaute Butterfield an. Nun ja, vielleicht doch nicht alle.

»Wie geht es dir?«

»Ein paar blaue Flecken, eine Stichwunde. Das ist nicht so wild. Schlimmer ist das mit der Hand. Ich muss nach Manila.«

»Warum?«

Seine Stimme wurde klagend und hell. Der Bruch schien genau durchs Handgelenk zu verlaufen, vielleicht waren auch noch ein paar Knochen in der Hand zersplittert, es war kompliziert, er konnte die Finger nicht bewegen, und die Ärzte hier konnten die Stückchen nicht zusammenfügen. Er musste wohl operiert werden, hatten sie ihm gesagt, aber der Röntgenapparat war kaputt, deshalb konnten sie es nicht genau abschätzen. Außerdem gaben sie ihm zu wenig schmerzstillende Medikamente, nur weil er kein Bargeld bei sich hatte. Und er hatte seit gestern nichts mehr zwischen die Zähne gekriegt, nur Teeplörre ohne Zucker.

Der Regen war eine Bleigardine vor dem Fenstergitter. Die Blätter der Bananenbüsche glänzten von der Feuchtigkeit. Butterfield schwitzte auf der Oberlippe.

»Oh Scheiße, ich will nicht für den Rest meines Lebens eine verkrüppelte Hand haben, nur weil diese Idioten hier ihren Job nicht ordentlich erledigen können. Ich will nach Manila, in ein richtiges Krankenhaus, wo sie das wieder hinkriegen.«

Und wer sollte das bezahlen? Er las die Gedanken in meinem Gesicht.

»Ich habe ein Bankkonto. Verdammt, ich kann bezahlen …«

Wenn es jemand anderer gewesen wäre, dann hätte ich mein bedauerndes Beamtengesicht aufgesetzt und mich zur Tür zurückgezogen, hätte ein paar formale Arrangements hinsichtlich Essen und Medizin vereinbart und mich dann hinter Ricky ins Auto gesetzt und wäre nach Manila gefahren. Vielleicht hätte ich eine Weile auf den Nägeln gekaut, bis ich es selbst bemerkte, dann hätte ich stattdessen die Hände in den Schoß gelegt und aus dem Fenster geschaut, auf den grauen Regen, auf die Reisfelder, die Wasserbüffel. Vielleicht hätte ich sogar Ulfs alten Gedanken gedacht: schwedische Kindergartenmentalität! Immer warten sie darauf, dass sie jemand an die Hand nimmt.

Wenn es jemand anderes gewesen wäre, dann wäre alles anders gewesen, ich auch. Ich hätte problemlos leben können, ohne die Wahrheit über mich selbst zu wissen. Aber nun war das hier Butterfield Berglund, ein Mensch, dessen Geschichte ich kannte. Der König der Zentralschule. Ich konnte nicht so tun, als ob es ihn nicht gäbe.

»Und das Gefängnis? Ich muss jedenfalls da anrufen.«

»Mach das, rede mit Somoza. Er ist der Chef.«

»Ich muss auch mit dem Botschafter sprechen. Und mit den Ärzten. Aber gut, ich werde tun, was ich kann. Unter alten Nässjöern …«

Ich stand auf, schüttelte lächelnd seine gesunde linke Hand und drehte mich um.

Als ich auf den Flur trat, hatte ich bereits sein Gesicht vergessen. Aber ich erinnerte mich an seine Schenkel, an sein zottiges Haar und an die Schwere in den blauen Shorts.

Ricky hatte seinen Sitz nach hinten geklappt und schlief mit einer Zeitung über dem Gesicht, als ich aus dem Krankenhaus kam.

»Sorry, Ricky«, sagte ich. »Wir sind gezwungen, noch etwas zu bleiben. Wir müssen zu einem Gefängnis …«

Er sah aus, als zweifelte er an meinem Verstand. Ich hatte die Ware im Kofferraum vergessen, seine Investition. Wenn das Gemüse verrottete und die Krebse starben, dann wäre das ein beträchtlicher Verlust. Meine Schuld. Irgendwie.

»Ach, verdammt, dein Gemüse! Weißt du was: Wenn wir Manila heute Abend nicht mehr erreichen, dann bezahle ich es. Ist das in Ordnung?«

Er nickte und faltete die Zeitung zusammen.

Das Gefängnis lag nördlich der Stadt, auf einem Militärgelände. Das überraschte mich, Butterfields Verbrechen war doch wohl kaum militärischer Art. Andererseits war die Stimmung auffallend zivil. Die Soldaten wohnten offensichtlich mit ihren Familien auf dem Gelände. Unter den hohen, dicht belaubten Bäumen lagen nicht nur offizielle Gebäude, sondern auch kleine Häuser und baufällige Schuppen. Kinder spielten im Regen, und verlauste Hunde kämpften um Essensreste.

Mitten in diesem Durcheinander lag das Gefängnis: ein kleines graues Haus mit asphaltiertem Hof, Stacheldrahtumzäunung und bewaffneter Wache. Fast idyllisch.

Somoza, der sich geweigert hatte, die Sache am Telefon zu besprechen, hatte sein Büro in einem Haus außerhalb des Stacheldrahts. Er war ein kleiner Mann in brauner Uniform, lustig und verwirrend. Ich brauchte nicht einmal zu argumentieren, er überredete sich selbst in einem hastigen Monolog, während wir uns immer noch die Hände schüttelten. Es wäre ja unmenschlich, Mister Berglund die Pflege zu verweigern, die er benötigte. Selbstverständlich vertraute er der schwedischen Botschaft, dass sie dafür sorge, dass der Schwede wieder zurück ins Gefängnis käme. Und außerdem hätte er nur noch zwölf Tage seiner Strafe abzusitzen, kaum der Rede wert.

»Ein Glas Saft, Madam? Und setzen Sie sich doch, bitte, setzen Sie sich.«

Die Sache war also klar, und trotzdem bemühte Somoza sich, mich zurückzuhalten. Formulare mussten ausgefüllt und unterzeichnet werden, die richtigen Stempel auf die Namenszüge gedrückt werden. Er orderte Calanmansesaft und kleine Kekse in Zellophanverpackung, während der Soldat im Zimmer draußen langsam und sorgfältig das Formular in seine Schreibmaschine einspannte.

Ich musste einsehen, dass das eine Weile dauern würde. Also Zeit für Höflichkeiten.

»Nun, Mister Somoza, haben Sie etwas Neues vom Vulkan gehört?«

Er lächelte.

»Heute Morgen gab es einen neuen Ausbruch, aber das haben Sie sicher auch gehört?«

»Ja, das haben sie im Radio gesagt. Aber hier war ja nichts davon zu merken.«

»No, no, no, und es wird auch nichts zu merken sein, Madam. Die Behörden haben die Situation unter Kontrolle...«

»Das glaube ich gern. Sind Sie in Olongapo geboren?«

Er lächelte vage und schaute an mir vorbei.

»*No, madam.* Ich komme aus Bohol. Von der Insel mit den braunen Bergen...«

»Ach«, sagte ich. »Den Schokoladenbergen. Ich habe davon gelesen. Bohol muss eine unglaublich schöne Insel sein...«

Er guckte immer noch an mir vorbei und gab keine Antwort, strich sich nur gedankenverloren mit zwei Fingern über den Schnurrbart. Ich nahm einen Schluck von dem sauren Saft und öffnete die kleine Kekspackung auf meinem Teller.

»Wie kommt es, dass Mister Berglund in der Stadt war?«

Er zuckte zusammen und schaute mich wieder an.

»Ach, Madam, Mister Berglund hat jeden Mittwoch bewachten Ausgang. Er muss sich ja etwas zu essen kaufen, denn er hat keine Familie hier...«

Ich zog die Augenbrauen hoch. Diese Vergünstigung musste Butterfield viele Dollar gekostet haben, echte oder falsche. Somoza bemerkte meinen Blick und stand resigniert auf.

»Möchten Sie vielleicht seine Zelle sehen, Madam?«

Ich hatte ihn mit meinem Verdacht der Bestechung beleidigt, deshalb musste ich ohne Schirm durch den Regen springen. Er selbst ging mit eiligen Schritten vor mir durch die Pforte im Stacheldrahtzaun auf das graue Haus zu. Er blieb an der Giebelseite stehen und suchte Schutz unter dem vorstehenden Dach. An einem Haken gleich links neben seinem Kopf hing ein Körper, grauweiß und bleich, mit gelben Zähnen in einem höhnischen Grinsen unter dem schwarzen Zahnfleisch. Ich war schon lange genug auf den Philippinen, um zu wissen, was das war: ein frisch enthäuteter Hund, der bald gegessen werden sollte.

Somoza nickte in Richtung Körper und nahm den Faden wieder auf: »Die Familien der Häftlinge bringen ihnen Essen. Mister Berglund hat keine Familie, und er isst nicht das, was die anderen Gefangenen essen … Jetzt gehen wir aber hinein.«

Butterfield teilte seine Zelle mit vier anderen Gefangenen, aber sie war so groß, dass jeder eine Ecke des Raumes zu seiner machen konnte. Die anderen hatten Zeitungen in langer Reihe aneinandergeklebt und sie über ein Seil als eine Art Papierwand gehängt, während Butterfield sich richtigen Stoff leisten konnte. Seine Wände bestanden aus einem karierten Baumwolltuch, benutzt, aber nicht zerfetzt, und einer verfilzten Decke in undefinierbarem Graubraungrün.

Hinter den Stoffen war es überraschend gemütlich: eine gemachte Pritsche mit Laken, Decke und Kopfkissen, eine kleine Tischlampe auf einem Holzkasten, Ventilator und Transistorradio.

Das sah aus wie eine Hütte, so eine, wie man sie sich baut, wenn man zehn Jahre alt ist und sich vor der Welt verstecken will. Marita und ich haben einmal so eine gebaut. Dunkel, sicher und geheim.

»Mister Berglund malt«, sagte Somoza, während er die Tischlampe einschaltete und auf die eine feste Wand von Butterfields Ecke zeigte.

Ich schnappte nach Luft. Er hatte eine ganze Welt auf die Wand gemalt, eine gespaltene Welt. Rechts eine nordische Landschaft im Spätherbst, mit rotem Himmel, dunklem Wald und eisigem Wasser, links eine tropische Landschaft mit weißglühendem Himmel und feuerspeiendem Berg. Dazwischen befand sich ein Abgrund, und über dem Abgrund lag ein Körper. Vielleicht war das eine Brücke. Oder eine ganze Welt: Als ich näher herantrat, sah ich den Detailreichtum. Der Körper des Riesen war von Städten, Wäldern und Menschen bedeckt.

Am besten war ihm die nordische Landschaft geglückt: das satte Grün des Nadelwalds, der schwere Himmel und die tiefe Finsternis.

Und dort, in Butterfield Berglunds Zelle weit hinten in der Welt, erkannte ich zum ersten Mal, dass die nordische Dunkelheit anders ist, dass sie sich von allen anderen Dunkelheiten auf der Welt unterscheidet.

Sie senkt sich nicht über uns. Sie steigt aus der Erde auf.

In Mamas Küchenschrank steht ein hellblauer Schnabelbecher. Er ist für Lars-Görans jüngsten Sohn gedacht, aber jetzt belege ich ihn mit Beschlag, fülle Apfelsaft hinein und bringe ihn ins große Schlafzimmer.

Morphium und Apfelsaft, das ist alles, was Mama noch geblieben ist.

Der Schnabelbecher funktioniert gut, endlich muss ich nicht jedes Mal, nachdem sie etwas getrunken hat, das Nachthemd wechseln. Und das Morphium hilft immer noch: Manchmal schlägt sie die Augen auf und sieht mich mit glänzenden, lebendigen Augen an. Ich erwidere ihren Blick, sage aber nichts.

Ich würde ihr gern die Wange streicheln. Nein, das stimmt nicht. Ich möchte gern, dass ich ihr die Wange streicheln möchte.

Aber ich will nicht.

Es war bereits Nachmittag, als wir ins Krankenhaus zurückkamen. Der Arzt war scheu, wirkte fast schuldbewusst. Er warf nur einen kurzen Blick auf die Papiere vom Gefängnis und überließ mir dann ohne Einwände das Telefon.

Bengt war nicht da, aber Annie, seine Sekretärin, nahm meine Information entgegen. Sie würde ein Bett in einem der großen Privatkrankenhäuser reservieren.

»Handchirurgie, sagst du. Mm. Das wird klar gehen, das können sie bestimmt im amerikanischen Krankenhaus…«

»Tu, was du für richtig hältst, ich rufe dich an, wenn wir in Manila angekommen sind.«

»Gut. Mach das. Aber es ist schon vier, dann musst du mich wohl zu Hause anrufen… Ihr seid ja sicher nicht vor zehn Uhr hier.«

Als ich den Hörer auflegte, reichte der Arzt mir die Rechnung: Medikamente, Bettnutzung, Untersuchung, Telefon. Ich gab ihm meine Visitenkarte.

»Schicken Sie das an die schwedische Botschaft.«

Er nahm die Karte und legte sie auf seinen Schreibtisch. Manchmal muss ich an diese Karte denken. Ich sehe sie vor mir. Sie ist vom Regen aufgeweicht und grau vom Staub. Sie liegt unter den Ruinen, die einmal das Olongapo General Hospital waren, und nur ein kleines Eckchen guckt heraus. Manchmal flattert es im Wind.

»Hast du keine lange Hose?«

Butterfield setzte sich auf die Bettkante und schaute auf seine Beine.

»Ach, das macht doch wohl nichts. Alle laufen hier in Shorts herum…«

»Nicht in Manila. Und schon gar nicht im amerikanischen Krankenhaus.«

»Okay, okay. Wir können wohl eine Hose auf dem Markt kaufen, wenn das so wichtig ist.«

»Da gibt es nur Kindergrößen. Mir ist es in diesem Land noch nie gelungen, ein fertig genähtes Teil zu kaufen. Alles ist winzig klein.«

»In Manila, ja. Und Frauenkleidung. Aber hier in Olongapo gibt es Klamotten für ausgewachsene Kerle, das weiß ich. Schließlich kaufen die Amerikaner hier. Hilf mir mal hoch.«

Ich ergriff seinen gesunden Arm, so dass er auf die Füße kam. Er schien schwach zu sein, vielleicht war ihm schwindlig.

»Was ist eigentlich mit dir passiert?«

»Das erzähle ich dir später…«

»Hast du kein Gepäck?«

»Nein, ich wollte ja nur kurz in die Stadt. Essen kaufen. Du hättest ja die Sachen aus dem Gefängnis mitbringen können.«

»Daran habe ich nicht gedacht… Und außerdem war ich nur in Somozas Büro, nicht in deiner Zelle.«

Es war einfach, Butterfield Berglund anzulügen. Und nötig. Wie hätte ich ihm sagen sollen, dass ich seine Finsternis gesehen hatte?

Wir blieben auf der Treppe vor dem Krankenhaus stehen, während Ricky das Auto vorfuhr.

»Wie dunkel es ist«, sagte Butterfield. »Und was für sonderbares Licht…«

Ich schaute zum Himmel auf. Er hatte Recht. Es war eine merkwürdige Dämmerung. Aschgrau.

Butterfield lotste uns zu einem Restaurant im Hurenviertel. Die Kellnerin trug einen Paillettenbikini, sie glitzerte wie ein Goldfisch in dem Spiegel hinter Rickys Rücken. Hinten an der Bar standen ein paar Bikiniprinzessinnen und spielten lustlos mit den Strohhalmen in ihren Coca-Cola-Dosen. Zu früh fürs Geschäft. Die Soldaten würden erst in ein paar Stunden kommen.

Hinterher würde ich immer wieder an diese Mahlzeit denken, an die gegrillten Krabben und den dampfenden Reis, an Rickys zufriedenes Lachen, als er sich zurücklehnte und zwischen den Zähnen stocherte, an Butterfields gesunde Hand im genussvollen Griff um das Bierglas. Und dann der Kaffee, die letzte Tasse Kaffee.

Butterfield und Ricky hatten sich auf Männerweise beäugt und für gut befunden: auf der einen Seite ein Schwede, nüchtern und nicht überheblich, auf der anderen Seite ein Philippino, höflich, aber nicht unterwürfig. Ich meinte fast hören zu können, wie beide erleichtert aufseufzten, als die Positionen geklärt waren. Dann lachten sie gemeinsam über dieselben Scherze.

Ricky schien das Gemüse und seine Frau vergessen zu haben, er kaute auf seinem Zahnstocher und wippte mit dem Stuhl, während er erzählte.

»Sie verstehen«, sagte er und wandte sich an Butterfield, »in diesem Land ist das Glücksspiel faktisch verboten. Du darfst nicht einmal in deinem eigenen Haus Karten spielen. Es gibt nur eine einzige Ausnahme: bei der Totenwache. Wenn man einen Toten im Haus hat, dann darf man so viel Karten spielen, wie man nur will. Und wissen Sie, was die Leute machen? Sie kaufen sich Leichen.«

Er hörte auf zu wippen, beugte sich über den Tisch vor und wiederholte: »Sie kaufen sich Leichen! In San Juan, wo ich wohne, da haben wir eine Bande, die nichts anderes macht. Jede Woche fragen sie bei den Beerdigungsinstituten nach, und sobald jemand reinkommt, der nicht identifiziert werden kann, sind sie da und bieten. Dann wird die Leiche eine Woche oder länger im Haus herumgereicht, nun ja, sie ist ja auch einbalsamiert. Und wir spielen Karten, bis sie anfängt zu riechen …«

Butterfield lachte und trank einen Schluck Bier, wischte sich dann den Mund mit dem Handrücken ab. Ich spürte eine gewisse Eifersucht. Ricky hatte mir nie etwas über Leichen erzählt.

»Und was sagt deine Frau dazu?«, fragte ich.

Ricky machte grinsend eine Geste, die den sich ewig bewegenden Mund seiner Frau darstellen sollte.

»Na, sie meckert natürlich. Aber, Madam, ein Mann muss sich doch mit seinen Freunden treffen dürfen.«

Butterfield beugte sich vor und machte sich bereit, seinerseits mit einer Geschichte zu antworten.

Ich unterbrach ihn, bevor er anfangen konnte.

»Hört mal, wir müssen jetzt los, wenn wir es vor Mitternacht bis Manila schaffen wollen. Ich gehe nur eben zur Toilette, dann brechen wir auf …«

Ricky stand auf und zog meinen Stuhl zurück. Butterfield blieb sitzen. Ich redete Schwedisch mit ihm und hörte selbst, dass meine Stimme scharf klang.

»Weißt du, wo es eine Damentoilette gibt? Möglichst eine, in der man nicht schon vom Luftholen Gonorrhöe bekommt...«

Er grinste und deutete mit seiner gesunden Hand.

Es war einigermaßen sauber, der Boden war feucht und klebrig, aber der Toilettensitz westlich und das Waschbecken heil. Ich schloss ab und zog mich aus, wusch mich lange und sorgfältig, kühlte den Nacken mit kaltem Wasser und schminkte mich. Dann beugte ich mich vornüber und bürstete mir das Haar, dieses elendige nordische Babyhaar, das während der Regenzeit nie seine Form behalten konnte.

Ich schaute mich im Spiegel an. Mein eigenes Gesicht war unter der Schminke kaum auszumachen. Ich erinnere mich, dass ich an Bengt dachte. Er hatte einmal von einem Experiment erzählt: Jemand hatte die Fotos von den durchschnittlichsten Menschen in einem Land kopiert, normalgroße Nasen, normalrunde Wangen, normaldicke Lippen, Hunderte davon. Und zum Schluss war das Bild, die Zusammenfassung all dieser Durchschnittlichkeit, eine Schönheit geworden.

Ich lächelte mein Spiegelbild an. Durchschnittlich.

In dem Moment erlosch das Licht.

Ich tastete mich zur Tür vor. Das Restaurant lag auch im Dunkeln. Schrille Stimmen redeten aufgeregt auf Tagalog, dunkle Stimmen antworteten auf Englisch. Ich umklammerte mit einer Hand fest meine Tasche und streckte die andere vor, versuchte mich unter all den anderen Stimmen bemerkbar zu machen.

»Butterfield! Ricky! Wo seid ihr?«

Eine kleine Flamme wurde vor mir entzündet. Butterfield stand mit seinem Feuerzeug dicht vor mir.

»Komm, wir gehen.«

Ich legte die Hand auf seinen gesunden Arm, er war sehr heiß, und ließ mich von ihm zur Tür führen. Hinter mir hörte ich Rickys vertraute Atemzüge.

»Keine Gefahr, Madam, aber halten Sie Ihre Tasche fest…«

Butterfield wedelte mit einem Geldschein vor dem Kellner, der mit der Taschenlampe Posten an der Haustür bezogen hatte. Ich bezahlte. Dann waren wir draußen.

Der Stromausfall schien die ganze Straße betroffen zu haben. Alles war schwarz, bis auf ein paar vereinzelte Flammen, die ebenso zögerlich wie unsere flackerten. Noch war es ganz still. Keine Autos, keine Musik, keine Menschenstimmen, nur das leise Brausen von Wind und Regen.

Unschlüssig blieben wir eine Weile unter dem Baldachin vor dem Restaurant stehen. Er flatterte leicht im Wind.

»Regnet es?«, fragte Butterfield und gab sich selbst die Antwort. »Ja, es regnet…«

Ricky zog vor Ekel die Schultern hoch, dann streckte er die Hand aus. Er hielt die Handfläche nach oben, und sein Gesichtsausdruck veränderte sich, von Verwunderung in Unsicherheit. Butterfields Flamme erlosch.

Ricky drückte seine geschlossene Hand an die Brust.

»Feuer«, sagte er leise.

Wir standen dicht beieinander, alle drei, und sahen, wie die kleine Flamme das beleuchtete, was auf Rickys Handfläche lag.

Das war kein Regen. Das waren Sand und Asche.

Zum Schluss werden sie trotz allem kommen. Es gibt nichts, was ich tun kann, um sie daran zu hindern.

»Du machst dich kaputt«, sagt Lars-Göran. »Aber wenigstens dieses Wochenende sollst du dich ein bisschen ausruhen …«

Yvonne, seine neue junge Frau, lächelt geistesabwesend, während sie ihren Mantel neben den braunen Nerz hängt. Ohne nachzudenken, hebt sie den Pelzärmel und streicht mit ihm schnell über ihre Nasenspitze. Ich schaue weg, möchte sie nicht verlegen machen.

»Ja, natürlich«, sage ich. »Aber Mama braucht die ganze Zeit Spritzen …«

»Du hast vergessen, dass Yvonne Krankenschwester ist«, sagt Lars-Göran und geht ins Wohnzimmer. Er bleibt auf der Türschwelle stehen, fasst sich ans Jackenrevers, um es geradezuziehen, während sein Blick prüfend über das Zimmer schweift. Ich verschränke die Arme vor der Brust, mich durchläuft ein leichter Schauer.

»Doch«, nicke ich. »Es wäre wirklich schön, mal rauszukommen. Ich müsste einkaufen. Ich habe ja keine Wintersachen. Ich habe es nie geschafft, welche zu kaufen, es war immer so viel anderes zu tun.«

»Da siehst du«, sagt Lars-Göran. »Und jetzt essen wir was Gutes zu Abend und öffnen eine Flasche Wein, und morgen kannst du einkaufen gehen. Wir werden uns um Mama kümmern.«

Lars-Göran ist Mamas Sohn. Seine Fürsorge ist unerbittlich.

Die Schaufensterpuppen in Grens Modehus sind die gleichen wie vor dreißig Jahren: anorektische Frauen mit langen Hälsen und hochgezogenen Schultern. Moderne Kleider sehen komisch an ihnen aus, die Schulterpolster rutschen, und die Jeans sind in der Taille zu weit.

Ich schiebe die schwere Glastür auf und erinnere mich an Mamas festen Griff um meine Hand, als wir das erste Mal hierher gingen.

Wir wurden so plötzlich reich, dass Mama und ich es gar nicht so schnell begriffen. Als ich in die erste Klasse ging, wohnten wir noch in einer altmodischen Zwei-Zimmer-Wohnung und hofften auf eine Drei-Zimmer-Wohnung mit Bad. Mama nähte meine Kleider, sie kaufte den Stoff im Garnboden und holte sich die Schnittmuster aus Zeitschriften. Fünf Jahre später wohnten wir im Bananenhaus und hatten ein Konto bei Grens Modehus, dem teuersten Geschäft der Stadt, vielleicht von ganz Småland. Der Wohnungsmangel und ein paar vergoldete Verträge hatten den Maurer Arne Dahlbom in einen Baumeister und Arbeitgeber verwandelt. Seine Firma quoll vor Geld über, ohne dass wir es zuerst überhaupt realisierten. Aber eines Tages kam er nach Hause und erzählte uns, dass wir umziehen würden.

»Ins Bananenhaus?«, fragte Mama verwirrt. »Was für ein Bananenhaus?«

Ich werde nie ihren Gesichtsausdruck vergessen, als ihr klar wurde, um welches Haus es sich handelte: um die große Hollywoodvilla am Gamlarpsvägen, die mit etwas dekoriert war, was aussah wie vier prächtige Bananen, eine an jeder Ecke. Ihre Unterlippe zitterte, ihre Augen begannen zu glänzen. Sie war eine Frau der Neuen Sachlichkeit, in ihren Träumen hatten die Häuser Schaufenster und waren mit Bruno-Mathson-Möbeln eingerichtet. So ein Haus hätte sie voller Freude ihren Freundinnen im sozialdemokratischen Frauenclub gezeigt, aber das protzige Bananenhaus war ihr fremd und peinlich.

Ein paar Wochen nach dem Umzug packte sie mich fest bei der Hand und schob mich zur Tür von Grens Modehus. Die Verkäuferin trug ein anthrazitgraues Kostüm und hatte kirschrote Lippen.

»Mm. Ein Prüfungskleid für das Mädchen. Hier entlang bitte…«

Ich erinnere mich immer noch an die Umkleidekabine und alle Kleider: ein weißes mit roten Tulpen, ein hellblaues mit Bommeln, ein gelbes mit blauen Blumen. Alle hatten enge Oberteile und einen Rock, der in der Taille gekräuselt war. Bei keinem einzigen ließ sich der Reißverschluss zuziehen. Ich war zu dick.

Nach dem vierten Misserfolg lehnte ich mich gegen den Spiegel und schloss die Augen. Ich hörte Mamas Stimme hinter dem Vorhang.

»Haben Sie nichts anderes? Etwas, das nicht so eng über dem Bauch sitzt… Vielleicht etwas Zweiteiliges.«

Die Verkäuferin murmelte etwas von größeren Größen, und ihre Absätze klapperten über den Boden. Eine Weile später schob Mama ein Bardot-kariertes Kleid durch den Vorhang. Es war viel zu groß, ein Teenagerkleid.

»Zieh das mal an. Gibt es da drinnen Stecknadeln?«

Ich nickte stumm und zog das Kleid über den Kopf. Eine Sekunde lang war die Welt sanftrosa. Mama zog es ganz hinunter und machte den Reißverschluss zu, betrachtete mich eine Sekunde lang und sank dann vor mir auf die Knie.

»Wir müssen es in der Taille und unter den Achseln einfassen und mindestens zehn Zentimeter kürzen. Und diese Brustabnäher müssen weg. Steh still!«

Schweigend steckte sie lange Zeit ab, drehte mich dann herum und betrachtete das Resultat.

»Nun ja, eine Schönheit wirst du nicht gerade. Und ändern macht genau so viel Arbeit wie neu nähen. Aber ein Kleid von Grens ist es, und damit wird Papa ja wohl zufrieden sein.«

Sie warf die restlichen Stecknadeln in die achteckige Dose, zog den Vorhang zur Seite und trat hinaus.

»Zieh es aus… Ich warte draußen.«

Ich blieb unbeweglich stehen und schaute in den Spiegel.

»Sie sieht aus wie ein Cremetörtchen«, sagte Mama zu der

Verkäuferin. »Rosa und prall. Aber wir nehmen es. Man kann es ändern.«

Ich spürte eine diffuse Sehnsucht: Ich hätte dieses Kleid mögen können.

Dieses Mal versuche ich schnell und effektiv zu sein, schaue mich kaum im Spiegel an. Eine karierte Tweedjacke, ein enger Gabardinerock, Manchesterhose und Lammwollpullover. Anschließend gehe ich zu den Mänteln: eine Jacke und ein Mantel. Plus ein Schal. Alles passt. Nichts muss geändert werden.

Als ich den Quittungsbeleg unterschreibe, fällt mir auf, dass meine neuen Kleider genauso viel kosten wie sechs Monatsgehälter eines Chauffeurs auf den Philippinen. Genauso viel. Und trotzdem brauche ich noch mehr. Ich brauche noch ein Paar Stiefel.

Hinterher überquere ich langsam den Stora Torget, gehe vorbei am Stadshuset, durch den Ingsbergpark und weit die Handskeryd hinauf. Es ist Samstagnachmittag, die Stadt kommt langsam zur Ruhe. Ich habe so lange in Asien gelebt, dass mir diese Stille zunächst gefährlich erscheint. Dann fällt es mir wieder ein: Auch in der Residenz in Delhi war es still. Wohlstand und Stille sind Schwestern.

Mama liebte unser indisches Haus, die weiße, streng moderne Residenz des Botschafters.

»Cecilia hat alles gekriegt, was man sich wünschen kann«, erklärte sie Ulf, nachdem der sie herumgeführt hatte. »Alva Myrdals Haus! Es war doch Alva Myrdal, die es hat bauen lassen?«

Ich schaute mich in dem großen Salon um. Wenn ein Raum wie ein Mensch sein kann, dann war dieser Raum das Bild meiner Mutter. Groß, weiß und vernünftig, ohne eine einzige Ecke für Geheimnisse. Ich hatte dünne weiße Vorhänge aufhängen lassen, um es weicher und kleiner erscheinen zu lassen, und wenn wir Gäste hatten, ließ ich die Diener schwere Krüge mit blühenden Zweigen hereintragen. Es nützte nichts. Dieser Raum war und blieb der Thronsaal der Vernunft, wie viele purpurfarbene Blütenblätter auch den Boden bedecken mochten.

»Du hast vielleicht ein Glück«, sagte Mama und streichelte mir die Wange.

Als ich nach Hause komme, sehe ich etwas, was ich eigentlich nicht sehen sollte. Die Tür zu dem großen Schlafzimmer steht einen Spalt offen, Lars-Göran sitzt bei Mama und drückt ihre Hand gegen seine Brust. Sie sehen einander in die Augen, Mama ist vollkommen wach.

Sie lieben einander, diese beiden. Mutter und Sohn, zwei Apostel der Rationalität und der Fürsorge. Sie lieben sich.

Ich lächle spöttisch. Würde sie ihn genauso lieben, wenn er nicht Minister gewesen wäre? Hätte sie ihn noch mehr geliebt, wenn seine Partei nicht die Wahl verloren hätte?

Mein Neid erzeugt Übelkeit in mir.

»Wie schön, dass du wieder die Alte bist«, sagt Lars-Göran am nächsten Tag, während er seinen Teller von sich schiebt. »Gutes Essen und guter Wein, das ist Cecilia...«

Ich lächle ihn freundlich an, während ich mich vor den offenen Kamin hocke. Das Feuer will nicht brennen.

»Doch, es hat mich aufgemuntert, dass ihr gekommen seid. Es war schon ein wenig einsam hier... Aber jetzt müsst ihr ja wieder los.«

»Die Kinder«, erklärt Yvonne mit ihrer Flüsterstimme. »Wir können nicht länger wegbleiben.«

»Das verstehe ich«, sage ich. »Aber einen kleinen Kaffee nach dem Essen, den schafft ihr doch noch?«

»Selbstverständlich«, sagt Lars-Göran. »Den macht Yvonne. Nicht wahr, Liebling?«

Als wir allein sind, kniet er sich neben mich, schiebt die Holzscheite zurecht und zerknüllt ein paar Zeitungen. Als das Feuer aufflackert, entschließe ich mich, endlich die Frage zu wagen.

»Erinnerst du dich an Marita Olsson? Die neben uns gewohnt hat...«

Er schaut konzentriert auf das Feuer.

»Natürlich. Deine alte Freundin, natürlich erinnere ich mich an sie.«

»Hatten die eine Schlange in der Speisekammer? Oder habe ich das nur geträumt?«

Er steht auf, klopft sich die Hosenbeine ab, lächelt ein wenig.

»Das hast du nicht geträumt. Sie hatten eine Schlange in der Speisekammer. In einer Flasche Brennspiritus. Olsson hat sie eines Tages, als er besoffen war, auf dem Eksjöberg gefunden. Erinnerst du dich nicht mehr?«

Kurz bevor ich einschlafe, kommt ein Teil der Erinnerung zurück. Ich stehe weinend in unserer Küche, wir haben einen braunen Fries an der Wand und einen Holzherd. Ich höre mein eigenes Schluchzen, es ist eintönig und klingt hart für ein so kleines Mädchen.

»Jetzt höre aber auf zu heulen«, brummt Gyllen, aber noch ist er nicht Gyllen, der Goldene, sondern nur der Maurer Arne Dahlbom. Er sitzt am Küchentisch mit dem ›Smålands Dagblad‹ vor sich. »Eine tote Schlange in einer Flasche kann dir verdammt noch mal ja wohl nichts tun…«

»Ach, sie will doch nur, dass sie uns Leid tut«, erklärt Mama am Spülbecken. »Hör jetzt auf!«

Und da höre ich auf.

Ich denke oft an den Zufall. Das lässt mich schwindeln. Wir alle sind ein Tausendstel eines Zufalls, das letztendliche Resultat von zehntausend Begegnungen seit dem Beginn der Zeit. Und wenn nur eine dieser Begegnungen nicht stattgefunden hätte, hätte die Welt jemand anderem gehört. Eine Urzeitechse kopuliert mit einer anderen, und die Weltgeschichte beginnt. Aus ihrem Ei schlüpft ein Tier, das seine Kinder in sich tragen wird. Wenn diese Echse nicht genau die andere auserwählt hätte, dann wäre die Welt ohne Menschen.

Aber es gibt uns. Und wir tragen unsere Vorfahren in uns. Wir alle haben ein Reptiliengehirn, einen kleinen grauen Klumpen Wut tief drinnen im Kopf. Dort ruht er, umgeben und geschützt von der Masse, die uns zum Menschen macht.

Butterfields Gehirn schimmerte grau und rosa, wie Wolken im Sonnenaufgang, aber daran will ich mich nicht erinnern.

Wir liefen Hand in Hand durch den Ascheregen. Butterfield an meiner rechten Seite, Ricky an der linken. Ricky hatte meine Handtasche genommen und hielt sie fest umklammert, sie schlug bei jedem Schritt, den er machte, schwer gegen seinen Oberschenkel.

Während wir liefen, erwachte die Straße zum Leben, Kinder und Erwachsene kamen aus den Seitengassen herausgeprescht. Einige hatten bereits Taschen und Bündel bei sich. Mädchen und Soldaten rannten aus den Bars und Bordellen. Ein paar von ihnen waren so betrunken, dass sie lachten, aber die meisten verhielten sich wie wir, schweigend und verkniffen, und sie liefen wie wir, schnell und zielbewusst. Aber noch liefen nicht alle in die gleiche Richtung, jeder schien sein eigenes Ziel zu haben.

Die Augen gewöhnten sich schnell an die Dunkelheit. Ich sah ein nacktes Mädchen, sie hielt ihren Dienstbikini in der Hand, während sie weinend quer über die Straße lief. Ein Junge ohne Beine saß auf einem selbstgemachten Skateboard und stieß sich mit den Handknöcheln vom Boden ab. Unters Kinn hatte er eine Plastiktüte geklemmt. Er drückte sie sich gegen die Brust und war genauso schnell wie wir anderen, bis er gezwungen war, eine plötzliche Kurve zu fahren, um einem schwankenden weißen Soldaten auszuweichen, der sich gegen eine Hauswand lehnte und versuchte, seinen Hosenstall zuzuknöpfen. Im gleichen Moment hob ein schwarzer Militärpolizist einen riesigen Ghettoblaster auf seine Schulter und ließ die Musik zwischen den Häuserwänden erschallen:

»*Come on, you fool, I love you! Join the joyride!*«

Ein leichter Schwefelgeruch kitzelte mich in der Nase. Die Asche war feucht und heiß, hundert winzige Nadeln auf meiner

Haut. Rickys Augen tränten, das musste an der Asche liegen, er weinte nicht, Ricky weinte nie. Fremde Körper stießen uns an, und fremde Stimmen sprachen uns an, wir blieben nicht stehen, gaben keine Antwort, liefen immer nur weiter, zwängten uns eilig durch schwarze Menschenklumpen, als ob unsere Körper zu einem geworden wären. Endlich nahm die Straße ein Ende: Da lag der Parkplatz, da stand unser roter Toyota. Ricky ließ meine Hand los und suchte weiterlaufend in seiner Hosentasche nach dem Autoschlüssel.

Noch bildete die Asche nur eine dünne Staubschicht auf den Autoscheiben und dem Lack. Butterfield und ich wischten die Heckscheibe sauber, während Ricky aufschloss. Ich öffnete die linke Hintertür und kroch hinein, Butterfield öffnete die rechte und setzte sich neben mich.

»Oh Scheiße«, sagte er atemlos auf Schwedisch. »Oh Scheiße, Scheiße, Scheiße …«

Ich musste im Dunkeln lächeln, das Auto erschien sicher und vertraut, und Rickys Obst erfüllte es mit süßen Düften. Die Asche klopfte sanft aufs Dach. Das verwunderte mich, sie hätte leise wie Schnee sein sollen.

Ricky fummelte mit etwas auf dem Vordersitz, es dauerte eine Weile, bis er den Motor zum Laufen brachte. Ich rieb mir die Arme und stellte verwundert fest, dass ich überhaupt nicht mehr verschwitzt war, obwohl es doch noch genauso heiß war wie vorher. Butterfield beugte sich vor und sagte etwas über das Auto, in dem Moment gingen endlich die Lampen am Armaturenbrett an, und der Motor startete. Ich seufzte.

»Oh, ich hatte schon Todesangst, Ricky. Ich habe befürchtet, dass er nicht startet …«

»Keine Angst, Madam. Aber wir brauchen Benzin. Was wir haben, reicht nicht bis Manila …«

»Weißt du denn, wo es eine Tankstelle gibt?«

»*Sure, Madam.* Es gibt eine an der Ausfahrt …«

In dem Moment schaltete er das Licht ein. Die Scheinwerfer erleuchteten eine kleine Gruppe Kinder, die sich auf einem leeren Parkplatz direkt vor uns zusammenkauerten. Sie waren sehr klein, kaum älter als fünf, sechs Jahre. Alle trugen etwas Unförmiges, Helles, es sah aus wie Säcke. Eines von ihnen stand auf, es trug eine Plastiktüte in der Hand und verzog sein Gesicht. Vielleicht war das ein Lächeln. Vielleicht weinte es. Das war in dem Ascheregen schwer auszumachen.

»Die armen Kinder«, sagte ich. »Was wird aus ihnen?«

»*Street kids, madam*«, sagte Ricky, »die kommen immer durch…«

»Wo verläuft die Straße nach Manila?«, fragte Butterfield.

Ricky schaltete in den ersten Gang. Plötzlich fühlte ich mich fröhlich, ein Jubeln löste sich aus meiner Kehle. Ich lachte laut auf.

»Das weißt du nicht, wo du doch jede Woche Freigang hast?«

»Nun hör aber auf! Ich bin seit drei Jahren nicht mehr aus der Stadt rausgekommen… Und seither hat sich vieles mit den Straßen verändert. Wir hatten vier Orkane.«

»Die Straßen sind in Ordnung, Mister Berglund«, sagte Ricky. »Fester Kies auf ungefähr der Hälfte, der Rest Asphalt. Da ist keine Gefahr, wenn nur nicht zu viel Verkehr ist…«

Ich verschränkte lächelnd die Hände im Nacken, immer noch ganz leicht vor Glück.

»Und wenn alle Stricke reißen, dann weiß Ricky einen Schleichweg. Nicht wahr, Ricky?«

»*Sure, madam.*«

Ich lachte wieder laut los.

»Im Augenblick sind wir vollkommen frei, Butterfield. Niemand auf der ganzen Welt weiß, was wir tun oder wo wir sind…«

»Bist du besoffen?«, fragte Butterfield Berglund.

Sie ruft nicht an. Sie wird nicht anrufen. Und trotzdem muss sie es doch wissen.

Eines Nachts wache ich auf, weiß ganz genau, was ich ihr sagen will, das ist mir vollkommen klar in der Sekunde, in der ich zwischen Traum und Wachsein schwebe. Aber während ich

Mama Sauerstoff und Morphium gebe, vernebelt sich der leichte Gedanke, sinkt zu Boden und wird nur zu Worten. Trotzdem setze ich mich an Mamas Schreibtisch und fange einen Brief an.

»Marita, weißt du immer noch alles über die Männer?

Müssen wir ihnen immer durch ihre Tore folgen? Warum können sie nicht zu uns kommen, warum wollen sie nicht in unsere Räume schauen, über unsere Landschaften?

Butterfield wollte nie etwas von mir hören. Und dennoch: Er war schön wie das Leben. Aber sein Sperma war genauso bitter wie die Liebe, genauso bitter wie die Lust…«

Am nächsten Morgen werde ich wütend, als ich lese, was ich geschrieben habe. Blödsinn und Gelaber! Ich knülle den Brief zusammen und werfe ihn in den Papierkorb, bevor ich ins Badezimmer gehe, um mir die Zähne zu putzen. Aber die Worte des Briefs verfolgen mich, und mein Spiegelbild schaut mich höhnisch an. Sein Sperma ist also so bitter wie die Liebe, Cecilia? Bitter wie die Lust? Und wie schmeckte NogNogs?

Ich spucke den Zahnpastaschaum ins Waschbecken und zwinge mich zur Antwort: NogNogs Sperma war dick wie Blut und salzig wie das Meer.

Am Rande von Olongapo gab es noch Strom, vereinzelte nackte Glühbirnen leuchteten in den Slumbehausungen entlang des Flusses. Auf den Plätzen davor brannten die abendlichen Feuer. Die Häuser sahen aus, als schwankten sie auf ihren hohen, dünnen Pfosten, sie wirkten merkwürdig, als wollten sie jeden Augenblick davonlaufen.

Die Flucht hatte begonnen, aber noch herrschte keine Panik. Die Straßen waren voller Menschen und Autos, Karren und Fahrräder, Jeeps und rostigen Dreiradwagen. Es galten keine Regeln mehr, wer rechts nicht weiter kam, fuhr auf die linke Straßenseite. Das machte nichts: Es gab keinen entgegenkommenden Verkehr, jetzt waren alle auf dem Weg in die gleiche Richtung, nach Süden, nach Manila.

»*Shit!*«

Ricky schlug mit der Faust aufs Lenkrad, als wir uns der Tankstelle näherten.

»Was ist?«, wollte Butterfield wissen.

»Sehen Sie sich die Schlange an«, sagte Ricky. »Und nur eine einzige verdammte Zapfsäule …«

»Ich werde mal nachsehen«, sagte ich.

Der Wind hatte aufgefrischt. Er packte die Wagentür und riss sie auf, sobald ich sie öffnen wollte. Mein Haar wehte mir ins Gesicht, ich hielt es mit der Hand zurück und zählte, wie viele Autos vor uns standen. Achtzehn! Vierzehn rostige Schrotthaufen, die zweieinhalb Liter pro Meile schluckten, und vier Jeeps. Plus diverse Fußgänger mit Eimern und Benzinkanistern.

Ich beugte mich in den Wagen hinein.

»Es wird kein Benzin mehr da sein, wenn wir an der Reihe sind. Du musst mit ihnen handeln, Ricky …«

Ricky stellte den Motor ab und stieg aus. Auch er war überrascht von dem starken Wind. Der packte sein Hemd, das Rückenteil blähte sich wie ein Luftballon, das Vorderteil wurde auf seinen runden Bauch gedrückt, als er sich mir zuwandte.

»Ich versuche es bei denen ohne Auto«, sagte er. »Kann ich den doppelten Preis anbieten?«

»Du kannst das Dreifache bieten. Wir müssen nach Manila …«

Er ging zum Zapfhahn. Da stand ein Mann, der gerade zwei Plastikeimer mit Benzin füllte. Ich sah, wie Ricky in dem schwachen Licht gestikulierte und argumentierte.

Der Mann antwortete nicht, er schaute nur in seinen Eimer und senkte die Zapfpistole ein wenig, vielleicht, damit es nicht überschwappte.

»*Coke, Madam*?«

Ein Junge zupfte an meinem Kleid. Er hielt drei große Colaflaschen im Arm und lehnte sich zurück, um die Balance zu halten. Sein Haar glänzte von der Asche, es lag trotz des starken Winds wie ein kleines Käppchen auf seinem Kopf.

»*Coke*?«

Ich fasste schnell einen Entschluss. Wir würden während der Reise etwas zu trinken brauchen.

»Was nimmst du?«

»Zwei Dollar die Flasche, Madam. Fünf Dollar für alle drei…«

»Das sind ja Gangsterpreise!«

Er zuckte mit den Schultern, so gut es mit den Flaschen im Arm ging.

»Dann viereinhalb Dollar.«

Ich gab keine Antwort, und er gab fast augenblicklich nach.

»Vier Dollar.«

»Okay. Gib mir die Flaschen. Hast du noch mehr?«

»Ich kann welche besorgen…«

»Dann besorge noch zwei, aber schnell. Wir haben es eilig.«

Er streckte die Hand aus.

»Erst das Geld für die ersten drei.«

Ich drückte ihm ein paar zerknitterte Dollarscheine in die Hand, überdachte dann schnell die Lage. Ich hatte noch ungefähr zweihundert Dollar, das musste für Essen und Benzin während der Fahrt reichen, auch bei dieser Katastropheninflation. Ich dachte an meine Reiseabrechnungen, an die rosa Formulare, die auf meinem IKEA-Schreibtisch in der Botschaft lagen, während ich mich herunterbeugte und die Flaschen auf den Autoboden legte.

»Wie läuft es?«, fragte Butterfield.

»Gut«, sagte ich. »Ricky ist ein souveräner Händler…«

Der Junge kam mit den Flaschen und einem neuen Angebot zurück.

»Früchte, Madam? Frische Kokosnüsse? Schokolade?«

»Okay, etwas Schokolade. Aber schnell!«

Er verschwand wieder im Dunkel, und zum ersten Mal fiel mir auf, dass die Asche schon so dick lag, dass man Fußspuren sehen konnte. Ich hockte mich hin und hob etwas auf, die Asche war grauschwarz und scharf wie Sand. Einzelne Silberkörnchen glitzerten in der Dunkelheit. Ich öffnete die Hand ein wenig, der Wind erfasste die Asche und wehte sie fort.

Ricky hatte Erfolg gehabt. Der Mann mit den Eimern kam an unser Auto, Ricky ging wie eine Wache hinter ihm.

»Er will hundert Dollar haben, Madam. Hundert Dollar für eineinhalb Eimer… Er lässt nicht mit sich handeln.«

»Wie viel ist in jedem Eimer?«

»Ich weiß nicht, vielleicht so sechs Gallonen.«

»Kommen wir damit hin?«

»Zumindest bis Quezon City, Madam. Und dann sind wir ja fast schon da.«

»*It's a deal.*«

Ricky schraubte den Tankverschluss auf, ich öffnete meine Brieftasche.

»Haben wir einen Trichter?«, fragte Ricky.

»Einen Trichter? Du weißt doch, dass wir keinen haben…«

»Wie sollen wir dann das Benzin in den Tank kippen?«

Eine Weile standen wir ratlos da, bis der Mann, der schweigend neben uns stand und auf sein Geld wartete, eine Idee hatte. Er sagte etwas zu Ricky auf Tagalog. Ricky schaute ihn zweifelnd an, aber dann öffnete er doch den Kofferraum, kippte die Süßkartoffeln aus einer Plastiktüte und gab die Tüte dem Mann. Der drehte sie schnell von außen nach innen, strich sie glatt und biss ein Loch in den Boden. Dann zwängte er den unteren Teil der Tüte in den Tank und öffnete vorsichtig den oberen. Ricky schaute lächelnd zu.

»Jetzt haben wir einen Trichter, Madam.«

»Gut«, sagte ich, »aber sei vorsichtig beim Reinkippen. Das ist das teuerste Benzin, das je ein menschliches Wesen gekauft hat…«

In dem Moment waren Schreie und Proteste von der Benzinpumpe zu hören. Jemand drohte mit der Tankpistole, der Benzinschlauch ringelte sich. Ricky lachte.

»Kein Benzin mehr, Madam. Sie haben trotz allem ein gutes Geschäft gemacht.«

Drei Männer hinten an den Pumpen schrieen wütend etwas über *kanos* und zeigten in unsere Richtung.

»Fehlt nicht mehr viel, Madam. Ich bin gleich fertig.«

Ich sprang ins Auto, der Mann mit den Eimern schaute mir unruhig hinterher.

»Das reicht«, sagte er, aber Ricky kippte noch einen Extraschluck in die Plastiktüte, bevor er den Eimer hinstellte.

»Eineinhalb Eimer, Madam. Jetzt haben wir's.«

Ich kurbelte das Fenster hinunter und reichte das Geld hinaus.

»Vielen Dank, Mister. Wir sind Ihnen wirklich für Ihre Hilfe dankbar.«

Der Mann gab keine Antwort, er zählte nur die Scheine nach, faltete sie dann sorgfältig zusammen und umklammerte sie. Vielleicht hörte er mich gar nicht, der Wind heulte laut. Ricky startete den Wagen, fuhr rückwärts aus der Auffahrt und schummelte sich an ein paar Karren und einem Jeep vorbei. Dann waren wir wieder auf der Straße. Ich beugte mich vor und bürstete mir mit der Hand die Asche aus dem Haar. Dann drehte ich mich um und schaute durch das Heckfenster. Die Leute an der Tankstelle stritten miteinander, jemand schoss direkt in die Luft, ein Mann schrie, eine Frau stieg mit einem Baby im Arm aus einem überfüllten Jeep.

In dem Augenblick fiel mir ein, dass ich die Schokolade vergessen hatte. Ich war untröstlich, als wäre ich noch ein Kind. Oder als wüsste ich, dass wir bald ein Kind treffen würden.

Ich mache einen Fehler. Ich vergesse, den Papierkorb in Mamas Zimmer zu leeren. Darin bleibt der Brief an Marita bis Dienstag liegen.

Als ich vom Eksjöberg zurückkomme, steht Gunilla lächelnd in der Tür zum Küchentrakt. Ich erwidere ihr Lächeln, während ich die Stiefel ausziehe und den Mantel aufhänge, etwas verwundert über ihre plötzliche Freundlichkeit.

»Ist es kalt draußen?«

»Nein, eigentlich nicht. Es scheint dieses Jahr gar kein richtiger Winter mehr zu werden.«

Ich versuche an ihr vorbei in die Küche zu kommen, aber sie bleibt stehen und versperrt mir den Weg. Ich bin gezwungen, auch stehen zu bleiben und ihr in die Augen zu sehen.

»Weißt du, dass es dreißig Jahre her ist, dass wir die Sechste beendet haben?«, fragt sie mit zögerlicher Stimme.

»Ja, stimmt.«

»Ist doch verrückt, wie gut man sich noch an alle erinnert. Marianne. Ove. Bosse Lindgren. Und Marita Olsson.«

Ich antworte nicht, mache nur eine entschlossene Geste, die zeigen soll, dass ich sie beiseite drücken werde, wenn sie mich nicht in Mamas Küche lässt. Sie weicht aus und lässt mich durch, immer noch die Arme vor der Brust verschränkt. Mein Gott, bist du farblos, denke ich, bist du farblos, hässlich und langweilig!

Sie folgt mir in die Küche, lehnt sich an den Türrahmen und beobachtet mich, während ich Wasser auf dem Herd aufsetze und den Kaffee heraushole.

»Ach, du trinkst Zoégas. Ist der nicht teuer?«

»Ja. Aber auch gut. Besser als die anderen Sorten.«

»Ich weiß. Ich habe mal Luxus im Sonderangebot gekauft, aber der schmeckte nicht. Scharf und bitter. Sehr scharf und bitter.«

Ich fahre herum und schaue ihr in die Augen, sie senkt den Blick, lächelt aber weiter. Sie zupft ein paar unsichtbare Staubkörnchen von ihrem Pullover und sagt: »Einige von uns wollen ein Klassentreffen organisieren, alle zusammenholen, die die ersten sechs Jahre in die gleiche Klasse gegangen sind. Vor dem Gymnasium. Willst du auch kommen?«

Wieder drehe ich ihr den Rücken zu.

»Ich weiß nicht. Kommt darauf an.«

»Worauf?«

»Na, auf meine Mutter natürlich. Wie es ihr geht.«

»Ja, natürlich. Das ist verständlich. Aber es wäre doch witzig, die alten Klassenkameraden wiederzutreffen. Du und Marita, ihr wart doch immer die dicksten Freundinnen … Habt ihr noch Kontakt zueinander?«

Ich stelle den Kaffee zurück in den Schrank, drehe mich um und sehe ihr scharf in die Augen, rede laut und deutlich, damit sie auch versteht, dass ich verstanden habe.

»Nein. Wir haben keinen Kontakt mehr. Überhaupt keinen.«

Sie lächelt frech und zuckt mit den Schultern. Ich gehe die Treppe hoch, bevor sie die Haustür hinter sich zugezogen hat. Der Brief liegt noch im Papierkorb, aber er ist nicht mehr zusammengeknüllt. Sie hat ihn glattgestrichen und vergessen, ihn hinterher wieder zu zerknüllen.

»Willst du eine Zigarette?«

Butterfield nickte, gab aber keine Antwort. Ich schob sie ihm zwischen die Lippen und zündete sie an, als ob er beide Hände nicht gebrauchen könnte. Er hob irritiert seine linke Hand und schob mich ein wenig zur Seite. Trotzdem konnte ich feststellen, dass er auf der Oberlippe schwitzte.

»Hast du Schmerzen?«

»Ja.«

»Willst du eine Tablette? Der Arzt hat mir Tabletten mitgegeben. Ich habe sie in meiner Handtasche. Und ich habe Cola, damit kannst du sie runterspülen.«

Er machte eine weitere wütende Geste.

»Darum geht es nicht. Ich komme noch eine Weile so zurecht.«

Ich legte die Cola-Flasche zurück auf den Wagenboden.

»Worum dann?«

Er schwieg eine Weile, dann entschloss er sich zu reden: »Ist dir bewusst, dass du dich da an der Tankstelle wie ein Schwein verhalten hast?«

Zuerst war ich verwirrt, dann kam die Wut. Sie war vollkommen weiß.

»Was meinst du damit? Was zum Teufel willst du damit sagen?«

»Ich meine, was ich sage. Du hast dich wie ein Schwein aufgeführt. Du hast dich vorgedrängt, mit deinen Dollarscheinen gewedelt, du hast ihre Armut ausgenutzt.«

»Du redest Scheiße, Butterfield Berglund. Ich habe niemanden ausgenutzt, ich bin ausgenutzt worden. Ich habe einen Schweinepreis für Benzin und Cola bezahlt, nur damit du rechtzeitig ins Krankenhaus kommst. Mir ist das egal! Ich kann problemlos für ein paar Tage im Hotel bleiben! Aber du musst nach Manila, damit du jemals wieder deine Hand gebrauchen kannst! Ist es nicht so? Aber vielleicht willst du ja gar nicht? Vielleicht willst du ja lieber zurück ins Krankenhaus? Oder ins Gefängnis?«

Er schwieg. Ricky machte sich vor Unbehagen auf seinem Sitz hinterm Steuer ganz klein. Auf den Philippinen vermeidet man Streit und offenen Zank, da redet man freundlich mit seinem Feind bis zu dem Moment, in dem man ihn niederknallt.

»Nun«, bohrte ich nach, »sollen wir umkehren? Oder sollen wir anhalten und unseren Wagen den Armen schenken? Sollen wir hier bleiben und sterben, damit sie überleben?«

Butterfield wandte sich mir zu, sein Gesicht war jetzt vollkommen nackt.

»Das war jetzt aber gemein!«

Wieder war ich verwirrt.

»Was? Was meinst du?«

»Deine Anspielung auf die Bibel. Verhöhn mich nicht wegen Jefferson! Ich bin nicht wie er.«

»Jetzt machst du dich lächerlich. Ich wusste gar nicht, dass das aus der Bibel stammt. Das ist mir einfach so in den Sinn gekommen. Jefferson und die Bibel sind mir vollkommen egal. Und du kannst dir an die eigene Nase fassen, Butterfield Berglund, du bist doch derjenige, der den Leuten hier im Land Falschgeld untergejubelt hat. Nicht ich. Du bist ein verdammter Heuchler!«

Ich atmete schwer und drehte mich von ihm weg, lehnte den Kopf gegen das Wagenfenster und versuchte hinauszugucken. Ich rauchte hektisch. Die Glut meiner Zigarette wurde lang, fast zwei Zentimeter Feuer und keine Asche.

Tatsächlich, dachte ich, heute bist du eine andere geworden. Hier sitzt die kühle erste Botschaftssekretärin Cecilia Lind und flucht wie ein Bierkutscher. Ein Orkan ist auf dem Weg. Und draußen schneit die Asche von einem Vulkan, der eigentlich schon seit langem hätte erloschen sein sollen. Das kann doch nicht wahr sein, das geschieht gar nicht, das darf nicht geschehen.

Wir waren immer noch in Olongapo, obwohl schon mehr als eine halbe Stunde verstrichen war, seit wir die Tankstelle verlassen hatten. Das Auto schlich voran, man konnte mit so vielen Leuten auf der Straße einfach nicht schneller fahren. Die Flüchtlinge liefen fast mit ihren Plastiktüten und Bündeln. Ein paar hatten Schirme aufgespannt, um sich gegen die Asche zu schützen, aber der Wind lachte nur darüber und drehte die Regenschirme um.

Ich klopfte Ricky vorsichtig auf den Rücken. Meine Stimme zitterte ein wenig.

»Was denkst du, Ricky, kommen wir auf dieser Straße voran? Oder sollten wir über diesen Schleichweg nachdenken ...«

Er legte einen Arm auf den leeren Beifahrersitz neben sich, wie er es immer tat, und drehte sich nach hinten.

»Ich denke, wir sollten den Schleichweg nehmen, Madam. Aber ich bin mir nicht ganz sicher. Es kommt darauf an. Wenn der auch so voll mit Leuten ist, dann hat es keinen Sinn ... Er ist schmaler als die Hauptstraße, und dann wird es dort noch schwieriger voranzukommen.«

»Findest du ihn denn im Dunkeln?«

Butterfields Stimme klang auch nicht ganz sicher.

»Oh ja, Mister Berglund, ich habe einen Cousin, der in einem Ort da oben in den Bergen wohnt. Ich bin den Weg schon hundertmal gefahren. Man fährt nur eine Kurve, eine große Kurve, zu einem Ort hoch, der Floridablanca heißt, und dann kommt man wieder auf die große Straße, genau dort, wo der Asphalt anfängt ...«

»Aber kommen wir dort nicht näher an den Vulkan heran?«

»Keine Angst, Madam. Das glaube ich nicht ...«

»Glauben!«, schnaubte Butterfield auf Schwedisch. »Weiß er es nun, oder weiß er es nicht?«

Ich kicherte, die Wut war verflogen.

»Keine Ahnung. Wir müssen Ricky vertrauen. Normalerweise weiß er, was er tut.«

Butterfield lächelte mich an.

»Verdammt, du warst vielleicht wütend ...«

»Oh ja«, sagte ich. »Ich werde immer so wütend, wenn jemand etwas sagt, das ich nicht hören will.«

Er beugte sich zu mir und berührte mich zum ersten Mal, fuhr schnell mit dem Handrücken über meine Wange.

»Ich weiß«, sagte er. »Der ganze Kram ist unerträglich.«

Die Gemeindeschwester heißt Berit. Ihr tun alle Leid, ich auch. Ich nutze das aus und bitte sie, mir mit dem Bettlaken in Mamas Bett zu helfen. Das ist nicht ihr Job, sondern der der Altenpflegerin, aber heute ist Donnerstag, und ich weigere mich, Gunilla zu bitten.

Berit stimmt mit der immer gleichen besorgten Miene zu. Hinterher lade ich sie auf einen Kaffee in die Küche ein.

»Wenn man sich vorstellt, in Indien zu wohnen«, sagt sie. »Oder auf den Philippinen ...«

Ich muss lächeln. Es verwundert mich jedes Mal wieder, dass sie meinen, es würde so weit weg liegen.

»Ich habe auch in Peru und in Vietnam gelebt. Aber das ist lange her.«

Sie taucht nachdenklich ihren Zwieback in den Kaffee, die Butter schmilzt und bildet gelbe Streifen auf dem Schwarz.

»Ich glaube, ich könnte nicht in einem Entwicklungsland leben. Ich würde das Elend einfach nicht aushalten.«

Ich denke: Das Elend gibt es also nicht, wenn du es nicht siehst? Aber ich sage nichts, ich murmle nur Zustimmung, und sie fährt fort.

»Menschen, die auf den Straßen liegen und sterben, das ist doch zu schrecklich. Man müsste etwas tun.«

»Es gibt überall Leiden«, sage ich. »Und nach einer Weile lernt man, dass es viele Arten zu leben gibt ... Es kann auch in der Armut ein schönes Leben geben.«

Ich lüge, um sie zu trösten. Wenn Ricky mir etwas beigebracht hat, dann die Erkenntnis, dass man nichts über die Armut weiß, solange man reich ist. Das Einzige, was man lernt: die Augen zu schließen und seine Gleichgültigkeit zu pflegen. Anfangs gibt man den Bettlern noch Geld und hat Tränen in den Augen, wenn man die Aussätzigen sieht, aber bald steigt man über sterbende Menschen auf der Straße und kümmert sich nicht darum. Es hat keinen Sinn, einen Krankenwagen zu rufen, es gibt keine Krankenwagen. Nicht für sie.

Aber plötzlich kann ich mich nicht zurückhalten, meine Erinnerungen überschwemmen mich.

»In Indien habe ich einen kleinen Jungen gesehen, er stand eine ganze Woche lang weinend am gleichen Fleck. An einer Straßenecke. Er hatte nur einen Fetzen Stoff um den Bauch, und er war mager und grau. Ich bin viermal am Tag an ihm vorbeigefahren, wenn ich Sophie zur Schule bringen und sie abholen musste. Ich überlegte, warum er wohl weinte. Aber als ich mich endlich entschlossen hatte, anzuhalten und etwas zu tun, da war er weg…«

Berit trinkt einen Schluck Kaffee.

»Ist er wiedergekommen?«

»Nein, nie.«

»Vielleicht hat ihn jemand in ein Kinderheim gebracht.«

Ich muss lächeln. Aber natürlich.

»Eher hat ihn jemand in einen Steinbruch mitgenommen oder in eine Fabrik oder ein Bordell. Und lässt ihn sich dort zu Tode schuften.«

»Aber das ist ja schrecklich. Dass man Kindern so etwas antut…«

»Man tut Kindern vieles an. Ich habe eine Forscherin kennen gelernt, die mehrere hundert Kinderarbeiter interviewt hat. Einmal war sie in einer Glasfabrik, in der viele Jungs arbeiteten. Sie wollten nicht mit ihr sprechen, schienen Angst zu haben. Doch am Abend ging sie zu einem von ihnen, und er erzählte ihr alles… In der Woche zuvor war ein anderer Junge in der Glasmasse verbrannt. Aber als seine Eltern kamen, um seinen Körper zu holen, gab es den nicht mehr. Der Fabrikbesitzer hatte die Leiche in den Ofen geworfen …«

»Aber warum?«

»Weil er keinen Schadensersatz bezahlen wollte. Wenn der Körper nicht mehr da ist, können die Eltern niemals beweisen, dass dieser Junge überhaupt existiert hat …«

Mit einem Mal möchte ich nur noch weinen. Dolores. Dolly. Gibt es sie irgendwo? Existiert sie?

Berit schaut mich an und legt ihre Hand auf meine. Plötzlich brauche ich sie und ihre unreflektierte Freundlichkeit. Ich räuspere mich und sage: »Es gibt zu wenig Anstand auf der Welt …«

»Güte«, sagt Berit.

Da verläuft die Grenze. Ihre Sentimentalität ekelt mich, und ich ziehe die Hand zurück. Berit hebt ihre Kaffeetasse.

»Und dein Mann, dein früherer Mann? Ist er nicht irgend so was Höheres …«

»Ulf. Doch, ja. Er arbeitet für den Generalsekretär der Vereinten Nationen.«

»Wie schön«, sagt sie. »Da kann er ja etwas ausrichten.«

Ich stehe auf und bringe meine Kaffeetasse zum Spülbecken, damit sie nicht sieht, wie sich mein Gesicht verzerrt.

Freundlichkeit entschuldigt Einfalt nicht.

»Wenn ich begreifen könnte, warum sie sich so verdammt zusammenrotten müssen«, sagte Butterfield, während er aus dem Fenster schaute.

»Die Flüchtlinge?«, fragte ich. »Die wollen weg, genau wie wir.«

»Nein, die meine ich nicht. Die Händler. Warum müssen sie alle ihre Sari-sari-stores nebeneinander legen?«

Ich schaute hinaus. An der Ausfahrt von Olongapo gab es ungefähr fünfzig offene Stände, alle mit dem gleichen Sortiment: Obst, Gemüse, Getränke und Zigaretten. Rosa's store, Nancy's store, Jenny's store, in einer unendlichen Reihe.

Der Wind zerrte an den Zeltwänden über den Ständen, ein handgemaltes Schild wurde losgerissen und hoch in die Luft gewirbelt. Trotzdem gewöhnte ich mich langsam daran. Schlimmer würde es nicht mehr werden, das wusste ich. Es ging nur darum, Geduld zu bewahren. Ich wandte mich Butterfield zu.

»Wie lange bist du schon auf den Philippinen?«

»Seit acht Jahren.«

»So lange ... Warum bist du hergekommen?«

Er gab keine Antwort. Zuckte nur mit den Schultern.

»Hier ist die Abfahrt, Madam. Jetzt müssen wir uns entscheiden ...«

Rickys Stimme klang klar und deutlich wie immer. Meine auch, als ich antwortete: »Okay Ricky. Ich stimme für den Schleichweg ... Und du?«

»*You're the boss, Madam.*«

»Ja«, sagte Butterfield und kroch tiefer in seine Ecke. »Wir tun, was der Chef sagt.«

Und Ricky drehte das Lenkrad und fuhr in die tiefe Dunkelheit. Die erste halbe Stunde war herrlich: Ricky gab Gas und schaltete in den dritten Gang, dann weiter in den vierten, glitt in den fünften hinüber, und jedes Mal änderte der Motor seine Tonart, wurde heller und leichter. Wir waren auf dem Weg, wir flogen fast, bald würden wir in Sicherheit sein.

Butterfield beunruhigte die hohe Geschwindigkeit, aber er konnte es nicht zeigen, grinste nur und meinte: »Schaffst du das auch, Ricky?«

»Immer mit der Ruhe«, erwiderte ich. »Ricky fährt immer schnell. Er schafft das ...«

Die Straße war eng und kurvig, und an den Seiten wurde sie von dichtem Gestrüpp begrenzt. Es sah aus, als tanzten die Büsche und der Bambus, wir wurden durch eine Allee ausgemergelter Ballerinas gefahren, die uns in der Dunkelheit graziös ihre Arme entgegenstreckten, sie wieder zurückzogen und auf die Knie fielen. Die Asche fiel jetzt dichter, im Licht der Scheinwerfer sah sie aus wie Schnee.

»So eine gute Straßenlage haben wir die ganze Fahrt über noch nicht gehabt«, sagte Ricky. »Die Fahrbahn ist vollkommen trocken ...«

Er beugte sich über das Lenkrad vor, ich glaube, er dachte an seine Frau, er wollte nach Hause und ihr Gemecker hören. Plötzlich sah ich es deutlich vor mir: Ricky saß auf dem verschlissenen Kunststoffsofa, dem einzigen Möbelstück in ihrem Zimmer, und am Boden lagen die fünf Kinder auf ihren Schlafmatten. Zosima beugte sich über ihn und schimpfte mit gedämpfter Stimme, er lachte und streckte sich, der runde Bauch schob sich vor, und er zog sie an sich, drückte ihr Gesicht gegen seinen Bauch und brachte sie mit all dem Weichen, Braunen, Warmen zum Schweigen ...

So würde es sein, wenn wir nach Manila kamen. Für ihn. Und für mich: ein kühles Lager in einem Zimmer mit Klimaanlage und meine eigenen trockenen Finger.

Ich strich mir eilig über die Stirn, um diese Gedanken zu vertreiben.

»Willst du jetzt eine Tablette, Butterfield?«

»Ja. Die Hand tut scheißweh ...«

Ich hielt seinen Nacken, während er trank. Und anschließend, als ich den Verschluss wieder zugeschraubt hatte, sagte ich: »Jetzt musst du erzählen. Was ist passiert?«

Er war an diesem Morgen früh aufgewacht und wusste, es war Mittwoch. Eine Weile lag er noch ganz still auf seiner Pritsche und betrachtete die Malerei an der Wand, dann setzte er sich auf und zog sein T-Shirt über.

Das Frühstück war armselig, sein Brot war fast aufgegessen, und das wenige, das es noch gab, war trocken und eine Woche alt. Er bekam von der Wache auf dem Hof einen Klecks Reis und eine Schale lauwarmes Wasser, ging wieder in seine Zelle und holte Pulverkaffee und Zucker heraus. So saß er da, als einige der anderen Häftlinge mit ihren Listen zu ihm kamen. Ob er Medikamente kaufen könnte, einen Bleistiftanspitzer, ein gebrauchtes T-Shirt? Er nickte und schrieb auf, nahm ihr Geld und zählte es nach.

Die Wachen hatten das Verdeck des Jeeps aufgezogen, schließlich war Regenzeit. Zwei sollten mit ihm fahren, wie immer. Er sagte nie ihre Namen. Vielleicht hießen sie Cesar und Mario. Lassen wir es dabei.

Gleichzeitig schlängelte sich eine Schlange, die gar keine Schlange war, durch die Berge auf Olongapo zu. Die letzten Amerikaner hatten die Luftwaffenbasis Clark in Angeles verlassen und waren auf dem Weg südwärts zur Marinebasis Subic Bay, kurz vor Olongapo. Ihr Konvoi kam nur langsam kriechend voran, die Soldaten saßen schweigend und unruhig auf der Ladefläche der Lastwagen, etwas verunsichert, weil sie von Asche und Steinen in die Flucht geschlagen wurden und von einem Feind, den man nicht mit Waffen bekämpfen konnte.

In Olongapo waren die Kirchen an diesem Morgen überfüllt. Als die Messe beendet war, begann man die Prozessionen vorzubereiten, die notwendigen Prozessionen, die die Vulkanbedrohung vertreiben sollten, an die doch niemand so recht glaubte. Ein paar Männer schoben lange Stangen unter den Schwarzen Nazarener, damit er bereit war, hochgehoben zu werden, und ließen ihn dann zurück. Seine Prozession sollte erst am Nachmittag stattfinden.

»Was weißt du über den Schwarzen Nazarener?«, fragte Butterfield mich in dem Auto.

»Er ist der Christus der Armen«, sagte ich.

»Mehr«, sagte Butterfield. »Der Christus der Dritten Welt. Der Christus der Außenseiter. Der Christus der Einsamkeit.«

»Ich dachte, du wärst nicht religiös...«

»Ich bin nicht religiös«, sagte Butterfield. »Aber wir brauchen Bilder.«

Butterfield wollte früh essen, er war nach dem kargen Frühstück hungrig. Cesar und Mario hatten nichts dagegen einzuwenden. Das war das einzige Privileg in ihrem Job: einmal die Woche den Schweden ins Restaurant zu begleiten. Er bestellte immer so viel, dass sie sich hinterher ihre doggy-bags füllen und diese der Familie mitbringen konnten. Außerdem wurde auch eine Flasche Whisky bestellt und als Tischgetränk getrunken, wie man es auf den Philippinen macht, aber die verschenkte Butterfield nicht. Er trug die halbvolle Flasche in der Hand, als sie das Restaurant verließen.

Sie gingen über den Markt vor der Santa Rita, und Butterfield musterte gebrauchte T-Shirts und billige Shorts, kaufte aber nur das, was die anderen Häftlinge bei ihm bestellt hatten. Als der Regen einsetzte, fuhren sie in die Markthalle und liefen dort mehr als eine Stunde zwischen Bergen von rohem Fleisch herum, während sich die Sohlen ihrer Sandalen von dem Fleischsaft langsam rot färbten.

Als der Regen aufhörte, zogen kleine Schwaden von Dunst und Nebel über den Marktplatz. Butterfield kaufte Brot und Reis, Obst und Gemüse. Es fehlte nur noch eins: ein Drink in einer Bar im Hurenviertel.

Sie entschieden sich für eine Bar in der Magsaysay Avenue, eine Bar mit echtem schottischem Whisky und amerikanischem Bourbon, nicht irgendwelchen lizensierten Kopien, die nach Petroleum schmeckten. Es war ihm wichtig, das zu betonen. Aber er erzählte nichts von den Mädchen, die sicher um ihn herumschwirrten, diese kleinen Teenagermädchen mit puppensüßem Gesicht und Miniaturkörper. Es muss sie dort gegeben haben, und sie hatten garantiert Bikinis an. Alle Barmädchen in Olongapo tragen Bikini, nur die, die gerade frisch vom Land kommen, tragen darüber ein T-Shirt, auf dem CHERRY GIRL steht. Das bedeutet, dass sie noch unschuldig sind und dass ihre Unschuld zum Verkauf steht. Die ist sehr, sehr teuer.

Butterfield und seine Wache standen nach dem dritten Drink auf und gingen zum Ausgang, schlenderten die Magsaysay Avenue hinunter, auf den Kreisverkehr zu. In der Mitte stand Olongapos einziges Denkmal, das Abbild des Häuptlings, der der Legende nach seinen Kopf und sein Leben für seinen Stamm geopfert hat. »*Ulo ng apo*, der Kopf des Häuptlings!«, riefen seine Leute, als sie fanden, was noch von ihm übrig war, und *ulo ng apo* steht auf dem Sockel unter seiner Statue.

Es waren viele Leute dort, in erster Linie Philippinos, so gut wie keine amerikanischen Soldaten. Butterfield und seine Wachmänner überquerten die Straße, gingen zu dem Platz mit dem Denkmal in der Mitte.

»Uns war klar, dass die Leute auf etwas warteten, aber wir wussten nicht, auf was.«

»Und deine Wachleute? Hatten die keine Angst, dass du fliehen könntest?«

»Nein. Wir kannten uns gut, wir hatten den gleichen Ausflug schon oft zusammen gemacht. Und ich hatte ja nur noch ein paar Tage abzusitzen... Da wäre es doch verrückt gewesen, zu versuchen zu fliehen.«

Er war auf den Denkmalssockel geklettert, und dort saß er, als die Prozessionen vorbeikamen, eine von jeder Seite. Von links kam der amerikanische Konvoi aus Angeles, Jeeps, Waffen, weiße und schwarze Männer, von rechts die Prozession des Schwarzen Nazareners, gelbe Männer und Priester, schwarzäugige Frauen und Kinder, glockenreine Stimmen und glühendes Räucherwerk.

»Sie blockierten sich gegenseitig. Keiner kam voran. Und ein kleiner Priester trat aus seiner Prozession hervor und ging zum ersten Jeep, wedelte mit den Armen und schrie, sie sollten zurücksetzen. Aber sie wollten nicht zurück, schließlich waren sie Amerikaner, und die glauben ja immer, dass ihnen ein Zacken aus der Krone fällt, wenn sie nachgeben. Also stieg ein großer Leutnant aus und schrie den kleinen Priester an, und dann kamen ein Feldpfarrer angelaufen und ein paar Militärpolizisten...«

Die Menschen verschwanden, eine Menschenmenge wurde geboren. Sie schwankte und bebte, aus der alten Hassliebe zu den Amerikanern wurde blanker Hass. Die amerikanischen Soldaten schlossen sich enger zusammen, die wenigen auf den Bürgersteigen hatten keine Waffen und schauten flehend zu den Männern im Konvoi. Ein paar von ihnen antworteten den Blicken, indem sie aufstanden und ihre Waffen auf die Menschenmenge richteten.

»Und ich«, sagte Butterfield Berglund, »ich bin höher auf das Denkmal geklettert, habe mich auf den Kopf gestützt und laut gelacht…«

Ich sehe, wie er da steht und laut lacht. Er hebt eine Hand, an der eine weiße Plastiktüte baumelt, er öffnet sie und holt den Whisky heraus, zieht den Korken mit den Zähnen heraus und nimmt einen großen Schluck, bevor er die Flasche seinen Wachleuten hinunterreicht. Und dann ruft er mit lauter Stimme, mit einer einsamen Stimme unter hundert anderen rufenden Stimmen: »Angeles gegen Olongapo! Sodom gegen Gomorra!«

»Wie konntest du nur so etwas Dummes tun?«, fragte ich.

Und Butterfield antwortete mit der ewigen Entschuldigung skandinavischer Männer: »Ich war so besoffen.«

Für die Menge war er ein Geschenk: Ein *kano* ohne Uniform und Waffen. Er verhöhnte sie wegen ihrer Städte, Sodom und Gomorrha, Angeles und Olongapo. Er machte die Philippinos zu Zuhältern und Huren, und sie vergaßen, dass sie die Amerikaner genau dafür hassten. Er machte die Amerikaner zu Luden und Hurenkunden, und das war eine Tatsache, an die sie so mitten am Tag nicht erinnert werden wollten. Er zwang die frommen Frauen in der Prozession, sich an ihre Schande zu erinnern: daran, dass die Bewohner aller anderen Ortschaften sie voller Verachtung ansahen, denn alle Frauen aus Angeles und Olongapo waren zu Huren abgestempelt.

Butterfield war weiß, in Zivil und ein Mann. Der Feind aller.

Sie holten ihn fast augenblicklich herunter. Ein Philippino drückte ihm das Messer auf die Brust, ein anderer schlug ihm ins Gesicht, so dass er umfiel. Ein amerikanischer Militärpolizist in strahlend weißer Uniform und mit schweren Stiefeln drängte sich in die Gruppe, er keuchte schwer, während er langsam und rhythmisch auf Butterfields Hand herumtrampelte.

Butterfield betrachtete seinen Verband, während er erzählte, sein Tonfall war bockig geworden.

»Das tat verdammt weh. Ich habe geschrien wie verrückt… Und Angst hatte ich auch, es gab ja keinen Menschen dort, der bei Verstand war. Nur Wahnsinnige, alle zusammen!«

Cesar und Mario, die das Ganze mit offenem Mund betrachtet hatten, erwachten plötzlich zum Leben. Sie zogen ihre eigenen Waffen, wedelten mit ihrer ID-Karte und anderen Insignien, hoben Butterfield Berglund vom Boden auf und schleppten ihn zum Jeep. Hinter ihnen gingen die Schlägerei und das Geschrei weiter, die Volksmasse wand sich im Krampf. Der Schwarze Nazarener schwankte, als seine Träger ihn absetzten und sich in die wogende Menge stürzten, aber er schaute nicht auf, schaute unverwandt weiter zu Boden und entblößte seinen schmalen Nacken, wie immer.

Butterfield verstummte, fuhr sich mit der Hand durchs Haar. Die Asche draußen flüsterte, der Orkanwind lachte und sang, die Luft in unserem Auto duftete schwer.

Aber diesmal hast du ihnen nicht den Hintern gezeigt, dachte ich.

Er schlug mit der geballten Faust auf die Rückenlehne vor sich, so hart, als hätte er meine Gedanken gehört.

Mama geht es schlechter. Ihr Unterkiefer ist nach unten gekippt, sie ist nicht mehr in der Lage, den Mund zu schließen. Sie rasselt bei jedem Atemzug. Ich sitze an ihrem Bett und streichle die Decke, versuche von Dingen zu erzählen, die ihr Freude machen könnten. Als ob man froh sterben könnte.

Ihre Hand zuckt ein wenig. Ich streichle sie vorsichtig, aber das nützt nichts, sie ballt sie, und der ganze Körper ist angespannt.

»So, so, der Arzt kommt gleich, ich habe ihn schon gerufen, er kommt gleich…«

Doch sie ballt weiter die Hand zur Faust, die ist grau, weiß und fest geschlossen. Ihr Atem rasselt. Ich weine nicht, auch das werde ich schaffen. Aber Lars-Göran sollte eigentlich hier sein, oder jemand anderes, jemand, den sie geliebt hat und den sie immer noch liebt.

Der erste Stein war groß wie eine geballte Faust und schlug aufs Autodach. Er machte nichts kaputt, rollte gleich auf die Straße hinunter, aber der Aufprall war heftig gewesen, und Ricky bremste so hart, dass er ins Schleudern geriet.

Wir hatten nicht ein einziges Haus gesehen, nicht einen Menschen, nicht ein Tier seit mehr als einer Stunde. Schnell fuhren wir schweigend durch die Dunkelheit und hatten nicht ein Wort darüber verloren, dass sie immer dichter wurde, dass die Asche wie eine Wand zwischen uns und der Welt stand und dass der Orkan an Stärke zunahm.

»Zum Teufel! Was war das?«

Rickys Stimme klang wütend. Ich wollte ihn beruhigen, aber kam gar nicht dazu, etwas zu sagen, bevor schon der nächste Stein auf die Motorhaube aufschlug. Er schrammte leicht an der Scheibe entlang. Rickys Stimme stieg um eine weitere Oktave.

»Da wirft jemand Steine auf uns!«

Butterfield beugte sich vor, berührte leicht Rickys Schulter und sagte: »Das ist der Pinatubo. Immer mit der Ruhe. Das schaffen wir. Das ist ein guter Wagen, der schafft das …«

Ricky atmete schwer, beugte sich vor und legte den Kopf aufs Lenkrad. Ich flüsterte fast:

»Wir schaffen es heute Nacht nicht mehr bis Manila, das können wir uns gleich klar machen. Wollen wir nicht anhalten und versuchen ein wenig zu schlafen, bis das hier vorbei ist?«

Ein weiterer Stein donnerte auf die Motorhaube. Butterfield antwortete: »Das wäre idiotisch. Morgen ist die Straße voll mit Steinen, dann kommen wir gar nicht mehr durch. Und wir sind hier mitten in der Wildnis, vielleicht sogar weit oben in den Bergen.«

»Woher weißt du, dass es nicht aufhören wird? Vielleicht ist das nur ein Zufall. Vulkane spucken doch normalerweise Lava, die werfen keine Steine.«

»Aber dieser Vulkan hier, der wirft Steine. Und wie dem auch sei, wir müssen sehen, dass wir wegkommen von …«

Ricky streckte den Rücken.

»*Sorry*, Madam, ich wollte das nicht. Ich war nur so überrascht. Entschuldigen Sie. Wir fahren weiter, das ist besser. Vielleicht schaffen wir es ja bis zum Ort meines Cousins, dann können wir dort übernachten. Das dürfte nicht mehr so weit sein.«

Er startete den Wagen äußerst vorsichtig. Die Steine fielen jetzt häufiger, sie fielen wie helle Sternschnuppen durch die Asche und donnerten rhythmisch auf unser Wagendach. Die Straße war bereits voller Steine, der Wagen rumpelte und schleuderte, so dass wir uns an den Sitzen festhalten mussten.

»Guck mal!« Butterfield packte mich am Arm und zeigte zur Frontscheibe. »Was für Blitze!«

Zuerst glaubte ich ihm nicht. Das sah nicht aus wie Blitze. Es waren schnelle gelbe Striche am Himmel, Striche, die weiß und eisblau wurden, bevor sie in ihrem eigenen Rauch verschwanden. Blitze rauchen doch nicht.

»Feuerwerk«, sagte ich.

Butterfields Gesicht wurde von einem gelben Licht erhellt, dann von einem blauen. Die Insekten der Unruhe krochen mir unter die Haut, klumpten sich zusammen und siedelten sich im Kehlkopf an. Ich legte mir die Hand an den Hals, Butterfield zündete sich eine Zigarette an. Seine Bewegungen waren steif und eckig wie die einer Puppe.

Ricky holte tief Luft und schaltete in den dritten Gang. Wir holperten weiter, schneller, als das Auto eigentlich vertrug.

»Es ist so weit«, sagt Doktor Alexandersson.

»Soll ich meinen Bruder anrufen?«

»Ich kann es nicht genau sagen, aber das wäre sicher nicht verkehrt.«

Ich rufe Yvonne und Sophie an. Yvonne flüstert, dass sie versuchen wird, Lars-Göran zu erreichen, er ist jedenfalls heute in Schweden, vermutlich im Parlament. Sophie schweigt, ist verwirrt.

»Willst du, dass ich komme, Mama?«

»Nein, Lars-Göran kommt. Ich wollte nur, dass du es weißt.«

Aber zuerst kommt Berit. Sie scheint munterer als sonst zu sein, fast fröhlich. Sie gibt Mama eine Spritze und schüttelt ihr Kopfkissen auf. Ich stehe in der Tür und beobachte sie.

»Geh nur und trink in Ruhe eine Tasse Kaffee«, sagt sie. »Es sieht aus, als ob du das gebrauchen könntest.«

Ich bleibe lange mit meiner Tasse in der Küche sitzen und male mit dem Finger auf der Wachstuchdecke. Ich denke an Papa, an sein dröhnendes Lachen und seinen breiten småländischen Akzent, den er nie ganz los wurde, wie sehr er es auch versuchte. Plötzlich steht er vor mir.

»Mutterboden in den Hosentaschen«, sagt er lachend. »Wenn man nur Mutterboden in den Hosentaschen hat, dann wird alles gut. Und das hast du, Cecilia.«

»Ich weiß«, sage ich. »Das habe ich von dir geerbt. Aber was soll ich mit deinem Geld, kannst du mir das sagen?«

»Du sollst es haben. Es einfach haben und glücklich damit sein.«

»Genauso glücklich, wie du mit Mama warst? Genauso glücklich, wie sie mit dir war?«

»Nun sei nicht so. Man soll das Geld nicht verachten. Das Geld hatte nichts mit all dem Krach zu tun, das lag nur an der Politik und all dem Mist. Dagny und ich, wir hätten uns auch gestritten, wenn ich weiter ein ganz gewöhnlicher Bauarbeiter geblieben wäre … Wir waren ehrliche und einfache Menschen, Cecilia, wir konnten nicht über alles schweigen, so wie du und deine feine Bekanntschaft.«

»Und als ihr fertig wart mit all eurer Ehrlichkeit, da war ich fast tot. Habt ihr das nie bemerkt? Hat euch das nichts bedeutet?«

»Was bedeutet?«, fragt Berit, die in die Küche kommt. Gyllen ist weg, er ist seit vier Jahren tot.

»Ach, nichts«, sage ich und stehe mit einem verschämten Lächeln auf. »Ich habe nur Selbstgespräche geführt. Ich glaube, ich werde etwas wunderlich.«

Wir treffen uns auf dem Weg zum Spülbecken. Berit hebt die

Hand, um mich anzufassen, aber ich trete schnell einen Schritt zurück und weiche ihr aus. Ich muss ja zu Mama hoch.

In Peru hatte ich einen Liebhaber, der David hieß.

Ich war damals jung und seidenweich außen, aber im Inneren vor Einsamkeit ganz rau. Ulf war zu der Zeit nichts als ein braver Arbeitskollege hoch oben in der Hierarchie der Botschaft. Ich begriff nicht, was es bedeuten sollte, wenn er mich mit seinen hellblauen Augen anschaute, ich dachte, er wäre böse.

Aber David schien niemals böse zu sein. Er war Engländer, hatte einen glänzenden Schnurrbart, lachende braune Augen und maßgeschneiderte Anzüge. Er streichelte mich und küsste meine Tränen. Das verführte mich, das ließ mich in seinem Schoß so erzittern, dass er fast umfiel.

Wir schliefen nur dreimal miteinander, und das erste Mal war ich ängstlich und unsicher, hatte Angst, mein Körper könnte zu hässlich sein, ich würde nichts taugen. Aber ich taugte etwas. Hinterher lachte er, goss mir ein bisschen Champagner auf die rechte Brust und leckte ihn ab. Beim zweiten Mal war ich sicherer, und David brannte heißer, er packte mein Haar mit festem Griff und tauchte in seiner eigenen Lust unter, aber diesmal konnte ich ihm folgen, zum ersten Mal konnte ich einem Mann folgen, und ich flog an seiner Seite, überwältigt und erstaunt.

Beim dritten Mal erkaltete er, sobald er meine Hände spürte.

»Sei nicht so eifrig«, zischte er. »Du hast es zu eilig.«

Aber ich konnte mich nicht zurückhalten, ich schob mich dicht an ihn und streichelte ihn, ich kratzte mit meinen Fingernägeln sein Rückgrat entlang, ich leckte seine Brust. Da stand er auf und ging von mir weg, setzte sich auf einen Sessel auf der anderen Seite des Zimmers.

»Mein Gott«, sagte er und zündete sich eine Zigarre an. »Zuerst tust du wie die Unschuld vom Lande, und dann benimmst du dich wie ein Mann… Immer mit der Ruhe!«

Ich kniete auf dem Bett, das Laken war nicht einmal zerknittert, und während er mich anschaute, verwelkte ich. Ich hob das

Laken und bedeckte mich damit. Da legte er die Zigarre hin und kam zurück zum Bett. Und während er mit mir schlief, hatte ich die Augen weit offen, ich schaute zur Decke und dachte an Mauern und Zäune und daran, wie wild, gefährlich und unerhört es da draußen ist, es gibt keine Karte von diesen Ländern.

Und ich wusste, dass ich dort bleiben musste, wo ich war, wie kalt es auch war, wie eng, denn niemand würde mir jemals etwas über das Leben auf der anderen Seite beibringen.

Wir hatten Manila vergessen, wir waren einfach nur auf dem Weg. Immer tiefer ins Dunkle fuhren wir hinein. Der Bambus und die Büsche tanzten nicht mehr, jetzt war das Gebüsch nur noch ein stürmisches Meer. Der Wind schüttelte die ganze Welt, zerrte an schmächtigen Kokospalmen und warf sie gleichgültig zur Seite, um brüllend nach kräftigeren Bäumen zu greifen und härteren Widerstand zu suchen.

Butterfield saß schräg in seiner Ecke des Rücksitzes und hielt sich am Handgriff über der Tür fest. Ich schaute ab und zu zu ihm, er sah mich hin und wieder an, aber meistens schauten wir nach vorn, hinaus ins Schwarze, auf die Asche und die Steine, auf die bunten Blitze. Doch es war schwer, überhaupt etwas zu erkennen: Sieben Steine waren schon auf die Windschutzscheibe gefallen und hatten dünne Spinnennetze ins Glas geritzt.

Mitten in der Katastrophe gibt es keine Panik, nur wache Stille. Ich erinnere mich, wie es war, ein Kind zu gebären, wie ich eine Minute lang auf Messers Schneide balancierte, wo der Tod genauso verlockend und verheißungsvoll erscheint wie das Leben, und ich erinnere mich, wie ich vor Hilflosigkeit aufschrie, als Ulf mit mir sprach und seine Stimme mich im Kreißsaal in die Wirklichkeit zurückholte.

Aber Butterfield redete nicht, und auch Ricky schwieg, wir bewegten uns nicht einmal. Rickys Rücken war starr und steif, er hing fast über dem Lenkrad und fuhr uns immer tiefer in die Dunkelheit.

Und da drinnen begegneten wir Dolores.

Zuerst war sie nur ein Gesicht in der Asche, ein helles Gesicht mit einem schwarzen Loch, wo der Mund sein musste, dann bekam sie einen Körper und ein Paar Arme, die seitlich abstanden, sie wurde zu einem grellen Schrei, der sich durch den Orkan hindurchdrängte, und schließlich wurde sie zu einem dumpfen Aufprall, einem gedämpften Stoß gegen unsere Motorhaube. Ihre Handflächen pressten sich gegen die gerissene Scheibe, aber sie waren sehr klein, und das Glas ging nicht kaputt.

Ich gehe in dem großen Schlafzimmer hin und her. Es ist Abend, und Lars-Göran lässt auf sich warten. Wir möchten, dass er bald kommt, Mama und ich, es ist keine Zeit zu verlieren, irgendwann muss es ein Ende nehmen.

Heute Abend bin ich wehrlos, ich kann mich nicht gegen die Erinnerung wehren. Ich stehe auf der Treppe, immer stehe ich auf der braunen Treppe, genau dort, wo sie eine Biegung macht.

Taptaptap, jemand springt die Treppe hinunter. Das ist Mama. Ich bin neun Jahre alt, und es ist Herbst.

»Was stehst du denn hier, Cecilia? Du musst doch nicht allein hier stehen, komm, Lars-Göran hat das Radio eingeschaltet, ihr könnt Carl-Gustaf Lindstedt hören. Beeil dich, ich bin vor neun Uhr zurück, wir haben heute nicht so viel auf der Tagesordnung…«

Ich bleibe stehen, bewege mich nicht, sie ist schon weg.

Jemand läuft die Treppe hinauf. Es ist Papa, zunächst sieht er mich nicht, ich muss die Hand ausstrecken und ihn berühren. Ich bin acht Jahre alt, und es ist Frühling.

»Was machst du denn hier? Du hast doch bestimmt noch Hausaufgaben zu machen, also, sieh zu, dass du nach oben kommst und sie machst. Zweitbeste, das reicht nicht.«

Er klopft mir auf den Po und schiebt mich ein paar Treppenstufen hoch, dann hat er mich vergessen. Er verschwindet in dem Braun. Jemand geht die Treppe hinunter. Es ist Tante Olsson, sie klappert mit einem Eimer. Ich bin sieben Jahre alt, und es ist Frühsommer.

»Warum stehst du denn hier, Cecilia? Willst du mit in den Keller und zugucken, wie ich die Katzenjungen ertränke? Wir können sie nicht mehr behalten, es macht zu viel Arbeit…«

Ich schüttle den Kopf, aber sie zieht das Handtuch vom Eimer und zwingt mich hineinzusehen. Da ist Maja, die getigerte, die meine hätte werden sollen, wenn ich eine Katze hätte haben dürfen. Sie öffnet den Mund, bewegt ihn, aber sie maunzt nicht, ihr Gaumen ist lachsrosa, die Zähne sind kleine weiße Stacheln.

Jemand geht schwer die Treppe hinauf. Marita steht neben mir, sie kneift mich fest in den Arm, aber ich schreie nicht auf. Wir sind sechs Jahre alt, und es ist Spätsommer. Onkel Olsson schleicht vorbei, aber er sieht uns nicht. Er schwankt hin und her, ein scharfer Gestank kommt aus seinem Mund. Er lacht leise vor sich hin, fasst den Handlauf und lacht. Er trägt eine weiße Tüte in der Hand, das sind keine Brötchen. Brötchen bewegen sich nicht, die drehen sich nicht lautlos um sich selbst.

Marita und ich gehen die Treppe hinauf, unsere Skischuhe trampeln laut, wir sind fünf Jahre alt, und es ist Winter. Ich heule Rotz und Wasser, während Maritas Gesicht bleich ist, ihre Augen sind groß und glänzend, als hätte sie Fieber.

»Das stimmt«, sagt sie. »Das stimmt wirklich. Der Schnee ist voll mit Schlangeneiern. Wenn man Schnee isst, dann kommen die Schlangen im Magen raus …«

Ich habe Schnee gegessen, ich habe meinen Handschuh abgeleckt. Ich muss stehen bleiben, mich am Geländer festhalten, beuge mich vor und versuche mich zu übergeben. Das geht nicht, ich bekomme nichts heraus. Dennoch kann ich sie die ganze Zeit sehen, sie sind schon ausgebrütet, ich spüre, wie sie sich bewegen.

»Abstinenzlerausschuss!« Gyllen traut seinen Ohren nicht, er schwankt leicht und stützt sich mit den Knöcheln gegen den Schreibtisch. Er hat einen großen Schreibtisch aus dunklem Mahagoni mit einer Schreibunterlage aus echtem Leder.

Mama lacht und nimmt den Hut ab, dreht auf seinem echten Teppich eine kleine Pirouette.

»Die Vorsitzende vom Abstinenzlerausschuss! Ich werde die Vorsitzende, wenn wir die Wahl gewinnen … Die erste weibliche Vorsitzende des Abstinenzlerausschusses in unserer Stadt!«

»Und mit der bin ich verheiratet! Als würde es nicht genügen, dass du Sozi bist, jetzt musst du auch noch Sozialtante werden. Ihr werdet das ganze Land mit euren Steuern und Abstinenzlerausschüssen noch in Grund und Boden wirtschaften!«

Mama legt den Kopf leicht zur Seite, seine Worte prallen an ihr ab, kullern zu einem Haufen auf den Boden. Ich kann sie fast sehen, während ich auf dem Sessel vor dem Feuer sitze.

»Ach, jemand wie du wird schon keine Not leiden! Aber anderen geht es schlechter, ich habe gehört, dass Olsson wieder in der Entzugsanstalt gelandet ist.«

»Dieser Taugenichts … Das geschieht ihm nur recht. Aber schließlich bin ich derjenige, der für seine Frau und Kinder bezahlt! Ich und die anderen Steuerzahler.«

Mama hebt eine Augenbraue und lässt den Hut am Zeigefinger schaukeln, jetzt spricht sie mit leiser Stimme, wie immer, wenn es gefährlich wird.

»Du, ja sicher. Und sicher könntest du das Geld gut für etwas anderes gebrauchen … Für eine süße Kleine im Büro namens Inger. Ich habe es wohl verstanden, eine frische Mädchenmöse für den alten Bock!«

Ich presse mir die Hände an die Ohren, ich bin dreizehn Jahre alt, und ich will das nicht hören. Aber sie haben mich vergessen. Gyllen wird dunkelrot im Gesicht, er geht mit erhobener Hand auf sie zu. Ihre Stimme wird noch leiser.

»Wenn du mich schlägst, zeige ich dich bei der Polizei an, das schwöre ich dir. Versuch es nur. Schlag mich nur ein einziges Mal, dann ist es ein für alle Mal aus zwischen uns!«

Er bleibt vor ihr stehen, lässt die Hand sinken. Erst jetzt sehe ich, welche Angst sie gehabt hat; als sie sich entspannt, wird sie viel kleiner. Sie nimmt den Hut in die Hand und geht auf die Tür zu, bleibt auf der Türschwelle stehen und lächelt ihm zu.

»Die Vorsitzende des Abstinenzlerausschusses zeigt den Kassierer des Unternehmerverbands an. Das wäre doch was. Denk dran, Arne, vergiss das nicht!«

Er steht mitten im Raum und ballt die Fäuste. Seine Schultern fallen herab. Er ist gar nicht mehr so groß, auch er schrumpft irgendwie.

Ein einziges Mal sehe ich, wie sie sich umarmen. Wir sind gerade in das Bananenhaus gezogen, die neuen Möbel sind noch nicht alle da. Die beiden stehen im Wohnzimmer, vor dem weißen Kamin. Das Zimmer ist leer, graue Dämmerung sickert durch das Fenster, und sie halten einander wie zwei Ertrinkende fest. Sie fasst energisch sein Hemd, er vergräbt sein Gesicht in ihrem blonden Haar.

Ich stehe im Flur und schaue sie an, spüre, dass ich eigentlich glücklich sein sollte. Das sieht aus wie im Kino, und die Mädchen im Kino freuen sich immer, wenn ihre Eltern sich umarmen. Aber ich habe hinsichtlich der beiden die Hoffnung aufgegeben.

Sie sind ja nicht älter als ich.

Als ich ihre Stirn mit einem feuchten Frotteehandtuch abwische, schlägt sie die Augen auf und sieht mich mit klarem Blick an.

»Mama«, sage ich. »Lars-Göran kommt bald …«

Sie bewegt ein wenig ihren Kopf, das ist ein Nein. Ich nehme ihre Hand, halte sie fest, sie ist jetzt milchig weiß, die Haut hat sich gedehnt, ist ganz locker geworden. Sie zieht unsere Hände zu sich, legt sie auf ihre Brust. Ich bin wieder klein, ich gehe mit meiner Mutter und meinem Vater einen Strand entlang, die Sonne scheint, der Sand kitzelt mich an den Zehen, sie halten mich beide an der Hand, und plötzlich hebe ich ab, ich fliege.

Ich lasse das Handtuch zu Boden fallen und streiche ihr mit meiner freien Hand über die Stirn.

»Trotz allem«, sage ich.

Sie nickt leicht und ist meiner Meinung. Trotz allem.

Taptaptap. Lars-Göran läuft die Treppe hoch, er atmet schwer, seine Stimme klingt belegt.

»Wie geht's ihr?«

»Es ist vorbei.«

Er bleibt an ihrem Bett stehen, seine Arme hängen schlaff herunter, und wir finden uns alle in seinem Gesicht wieder: Mama, Gyllen und ich.

Als ich aufstehe, um ihn zu umarmen, fällt etwas mit einem Knall zu Boden. Das ist der Armutskasten. Ich bin überrascht, ich kann nicht sagen, wie er auf meinen Schoß gekommen ist.

Sie ist tot, dachte ich. Wir haben sie umgebracht. Der Gedanke war kühl und konstatierend, ich zitterte nicht einmal dabei.

Meine rechte Hand suchte routiniert in der Handtasche, schob die Brieftasche zur Seite und ergriff das Zigarettenpäckchen.

Das bringt mich noch um, dachte ich, so wie schon Hunderte Male zuvor. Irgendwann werde ich aufhören zu rauchen. Aber nicht jetzt. Jetzt brauche ich einen Zug in aller Ruhe, dann kann ich aussteigen und die Leiche zur Seite schieben.

Der Körper übernahm. Die Tränen begannen zu laufen, die Kehle klagte, die rechte Hand ließ die Zigarettenschachtel fallen, und die linke suchte die Tür, den Türgriff. Ich war wieder zurück in der Wirklichkeit.

»Die Zentralverriegelung, Ricky! Ich muss raus, ich komme nicht raus!«

Er gab keine Antwort. Ich schlug ihm auf den Rücken, das war, als würde ich einen schlafenden Betrunkenen schlagen, und mitten in meinem Weinen fiel mir ein, dass ich tatsächlich einmal einen schlafenden Betrunkenen geschlagen hatte. Es war Olsson gewesen. Er lag schlafend auf der braunen Treppe, als ich kam, um Marita abzuholen. Ich war Teenager und hatte mich gerade in das Mädchen aus dem Bananenhaus verwandelt, ich trug schmutzige Unterwäsche und ein gelbes Kleid, das wippte, spitze weiße Schuhe und ein neues Goldarmband mit Anhängern. Sie klingelten wie Elchglocken, als ich die Faust auf Olssons Rücken niedersausen ließ: *Du widerlicher Kerl, hau ab hier!* Er war schlaff und leistete keinen Widerstand, schaukelte nur ein wenig unter meiner Hand. Olsson konnte man nicht wecken, nicht, wenn er betrunken war.

Aber Ricky war nicht betrunken, nur vor Schreck erstarrt, er schaukelte unter meiner Hand, drückte aber dann doch auf den Knopf.

Die Welt draußen tat weh, die Asche brannte und biss, ein Stein schlug mir auf den Arm, ein anderer in den Nacken. Aber der Wind war das Schlimmste. Er warf mich mit einem Brüllen zu Boden, zwang mich auf die Knie; ich wurde ganz klein und bekam von einem Erwachsenen mit harten Fäusten Prügel. Nur – puh – zu – puh – deinem – puh – Besten! Damit du – puh – es begreifst!

Ich kroch an der Autoseite entlang zur Motorhaube, ohne etwas anderes als die Dunkelheit sehen zu können und ohne etwas anderes als das Gebrüll des Windes zu hören. Gleich hinter mir kroch Ricky, aber das wusste ich nicht, ich spürte ihn erst, als ich mich am Kotflügel abstützte und hochzog, da stieß seine Hand gegen meinen Fuß.

Sie bewegte sich, als ich sie anfasste, sie lebte. Ich packte sie bei den Armen und zog sie zu mir heran. Ricky bekam ihre Füße zu fassen, und wir legten sie vorsichtig in die Asche. Ricky rief etwas, aber der Wind übertönte ihn, und ich zuckte mit den Schultern und gab ihm mit Zeichen zu verstehen: Ich höre dich nicht, nicht einen Laut kann ich hören. Wir nahmen sie jeder an einem Arm und zogen sie hinter uns her. Sie war nicht schwer.

Ich kroch auf den Rücksitz, Ricky hob sie hoch und bugsierte sie auf meinen Schoß.

»Ist das ein Kind?«

Butterfields Gesicht lag im Dunkel, aber die Stimme klang genau wie immer.

»Ja. Ein Mädchen. Oder was glaubst du, Ricky?«

»Ich weiß nicht. Ich habe es draußen nicht sehen können …« Er drehte sich auf dem Fahrersitz herum und betrachtete sie. »Doch, das ist wohl ein Mädchen. Aber weiß der Teufel …«

Sie lag wie ein Säugling mit dem Kopf an meiner linken Brust, die Augen halb geschlossen, die Nase dick und breit, der Mund schlaff, halb geöffnet. Ricky beugte sich über uns, sein Kopf berührte meinen.

»Was ist mit ihren Haaren los?«

Ich strich ihr über den Kopf. Das Haar war kurz und verfilzt, und über dem Ohr war sie kahl. Die nackte Haut war dünn und uneben.

»Sie hat überall auf dem Kopf Narben…«

»Ist sie schwer verletzt?«

»Ich weiß nicht.«

»Was sollen wir tun, Madam?«

»Ich weiß nicht.«

Butterfield schaltete die Leselampe über meinem Sitz ein und strich über ihre Beine.

»Blutet sie?«

Meine Hände glitten über sie. Ihre Kleidung war zerlumpt und grau: ein verwaschenes Kleid mit Gummizug in der Taille, ein Hemd, das einmal rosa gewesen sein musste, und eine abgetragene Unterhose. Die Haut lag direkt auf den Knochen, nur ihr Bauch war rund angeschwollen, Arme und Beine waren dünn wie Zweige, aber die Wangen weich gerundet.

»Sie blutet nicht.« Ich löschte die Leselampe, wollte nicht mehr sehen. Ricky startete den Motor, das Auto schaukelte.

»Wir müssen hier nach einem Haus suchen«, sagte er. »Wenn es hier mitten auf dem Weg ein Kind gibt, dann muss es auch eine Stadt oder jedenfalls ein paar Hütten in der Nähe geben. Und da wissen die Leute bestimmt, wer sie ist, dort können wir sie zurücklassen.«

Als ich Dolores im Licht der Leselampe betrachtete, schien mir, als hätte ich sie schon einmal gesehen. Aber erst als es wieder dunkel im Auto wurde, begriff ich, wieso.

Von einer mitfühlenden Seele wird erwartet, dass sie Gutes tut. Was genau sie wie tut, das ist nicht so wichtig. Wenn ihr Herz für wilde Katzen in Rangoon blutet, dann muss sie eben ihre freie Zeit dafür opfern, den wilden Katzen in Rangoon zu helfen. Sie kann Basare organisieren, Katzenschuhe stricken, ein Nottelefon einrichten, was auch immer, das nicht allzu viel Zeit in Anspruch nimmt. Das wird ein Als-ob-Leben: Es wird erwartet, dass sie lebt, als würden diese paar lächerlichen Stunden in der Woche wirklich etwas bedeuten, als bräuchten die Katzen ihre Schuhe, als könnten sie am Nottelefon anrufen, obwohl doch alle wissen, dass sie nicht einmal eine Pfote in die Wählscheibe bekommen.

Bei jedem Botschaftsempfang gibt es ein oder zwei Als-ob-Frauen. Sie tragen ihr blutendes Herz wie einen Schmuck zwischen den Brüsten: Es blutet für ein Kinderheim hier, eine Vorschule da, für Brunnenbohrungen im Norden und Ausbildungsprojekte im Süden. Ich weiß das, ich war eine von ihnen.

Mehrere Jahre lang lief ich in den Slumgebieten von Delhi herum, jede Woche in einem anderen, und verteilte Tüten mit Zucker-Salz-Lösungen gegen Säuglingsdiarrhöe an Mütter, die ihr Trinkwasser im Abwasserkanal holen mussten. Neben mir gingen indische Frauen in Tausenddollar-Saris und erzählten den hungernden Frauen und ihren unterernährten Kindern, dass gute Gesundheit mit guter Hygiene beginnt. Die Mütter starrten uns mit großen Augen an und streckten sich gierig nach den Tüten. Erst mit der Zeit wurde mir klar, dass sie sich nach allem gestreckt hätten, was immer es gewesen wäre, sie hätten meine Tüten sogar genommen, wenn sie leer gewesen wären. Die Armen nehmen alles, was sie bekommen, denn sie brauchen alles. Aber das, was sie am meisten brauchen, das bekommen sie nie, denn das will jemand anders haben.

Mein Engagement für das Zucker-Salz-Projekt fand ein jähes Ende. Jemand bat mich, eine Rede bei einer Damengesellschaft zu halten, und das tat ich. Ich stand hinter einem hübschen kleinen Rednerpult in einem Luxushotel in Delhi und war von meiner eigenen Stimme ergriffen. Plötzlich hörte ich, dass ich im gleichen Ton redete wie meine Mutter vom Wasser und den Wasserleitungen, von der Notwendigkeit des Rohrsystems und der Klempner. Warum zählt man immer nur die Anzahl der Ärzte pro tausend Einwohner? Warum spricht man nie über die Anzahl der Klempner? Frisches Wasser und ein geschlossenes

Abwassersystem sind entscheidend. Nichts, Ladies, kann mehr für die Gesundheit der Slumbevölkerung und das Überleben der Kinder leisten. Bereits als ich vom Rednerpult hinuntertrat, spürte ich, dass etwas nicht stimmte. Der Applaus war verhalten, das Lächeln erstarrt. Und als ich zum Botschaftssitz zurückkehrte, da bekam ich die Erklärung. Ulf war kühl und unzufrieden. Eine hochgestellte Person hatte ihn angerufen. Es war ein langes, verwickeltes Gespräch gewesen, und Ulf hatte Probleme gehabt zu verstehen, worum es ging, aber offensichtlich verhielt es sich so, dass ich eine *politische* Rede gehalten hatte, dass ich mich in etwas eingemischt hatte, das stärker infiziert war als das Wasser in den Abwasserkanälen. Wusste ich denn nicht, dass Delhis Establishment sich seit zwei Jahren wegen des Wassers und der Wasserleitungen stritt? Und in so einer Situation hält die Frau des schwedischen Botschafters eine politische Rede. Botschaftergattinnen halten sowieso niemals politische Reden. Das dürfte ja wohl selbstverständlich sein. Außerdem war das doch lächerlich. Klempner!

Die Strafe war zwei Wochen Schweigen. Ich kroch bereits nach zwei Tagen zu Kreuze, erkannte auch vor mir selbst meine Lächerlichkeit und schämte mich. Ich verabschiedete mich schließlich vom Zucker-Salz-Projekt, aber es nützte nichts. Dieses Mal war es besonders schwer, mir zu verzeihen.

Ich erkannte Dolores wieder: Sie hatte tausend Schwestern in den Slums von Delhi. Sie standen mit den Füßen im Lehm, ein Geschwisterkind auf der Hüfte, am Rande des Kreises, der sich immer um mich und die reichen Inderinnen bildete. Sie waren die großen, achtjährigen Schwestern mit uralten Gesichtern, gebeugt von der Verantwortung und der Arbeit, ausgemergelt von Hunger und Diarrhöe. Ihre jüngeren Brüder schlichen sich heran und wollten mich anfassen, sie wollten mein rotes Haar und die weiße Haut berühren. Sie lachten. Aber Dolores' Schwestern versuchten nie, mein Haar zu berühren. Ihre Neugier war gestorben, sie tranken Wasser aus dem Abwasserkanal und hatten nichts, worüber sie lachen konnten.

Ich musste eingeschlafen sein. Als ich aufwachte, hatte es angefangen zu regnen, die Scheibenwischer kämpften gegen einen Brei aus weichem Zement. Das Kind auf meinem Schoß lag noch in der gleichen Stellung wie zuvor. Ricky fuhr jetzt ganz langsam, *rumps-rumps-rumps*. Bald würde der Weg unpassierbar sein.

»Ricky, wie geht es?«

Seine Stimme klang schwer vor Müdigkeit.

»Ich kann bald den Weg nicht mehr erkennen, Madam. Alles ist nur noch Asche …«

»Aber ich höre keine Steine mehr. Und der Wind scheint abgenommen zu haben… Es ist nur noch Sturm. Kein Orkan mehr.«

»Aber die Asche, Madam. Die Asche und der Regen!«

»Und kein Haus?«

»Nicht ein einziges.«

Ich nahm die Coca-Cola-Flasche vom Boden hoch und schob sie auf den leeren Beifahrersitz neben ihm.

»Trink was, Ricky. Aber halte nicht an. Wenn wir anhalten, kommen wir nie wieder in Gang.«

Er schraubte den Verschluss mit den Zähnen auf und trank in langen Zügen, der Weg machte eine Kurve, aber er bemerkte es nicht, der Wagen fuhr weiter geradeaus. Ich schrie auf, aber mitten in dem Schrei bemerkte ich, dass wir angekommen waren.

Weit hinten in der Asche konnte ich eine Treppe entdecken.

Ein einziges Geheimnis besaß ich, eines, das ich niemals mit jemandem teilte, nicht einmal mit Marita.

Im Wald unterhalb des Eksjöbergs wuchsen die Tannen sehr hoch. Sie trugen lange grüne Kleider, aber wenn man unter sie kroch, tat man sich jedes Mal weh. Die Haut wurde von braunen, nadellosen Zweigen aufgeratscht, sie waren spröde und reizbar, brachen mit scharfen Enden ab, wenn man sie nur berührte. Wir lernten schnell, die Tannenbäume zu meiden, sie taugten nicht für Höhlen und Verstecke.

Aber jetzt ist Spätsommer, und Cecilia ist sechs Jahre alt. Sie läuft allein durch den Wald, sie ist auf der Flucht, vielleicht wird sie von großen Jungs oder Hunden gejagt, vielleicht glaubt sie nur, dass sie gejagt wird, sie keucht heftig, ich weiß nicht, warum, aber sie muss sich verstecken. Links vom Pfad gibt es Farnkraut. Cecilia kann nicht durch das Farnkraut laufen, das ist unmöglich, da gibt es Schlangen. Gott, rette mich, wenn es dich gibt, aber rechts, da gibt es Preiselbeerkraut und Gebüsch, ganz normales Preiselbeergestrüpp, danke, lieber Gott, für die Fichten vor mir, es macht nichts, wenn sie pieksen und kratzen, Hauptsache, sie verbergen mich.

Ich rollte unter die Zweige und blieb auf dem Bauch liegen, unverletzt, ohne Kratzer. Unter mir lag ein Teppich aus braunen Nadeln, sie dufteten und waren ganz weich, stachen überhaupt nicht. Ich betrachtete sie lange, rieb sie zwischen den Fingern. Mein Herz beruhigte sich, die Übelkeit verschwand.

Der Baum redete. Seine Stimme war tief und rhythmisch, obwohl er nur flüsterte.

»Hier gibt es keine Schlangen. Ich jage sie weg und piekse sie, ich erschrecke sie und schüttle sie. Aber ich töte sie nicht. Hier in meinem Haus bist du sicher, ich töte niemanden, nicht einmal den, der den Tod verdient, denn niemand verdient zu sterben.«

Ich kniete mich hin und überdachte das Versprechen. Es stimmte: Das war tatsächlich ein Haus. Ich stellte mich auf die Zehenspitzen und streckte die Hände über den Kopf, trotzdem konnte ich nicht einmal den Ansatz der niedrigsten Zweige erreichen. Sie wuchsen hoch, beugten sich sanft und erreichten dennoch den Boden.

»Hier gibt es keine Schlangen, hier wird niemand gequält«, flüsterte die Fichte. »Ich beschütze und behüte dich, ich verstecke und ich tröste dich …«

Ich ging wieder auf die Knie und lehnte meine Wange an ihren Stamm, sie sang leise, und ein paar ihrer Worte wurden zu Bildern, die nie verschwinden sollten. Friede ist heute noch duftendes Harz, Trost ist die bleiche Rinde des Stammes, Sicherheit ein Kleid aus grünen Zweigen.

Viele Stunden später hörte ich Lars-Göran meinen Namen rufen, ich rutschte widerstrebend aus der Umarmung und lief ihm schweigend entgegen. Er zuckte zusammen und schnappte nach Luft, als ich in der Dunkelheit plötzlich auftauchte. Das überraschte mich, ich hatte nicht gedacht, dass so große Jungs Angst haben könnten.

Er war fünf Jahre älter als ich und beachtete mich normalerweise überhaupt nicht, schließlich war ich klein und zählte noch gar nicht so recht. Aber jetzt nahm er mich bei der Hand und hielt mich ganz fest, bis wir bei unserem Haus angekommen waren. In allen vier Küchen brannte Licht, aber in unserer war es am hellsten. Wir hatten eine Glaskugel als Küchenlampe, die schärfer und heller schien als alle anderen. Olssons hatten eine kleine Tischlampe im Fenster, mit rotem Schirm. Blutrot. Ich konnte sie wegzwinkern, wenn ich wollte.

Papa saß am Küchentisch, er las die Zeitung und schaute nicht auf. Mama schimpfte, weil ich zu spät zum Abendessen kam und weil ich wieder in die Hose gepinkelt hatte. Ich entschuldigte mich und zog die nasse Hose aus, versuchte, nicht zu lügen und mich nicht zu verteidigen. Aber als sie fragte, wo ich denn gewesen sei, da gab ich keine Antwort. Ich konnte nicht reden, hatte den Mund voll mit Butterbrot.

Trotzdem lag mir mein Geheimnis am nächsten Tag schwer auf der Zunge, ich wollte es Marita erzählen. Aber dazu kam es nicht: Sie war unerklärlich wütend und spitz, schlug mit einem Stock aufs Gras ein und nannte mich eine Pissnelke. Ich widersprach ihr nicht, ich wusste ja, dass sie Recht hatte. Ich war eine Pissnelke. Aber eine Pissnelke mit einem Geheimnis.

Ricky ließ die Scheinwerfer an, wir brauchten Licht. Das Wetter hatte sich gebessert, er konnte aufrecht gehen, nein, fast lief er, die Hände als Schutz über dem Kopf. Ich verlor ihn schnell aus den Augen, die Frontscheibe wurde grau und undurchdringlich von der feuchten Asche.

Butterfield schlief immer noch. Er war zur Seite gerutscht und lehnte sich gegen meine Schulter. Es war schön, dass er da war. Schlafende Männer sind ungefährlich.

»Das Haus ist leer. Es ist niemand da.«

Rickys Hemd war feucht und lehmig. Vielleicht war er hingefallen.

»Denkst du, dass wir da sicher sind?«

»Auf jeden Fall, Madam, das ist ein gutes Haus. Viele Möbel und Dinge, vielleicht finden wir sogar Wasser…«

»Gut, dann tragen wir das Mädchen hinein.«

Wir brauchten nicht darüber zu reden, was gemacht werden musste. Ricky ergriff ihre Schultern, ich ihre Knöchel, und dann eilten wir zum Haus. Sie war eine Stoffpuppe zwischen uns, ihre Hände schaukelten hin und her, der Kopf wippte nach hinten. Wir hatten keine Zeit, vorsichtig zu sein. Ich zählte zwölf Treppenstufen auf dem Weg zur Tür und spürte, dass unter den weichen Dünen Holz war.

Das Innere war dunkel, ich sah nichts, konnte aber fühlen, dass es groß war. Wir legten das Kind auf den Boden und gingen zurück. Butterfield war aufgewacht, sah aber ganz schlaftrunken und verwirrt aus, als ich auf den Rücksitz kroch und nach den Coca-Cola-Flaschen und meiner Handtasche suchte.

»Hier!«, sagte ich und drückte ihm drei Flaschen in die Hand. »Wir haben ein Haus gefunden. Trag die rein, Ricky und ich kommen mit dem Essen…«

Ricky nahm vier Plastiktüten in die Hände und eine Kokosnuss unter jeden Arm, ich trug drei Tüten und den Verbandskasten. Ich hatte ganz vergessen, dass es ihn gab, aber da lag er im Kofferraum und tröstete mich mit seinem roten Kreuz.

Alles wurde anders, nachdem wir die Tür geschlossen hatten. Hier drinnen konnte man so tun, als ob alles in Ordnung sei. Es war Regenzeit: Deshalb donnerte es aufs Dach. Es war Nacht: Deshalb schlief das Kind. Kein Grund, sich zu beunruhigen.

Butterfield zündete sein Feuerzeug an. Mitten in den flatternden Schatten war ein großer Tisch zu sehen, auf philippinische Art mit Spitzendecke und Dekorationssachen geschmückt, aber ohne Stühle. Das Feuer erlosch, und ich tastete mich dorthin vor, wie ein Blinder tastete ich mich an den Dingen vor, Porzellan, Plastik und Holz. Ganz langsam nahm ich sie herunter, eins nach dem anderen, und stellte sie auf den Boden. Ich faltete die Decke zu einem langen Kopfkissen und legte es unter den Tisch. Jetzt hatte ich ein Bett, jetzt hatten wir alle ein Bett.

Butterfield zündete wieder sein Feuer an und ging voran, während ich sie trug. Ricky war von der Müdigkeit übermannt worden, er saß auf dem Boden, eine Flasche vor sich, schloss die Augen und versuchte genügend Kraft zu sammeln, um trinken zu können. Nachdem ich das Mädchen hingelegt hatte, kroch ich wieder unter dem Tisch hervor und fasste Ricky an, um ihm zu verstehen zu geben, dass er auch kommen sollte. Er schüttelte irritiert den Kopf, kroch aber dann doch aus freien Stücken unter den Tisch und sank dort zusammen.

Endlich waren alle an Ort und Stelle: Butterfield lag warm und wach an meiner linken Seite, das Mädchen atmete schwer an meiner rechten, und neben ihr lag Ricky. Er schlief bereits tief und fest. Der Tisch beschützte uns, die Platte war fast zehn Zentimeter dick und sehr breit. Nur unsere Füße ragten hervor, die konnten zertrümmert werden, falls das Dach einstürzte …

Ich machte mir pflichtbewusst ein paar Sekunden lang Sorgen um Rickys und Butterfields Füße. Dann gab ich es auf, nahm die Hand des Kindes in meine und schlief ein.

Ich weiß nicht, wann all das geschah. Ich weiß nicht, wo. Vielleicht waren wir viele Meilen vom Vulkan entfernt, vielleicht waren wir ganz in seiner Nähe. Wir waren seit einer Ewigkeit unterwegs gewesen, vielleicht war es Nacht, vielleicht war es Morgen, vielleicht war ein Tag oder noch mehr vergangen, vielleicht nur ein paar Stunden. Ohne Licht gibt es weder Zeit noch Geographie.

Drei Tage lang herrschte Nacht um den Pinatubo. An dem Morgen, als ich noch in einem grünen Zimmer in einem Hotel in Olongapo geschlafen hatte, hatte der Berg sich erhoben und war explodiert. Nach sechshundert Jahren Schweigen, nach einigen Wochen Schwefeldämpfen und Drohgebärden, öffnete er endlich sein Maul und röhrte.

Es gab nicht viele, die den Ausbruch aus der Nähe sahen: ein einziger dummdreister Bauer, der noch auf der Ebene unterhalb des Bergs war, um Reis zu pflanzen, hatte sich geweigert zu fliehen, als alle anderen flohen. Er bekam einen Stein an den Kopf, einen Tuffstein, und Lehm vom Erdrutsch bedeckte bald seinen ganzen Acker. Er lief schweigend und vor Schreck erstarrt über fünfzehn Kilometer, ohne ein einziges Mal anzuhalten. Dann kam er schließlich in einer Stadt an, einer sicheren Stadt, wie die Behörden anfangs sagten, und umarmte seine Frau mit einem Arm und seine Mutter mit dem anderen. Sie schauten zum Pinatubo. Gas, Asche und Lehm quollen aus den frisch entstandenen Kratern, es war der Schlund eines wilden Tieres, ein verletzter Drache, der seine Eingeweide ausspuckte. Eine zwanzig Kilometer hohe Säule erhob sich zum Himmel: grüne Asche und graue Asche, weißer Dampf und schwarzer Rauch, brennender Lehm und glühende Steine, große schwarze Felsbrocken und kleine weiße Bergkristalle, funkelnd wie Diamanten.

Vielleicht war der Ausbruch eine Parodie, der ironische Kommentar der Natur zum Ehrgeiz der Menschheit: Als der Aschenpfeiler den Himmel erreicht hatte, verwandelte er sich in eine pilzförmige Wolke, nur allzu bekannt in Farbe und Form. Der Abhang unterhalb des Vulkans begann über das Gleichnis zu kichern, die Erde schüttelte sich in kleinen, schnellen Beben. Weit über dem Meer wurde aus dem Wind ein Orkan, er lachte laut und wollte auch mitspielen.

Die Vulkanasche verdrängte sogar in Manila das Tageslicht, aber das wussten wir nicht, das erfuhren wir erst hinterher. In unserem Haus war die Dunkelheit alles. Wir schwebten in der Schwärze, wiegten uns zwischen Schlaf und Wachsein, atmeten, träumten und versuchten nicht zu denken.

Ich aß im Schlaf. Einmal wachte ich von dem Geschmack einer Papaya auf. Ich saß da und hielt die Frucht in der Hand, ich hatte sie mit den Zähnen geschält. Sie war groß und schwer wie ein Kürbis, überreif und saftig. Mein ganzes Gesicht klebte. Als ich satt war, war noch mehr als die Hälfte übrig. Ich legte sie auf den Tisch und kroch hinaus ins Zimmer, auf der Jagd nach Coca Cola.

Ricky hatte den Verschluss abgeschraubt, das Getränk war lauwarm und schal. Während ich trank, fiel mir ein, dass ein Kind unter dem Tisch lag, ich kroch mit der Flasche zurück, kippte vorsichtig ein paar Tropfen in den Verschluss und hob das Mädchen im Nacken ein wenig hoch. Sie schluckte, ich spürte die Bewegung und wurde ganz eifrig. Sie schlief nur, sie war erschöpft, aber nicht bewusstlos. Verschluss um Verschluss schüttete ich in sie hinein, bis sie seufzend den Mund schloss. Ich schob die Flasche zur Seite und schlief wieder ein.

Als ich das nächste Mal aufwachte, musste ich so sehr pinkeln, dass es weh tat. Wenn ich mich einen Millimeter gerührt hätte, hätte ich losgepinkelt. Das durfte nicht sein. Ich schloss die Augen, ballte die Fäuste und konzentrierte mich. Spann die richtigen Muskeln an, Cecilia, nicht die. Die! Jetzt kannst du dich bewegen, anspannen, anspannen, nicht locker lassen, steh auf und halte dich am Tisch fest.

Asche und Regen hämmerten weiterhin aufs Dach, der Wind zwängte sich ins Zimmer und ließ mein Haar flattern. Ich traute mich nicht hinauszugehen, aber wo sollte ich pinkeln? Oh mein Gott, könnte ich doch in eine Flasche pinkeln! Die Plastiktüten! Ich konnte in eine von Rickys Tüten pinkeln, die neben der Tür lagen.

Ich schraubte mich durch den Raum: Warum wirst du nie erwachsen, du Pissnelke, warum wird das Selbstverständliche bei dir nie selbstverständlich? Die Tüten raschelten. Ich nahm die kleinste und schraubte mich weiter, in die andere Ecke.

Es war nicht so einfach, wie ich gedacht hatte, ich pinkelte mir auf die Hand und auf den Boden, bis ich es endlich schaffte, richtig zu zielen. Hinterher knotete ich die Tüte sorgfältig zu und wischte mit meiner Unterhose sauber, zuerst die Hand, dann den Boden, dann wieder die Hand und dann wieder den Boden, ein ums andere Mal, unendlich lange.

Mama ist verzweifelt, das erklärt sie mehrmals am Tag. Nach ein paar Monaten geht sie mit mir zum Arzt, der ist groß, mit weißem Haar und guckt mich gar nicht an.

»Sie war sauber, als sie eineinhalb war, aber jetzt macht sie sich jeden Tag in die Hose. Kann das ein Blasenkatarrh sein?«

Ich schaue aus dem Fenster, wir sind ganz oben, man kann das Dach meines Hauses sehen. Heute Morgen musste ich in eine Schüssel pinkeln, die Mama jetzt nie wieder in der Küche benutzen kann. Sie goss das Pipi in eine Flasche und gab diese der Sprechstundenhilfe im anderen Zimmer.

Ich denke nie an Pipi. Alle anderen denken an Pipi, die schwimmen und tauchen darin, schütteln sich und schnauben.

Mama: Aber Cecilia, nicht schon wieder, was soll ich nur mit dir machen, ich bin ganz verzweifelt…

Papa: Du wirst es doch wohl schaffen, das Kind in den Griff zu kriegen. Jetzt muss damit Schluss sein, hörst du, wenn du das noch einmal tust, dann gibt es reichlich was auf den nackten Po…

Lars-Göran: Mama, sie hat es wieder gemacht, sie hat ihre nasse Hose hinter die Bücher im Regal gestopft, igitt, ist das Kind eklig…

Tante Olsson: Lass sie doch in den nassen Hosen rumlaufen, dann lernt sie es. Anfangs ist das noch schön warm, aber dann wird es kalt und eklig, haha.

Marita: Nun komm schon, du Pissnelke. Aber du darfst dich nicht bei mir zu Hause hinsetzen, sonst stinkt der Stuhl hinterher. Na, doch, vielleicht, wenn du es zugibst. Du musst nur sagen: Ich bin eine Pissnelke, dann darfst du dich hinsetzen. Hörst du nicht? Bist du auch noch taub?

Der Rundfunkarzt:… aber wenn es um Mädchen geht, dann ist das etwas anderes. In den Fällen, in denen man keine physische Ursache findet, handelt es sich meistens um Trotz…

Auf dem Heimweg vom Arzt gehen wir zu Stens Buchladen, ich blättre in einem Bilderbuch und buchstabiere mich durch eine ganze Seite, während Mama einkauft. Sie weiß nicht, dass ich lesen kann, niemand weiß, dass ich lesen kann, außer Marita, und die glaubt mir nicht. Als wir gehen, hat Mama ein Buch in der Tasche, und als wir nach Hause kommen, setzt sie sich sofort an den Küchentisch und liest darin. Ich sitze ihr gegenüber und male, der Malblock ist voll, und ich habe keinen neuen verdient, also male ich auf einer Brottüte. Es sind noch Krümel darin, der Stift verhakt sich an ihnen, und der Strich wird krickelig. Ich gucke heimlich auf Mamas Buch und versuche den Titel zu entziffern: Kinderpsy… ich schaffe es nicht, das Wort ist zu lang.

Mama schaut auf.

»Willst du nicht rausgehen und spielen? Aber geh vorher noch aufs Klo.«

Es dauert drei Tage, bis sie wieder verzweifelt ist. Während dieser Tage sagt sie nichts übers Pinkeln, nicht einmal, wenn ich aus der Toilette komme, das Kleid bis zur Taille hochgezogen, um zu zeigen, was passiert ist. Sie seufzt nur und zieht meine Schublade auf, gibt mir eine saubere Unterhose und holt die nasse aus der Toilette. Sie ist rosa, glänzend und nass. Es sieht aus, als würde sie ein Stück Fleisch tragen. Kalbssteak.

Am vierten Tag pinkle ich in meine neue Skihose, sie ist aus Wolle und kann nicht gewaschen werden. Da wird Mama wieder verzweifelt und schlägt mir hart aufs Ohr, obwohl ich weine und ihr versichere, dass ich gar nicht in die Hose gemacht habe. Ich bin in eine Wasserpfütze gefallen. Das ist nur Wasser, Mama, ich schwöre es!

Mir fällt nie eine bessere Lüge ein, deshalb höre ich lieber auf zu lügen. Ich schäme mich und bin ihrer Meinung. Schließlich geben sie auf, einer nach dem anderen. Mama hat keine Lust mehr, ständig zu waschen und zu kontrollieren. Papa sieht meine Unterhosen nicht mehr zum Trocknen über dem Herd hängen und vergisst das Ganze. Ich selbst gewöhne mich daran, mit nassen Hosen herumzulaufen, und die anderen gewöhnen sich an den Geruch. Marita ist am hartnäckigsten. Sie sorgt dafür, dass ich nie vergesse, wer ich bin. Sie bestimmt. Aber sie spielt trotzdem mit mir, sie hat sonst niemanden.

Die Schule wird zu einem Wendepunkt, bereits am ersten Tag ist klar, dass ich am besten lesen kann. Und ich wage es, mit fremden Mädchen zu reden, ich frage, wie sie heißen, und sie antworten mir. Meine Mutter hat mir gesagt, wie man das macht. Marita steht schweigend hinter meinem Rücken, sie traut sich nicht, mit jemandem zu reden, und kann überhaupt noch nicht lesen. Als ich erkältet bin, weigert sie sich, in die Schule zu gehen, sie traut sich ohne mich nicht dorthin. Ich lächle triumphierend, während ich in meinem Bett liege und sie im Treppenhaus weinen höre.

Das ganze erste Schuljahr hindurch blühe ich auf. Marita gibt mir keine Befehle mehr, sie weiß es, und ich weiß es, dass ich nicht mehr gehorchen muss. Aber als sich die Weihnachtsferien nähern, mache ich eine Entdeckung: Mein Stuhl sieht nicht mehr so aus wie die der anderen, der Urin hat den Lack zerfressen, da ist ein matter Fleck mitten auf der glänzenden Oberfläche. Marita steht neben mir und schiebt ihren spiegelblanken Stuhl unter den Tisch, wir sind natürlich Banknachbarinnen, wir sind ja die besten Freundinnen. Sie folgt meinem Blick, sieht den Fleck und lacht.

An diesem Tag muss ich auf dem Heimweg dreizehn Schritte hinter ihr gehen. Sie misst den Abstand genau ab. Ich muss gehen, wenn sie geht, und stehen bleiben, wenn sie stehen bleibt. Sie bleibt oft stehen, sie hebt Steine vom Boden auf, untersucht Kiesel und altes Bonbonpapier. Während der Zeit darf ich mich nicht bewegen. Wenn ich nicht gehorche, wird sie dieses Wort auf dem Schulhof schreien, und dann werden alle erfahren, wer ich wirklich bin.

Ich stehe unbeweglich da und spüre, wie mir der Urin die Beine hinunterläuft. Die Kälte brennt zwischen dem Strumpfband und der rosa Unterhose.

Aber ich gehorche, und ich werde weiterhin gehorchen.

»Wie geht es?« Butterfield war wach und flüsterte es mir auf Schwedisch zu, als ich zurück unter den Tisch kroch. Das war mir peinlich, vielleicht hatte er etwas gehört.

»Alles in Ordnung. Aber es weht herein, hast du das schon gemerkt?«

»Das macht nichts, die bauen die Häuser absichtlich so. Dann halten sie Orkane aus...«

»Das gebe Gott. Wie ist es mit der Hand? Hast du Schmerzen?«

»Nicht so schlimm. Und das Kind?«

Ich drehte mich herum und befühlte sie. Es wunderte mich, dass ihre Haut so rau und hart war, sie war ja noch so klein, höchstens acht Jahre alt, vielleicht erst sechs.

Meine Stimme war etwas zu glaubensfest.

»Sie hat sich bewegt, und sie atmet ruhig. Und sie hat vor einer Weile etwas getrunken. Jetzt schläft sie nur, ich glaube nicht, dass sie bewusstlos ist. Sie hatte im Auto nur einen Schock, einen Schock und die starke Erschöpfung.«

Butterfield stützte sich auf einen Arm, beugte sich über mich und strich mit der Hand über ihren Bauch.

»Sollen wir versuchen, sie zu wecken?«

»Nein, lass sie schlafen. Sie wird schon von allein aufwachen.«

Er sank wieder auf den Rücken zurück, wir lagen dicht nebeneinander. Sein Unterarm drückte gegen meinen, er war stark behaart. Er legte den anderen Arm auf die Stirn, ich spürte die Bewegung, konnte es aber nicht sehen.

»Woran denkst du?«

Seine Stimme lachte.

»An alles Mögliche. Daran, wie wir nur in diesen Mist haben geraten können und wie wir hier wieder rauskommen. Daran, dass die Welt doch klein ist und dass du die Freundin von Marita warst.«

»Die Welt ist nicht klein. Das wird sie nie sein.«

»Wie bist du eigentlich Maritas Freundin geworden?«

»Als wir klein waren, wohnten wir im gleichen Haus, und wir waren die einzigen Mädchen in dem Alter in der Straße. Wir hatten gar keine andere Wahl.«

»Aber ich meine, du hast gesagt, dass Gyllen dein Vater war. Der war doch reich, der hat doch wohl nicht dort gewohnt, wo Olssons wohnten?«

»Nun ja, reich… Anfangs war er ein ganz normaler Bauarbeiter, er hat sich dann hochgearbeitet.«

Ich sandte einen Gruß an Papa in seinem Himmel: Deine eigenen Worte, lieber Vater. Wann wirst du meine Kehle verlassen? Wann darf ich mit meiner eigenen Stimme und meinen eigenen Worten sprechen? Und Gyllen lachte durch den Weltraum: Niemals, liebe Cecilia. Was glaubst du denn, warum ich Kinder in die Welt gesetzt habe?

Butterfield schwieg eine Weile, lag ganz still da, dann nahm er Anlauf zur nächsten Frage: »Nun ja, du weißt wohl, wer mein Vater war, wenn du in Nässjö aufgewachsen bist.«

Ich versuchte meine Stimme so neutral wie möglich zu halten. »Doch, ja.«

»Und meine Mutter auch?«

Ich nickte. Wie hätte ich sie vergessen können? Aber was sollte ich dazu sagen?

»Sie war sehr schön.«

»Kann schon sein. Ja, das war sie wohl. Bis zum Schluss.«

Ich holte tief Luft und wagte ihn zu fragen: »Trauerst du um sie? So klingt jedenfalls deine Stimme.«

»Doch, ja. Jetzt trauere ich um sie. Hier auf den Philippinen. Aber zu Hause in Schweden war ich nur wütend, ich dachte, ich würde sie noch zwanzig Jahre nach ihrem Tod hassen… Ich habe sie mehr gehasst als Jefferson. Kannst du das verstehen?«

»Ja. Ich habe sie am letzten Abend gesehen.«

Er schlug mit der Faust auf die Tischplatte vor uns. Trotzdem wagte ich ihn zu fragen: »Warum wurde sie die Venus von Gottlösa genannt? Wer ist auf diesen Spitznamen gekommen?«

Die Frage störte ihn weniger, als ich erwartet hatte, ein leichtes Lachen war in seiner Stimme zu hören.

»Das war dieser verdammte Aron, er ist auf den blöden Namen gekommen. Sie stammte aus Gottlösa, das ist ein Ort in Schonen. Sie haben geheiratet, Mutter und Vater, und am Hochzeitstag tauchte Aron in der Küche auf. Mutter hatte gebadet und stand nackt im Zuber, Aron war etwas blau und ganz ergriffen. Sie muss hübsch gewesen sein: Er erklärte, er hätte rückwärts rausgehen müssen, um nicht geblendet zu werden…«

»Und da wurde sie zur Venus von Gottlösa.«

»Nein, dazu war noch mehr nötig. Meine Großeltern mütterlicherseits waren nur arme Pächter, aber sie hatten das Hochzeitsessen schön arrangiert und luden dazu ein. Ich glaube, das ärgerte Aron, denn er war geizig wie die Sünde, wollte aber gern glänzen. Also hielt er eine Rede, denn das kostete ja nichts. Er erzählte, wie er in seiner Jugend durch ganz Europa gereist war – das war natürlich eine Lüge, er war nie weiter als bis nach Kopenhagen gekommen –, und in Rom hätte er das schönste Gemälde der Welt gesehen. *Die Geburt der Venus* von Botticelli. Er beschrieb es lyrisch, die Muschel unter ihren Füßen, ihre weiße Haut und das goldene Haar, ihren runden Bauch und die festen Brüste…«

»Und dann?«

»Dann sagte er, dass er das Vergnügen gehabt hätte, seine Schwiegertochter nackt zu sehen, und fände, sie sei ein Abbild, eine exakte Kopie von Botticellis Venus. Und deshalb solle sie den Namen der Göttin tragen, denn sie sei keine gewöhnliche Anna mehr, sondern die Venus selbst. Ich taufe dich zur Venus von Gottlösa, erklärte der Alte. Und dann kippte er Schnaps in die Brautkrone…«

»Oh, mein Gott. Und was hat Jefferson gesagt?«

»Er hat gar nichts gesagt, ist nur aufgestanden und hat Aron eins aufs Maul gehauen. Er hat angenommen, dass der Alte sich an ihr vergriffen hat. Das glaubt er heute noch – wenn er noch lebt, meine ich. Das mit Botticelli hat er nicht kapiert. Das hatte Aron auf einem Hof in Blekinge aufgeschnappt, als er in Pferdegeschäften unterwegs war. Ich glaube, da hatte ein Sohn das Bild über seinem Bett hängen. Er hatte seiner religiösen Mutter eingeredet, das wären Engel, die Maria ins Paradies brächten. Aron fand das witzig, eine religiöse Mutter anzuschmieren, das war seiner Auffassung nach ein wirklich gelungener Streich. Er war ein schrecklicher Kerl.«

»Marita mochte ihn.«

»Wirklich? Nun ja. Er konnte schon immer gut mit Damen umgehen.«

Eine Weile schwiegen wir, etwas donnerte aufs Dach, einmal, nein, zwei-, dreimal. Der Steinregen hatte wieder eingesetzt. Meine Gedanken drehten sich um Pompeji, in zweitausend Jahren sind wir Löcher im Boden, Löcher, die mit Gips gefüllt werden, so dass unsere Abbilder entstehen ...

Ich atmete tief und strich mir den Gedanken von der Stirn.

»Und seitdem lebten sie also unglücklich bis ans Ende ihrer Tage.«

Butterfield zuckte zusammen, vielleicht war er gerade dabei einzuschlafen.

»Wer?«

»Deine Eltern. Aron kippte Schnaps in die Brautkrone, und Jefferson wurde eifersüchtig.«

»Ganz und gar nicht. In den ersten Jahren ging es ihnen prima. Sie blieben in Gottlösa bei meinen Großeltern wohnen. Es war geplant, dass Jefferson den Hof von meinem Großvater mütterlicherseits übernehmen sollte, er sollte den Beruf des Bauern lernen, aber so weit kam es nie. Jefferson war zu hochtrabend. Er konnte ja nie sein Maul halten und jemandem länger als zwei Minuten am Stück zuhören.«

»War er damals schon so religiös?«

»Ich glaube nicht. Ich glaube, er war nie wirklich ernsthaft religiös. Aber bibelfest war er immer schon. Es kam immer viel von Sarons Lilien und so. Aber das meiste war nur Gerede. Ich glaube, ihm gefielen die Worte …«

Wieder Schweigen. Aber ich wollte, dass er weitersprach.

»Wie ist es dann dazu gekommen?«

»Mein Großvater starb. Der Hof ging verloren. Und Jefferson und meine Mutter zogen nach Nässjö. Aron wollte es so. Und da entdeckte Mutter, dass sie sich mit einem Zigeuner verheiratet hatte. Sie hatte das vorher gar nicht bemerkt. Es gab um Gottlösa nicht viele Zigeuner, sie wusste nicht so recht, was das eigentlich bedeutete. Aber das lernte sie dann.«

»Und was bedeutet es? Was heißt es, ein Zigeuner zu sein?«

Er zog den Arm weg, drehte mir den Rücken zu.

»Das solltest du wissen, Cecilia Lind. Schließlich bist du in Nässjö geboren. Und jetzt will ich schlafen.«

Es war immer noch dunkel, ich wachte davon auf, dass das Mädchen jammerte. Ich stützte sie am Rücken, kippte Cola in ihren Mund und überlegte schlaftrunken, wer sie wohl war. Sie schluckte glucksend, wollte mehr und suchte nach etwas in der leeren Luft.

Ich nahm die Papaya vom Tisch, biss ab und zerdrückte das Fruchtfleisch mit den Zähnen. Dann legte ich das Mus auf die Fingerspitzen und ließ sie daran saugen. Sie schluckte gierig und griff mit knochigen Fingern nach der Frucht, drückte sie sich ins Gesicht und schmatzte. Bald war sie satt und schlief mit der Frucht im Schoß ein.

Ich konnte nicht mehr schlafen, lag wach da und starrte in die Dunkelheit. Butterfield hatte sich umgedreht, hatte mir das Gesicht zugewandt, und wir atmeten im gleichen Rhythmus.

Seine Stimme war ganz anders, wenn er flüsterte, eine warme Brise in der Dunkelheit. Er erzählte von seinen Händen und meinem Körper, von Lippen, Brüsten und Haut, von warmer Feuchtigkeit und heißer Steife.

Ich formte mich nach dem Bild, das er schuf, glitt in es hinein und ließ mich von seiner Lust tragen. Bald brannte eine kleine Flamme in meinem Unterleib, meine eigenen Bilder erwachten und schwollen an. Ich hörte mein eigenes Flüstern als Antwort und genoss es. Das war meine eigene Stimme, sie ähnelte keiner anderen.

Wir berührten einander nicht. Das erste Mal liebten wir uns nur mit Worten und Atemzügen.

N*acht und Nebel.*

Ich lehne die Stirn ans Wohnzimmerfenster und sehe die roten Rücklichter des Krankenwagens aufleuchten und verschwinden. Doktor Alexandersson bleibt eine Weile vor der Haustür stehen, als wüsste er nicht so recht, was er tun soll, dann sucht er in der Jackentasche nach dem Autoschlüssel und geht zum Bürgersteig.

In Gedanken begleite ich die letzte Fahrt meiner Mutter durch Nässjö, ihr hässliches kleines Paradies. In den Häusern sind alle Lichter gelöscht, die Bewohner von Nässjö schlafen in ihren warmen Betten mitten in der kalten Nacht. Vielleicht wacht der eine oder andere von dem ungewohnten Motorengeräusch auf, zwinkert ein paar Mal im Dunkeln und spürt Hunger oder Durst. Nackte Füße tappen über den Küchenboden, zum Kühlschrank hin. Jemand lehnt sich an die Küchenanrichte und isst eine Scheibe Brot oder trinkt ein Glas Milch.

Essen. Wasser. Wärme. Elektrizität.

Als wäre das alles selbstverständlich.

Du hast auf deinen trübsinnigen Zusammenkünften Wunder bewirkt, Mama. Dein Hammer der Vorsitzenden war ein Zauberstab. Der Zauberstab des Prunks, der Hunger in Sättigung verwandelte und Krankheit in Gesundheit.

Und jetzt? Was geschieht jetzt, wo du auf dem Weg in die Leichenhalle und zum Friedhof bist? Dein Sohn und Erbe kann nicht zaubern. Er will es nicht einmal.

Lars-Göran taucht hinter mir auf.

»Willst du nicht reingehen und dich hinlegen?«, fragt er.

»Gleich. Ich kann jetzt noch nicht schlafen.«

»Hast du nicht die Schlaftabletten geschluckt, die wir gekriegt haben?«

»Doch. Aber sie wirken noch nicht so recht ... Ich möchte lieber rausgehen. Auf den Eksjöberg.«

Aber das ist nur ein spontaner Impuls, ich weiß im gleichen Moment, dass das nicht stimmt. Ich sehne mich nach Nebel und der Feuchtigkeit der Nacht in meiner Lunge, aber nicht nach dem Eksjöberg. Die nackten Zweige der Büsche auf der Anhöhe sehen aus wie ein Flüstern, wenn es dunkel ist. Das macht mir Angst.

»Du kannst doch nicht um diese Uhrzeit da raufgehen«, sagt Lars-Göran.

»Nein«, stimme ich resigniert zu. »Das kann ich nicht.«

Also lege ich mich gehorsam in mein Bett, lösche das Licht und lasse Doktor Alexanderssons Chemikalien die Führung übernehmen. Meine Augen schließen sich, das Herz schlägt bereits langsamer, und die Muskeln sind plötzlich so schwer, dass ich mich nicht mehr bewegen kann. Aber ich schlafe nicht: Mein Gehirn glüht vor Erinnerungen und Bildern.

Da höre ich ihn: ihn, vor dem ich mich so lange schon gefürchtet habe. Ich bin wehrlos und gelähmt, und da kommt NogNog.

Seine Stimme klingt wütend und höhnisch:

»*Oh Madam!*«, faucht er. »*Oh Madam! Watch out! Beware of the darkness ...*«

Jetzt sehe ich ihn. Er steht mit nackten Füßen auf dem gefrorenen Gras vor dem Bananenhaus. Ich presse mein Gesicht ins Kissen, um ihn zu vertreiben.

»Geh weg«, sage ich atemlos. »Geh deines Weges!«

»Oh Madam«, sagt NogNog, und jetzt klingt seine Stimme leiser, fast flüsternd. »Oh Madam! Natürlich werde ich weggehen. Aber nicht meinen Weg, sondern deinen ...«

Er hält seine Kalaschnikow am Lauf und lässt den Kolben auf die gefrorene Erde aufstoßen. Ich selbst stehe plötzlich am Zaun des Bananenhauses und presse einen Karton gegen meine Brust.

»Was hast du in dem Karton?«, flüstert NogNog. »Was hast du in dem Karton?«

»Das geht dich gar nichts an!«

»Und ob mich das was angeht! Was hast du in dem Karton?«

Ich drehe ihm den Rücken zu und gehe los, ich will zum Eksjöberg. Natürlich folgt er mir.

»Was hast du in dem Karton? Sag die Wahrheit: Du trägst meine Erinnerung in deinem Karton…«

»Man kann nicht die Erinnerung von jemand anderem tragen. Das ist der Karton meiner Mutter. Jetzt ist sie tot, und ich will ihn vergraben.«

NogNog greift nach mir, seine knochigen Finger dringen tief in das Loch meines Oberarms ein.

»Du verfluchte weiße Hure! Das ist meine Erinnerung, du hast kein Recht, sie zu begraben!«

Ich zwinge meinen bleischweren Arm, sich zu heben und die Lampe einzuschalten, bleibe dann eine Minute still liegen und lausche wachsam wie ein Tier der Stille. Ich höre natürlich nichts.

Ich verziehe das Gesicht über die Absurdität des Traums und wiederhole meine Verteidigung: Man kann nicht die Erinnerung eines anderen tragen. Ich weigere mich.

Ich lösche das Licht und schließe entschlossen die Augen.

Mich zu weigern ist mein einziger Ausweg. Vielleicht erinnere ich mich an Mama und die Hunde, die Straße und den Hunger, aber ich weigere mich, an das Messer zu denken, das ihm an die Kehle gepresst wurde, an die Glut der Zigaretten und an den Baum, an den er gebunden wurde. Unmöglich. Das kann nicht passiert sein.

»Beweise«, flüstert NogNog durch Zeit und Raum. »Du willst Beweise haben? Willst du mich da an dem Baum hängen sehen? Willst du mich im Wind schwanken sehen? Ach Cecilia, sieh doch der Wahrheit in die Augen! Du hast es nicht gesehen, aber jetzt siehst du es! Du hast das Sklavenzeichen auf meiner Brust gesehen, das feine, exakte Muster, das die Zigaretten der weißen Männer gebrannt haben…«

Ich ziehe mir das Kissen über den Kopf, um ihn nicht mehr hören zu müssen.

»Das nützt nichts«, flüstert NogNog. »Ich denke gar nicht daran zu schweigen. Niemals. Ich weiß, dass du, dass alle Weißen sich nichts sehnlicher wünschen, als dass wir schweigend sterben. Ihr wollt nichts hören, ihr wollt nichts sehen, ihr wollt nichts wissen. Aber ich denke gar nicht daran zu schweigen, und ich werde dich zwingen, auch zu reden! Du hast das Sklavenzeichen auf meiner Brust gesehen! Du weißt, dass ich noch ein Kind war, als es eingebrannt wurde. Du hast es gesehen, du weißt es und du musst reden!«

Aber ich weigere mich. Ich weigere mich. Ich weigere mich.

Als der Morgen kommt, ist das Wochenende da. Das Haus ist vollkommen still, die Welt vor meinem Fenster diesig und sonntagsleise.

Es ist schön, in der Stille aufzuwachen. Die Welt hinter den Augenlidern ist diffus grün und orange. Mein Morgenspeichel schmeckt süß, und der Körper, von dem ich langsam wieder Besitz ergreife, ist warm, weich und gehört nur mir. Ich hüte mich vor NogNog, meine Gedanken machen einen sehr großen Umweg um die dunkle Erinnerung mitten in mir.

Ich schlage die Augen auf und erinnere mich daran, dass Mama letzte Nacht gestorben ist. Eigentlich ist überhaupt nicht Wochenende. Es ist Donnerstag, und ich habe viel zu tun. Ich müsste runtergehen und Frühstück machen, die Todesanzeige schreiben, den Beerdigungsunternehmer anrufen und die Bank, Mamas Adressbuch durchgehen und die Verwandten und Freunde informieren.

Aber das alles interessiert mich gar nicht. Mama hat keine Schmerzen mehr, sie braucht keine Spritzen und keinen Sauerstoff, sie kann nicht wütend werden. Und in meinem Zimmer ist es Wochenende und sehr, sehr still.

Als Sophie auf die Welt kam, war es auch Wochenende. Das hatte ich nicht erwartet: Es war ein grauer Alltag, als Ulf den Flur der Entbindungsstation entlang ging. Er war bleich und angespannt, seiner üblichen Sicherheit beraubt. Als Sophie im Taxi weinte, sah er ängstlich aus, ängstlich und unzufrieden, und als ich die Bluse schon im Fahrstuhl aufknöpfte, wurde er vor unterdrückter Wut ganz blass.

Und trotzdem: Nachdem ich sie gestillt und die Bluse wieder zugeknöpft hatte, standen wir uns im Wohnzimmer gegenüber. Vor dem Fenster brannte ein Ahorn in Gelb, Rot und Orange, die Herbstsonne war blass. Alles war still und friedlich. Im Babysitz auf dem Boden schlief unsere Tochter, unser drittes Kind, sie, die überlebt hatte.

Da stand er in seiner Diplomatenuniform: weißes Hemd mit fast fadenscheinigem Kragen, altmodischer, aber eleganter Flanellanzug, Seidenschlips von Dior und Ledergürtel von Yves Saint Laurent. Ein leichter Hauch von Eleganz aus einem Tax-freeshop irgendwo auf der Welt, kombiniert mit gediegener altmodischer Schneiderkunst. Ulf war ein Mann, der die geheime Bedeutung von Begriffen wie Stil und Klasse kannte, auch wenn er sich niemals dazu herablassen würde, sie in den Mund zu nehmen.

Aber seine Augen und Lippen gehörten einem anderen, einem, den ich nicht kannte und den ich nie zuvor getroffen hatte. Ich ließ meinen Zeigefinger über das Gesicht dieses Fremdlings gleiten, folgte den Konturen der Nase und der Wange, zupfte an seiner Oberlippe. Er zog mich an sich, und meine Hände rutschten unter seine Jacke, ich streichelte seinen Rücken, er war warm und vertraut. Wir sagten kein Wort, denn wir konnten nur höflich zueinander sein, und das hier forderte mehr. Ehrlichkeit vielleicht. Und wie sollten wir, die wir nichts über uns selbst wussten, ehrlich zueinander sein? Aber wir umarmten uns, und ich glaube, dass wir uns in diesem Moment gegenseitig liebten.

Er meinte, er könne nicht den ganzen Tag frei nehmen, er habe einen wichtigen Termin. Das war trotz allem eine Erleichterung. Als er gegangen war, hob ich Sophie hoch und legte sie mir auf den Bauch, ich lag fast auf dem Sofa und lauschte ihrem Schlaf. Sie lag in umgekehrter Fötushaltung, mit meinem Hals und dem Kinn als Beckenboden und die roten Hände in meiner Halsgrube geballt. Manchmal lehnte ich den Kopf zurück und blies vorsichtig in den Flaum auf ihrem Schädel, das war eine Sommerwiese, die sich im Wind bog.

Wir waren vollkommen sicher, die Welt konnte nicht zu uns eindringen, vor unserem Fenster hielt ein sich rötender Ahorn Wache, und in unserem Haus duftete es nach Tannenzapfen und Harz.

Lars-Göran weint im Badezimmer. Ich müsste eigentlich aufstehen und mich um ihn kümmern, ihn trösten und Kaffee kochen. Dennoch bleibe ich liegen, ich will weiterschlafen. Ich glaube, er muss sich schon selbst trösten.

Ich wurde Diplomatin, Marita, genau wie ich es hatte werden wollen. Zwar nur bedingt erfolgreich, aber höflich genug, mit gewählter Sprache und gut angezogen, um nie als jemand enttarnt zu werden, der nicht dazugehörte.

Meine Ängste hemmten die Karriere. Ich hatte Angst vor den anderen Diplomaten, vor ihrer harten Freundlichkeit und ihrer hochmütigen Untertänigkeit, vor ihren Stimmen, Gesten und ihrer Kleidung, die so viele Geheimnisse und Widersprüche enthielten. Aber am meisten fürchtete ich mich vor dem Wort: Jedes Mal, wenn eine *Sprachregelung* auf meinem Schreibtisch landete, wurde mir übel vor lauter Nervosität. Es gelang mir nie, sie auswendig zu lernen, ich trug sie in meinen Taschen mit mir herum, als würde bereits die Nähe des Papiers es einfacher machen, mich daran zu erinnern, was man sagen sollte.

Wie soll man eine *Sprachregelung* einem freien Menschen erklären?

Das ist ganz einfach eine Replik im Gespräch zwischen den Staaten, eine Replik, die zu formulieren Tage und Wochen in Anspruch genommen hat. Zuerst wurde sie von einem verschwitzten, ambitiösen Ministeriumssekretär zusammengesetzt, so einem, der so gut erzogen ist, dass er gar keine eigenen Worte besitzt, dafür aber eine ganze Schublade voller fertiger Phrasen in seinem Schreibtisch hat. Anschließend wurde sie vom Ministerrat beäugt und geschliffen, bekam eine neue Form durch den Regierungssekretär und wurde schließlich vom Minister selbst geputzt und für gut befunden. Das Ergebnis ist ein Schleimklumpen, eine klebrige, graue Phrase, unrhythmisch und unbegreiflich. Aber das macht nichts, denn die Unklarheit selbst ist das Ziel. Eine *Sprachregelung* ist nämlich immer eine Lüge, und es ist eine Lüge, die so geschickt formuliert ist, dass sie nie zum Platzen gebracht werden kann. Sie behauptet, dass das Gute böse ist, das Böse gut, und dass das Schreckliche niemals passiert ist.

Wenn eine *Sprachregelung* verfertigt worden ist, wird die gesamte Außenministeriumsverwaltung zu einem Chor, alle, die es betrifft, lernen sie auswendig. Wahrheiten fallen einem ein. Lügen müssen eingepaukt werden.

Als ich Ulf heiratete und Sophie zur Welt kam, wurde ich befreit. Ich entkam allen Sprachregelungen, ich wurde zum Anhang. Eine tüchtige Ehefrau und liebevolle Mutter, eine geduldige Stütze und eine gute Cocktailexpertin. Ich brauchte nur hinsichtlich kleiner Dinge zu lügen, über Lappalien. Was macht es schon, wenn ich sage, dass ein hässliches Kleid hübsch ist? Was macht es, wenn ich immer so tue, als wäre ich fröhlich und selbstsicher?

Ich lebte mein Leben neben Ulfs Karriere. Drei Jahre in Peru: Aufwartung, Verlobung, Ehe, zwei Fehlgeburten. Vier Jahre in der Verwaltung in Stockholm: Schwangerschaft, Handelsstatistik, Geburt, Kinderkrippe. Drei Jahre in Vietnam: Einsamkeit, Hitze, Infektionen, absurde Modenschauen. Acht Jahre in Indien: Schule, Dinner, Empfänge, Scheidung.

Erst am Ende bekam ich wieder eine eigene Stellung, ich wurde Botschaftssekretärin in der Botschaft meines Mannes und bekam einen eigenen Schreibtisch mit neuen *Sprachrege-*

*lungen.* Aber ich brauchte mich nicht um sie zu kümmern. Ich bearbeitete nur die Botschaftsaufgaben, schickte zitternde Junkies nach Hause und sah zu, dass schwedische Damen mit Touristendiarrhöe zu einem guten Arzt kamen.

Es wunderte mich, dass sonst niemand von diesen Papieren aus Stockholm gequält zu werden schien, dass sie nicht das Peinliche darin sahen, mit den Worten anderer sprechen zu müssen. Ulf war ein unbeschriebenes Blatt, auch mir gegenüber, ein leeres Blatt Papier, das auf den Stift wartete. Manchmal verachtete ich seinen Gehorsam, aber ebenso oft zweifelte ich an meinen eigenen Gefühlen. Ulf hatte scharfe Augen – vielleicht sah er eine große Wahrheit hinter all diesen kleinen Lügen.

Einmal, kurz nachdem ich wieder angefangen hatte zu arbeiten, versuchte ich mit ihm darüber zu sprechen. An diesem Abend war er gut gelaunt. Wir hatten in Alva Myrdals großem weißen Saal das Luciafest gefeiert, ein wirklich gelungenes Fest mit Punsch, Pfefferkuchen und Luciakrapfen. Fast die gesamte schwedische Kolonie war gekommen, inklusive vier Direktoren, die extra mit ihren in Seide gekleideten Damen aus Poona gekommen waren. Das war ungewöhnlich. Außerdem waren mehr Inder als im Jahr zuvor gekommen, wichtige Menschen, sogar ein Minister. Ulfs Augen funkelten hoffnungsvoll, vielleicht würde die Kanonenaffäre bald vergessen sein.

Er lag im Bett und sah mich an, während ich mir das Nachthemd über den Kopf zog. Es war aus Seide, im Dezember ist es nicht so warm in Delhi, da kann man Seide tragen.

»Das hast du gut gemacht, Cecilia. Sehr gut. Genau das, was wir brauchten.«

»Schön zu hören. Und wie lief es mit dem Minister? Hast du ungestört mit ihm reden können?«

»Doch, ja. Wir haben ein paar Worte wechseln können …«

Ich kroch ins Bett und machte das Licht aus. Er legte den Arm auf meine Brust, das war eine Art Umarmung. Ich verringerte den Druck, indem ich seine Hand nahm.

»Und was hast du gesagt?«

Er seufzte.

»Ich habe das gesagt, was ich sagen sollte ...«

»Dass die schwedische Regierung alles tut, um die Wahrheit ans Licht zu bringen? Wie es in der *Sprachregelung* steht?«

»Mm. Hast du sie gelesen?«

»Natürlich. Alle haben sie gekriegt.«

»Das war nicht so geplant. Wer hat sie denn verteilt?«

»Das weiß ich nicht. Aber glaubst du selbst daran?«

»Woran?«

»Glaubst du daran, dass die Regierung wirklich alles tun wird, um die Wahrheit über die Schmiergelder herauszukriegen?«

Er zog seinen Arm zurück.

»Die *angeblichen* Schmiergelder, Cecilia. Niemand weiß Genaues. Es gibt keine Beweise.«

Ich legte mich auf die Seite und drehte ihm den Rücken zu. Ich wusste es, obwohl nichts bewiesen werden konnte. Ich hatte diese Männer aus Bofors gesehen, hatte sie reden gehört. Sie waren arrogant, flapsig und zynisch und so sehr von sich selbst überzeugt, dass sie nicht einmal zu kaschieren versuchten, dass sie logen. Aber den Kern der Lüge, den enthüllten sie nicht.

»Du brauchst in deinem eigenen Schlafzimmer nicht wie eine *Sprachregelung* zu reden ...«

Ulf atmete schwer hinter meinem Rücken.

»Klagst du mich der Lüge an, Cecilia?«

Ich hörte meine eigene Stimme, Gyllens Stimme, sicher und schroff.

»Ja. Ich glaube, dass du jeden Tag lügst. Das gehört zum Geschäft. Wir lügen alle.«

»Und dein Bruder, Cecilia? Der Minister? Lügt der auch? Was weiß er über die Schmiergelder?«

Ich gab keine Antwort, ich war bereits zu weit gegangen. Das Bett schaukelte, als er aufstand, die Seide raschelte, als er sich den Morgenmantel überwarf. Fünf Tage lang schwieg er. Fünf Nächte lang schlief er allein im Gästezimmer. In der sechsten Nacht ging ich zu ihm und bettelte wortlos um Vergebung.

Jemand ist auf der Treppe. Ich träume, dass Tante Olsson lacht, setze mich auf und lausche. Das ist nicht Lars-Göran, ich weiß, wie seine Schritte klingen. Er geht wie ich, mit schwerem Schritt und hallenden Absätzen. Aber die Person, die jetzt da draußen läuft, huscht zögernd dahin, jetzt ist sie auf dem Flur, auf dem Weg zu Mamas Zimmer. Es ist Marita, endlich ist sie gekommen. Ich ziehe den Morgenmantel über und laufe auf den Flur hinaus.

»Hallo, ist da jemand?«

Ein Körper in Mamas Türöffnung. Es ist Gunilla.

»Ich bin's nur. Es hat niemand aufgemacht, als ich geklingelt habe, da bin ich reingegangen. Ich habe ja einen Schlüssel. Ist sie im Krankenhaus? Geht es ihr schlechter?«

Ich halte mich am Türrahmen fest und wache richtig auf, streiche den Pony aus dem Gesicht und entschuldige mich.

»Wir hätten anrufen sollen, aber wir haben vom Arzt Schlaftabletten gekriegt, Lars-Göran und ich. Mama ist letzte Nacht gestorben.«

Die Tränen beginnen zu laufen, als ich mich das sagen höre, eine Hälfte von mir ist ein bodenloses Loch aus Trauer, die andere Hälfte ist nur irritiert. Es ist Nachmittag, ich habe den ganzen Tag geschlafen, wo ich doch so viel zu tun habe.

Gunilla zupft am Ärmel ihres Baumwollpullovers, plötzlich ahne ich, dass sie genauso viel Angst vor mir hat wie ich vor ihr. Sie hat sich von meiner sicheren Stimme und meinen zielstrebigen Schritten täuschen lassen, sie glaubt, dass ich weiß, wohin ich will und was ich tun muss, wenn ich angekommen bin. Das verängstigt sie. Sie selbst ist nirgendwohin auf dem Weg.

»Oh. Wie schrecklich. Ja, dann gehe ich wohl lieber. Entschuldige.«

Ich schluchze versöhnlich, suche nach einem Taschentuch in der Tasche des Morgenmantels und putze mir die Nase.

»Das macht nichts. Du konntest es ja nicht wissen …«

Lars-Göran kommt herunter, als der Kaffee fertig ist, er hat gerötete Augen und ist schweigsam. Ich habe bereits die Todesanzeige formuliert. Er liest sie sich laut vor und merkt nicht, dass die Sprache tot ist. Unsere liebe Mutter. Nach geduldig ertragenem Leiden. Geliebt. Vermisst.

Trotzdem muss er natürlich etwas ändern:

»Ich denke, sie würde gern noch ein Gedicht dabei haben. Das hat sie gesagt, als Papa gestorben ist, ich glaube, das war etwas von Dagerman.«

»Und welches?«

»Ich erinnere mich nicht mehr, es fällt mir einfach nicht ein.«

Er stützt den Kopf in die Hände und weint, heult mit offenem Mund wie ein Kind. Ich sehe ihn eine Weile an, ohne zu wissen, was ich mit seiner Trauer anfangen soll, hole dann ein Stück Küchenpapier und klopfe ihm unbeholfen auf den Arm.

Anschließend fange ich an, mich endlich um alles zu kümmern, was zu tun ist.

Fonus, selbstverständlich. Es muss Fonus sein. Als Papa starb, beauftragten wir ein privates Beerdigungsinstitut, jetzt muss es ein staatliches sein. Der Konflikt bleibt bis in den Tod bestehen. Mein Zeigefinger findet die richtige Zeile im Telefonbuch. Fonus liegt in der Storgatan …

Als ich den Hörer aufnehmen will, klingelt es, ich sehe die Hoffnung in meinem Spiegelbild. Marita! Aber die Telefonstimme ist jung und gut erzogen, ohne eine Spur von Nässjödialekt.

»Entschuldigen Sie bitte die Störung, ich rufe vom Smålands Dagblad an. Mein Name ist Katarina Söderberg. Ich habe gehört, dass Dagny Dahlbom von uns gegangen ist, stimmt das?«

»Ja.«

»Mein herzliches Beileid. Und entschuldigen Sie bitte, dass ich einfach so anrufe, um das zu überprüfen, aber wir wollen ja keinen Fehler machen.«

Hör auf, dich zu entschuldigen, denke ich. Das ist das erste heilige Gebot des Erfolgs: Bitte niemals um Entschuldigung. Das musst du noch lernen, meine Kleine, wenn etwas aus dir werden soll hier in dieser Welt.

»Ich verstehe das. Aber es stimmt. Meine Mutter ist letzte Nacht gestorben. Sie war lange krank.«

»Wir setzen das morgen in die Zeitung. Und außerdem wollte ich fragen, ob ich Sie und Lars-Göran Dahlbom interviewen dürfte?«

»Interviewen? Wozu das denn?«

»Nun ja, wir wollten über Ihre Mutter zur Beerdigung einen größeren Bericht bringen, über ihren Hintergrund, ihre politische Karriere und so …«

Ich bin überrascht. Das sieht dem Smålands Dagblad gar nicht ähnlich. Die Nachrichtenübersicht aus Nässjö beschränkt sich normalerweise auf kurze Notizen über die Aktivitäten der Missionsgesellschaft und die Vorträge von Rotary.

»Ja, nun, ich weiß nicht …«

»Sie hat ja sehr viel für die Stadt bedeutet. Und dann der Sohn, der Abgeordneter und Minister wurde und so …«

Plötzlich sehe ich Mama im Spiegel vor mir. Sie trägt ihr gutes Sitzungskostüm, das eng um ihre Taille anliegt, sie fährt hastig mit dem Kamm durch das blonde Haar, ihr Blick ist in weite Ferne gerichtet, sie denkt an Wasserleitungen und Straßenbeleuchtung, an Schulen und Kinderspeisungen. Sie lächelt mir zu, und ich erwidere das Lächeln: meine Mutter, unendlich gut mit ihrem glühenden Gerechtigkeitssinn und in aufrichtiger Sorge für andere, unendlich böse in ihrem Mangel an Respekt und Einfühlungsvermögen. Ein Artikel in Smålands Dagblad hätte sie gefreut.

»Ja, natürlich«, sage ich. »Ich werde meinen Bruder fragen, einen Moment …«

Ich bleibe auf der Türschwelle zur Küche stehen und stütze mich am Türpfosten ab. Lars-Göran schaut auf. Er weint nicht mehr.

»Aber ich muss zurück nach Stockholm«, sagt er zögernd. »Kannst du das nicht übernehmen?«

Dann verabreden wir, dass Katarina Söderberg vom Smålands Dagblad morgen vorbeischaut.

»Aber dann bin ich allein hier«, sage ich ihr. »Mein Bruder muss zurück nach Stockholm.«

Zu spät höre ich, dass das wie eine Entschuldigung klingt.

Ich bringe Lars-Göran zum Auto, wir gehen dicht nebeneinander. Die Dämmerung hat bereits eingesetzt, die Luft ist kühl und feucht, der Himmel zeigt den Ton dunklen Lavendels.

»Man spürt bereits den Frühling«, sage ich. »Fühl mal, er ist schon in der Luft …«

Lars-Göran schaut zu Boden und antwortet nicht.

»Bist du traurig?«

Er tritt gegen einen kleinen Stein.

»Natürlich bin ich traurig …«

Ich weiß nicht, was ich noch sagen soll, stehe wortlos neben ihm und sehe zu, wie er seine Tasche auf den Rücksitz wirft und den Mantel darauf. Dann bleibt er stehen, lehnt sich gegen die geöffnete Tür.

»Schaffst du das alles, Cecilia? Trauerkarten und Psalmen und so …«

»Ja, keine Sorge. Ich bin es gewohnt zu organisieren. Und ich habe mehr als eine Woche Zeit.«

»Vielleicht könnte Yvonne kommen, wenn ihre Eltern sich als Babysitter zur Verfügung stellen …«

»Das geht schon in Ordnung.«

Er fährt sich mit der Hand durchs Haar und sagt mit belegter Stimme: »Und ich bin nicht einmal rechtzeitig gekommen …«

Lars-Görans Wagen biegt auf den Gamlarpsvägen. Es ist kalt, ich verschränke die Arme vor der Brust und umarme mich selbst. Die Straßenlaternen leuchten, ihr Licht ist so weiß, dass es ins Blau übergeht.

Als ich mich umdrehe, um ins Haus zu gehen, sehe ich, dass wir vergessen haben, die Tür zu schließen. Sie steht halb offen, das gelbe Flurlicht sickert hinaus in den Garten.

Was war das? Ein Schatten in der Türöffnung?

Jemand bewegt sich da drinnen. Oder etwas.

Ich friere auf dem Kiesweg fest, an der Stelle, wo ich stehe, kann mich nicht mehr bewegen. Das Bananenhaus lächelt sein gelbes Lächeln und versucht mich hineinzulocken. Plötzlich bin ich von einem vertrauten Geruch eingehüllt. Schweiß und Ammoniak. Ein Hauch von Äther. Die Furcht.

Eine Erinnerung rumort in meinem Bauch, eine Frage ohne Form und Kontur. Ich weiß nicht, was passiert ist und was noch passieren wird, ich weiß nur, dass ich die Vergangenheit mehr fürchte als die Zukunft.

Aber am meisten fürchte ich mich vor dem, was im Haus meiner Eltern auf mich wartet.

Die Eidechsen kamen vor dem Licht zurück.
Ich hatte stundenlang wach gelegen und versucht, mich zu erinnern, ob das wirklich passiert war. Hatten wir uns verfahren? Hatten wir ein Kind aufgelesen? Hatte Butterfield Berglund mich wirklich mit geflüsterten Worten gestreichelt?

Der Wind war abgeflaut, er zerrte nicht mehr an den Wänden, strich nur noch mit leichter Hand darüber. Es donnerten keine Steine mehr aufs Dach, und die Asche schmatzte nicht, sie flüsterte, summte und sang.

*Tock-tock-tock.*

Der Raum war dabei, sich zu verwandeln, von irgendwoher sickerte graues Licht herein. Oder lag das nur an meinen Augen, die sich an die Dunkelheit gewöhnt hatten? Ich kroch unter dem Tisch hervor und richtete mich auf, das Haus schwankte. Schwindel. Ich hatte zu lange still gelegen.

Kleine Rinnsale von Dämmerlicht sickerten durch das lichte Bretterwerk der Wände, es war also ein Holzhaus, ein altmodisches Haus. Aber die Besitzer waren nicht arm, das Zimmer war groß und voller Möbelschatten. Und das Dach ragte hoch auf, die Decke folgte dem spitzen Winkel des Hausdachs. Die Fenster waren dunkle Flecken in all dem Grau, die Hausbesitzer hatten die Fensterläden geschlossen, bevor sie flohen.

Mein Fuß stieß gegen eine Colaflasche, ich hob sie auf, wagte aber nicht zu trinken, es war nur noch ein Schluck übrig. Ich hätte rausgehen und nach einem Brunnen oder einer Pumpe suchen müssen. Das sollte möglich sein: Es war draußen vollkommen still, kein Wind, kein Rauschen von Regen oder Asche.

Ich ging zur Tür und öffnete sie.

Gyllens bildhafte Sprache gefiel mir als Kind. Sie entsprach meiner Fantasie.

»Du kannst mich mal an einer verdammt langen Stange hinhalten«, und ich sah ihn rittlings auf einer glänzenden Mahagonistange sitzen.

»Mutterboden in der Hosentasche, das muss man haben«, erklärte er, und ich schaute in seine Hosentaschen und sah Büschel von Weizen und Hafer herausragen. Die Hafergrannen wippten, wenn er ging.

»Das kriegst du erst, wenn es in der Hölle schneit«, sagte er, und in meiner Enttäuschung sah ich, wie es in der Hölle schneite, wie die weißen Kristalle in den Flammen zischten und wie der Teufel seine lange, spitze Zunge ausstreckte, um sie zu schlucken.

Höllenschnee.

Das war das erste Wort, das mir in den Sinn kam. Es hatte in der Hölle geschneit.

Ich blieb auf der obersten Treppenstufe stehen, wo die Asche nicht so hoch lag, und betrachtete eine vollkommen neue Welt. Sie war grau. Die Asche hatte sich in weichen Wellen auf Häuser und Pflanzen gelegt, auf Bäume und Steine. Das Auto war nicht mehr zu sehen, es war nur noch eine weich gerundete Kugel unter einer sich herabbiegenden Kokospalme.

Der Himmel hatte die gleiche blasse, undefinierbare Farbe wie der Nachthimmel über einer Großstadt, als spiegele er tausend Lichter aus weiter Ferne. Der Mond schien immer noch, er wurde nur von ein paar hellen Wolkenfetzen bedeckt, die schnell über den Himmel huschten. Bald würde es hell werden, das war zu erkennen.

Wir waren in einer Stadt oder einem kleinen Ort gelandet. Vielleicht war die ebene graue Oberfläche zwischen den Häusern die Hauptstraße. Das Haus gegenüber hatte nur ein Stockwerk und war fast vollkommen von der Asche bedeckt, ich konnte nur einen halben Meter der Hauswände sehen. Andere Häuser standen auf hohem Zementgrund, wie unseres, oder auf

Pfeilern und waren besser davongekommen. Nur ein einziges Dach hatte nachgegeben, doch während ich dastand und versuchte zu verstehen, was ich sah, begann die Asche sich auf einem Dach weiter hinten in der Straße zu bewegen, sie rutschte, schlidderte und fiel, anfangs still und leise, nach ein paar Sekunden aber mit Wucht und Krach. Es war, als würde das Haus meinen Blick nicht mehr ertragen, das Dach fiel in sich zusammen, und eine Wand stürzte ein, das ganze Haus verwelkte in einer Staubwolke. Sekunden später war alles wieder still.

Ich hockte mich hin und umklammerte meine Knie. Die Asche verbrannte mir die Beine, die heiße Luft brannte in meiner Lunge. Der Himmel färbte sich rot.

Auf beiden Seiten der Treppe stand ein Baum. Ich hatte solche Bäume schon vorher gesehen und überlegte eine Weile, wie sie hießen, konnte mich aber nicht daran erinnern, absolut nicht. Sie sind sehr schön: Ihr Stamm ist grau und kahl, ohne Blätter. Sie sehen tot aus, aber an ihren Zweigen öffnen sich jeden Morgen rosa Glocken, dicke, wachsähnliche Blüten, die lose an ihrem Stängel sitzen und nur einen Tag lang blühen.

Ich sah sie an diesem Morgen aufgehen. Trotz der Vulkanasche, trotz der langen Finsternis erblühten sie und öffneten sich. Und als die Sonne über das Hausdach stieg, löste sich die erste geöffnete Blume vom Zweig und segelte langsam auf mein Knie herab.

Wenn man die Hand durch die Zeit hindurchstrecken könnte …

Ich sehe meinen eigenen Arm sich durch die Monate, die vergangen sind, hindurchstrecken, meinen Arm, der weiß ist mit blassen Sommersprossen. Er hat fast die Cecilia der namenlosen Stadt erreicht, wie sie dort ebenso heiß und trocken hockt wie die Asche des ersten Morgens.

Zigaretten, dachte ich. Ein Zug. Hatte ich nicht eine Stange im Auto?

Ich möchte sie an den Schultern packen und flüstern: »Tu es nicht, Cecilia! Lass das Auto noch ein paar Stunden unberührt stehen … Gib Butterfield ein Leben und dem Mädchen eine Zukunft, rette deine Freundschaft zu Ricky und deine eigenen Illusionen. Rühr den Wagen nicht an!«

Aber meine Hand erreicht sie nicht, und Cecilia merkt nichts, sie steht auf und streckt sich, die Blumen auf ihrem Schoß fallen in die Asche. dann geht sie die zwölf Stufen hinunter und stapft durch die Asche auf den Wagen zu.

Cecilia! Du Idiotin!

Der Wagen war versteinert. Die oberste trockene Ascheschicht war leicht wegzufegen, aber darunter waren Regen, Asche und Schmutz zu einem krümeligen Zement erstarrt. Ich kratzte die grobporige Schicht los und versuchte, den Türgriff zu lokalisieren. Der Knopf ließ sich hineindrücken. Wenn ich nur so viel Asche wegbekam, dass sich die Tür ein Stückchen öffnen ließ, könnte ich hineinkriechen und die Zigaretten holen.

Das war Schwerstarbeit. Zuerst versuchte ich, die Asche mit den Füßen wegzuschieben, aber das genügte nicht, ich musste mich auf die Knie legen und mit den Händen graben. Ich schwitzte, ich fluchte, aber ich gab nicht auf. Ich war gierig auf einen Zug einer Zigarette.

Endlich hatte ich genügend Platz geschaffen, um die Tür zu öffnen. Mit ein bisschen Mühe würde ich mich hineinzwängen können. Die Öffnung war nicht groß, nur ein paar Dezimeter. Aber sie reichte, dass eine Hand herausrutschen konnte.

Eine Hand!

Ich taumelte zurück und fiel schwer auf den Po, erschrocken wie ein Kind in einer Geisterbahn. Meine Hände versanken tief in der Asche, und die Hitze darinnen steigerte noch die Panik. Schnaubend krabbelte ich ein paar Meter fort, bis mir klar wurde, wie ich mich verhielt. Ich zwang mich, mir bewusst zu werden, dass ich ein Mensch war und dass bestimmte Laute und Bewegungen sich nicht für einen Menschen schicken. Mühsam stand ich auf, ebenso mühsam drehte ich mich um und zwang mich, das zu sehen, was ich gesehen hatte.

Eine Hand. Da ragte tatsächlich eine Hand aus dem Auto.

Sie war dunkelbraun und sehr knochig, von gleicher Farbe und gleichem Glanz wie geschnitzter Palisander.

Die Wagentür schwang langsam zurück und klemmte die Hand ein.

Ich kroch unter den Tisch und rüttelte beide.

»Ricky! Butterfield! Da liegt jemand im Wagen… Wacht auf! Da liegt jemand im Wagen!«

Ricky wachte mit einem Ruck auf und setzte sich hin. Er sagte nichts, kroch nur hastig über den Boden und griff nach der Colaflasche. Er leerte sie mit einem Zug, während er aufstand. Meine Stimme wurde scharf, als ich ihm nachrief: »Verdammt, Ricky! Das war die letzte Flasche!«

Er gab keine Antwort und schaute mich nicht an, warf nur die leere Plastikflasche so hart auf den Boden, dass sie wieder hochsprang, und stapfte dann zur Tür hinaus. Eine Wolke von rosa Blüten fiel hinter seinem Rücken herunter.

Butterfield setzte sich mit zerzaustem Haar und schweren Augenlidern auf, wir sahen einander wie Fremdlinge an.

»Was ist?«, fragte er schläfrig. »Ist was passiert?«

Der Rest des Morgens war ein einziges Chaos.

Butterfield und Ricky knieten vor dem Wagen und versuchten mehr Asche wegzuschaufeln. Sie redeten die ganze Zeit, Rickys Stimme war rau vor Unruhe, Butterfields dumpf und murmelnd, doch ich konnte nicht hören, was sie eigentlich sagten.

Aber das Mädchen hörte ich. Sie seufzte schwer, als sie aufwachte.

Sie lag mit offenen Augen unter dem Tisch, weigerte sich aber, mich anzusehen, hielt hartnäckig ihren Blick neben mein Gesicht gerichtet. Sie hielt immer noch die halbverdorbene Papaya in der Hand, ihre Finger waren so tief in das braungelbe Fruchtfleisch eingedrungen, dass sie kaum noch zu sehen waren. Sie war auf eine Art schmutzig, wie es nur die sehr Armen sind. Sie sehen staubig aus, Haut, Haare und Kleidung sind von hellgrauer, pulverisierter Armut überzogen.

Ich habe einige Worte und Phrasen auf Tagalog aufgeschnappt. Nicht viel, nur damit es reicht, um sie wie spärliche Glitzerpailletten über ein müdes Gespräch in Manila zu streuen. Das weckt normalerweise ein kleines Lächeln und bringt eine Art von Kontakt. Jetzt schüttete ich ein paar davon über dem Kind vor mir aus.

»*Magandáng umaga*… Guten Morgen.«

Sie reagierte nicht. Ihr Gesicht war verschlossen und starr, der Blick weit weg. Aber sie musste eigentlich hungrig sein.

»*Pagkain? Prutas?* Essen? Obst?«

Ich strich ihr mit der Hand über die Wange, dachte kurz mit schlechtem Gewissen an Läuse, Krätze und Flöhe und ließ dann wie eine Art Entschuldigung die Fingerspitzen über die vernarbte Haut über dem Ohr gleiten. Es war, als würde ich eine Puppe berühren.

»*Prutas?*«

Nicht einmal ein Zittern. Sie hielt die Kiefer fest geschlossen.

Ohne nachzudenken rutschte ich ins Englische. Fast alle Menschen auf den Philippinen sprechen Englisch, selbst die zerlumptesten Kinder auf der Straße.

»*Hungry? Are you hungry? Do you want food?*«

Der Ausdruck in ihren Augen veränderte sich, die Augenlider begannen zu zittern, sie schaute mich an, traute sich aber nicht zu antworten. Ich beugte mich vor und löste ihre klebrige Hand von der Papaya.

»*Are you in pain? Does it hurt?*«

Ihre Stimme gehörte einem sehr alten Menschen, sie kam flüsternd und heiser. Sie sagte nur zwei Worte: »*Pain, drink.*«

Ich suchte nach etwas zu trinken und fand eine richtige Küche. Ganz hinten in dem großen Raum gab es eine dünne Sperrholztür, die ich vorher nicht bemerkt hatte. Ich öffnete sie und blieb überrascht stehen. Dahinter gab es einen kleinen, vollgestopften

Raum mit Regalen, Schränken und Kartons, Tellern und Schüsseln, eine halbgefüllte Reiskiste und zwei Konservendosen. Corned beef. Aber das Beste von allem: ein großer, wuchtiger Kühlschrank aus dem Amerika der Fünfziger und ein Wasserhahn, ein kleiner, wackliger Hahn über einem großen Trog.

Meine Beziehung zu Gott ist einfach und unkompliziert: Ich glaube nicht, dass es ihn gibt, deshalb rede ich ständig mit ihm, vollkommen offen, ohne Scham und Vorbehalte. Ich schaffte das ganze Vaterunser auf dem Weg zum Wasserhahn, und während ich mit erhobener Hand bereit stand, fügte ich noch schnell einen Vers hinzu: Lieber guter Gott, lass den Wasserhahn funktionieren.

Aber Gott war nicht anwesend, das ist er nie, der Hahn rasselte und seufzte, aber nichts geschah. Ich war nicht besonders enttäuscht, mitten in meinem Gebet hatte ich ja gewusst, wie es laufen würde. Ich schaute kurz hinter die Kühlschranktür, schloss sie aber gleich wieder. Was die Besitzer des Hauses hinterlassen hatten, als sie fliehen mussten, das war während der langen Finsternis verrottet und verdorben.

Das Mädchen im großen Raum stöhnte. Ich nahm einen Blechbecher in die Hand, klemmte mir die beiden Konservendosen unter den Arm und ging zu ihr. Ihre Stirn war feucht, sie lag mit geschlossenen Augen da. Ich stopfte eilig die Konservendosen in den Verbandskasten und suchte nach Aspirin.

Aber immer noch hatte ich nichts zu trinken gefunden. Ich schob mir eine Tablette in den Mund und biss in einen von Rickys Äpfeln, er war saftig und süß, und plötzlich stellte ich fest, dass ich auch Durst hatte.

Ich spuckte vorsichtig den weißgepunkteten Brei auf meine Fingerspitzen und kroch unter den Tisch. Das Mädchen öffnete folgsam den Mund und ließ mich mit meinen Fingern über ihre Zähne und ihre Zunge streichen. Ich weiß nicht, wie viel sie schlucken konnte, aber nach einer Weile entspannte sich ihre geballte Hand in meiner. Sie schlug die Augen auf.

»Hallo. Fühlst du dich besser?«

Sie zwinkerte mit den Augen. Das war eine Art Antwort.

»Wie heißt du?«

Sie nahm Anlauf, der Name saß tief in ihrer Kehle und wollte nicht herauskommen. Ich reichte ihr den Apfel, und sie biss gierig hinein, sog dann lange genussvoll den Saft aus dem Fruchtfleisch.

»Dolly...«

Ihre Stimme klang jetzt heller, fast wie die eines Kindes.

»Dolly? Dolores? Wo tut es dir weh?«

Sie verzog das Gesicht, als wollte sie anfangen zu weinen, fing sich dann aber wieder und strich mit der Hand über die Beine. Ich hob vorsichtig ihr linkes Knie hoch und ließ den Fuß baumeln. Dann nahm ich das rechte und hob es an.

Ihre Art des Schreis erschreckte mich am meisten. Das war ein nach innen gerichteter Schrei. Dolores sog die Luft ein, zog sie mit einem Zischen in sich hinein. Ihr Gesicht wurde leer und unnahbar; eine starre Maske mit entblößten Zähnen, Apfel und Zahnfleisch. Der Fuß baumelte in einem unnatürlichen Winkel, wie in einem Comic.

Irgendwo da drinnen musste ein ganzes Bündel von Knochen gebrochen und zersplittert sein.

Die Asche reichte mir immer noch bis an die Knie, sie war heiß, brannte aber nicht mehr. Ich ging in den Spuren, die Ricky und Butterfield getreten hatten, und hielt die große grüne Nuss an die Brust gedrückt.

»Ricky, du musst mir helfen, die Kokosnuss aufzuschlagen.«

»Jetzt nicht, Madam. Jetzt nicht. Wir müssen erst den Menschen aus dem Auto holen.«

»Sorry, Ricky, aber es ist nötig. Das Mädchen ist aufgewacht. Sie muss etwas zu trinken haben, und wir haben nichts außer der Kokosmilch. Du hast die letzte Cola ausgetrunken!«

»Jetzt nicht...«

Er stand auf und drehte mir den Rücken zu, zog mit aller Kraft an der Autotür. Ich räusperte mich.

»Sorry, Ricky, aber das musst du. Sie hat Schmerzen, und sie ist durstig.«

Butterfield machte eine Geste, als wollte er mich wegschieben.

»Lass ihn, er ist im Augenblick nicht ansprechbar...«

Mein Englisch ist nie so perfekt wie in Momenten der Wut. Scharfes Oxfordenglisch.

»Du musst es. Es tut mir Leid, Ricky, aber das ist jetzt wichtiger... Du musst!«

Doch Ricky ließ sich nicht beirren. Er warf mir einen kurzen Blick über die Schulter zu und zog rhythmisch an der Tür, während er erwiderte: »Zosima glaubt, ich wäre tot, die Kinder glauben, dass sie keinen Vater mehr haben, vielleicht gehen sie nicht mehr in die Schule, vielleicht sind sie verletzt. Wir müssen diesen Körper rauskriegen und den Wagen in Gang kriegen... Dann werde ich die Kokosnuss öffnen, Madam. Aber jetzt nicht. Später.«

In dem Moment gab die Asche nach, und die Wagentür sprang weit auf. Ein Oberkörper fiel heraus, ein Gesicht mit einem offenen schwarzen Loch als Mund wandte sich dem Himmel zu.

Ich ließ die Kokosnuss fallen.

Noch einmal schleppten Ricky und ich einen Menschenkörper durch die Asche. Aber dieser war schwerer: Wir mussten mit beiden Händen jeweils einen Arm ergreifen und tief durch die Asche stapfen, um ihn überhaupt mit uns ziehen zu können.

An der Treppe angekommen, hielten wir an und sahen einander ratlos an. Wie sollten wir ihn hinauf bekommen?

»Lebt er?«, fragte Ricky und wischte sich den Schweiß von der Stirn.

»Er scheint halbtot zu sein«, sagte ich und machte die gleiche Geste. »Auf jeden Fall müssen wir ihn reinkriegen...«

Wir gingen auf die Knie und nahmen eine Treppenstufe nach der anderen. Die knochigen Knie des Fremden schlugen regelmäßig dumpf gegen das Holz, jedes Mal jammerte er leise, ansonsten war nur Rickys schweres Keuchen zu hören. Wir sagten nichts, bis wir ihn hineingeschafft und mitten im Raum auf den

Bauch gelegt hatten. Ich hielt mich am Tisch fest, schnappte nach Luft und massierte meine schmerzenden Knie.

»Dreht ihn um«, sagte Butterfield. Er stand wie ein Schatten in der Türöffnung, die Kokosnuss im Arm. Es war ihm gelungen, ein Loch hineinzuschlagen, und in mir krampfte sich alles vor Erwartung zusammen, dass ich bald etwas zu trinken bekommen würde.

Ricky schob einen Fuß unter die Brust des Fremden und hob sie an, der Mann rollte auf den Rücken, seine Hand klatschte schlaff auf den Boden. Das schien ihn zu wecken. Er blinzelte und sah uns eine Sekunde lang an, dann drehten sich die Pupillen, nur das Weiße war noch zu sehen, und er verschwand wieder in der Bewusstlosigkeit.

»Was glauben Sie, was das für einer ist?«, fragte Ricky.

Wie kann ich NogNog beschreiben, so dass auch Marita ihn sehen kann?

Was mir als Erstes einfällt, sind seine Handgelenke. Er hatte schlanke Arme mit sehr langen Handgelenken.

Oder soll ich mit seinem sehnigen Hals und dem großen Kropf anfangen, der ständig in Bewegung war, wenn er schwieg und wenn er redete, wenn er brüllte und wenn er schluchzte? Oder mit dem Kopf? Ein rasierter Schädel, auf dem die Haare nur einen Schatten bildeten?

Nein. Ich fange mit etwas anderem an, mit etwas, das sie kennt, etwas, das wir beide kennen.

Mit der Grausamkeit der Verzweiflung, Marita. NogNog trug diese Grausamkeit in sich, die aus großer Verzweiflung geboren wird.

Ein Junge oder ein Mann? Ich konnte es nicht sagen. Er war groß wie ein Mann, größer als die meisten Philippinos, aber seine Arme und Beine waren jungenhaft mager und knochig. Seine Haut war sehr dunkel, hatte eine ganz andere Nuance als Rickys und Dolores' Goldtöne.

Ich sank neben ihm auf die Knie und strich mit der Hand über sein camouflagefarbenes T-Shirt und die zerschlissenen Shorts. Seine Atemzüge strichen an meiner Wange entlang, sie waren kurz, heiß und dufteten. Die Lippen waren aufgesprungen, aber ansonsten schien er unverletzt zu sein. Trotzdem stöhnte er vor Schmerzen, als ich ihn berührte. Meine Hände fühlten sich plötzlich sehr kühl an.

»Wie heiß er ist«, sagte ich. »Er muss Fieber haben…«

»Mm«, sagte Ricky. »Das kenne ich. Das muss das Denguefieber sein. Meine Kinder hatten es letztes Jahr: Sie waren auch halbtot und konnten keine Berührung ertragen…«

Ich schaute ihn an: »Was für eine Behandlung haben sie gekriegt?«

Er zuckte mit den Schultern.

»Sie haben überhaupt keine Behandlung gekriegt. Das konnte ich mir nicht leisten. Aber sie haben es alle fünf geschafft. Das ist nicht gefährlich, man kriegt nur schrecklich hohes Fieber, und alles tut einem weh. Das Schlimmste geht nach ein paar Tagen vorbei, man fühlt sich für eine Weile gesund, und anschließend wird man wieder krank… Aber dann ist es nicht mehr ganz so schlimm.«

Butterfield trat näher.

»Denguefieber«, sagte er. »Daran kann man sterben. Einer der Jungs im Gefängnis ist letztes Jahr an Denguefieber gestorben. Ich habe mich selbst angesteckt, und das war mit das Schrecklichste, was ich je durchgemacht habe…«

»Was sollen wir tun?«, fragte ich.

»Wir geben ihm etwas zu trinken«, sagte Butterfield und reichte mir die Kokosnuss.

Ich habe Kokosmilch immer schon verabscheut: Mir wird allein schon bei dem Gedanken an die Fettschicht, die sie am Gaumen hinterlässt, übel.

Aber jetzt starrte ich gierig auf die Flüssigkeit, die aus der grünen Nuss in den Blechbecher rann, und zwang mich, daran zu denken, dass die Kranken zuerst etwas trinken mussten. Ich griff dem Fremden unter den Nacken und setzte ihm den Becher an den Mund. Die ersten Tropfen liefen aus dem Mundwinkel heraus, aber bald schluckte er und trank genauso gierig wie zuvor Dolly.

»Butterfield«, sagte ich. »Vielleicht kannst du dem Mädchen etwas zu trinken geben...«

Butterfield kroch unter den Tisch und hielt ihr die grüne Nuss hin. Er hatte aus Papier einen Strohhalm gerollt.

Dolores schlug die Augen auf, sah ihn und schrie auf. Butterfield sah die Angst in ihren Augen, er zögerte eine Sekunde, sammelte sich dann, stellte die Nuss auf den Boden und rief Ricky. Dann ließ er uns allein.

Ich laufe die braunen Stufen hinunter. Ich freue mich, der sonntägliche Streit meiner Eltern ist ausnahmsweise mit einem Lachen beendet worden.

»Willst du eingeweckte Birnen zum Nachtisch?«, fragte Mama am Herd nach einer langen Weile des Schweigens.

»Ja«, antwortete Papa und raschelte mit der Zeitung auf der Küchenbank.

»Dann musst du selbst in den Keller gehen und ein Glas holen.«

Es war Lars-Göran, der anfing zu lachen, zuerst ein leises, überraschtes Kichern, dann ein prustendes, lautes Lachen, als er an Papas Miene sehen konnte, dass es erlaubt war.

»Also so etwas«, sagte Papa und lachte mit. »Das ist ja wohl das Frechste, was ich je gehört habe...«

Mama stimmte mit ein, zögernd und verhalten zu Anfang, ihr Lachen war immer noch von all den Worten von Schuld, Hure und Untreue gefärbt, die am Vormittag gefallen waren, aber plötzlich war sie ganz begeistert von ihrer eigenen unbewussten Frechheit, ihr Lachen wurde zu goldenen Perlen, die wie ein Wasserfall fielen und die ganze Küche vergoldeten.

Ich schaute auf, ich saß mit einem Buch in der Hand auf einem Küchenstuhl, und sah, wie alles strahlte. Papa wischte sich eine

Träne aus dem Augenwinkel und sagte: »Cecilia! Ab mit dir in den Keller und hol ein Glas Birnen hoch.«

Wegen des Lachens, weil sie sich die Mühe gemacht hatten, glückliche Familie zu spielen, deshalb lief ich leicht und froh die Treppe hinunter.

Cecilia ist ein glückliches Mädchen: Sie ist sieben Jahre alt und kann dicke Bücher lesen, sie wohnt in einer goldenen Küche, und ihre Familie lacht.

Draußen ist es November, es dämmert bereits, obwohl es noch mitten am Tag ist. Die Kellertür ist schwer, sie knirscht, Cecilia muss sich mit dem ganzen Körper dagegenstemmen, um sie aufzubekommen. Sie bleibt auf der obersten Treppenstufe stehen und streckt sich nach dem Lichtschalter, der ist groß und schwarz, schwer zu drehen. Andererseits ist er sicher; er geht nicht nach drei Minuten von allein aus wie das neue Licht im Treppenaufgang.

Taptaptap, Cecilias Sonntagsschuhe eilen durch den Keller, sie hält den Schlüssel für das Vorhängeschloss in ihrer rechten Hand. Es ist ein großes, schweres Schloss, es stammt von Papas Baufirma, aber Cecilia weiß, wie man es öffnet, sie geht oft mit Mama in den Vorratskeller.

Es riecht immer gut im Keller, nach Holz, Erde und Winteräpfeln. Aber heute ist da noch etwas anderes in der Luft, vielleicht liegt es daran, dass Cecilia allein ist, denn das ist das erste Mal, dass sie allein in den Keller läuft, um ein Glas zu holen. Es ist ein scharfer Geruch, nach Feiern, ein Geruch von Männern, die Karten spielen und laut lachen …

Cecilia hat gerade das große Einweckglas in der Hand, als das Licht erlischt, aber sie lässt es nicht fallen, sie hält es fest im Arm und blinzelt in die Schwärze, sieht, dass sie viele Farben hat. Sie hat Angst, aber sie wird es schaffen, so wertvoll ist die goldene Küche und das Lachen dort oben. Wenn sie einen Arm ausstreckt und mit der anderen das Glas hält, dann wird sie auch das schaffen. Alles kann Cecilia zusammen tragen, die Dunkelheit, das Birnenglas und Geheimnisse.

Aber jetzt wird der scharfe Zug im Kellergeruch immer stärker, und Füße hasten über den Boden, Cecilia erstarrt, bleibt mit vorgestreckter Hand stehen. Und dann passiert das, was kommen musste: ein Gespenst, ein gelbes Grinsen mit scharfen Schatten schwebt vor ihr.

Cecilia schreit und lässt das Glas fallen, sie schreit und pinkelt auf die Glasscherben und die Birnen und weiß im gleichen Augenblick, dass sie Schläge bekommen wird, aber wie sollte sie sich zurückhalten können?

Sie schreit weiter, auch als das Grinsen verschwindet, sie schreit noch, als das Licht zurückkommt, sie schreit, während ihr Verstand sie dazu zwingt, ein anderes Glas Birnen vom Regal zu nehmen, und sie schreit, während sie läuft, ohne das Licht zu löschen und ohne hinter sich abzuschließen.

Draußen auf dem Hof findet sich keine Freude mehr: Es wird immer dunkler, und der Wald unterhalb des Eksjöbergs ist schwarz.

In dem braunen Treppenaufgang steht Onkel Olsson, er lehnt sich an die Wand und hat etwas Längliches in der Hand, eine Taschenlampe. Cecilia sprengt die letzte Barriere des scharfen Geruchs aus dem Keller und stapft die Treppe hoch. Er murmelt etwas hinter ihr her, sie bleibt mitten im Schritt stehen: »Was?«

Seine Stimme ist belegt: »Verstehst du keinen Spaß, du Dummchen?«

Er dreht ihr den Rücken zu, schubst die Haustür auf und verschwindet.

Dummchen?

Ich schrie nicht mehr. Ich tappte schweigend die Treppe hinauf, öffnete ganz vorsichtig die Tür zu unserer Wohnung, sie konnten mich von der Küche aus nicht sehen, stellte das Birnenglas auf den Boden und zog die nasse Hose aus, meine Hand zitterte, mein gesamtes Ich war nur eine zähe Flüssigkeit unter der Haut. Ich zog schweigend meine Schublade im Flurschrank auf und holte eine neue Hose heraus, zog sie an und stopfte die nasse Hose hinter die Heizung. Dann ging ich zurück zur Tür, warf sie zu und rief keck: »Eingeweckte Birnen wie bestellt!«

Aber sie lachten nicht mehr.

Draußen hustete und stotterte der Motor, Ricky drehte immer wieder den Schlüssel um und gab Gas. Noch weigerte er sich, der Wahrheit ins Gesicht zu sehen, er glaubte immer noch, dass wir auf irgendeine geheimnisvolle Art und Weise nach Manila fahren könnten, dass wir die Räder aus der erstarrten Asche losbrechen könnten und dass wir befahrbare Straßen finden würden. Butterfield und ich ignorierten ihn: Wir hatten versucht, mit ihm zu reden, aber er hörte einfach nicht zu.

Der Fremde lag mit dem Rücken zu uns an der Wand, immer noch in Fieberglut. Dolly schlief mit ruhigen Atemzügen unter dem Tisch, sie hielt einen Arm weich über den Kopf gebeugt und schien keine Schmerzen zu haben.

Ich selbst lief ziellos im Raum herum und versuchte mir ein Bild von den Menschen zu machen, die hier wohnten. Vielleicht war es ein Landarzt oder ein Kleinstadtadvokat. Er hatte ein Bücherregal und einen kleinen Fernseher, der nicht funktionierte, eine Kiste, die unter einer glänzenden Decke mit langen Fransen versteckt war, und ein hartes kleines Sofa mit rotem, körnigem Bezug.

Vielleicht sollte ich unsere Sachen aufräumen. Wenn ein Wunder geschah und Ricky den Wagen zum Laufen brachte, dann musste es schnell gehen. Und vielleicht sollte ich dem Besitzer einen Zettel schreiben, mich fürs Leihen bedanken und erklären, dass wir in Panik eingedrungen waren, dass wir nichts gestohlen hatten, nur benutzt… Ich dachte an das Märchen von Schneewittchen und den sieben Zwergen und musste schmunzeln. Wer hat unter meinem Tisch geschlafen?

Die Schmucksachen standen noch auf dem Boden, das war eine Aufgabe. Ich stellte sie wieder auf den Tisch, eine Plastikmadonna, einen geschnitzten Holzheiligen, ein paar Fotos von einem ernsten Jungen. Er hatte eine Prüfung abgelegt, auf einem der Fotos trug er einen flachen amerikanischen Collegehut und einen schwarzen Umhang. Endlich hatte ich etwas, worüber ich reden konnte.

»Amerikanische Examina, amerikanische Musik, amerikanische Träume… Warum schätzt das Volk in diesem Land nicht das Eigene? Als Nation betrachtet haben die Philippinos fast ein geringeres Selbstbewusstsein als die Schweden. Und das will schon was heißen…«

Butterfield saß auf dem Boden, an die Wand gelehnt und rauchte, sein Blick flatterte zu meinem, aber er sagte nichts. Trotzdem fuhr ich fort.

»Sie haben nicht einmal eigene Namen. Sie heißen wie Spanier oder Amerikaner. Und trotzdem behaupten sie, sie würden die Amerikaner hassen… Ich habe einmal einen Journalisten in Manila getroffen, er meinte, ein typischer Philippino, das sei ein Mann, der sich vor der amerikanischen Botschaft mit einem Plakat postiert, auf dem steht: *Yankee, go home! But take me with you!*«

Butterfield schaute auf.

»Kannst du nicht mal eine Weile still sein?«

Das konnte ich nicht. Ich blieb ratlos vor ihm stehen.

»Hast du die Zigaretten gefunden?«

»Ja, im Handschuhfach. Da lag fast noch eine ganze Stange…«

Ich hatte vergessen, dass ich nikotinsüchtig war, aber jetzt spürte ich die Lust von Neuem erwachen. Ich setzte mich neben ihn und lehnte den Kopf gegen die Wand, irgendwie war es unhöflich und unmöglich, sich auf die Stühle unserer Gastgeber zu setzen.

»Schläft die Kleine?«

Ich nahm einen tiefen Zug und fühlte, wie ein Fächer schwindelerregender Befriedigung sich in meinen Adern ausbreitete.

»Mm. Sie heißt Dolly. Dolores vermutlich, niemand benutzt hier ja seinen richtigen Namen…«

»Konntest du mit ihr reden?«

»Nur ein paar Worte. Sie versteht Englisch. Aber ich weiß nicht, wie viel Englisch sie selbst sprechen kann.«

Sie hat Angst vor dir, dachte ich. Warum?

Butterfield zeigte vage auf den Fremden an der Wand.

»Was denkst du, was das für eine Gestalt ist?«, fragte er.

Ich zuckte mit den Schultern.

»Keine Ahnung. Ein Bauer oder ein Stadtbewohner von wer weiß wo, der Schutz vor der Asche gesucht hat ... Einer, der auf der Flucht war und einfach unser Auto gefunden hat, so wie wir das Haus gefunden haben ...«

Butterfield stieß eine Rauchwolke aus, gab aber keine Antwort. Draußen schrie der Motor voller Panik. Ich nickte zur Tür hin.

»Glaubst du, dass Ricky den Wagen in Gang kriegt?«

»Keine Chance, so wie er rangeht. Aber es hat gar keinen Sinn, etwas zu sagen, er ist vollkommen hysterisch ... Wir müssen warten, bis er sich ein wenig beruhigt hat.«

Butterfield stützte sich am Boden ab und stand auf.

»Wollen wir rausgehen und versuchen, irgendwo Wasser zu finden?«

Er reichte mir die Hand, und ich sah ihm direkt in die Augen, plötzlich war mir erschreckend bewusst, dass ich nicht geschminkt und schmutzig war, verknittert und schlecht riechend. Abstoßend. Geradezu widerlich. Trotzdem nahm ich seine Hand und sagte ja.

Nichts wartet auf dich in dem Haus deiner Eltern. Ich sage es mir immer wieder, meine Stimme ist voll und fest, trotzdem bin ich nicht in der Lage, mich zu bewegen, traue mich nicht hineinzugehen.

Ich friere, ich habe nur einen dünnen Pullover an, der Frühling ist auf dem Weg, aber er wärmt noch nicht.

Nichts wartet auf dich im Haus deiner Eltern. Wenn du den einen Fuß vor den anderen setzt, wird dir bald warm werden. Du kannst Kaffee trinken und eine Kerze für Mama entzünden, du kannst hineingehen und Listen aufstellen über alles, was gemacht werden muss, du kannst wichtige Telefongespräche führen. Mehr als das: du solltest, du musst.

Aber ich bin nicht in der Lage dazu. Meine Füße haben auf dem Kiesweg Wurzeln geschlagen, wenn ich versuche sie anzuheben, werde ich brechen und bluten. Ich soll ein Baum werden, entscheide mich dazu, werde hier für alle Ewigkeiten stehen und die Äste zum Himmel recken, wie bei den anderen sollen auch bei mir der schwarze Tau und die eisweißen Tropfen glänzen.

Nichts wartet auf dich in dem Haus deiner Eltern.

»Cecilia. Hier stehst du?«

Gunillas Stimme und ein Fahrrad, das im Kies knirscht.

»Geht es dir nicht gut?«

Meine Wurzeln sterben ab, ich kann mich umdrehen.

»Oh hallo, du bist es …«

Sie lehnt ihr Fahrrad an die Hüfte und raschelt mit etwas auf dem Gepäckträger.

»Ich wollte dir nur eine Blume vorbeibringen. Sozusagen als Entschuldigung. Ich wollte mich nicht aufdrängen. Und dann wollte ich dir mein herzliches Beileid aussprechen. Ich habe mich ja lange Zeit um Dagny gekümmert...«

Als Antwort lasse ich ein Schluchzen vernehmen. Sie streckt mir die weiße Papiertüte hin, es dauert eine Sekunde, bis ich begreife, dass sie sie mir geben will.

»Oh«, sage ich. »Danke. Das wäre doch nicht nötig gewesen...«

Sie bleibt eine Weile mit einem weißen Handschuh in der Hand stehen, sagt nichts und schaut mich nicht an. Ich werde wieder die Alte: Plötzlich habe ich einen Plan. Meine Stimme trägt, meine Gedanken funktionieren.

»Wie lieb von dir, Gunilla. Danke schön!«

Sie zupft an ihrem Handschuh und wiederholt: »Normalerweise machen wir das nicht... Aber ich habe mich ja schon so lange um Dagny gekümmert. Lange Zeit bevor du zurückgekommen bist. Und damals, als du auf den Philippinen verschwunden warst, da haben wir viel miteinander geredet... Sie hat sich große Sorgen um dich gemacht.«

Kurz blitzt Wut in meinem Gehirn auf. Was du nicht sagst! Aber trotzdem klingt meine Stimme ganz weich, als ich lüge: »Ich weiß. Sie hat mir erzählt, wie sehr du ihr geholfen hast, als sie so beunruhigt war. Willst du nicht mit reinkommen und eine Tasse Kaffee trinken?«

»Ich weiß nicht. Ihr wollt doch sicher lieber allein sein...«

»Lars-Göran ist schon wieder nach Stockholm zurückgefahren. Ich habe ihn gerade zum Auto gebracht, deshalb stehe ich hier draußen... Bitte, es wäre schön, nicht so allein zu sein.«

Sie wirft mir schnell einen Blick zu.

»Ja. Gut. Wenn das so ist...«

Ich lächle dem Bananenhaus triumphierend zu. Jetzt kannst du ruhig versuchen, mir etwas zu tun!

Gunilla benimmt sich, als wäre sie noch niemals hier gewesen, sie bleibt zögernd neben der Garderobe stehen.

»Komm rein«, sage ich. »Wir können den Kamin anzünden...«

Ich zwinge sie, sich in einen der Sessel vor dem Kamin zu setzen.

»Der Kaffee ist bald fertig. Ich komme gleich …«

Ich laufe in die Küche, werfe ein paar tiefgefrorene Kuchen in die Mikrowelle und setze schnell Kaffeewasser auf, dann raffe ich ein paar Zeitungen, etwas Obst, ein Päckchen Blend zusammen, sehe auf der Uhr des Mikrowellenherds, dass ich dafür nur acht Sekunden gebraucht habe, ich habe noch mehr als eine Minute Zeit. Das genügt. Ich eile die Treppe hoch, werfe Zeitungen, Obst und Zigaretten auf den Badezimmerboden, laufe in mein Zimmer und reiße Matratze und Bettzeug aus dem Bett, schleppe das unhandliche Bündel über den Flur und werfe es auf den Badezimmerboden, lösche das Licht, mache die Tür zu, atme aus. Die Uhr der Mikrowelle hat noch nicht geklingelt, es ist noch keine Minute vergangen, ich kann noch herumlaufen und alle Lampen im ersten Stock einschalten.

Das Kaffeewasser kocht noch nicht, als ich wieder in der Küche bin. Aber der Kuchen ist fertig. Ich schaffe es, ihn schön auf einem Teller zu dekorieren, und stelle Gunillas weiße Nelken in eine Vase. Ich höre nicht, wie ich die ganze Zeit meinen Vers herunterleiere: Butterfield und NogNog, Ricky und Dolores, Butterfield und NogNog …

»Kann ich helfen?«

Gunilla steht neben mir. Ich schaue lächelnd auf, fast mag ich sie.

»Nein, nicht nötig, der Kaffee muss nur noch durchlaufen.«

»Was hast du gesagt?«

»Ich habe gesagt, dass der Kaffee nur noch durchlaufen muss.«

»Ich meine vorher. Du hast etwas von Butterfield und noch jemandem gesagt …«

Ich hebe den Filter von der Kanne und drehe ihr den Rücken zu.

»NogNog. Das ist nur jemand auf den Philippinen, der mir gerade in den Sinn gekommen ist …«

»Was für ein merkwürdiger Name.«

»Tja, das ist wahrscheinlich gar kein richtiger Name. Das ist ein Kosename. Oder ein Spitzname. Alle haben so einen Extranamen auf den Philippinen …«

»Und was bedeutet er?«

»NogNog?«

Ich tue so, als würde ich nachdenken.

»Ich glaube, der Schwarze. Oder der Dunkle. Ich weiß es nicht so genau. Jetzt ist der Kaffee fertig. Weißt du, was Gunilla bedeutet?«

»Ich bin nirgends hingekommen«, sagt Gunilla. »Jetzt bereue ich das, und jetzt ist es zu spät …«

Ich puste auf den Kaffee und schiele zu Mamas Bild auf dem Kaminsims.

»Mama hat immer gesagt, dass es niemals zu spät ist …«

»Schon, aber sie war auch ein besonderer Mensch …«

»Alle sind in irgendeiner Form besonders …«

Sie seufzt.

»Ich nicht. Ich bin nur ganz normal. Zwei Kinder, einen Jungen und ein Mädchen. Einen Mann in der Möbelfabrik. Ein kleines Haus und ein großes Auto. Ferienhaus in Hästerum. Ich habe alles bekommen, was ich haben wollte, und jetzt will ich es nicht mehr haben …«

Ich schaue auf und runzle die Stirn. Ich will deine Beichte nicht hören, ich denke gar nicht daran, dir im Tausch dafür meine abzulegen. Aber sie merkt nichts, sie schaut nur ins Feuer und redet weiter mit eintöniger Stimme.

»Nun ja, die Kinder, die will man natürlich nicht missen. Die sind ja das Beste, was man hat. Und bald soll meine Tochter ein Baby kriegen, das wird schön … Aber ansonsten. Es ist so sinnlos, alles zusammen. Man lebt und kriegt Kinder und stirbt, damit die eigenen Kinder leben können, Kinder kriegen und sterben … Warum?«

Ich stehe auf und zünde die Kerze neben Mamas Foto an, antworte aber nicht. Sie fährt fort: »Es gibt ein Wort, an das ich ab und zu denke. Ich habe es im Radio gehört. Das Menschenmeer. In dem Meer bin ich ertrunken, habe ich gedacht. Im Menschenmeer. Es ist nichts Besonderes an mir, ich bin nur ein Tropfen im Meer: Ich bin nie weiter weg gekommen als bis zu den Kanarischen Inseln, und ich werde nie etwas anderes sein als eine Aushilfe in der Altenpflege.«

Sie schaut mich an.

»Warum sagst du nichts? Warum sagst du nie etwas?«

Ich schaue auf meine Hände, die eine liegt mit gespreizten Fingern in der anderen.

»Du hast alles gekriegt. Du hast so viel erlebt. Warum musst du solche wie mich verachten?«

Meine Stimme ist belegt.

»Ich verachte dich nicht, Gunilla.«

»Doch, du verachtest mich.«

Ich sehe ihr direkt in die Augen. Es ist an der Zeit, die Wahrheit zu sagen.

»Ich verachte dich nicht, Gunilla. Ich habe Angst vor dir.«

Bis zuletzt erfüllte ich meine Pflichten Ulf und der Außenministeriumsverwaltung gegenüber. Die Scheidung war bereits beschlossene Sache, Sophie war nach Schweden ins Nobelinternat Sigtuna Hum gefahren und hatte eine große Sehnsucht in mir hinterlassen. Ich selbst hatte gerade angefangen, meine Taschen zu packen, als Stockholm verkündete, dass die Entwicklungshilfeministerin zu einem kurzen Besuch kommen würde. Ein Essen mit schwedischen Entwicklungshelfern und indischen Entwicklungshilfeempfängern war angeordnet worden.

Ich packte meine Repräsentationskleidung wieder aus und sorgte dafür, dass sie gebügelt wurde, stellte das Menü zusammen, schrieb Einladungskarten und zwang die Diener zum letzten Mal, Krüge mit blühenden Bougainvilleen in den großen weißen Raum zu tragen.

Ulf stand am offenen Kamin mit einem Drink in der Hand

und sah zu, wie ich sie dirigierte. Es gab etwas Neues in seinem Gesicht, einen fremden Zug um den Mund.

»Ich kann nicht begreifen, wie du es schaffst, dich aufzuraffen«, sagte er und führte das Glas zum Mund.

Ich antwortete nicht, wir hatten bisher nie über derartige Dinge gestritten, und jetzt war es zu spät, damit anzufangen. Aber er gab keine Ruhe.

»Das ist doch kein besonders wichtiges Essen. Wir müssen nicht mehr als das Notwendigste tun. Und Blumen sind nicht notwendig …«

Ich schaute ihn an. Vielleicht war er ein wenig betrunken, ich hatte Ulf noch nie zuvor betrunken erlebt.

»Es ist zumindest auf Ministerebene.«

»Ja, schon. Die Entwicklungshilfeministerin. Sie selbst weiß ganz genau, auf welcher Ebene sie sich befindet. Das ist ein politisches Strafkommando, das müsstest du doch wissen, schließlich bist du mit den Sozis verwandt …«

»Jetzt klingst du vulgär.«

Er stellte sein Glas auf den Kaminsims, die Diener waren auf dem Weg hinaus.

»Ach Gott, dann bin ich eben vulgär … Der Meinung warst du doch immer schon.«

Ich war ehrlich verwundert. Sollte ich, die ich unsere Ehe mit einem ganzen Rucksack voller Unterschichtkomplexe durchwandert hatte, gemeint haben, dass Ulf vulgär war?

»Meinst du?«

»Glaubst du, das hätte ich nicht gemerkt? So ist das doch immer mit euch Proletariern … Ihr verachtet uns andere.«

Er meinte es ernst. Das erstaunte mich und machte mich zunächst neugierig, dann kurz darauf rachelustig und triumphierend. Er hatte Recht! Ich hatte ihn tatsächlich all die Jahre hindurch verachtet, ich hatte es nur selbst nicht bemerkt. Ich hatte ihn wegen seiner Verachtung verachtet; ohne den Gedanken bewusst zuzulassen, hatte ich eine pulsierende und heiße Vulgarität unter der glänzenden Oberfläche erahnt.

Ich musste leise lachen.

»Ach. Du meinst also, ich wäre eine Proletarierin – das hätte dein Schwiegervater hören sollen…«

Er schnappte nach Luft, er war vollkommen flattrig, so hatte ich ihn noch nie erlebt.

»Dein Vater war der schlimmste Proletarier, dem ich in meinem ganzen Leben begegnet bin. Er ging wie ein Proletarier, er dachte wie ein Proletarier, er redete wie ein Proletarier – dass er Geld wie Heu hatte, änderte nichts an der Tatsache…«

»Aha. Was für ein Glück, dass du dagegen mehrere Generationen von Landadel repräsentierst. Oder was immer das auch war.«

»Meine liebe Cecilia, jetzt komm mir nicht mit irgendwelchen Andeutungen hinsichtlich einer gewissen Selbstgerechtigkeit von meiner Seite. Oder von meiner Familie. Wenn es jemanden gibt, der die schwedische Selbstgerechtigkeit repräsentieren könnte, dann bist das doch du und die Deinen: dein Papa, der meinte, er könnte bei Tisch rülpsen, nur weil er sein Vermögen selbst erarbeitet hat. Deine Mama, die allen Ernstes der Meinung ist, dass alle Armen ein moralisches Prärogativ gegenüber denen haben, die sich ihre Groschen erarbeitet haben. Und dein Bruder, der glaubt, die Sozis wären allen anderen moralisch überlegen. Manchmal glaube ich, dass Lars-Göran die sozialdemokratische Parteileitung mit dem Vatikan verwechselt. Denn dort entscheidet man, was richtig und was falsch ist, das ist die Kirche und die Priesterschaft der Industriegesellschaft… Außerdem ist er richtig schneidig, dieser Lümmel. Gibt es was Schlimmeres als einen schneidigen Sozi?«

Er strich sich übers Gesicht, offenbar angestrengt von seiner Offenheit und seinen eigenen Worten, trotzdem konnte er sich nicht bremsen. Ich lächelte und schenkte mir selbst etwas zu trinken ein. Es amüsierte mich, dass er so zittrig und empfindsam war, während ich so kühl und überlegen auftrat. Dass erst eine Scheidung nötig war, bis wir so weit gekommen waren.

»Was du nicht sagst. Könnte es nicht vielleicht sein, dass du und die Deinen, dass ihr ein wenig Angst vor uns habt?«

»Angst? Warum das denn?«

»Vor unserer Stärke. Vor dem Verdacht, wir könnten tatsächlich moralisch über euch stehen. Weil ihr glaubt, wir wüssten etwas, das ihr nicht wisst. Und das tun wir auch. Prost!«

Ich hob mein Glas, aber er bekämpfte seine Reflexe und hielt hartnäckig sein Glas weiter in Brusthöhe. Wir standen mehrere Meter voneinander entfernt.

»Ach so. Und was ist das, was ihr wisst und wir nicht?«

Ich lächelte, gab aber keine Antwort, drehte ihm nur den Rücken zu und ging, um die ersten Gäste zu begrüßen. Meine Absätze klapperten auf dem Steinfußboden. Das Absurde an meinem eigenen Auftritt wurde mir nicht bewusst: dass ich, Cecilia Lind, gekleidet in Rohseide und Schlangenlederschuhe, von mir selbst als arm gesprochen hatte.

Aber ich war ja auch arm. Ich bin ja auch arm.

»Angst vor mir«, wiederholt Gunilla und lehnt sich zurück, die Kaffeetasse zwischen den Fingerspitzen. »Ha. Warum solltest du Angst vor mir haben? Das ist doch lächerlich, du mit deinen schönen Kleidern, tollen Bekannten und deinen Abendessen und Spaziergängen …«

»Ich weiß. Das klingt lächerlich. Aber es stimmt …«

»Und was sollte ich dir antun können?«

»Ich weiß es nicht. Dinge erzählen. Mich ausliefern. Wie in unserer Kindheit …«

Sie trinkt einen Schluck Kaffee.

»Oh, das konntest du aber auch … Erinnerst du dich nicht mehr, wie Marita und du überall herumgelaufen seid und erzählt habt, dass ich so eklig wäre, weil ich ein Mundgeschwür hatte?«

Ich schaue überrascht auf.

»Haben wir das gemacht? Daran erinnere ich mich nicht mehr.«

»Oh doch, daran erinnerst du dich bestimmt noch. Schweinepest habt ihr das genannt. Fasst sie nicht an, dann kriegt ihr auch die Schweinepest! Ihr wart schlimm in der Sechsten, du warst gerade in dieses Haus gezogen und hochnäsiger als je zuvor …«

Ich stelle die Kaffeetasse auf den Tisch zwischen uns. Ich hätte sie nie hereinbitten sollen, ich hätte im Garten stehen bleiben und sie mit dem Rascheln meiner Zweige verjagen sollen. Sie trinkt einen weiteren Schluck.

»Obwohl, es ist natürlich klar, dass man etwas verschreckt wird, wenn man eine Freundin wie Marita hat. Sie ist ja manchmal ziemlich hart mit dir umgesprungen. Wie damals in der Vierten...«

Die Frau ist verrückt. Ich weiß nicht, wovon sie redet.

»Was meinst du?«

»Als du auf dem Schulausflug in die Hose gepinkelt hast. Und sie hat die ganze Klasse dazu gebracht zu grölen, dass du eine Pissnelke bist... Im Bus. Das vergesse ich nie: Du hattest weinrote Jeans an, die unten hochgekrempelt waren, und eine Art Bluse aus Kräuselkrepp. Du warst nass bis zu den Knien und standest nur wortlos da und hast vor dich hingestarrt, du hast keine Miene verzogen. Und daneben Marita, die schrie: ›Jetzt hat sie es wieder gemacht, sie pisst sich dauernd in die Hose. Sie ist eine Pissnelke!‹ Wahrscheinlich bist du danach krank geworden, jedenfalls hast du ziemlich lange gefehlt.«

Jetzt fällt es mir wieder ein: Das war der Blinddarm in der Vierten, ich weiß noch, wie ich weinte und dass ich operiert wurde, ich erinnere mich an den Geruch von Äther und den Volten in meinem Kopf, als ich bewusstlos wurde. Aber ich habe mich nie an die Schmerzen erinnern können, ich weiß nicht, ob ich damals wirklich krank war oder nur die Möglichkeit erwogen habe. Ich weiß nur, dass ich die Ausflüge nach Gränna und nach Visingsö versäumt habe. Was mir sehr Leid tat.

»Du erinnerst dich falsch, Gunilla. Ich war auf diesem Ausflug gar nicht dabei. Ich war deshalb schrecklich traurig, meine Mutter hatte extra Pfannkuchen für mich gebacken, und dann bekam ich Bauchschmerzen und konnte nicht mit...«

Sie schüttelt den Kopf.

»Du warst mit. Ich erinnere mich noch ganz genau.«

Wir sehen einander eine Weile an, ich bin diejenige, die zuerst den Blick abwendet.

»Tja. Ich weiß es nicht. Alles ist so durcheinander...«

Sie seufzt.

»Doch, doch. Und man weiß ja nicht, was Marita selbst hat durchmachen müssen. Sie hat es bestimmt auch nicht leicht gehabt. Ihr Vater hat doch wohl reichlich gesoffen, oder...«

Ich nicke, aber es ist nicht Olsson, der mir in den Sinn kommt, es ist seine Frau. Sie steht mitten in der Küche mit einem gewachsten Papier in der Hand. Sie war im Schlachterladen und hat frisches Fleisch gekauft, jetzt nimmt sie eine Scheibe zwischen die Finger und hält sie sich vors Gesicht, betrachtet sie ganz genau, bevor sie den Kopf nach hinten beugt und den Mund aufreißt. Die rosa Scheibe ringelt sich langsam in ihren Mund, es sieht aus, als würde sie ein lebendiges Wesen schlucken. Über meinen Gesichtsausdruck verzieht sie ihr Gesicht zu einem Eidechsengrinsen und lacht: Rohes Fleisch schmeckt gut, weißt du das nicht, Cecilia? Marita stimmt in ihr Lachen ein, aber ihr Gesicht ist bleich, und ihre Augen glänzen fiebrig. Warum sieht sie immer aus, als hätte sie Fieber?

»Aber du musst bestimmt an viele andere Sachen denken«, sagt Gunilla. »Jetzt, wo deine Mutter gestorben ist und so...«

Sie schaut zu dem Foto auf dem Kaminsims.

»Ich mochte Dagny. So eine Mutter hätte ich gern gehabt, eine, die sich etwas getraut hat... Meine traute sich kaum, zum Konsum zu gehen. Aber deine Mutter saß im Gemeinderat und hat den Hammer geschwungen, sie hat die Kerle mit der Lötlampe gejagt. Sie war eine gute Frau.«

Ich folge ihrem Blick. Doch, ja. Sie war eine gute Frau. Auf ihre Art.

Gunilla stellt die Tasse auf den Tisch und macht sich bereit zu gehen. Alle meine Muskeln sind angespannt, jetzt muss alles schnell gehen. Ich stehe auf und puste die Kerze neben Mutters Foto aus.

»Kommst du zur Beerdigung?«, frage ich, als wir im Flur stehen.

»Vielleicht«, sagt sie. »Normalerweise gehen wir nicht zu den Beerdigungen unserer Patienten, aber hier ist das ja etwas anderes … An welchem Tag ist sie?«

»Am Samstag nächster Woche. Ich würde mich freuen, wenn du kommst. Betrachte das als eine Einladung.«

Sie sieht mich mit einem halben Lächeln an.

»Mal sehen. Es kommt darauf an …«

Sie hält inne, als sie sich einen Handschuh anzieht.

»Wirst du irgendwann einmal erzählen, was mit Butterfield Berglund passiert ist?«

Ich könnte behaupten, dass ich es doch schon erzählt habe: Jede Zeitung hat die offizielle Version bekommen. Aber es ist sinnlos, weiter zu lügen.

»Nein«, sage ich. »Das werde ich niemals erzählen.«

Sobald sie die Tür hinter sich zugezogen hat, schließe ich ab, nehme die Treppe in vier großen Schritten und haste ins Badezimmer, drehe noch einen Schlüssel im Schloss um und atme aus. In Sicherheit. Ich bin in Sicherheit. In diesem fensterlosen Raum können sie mich nicht erreichen, hier werde ich die ganze Nacht verbringen.

Ich habe alles, was ich brauche: Wasser zum Trinken, Obst zum Essen, Zeitungen zum Lesen, Zigaretten zum Rauchen und eine Matratze, auf der ich schlafen kann. Ich mache sorgfältig auf dem Boden das Bett. Ich muss den Kopf unter das Waschbecken legen, aber das ist mir nur recht. So ist es noch sicherer. Ich lege mich hin und betrachte das Zimmer. Die weißen Kacheln und das weiße Badezimmerlicht haben etwas sehr Behagliches an sich: Hier ist es hart, sauber und undurchdringlich. Es ist, als läge man in einem Meer festgefroren, nichts kann sicherer sein.

Mama kommt zuerst. Sie läuft ziellos plappernd die Treppe rauf und runter und lockt Gyllen hervor, der streitsüchtig etwas aus dem Schlafzimmer erwidert. Ricky lacht im Erdgeschoss, und Butterfield stimmt ein, sie scheinen NogNogs scharfe Rufe aus dem Garten nicht zu hören. Jemand geht mit nackten Füßen über den Flur. Das ist Dolores. Jetzt kratzt sie mit ihren harten kleinen Arbeiterhänden an der Badezimmertür, ich halte den Atem an, damit sie nicht hört, dass ich hier bin.

Das Telefon klingelt in einem fort. Das ist Marita, aber das interessiert mich nicht, ich denke gar nicht daran abzunehmen.

Ich rede nicht mit jemandem, der mich im Stich gelassen hat.

Die Sonne hatte sich hinter Wolken versteckt, Himmel und Erde waren in nordischen Novembernuancen zusammengeflossen. Wir blieben eine Minute bei Ricky stehen, versuchten mit ihm zu reden und ihn dazu zu bringen, zuzuhören, aber er sah uns nicht an, er drehte nur schweigend den Zündschlüssel um und gab zum tausendsten Mal Gas.

Wir gingen am Rand der Straße entlang, Butterfield voran, ich folgte ihm, ohne Absprache waren wir uns einig, dass es nicht richtig gewesen wäre, die glatte Ebene mit doppelten Spuren kaputt zu machen. Die Asche der obersten Schicht war trocken und hellgrau, weiter unten war sie schwarz, feucht und steinig. Man musste mit leichten, schnellen Schritten gehen, tief da unten war der Sog der Schwärze und versuchte, unsere Füße festzuhalten.

Butterfields Rücken war breit, er war länger und kräftiger, als ich es aus Olongapo in Erinnerung hatte. Das Haar in seinem Nacken ringelte sich, die Strähnen hatten die gleiche Farbe und Form wie das Haar an seinen Schenkeln. Er hatte Probleme, das Gleichgewicht zu halten, schwankte leicht, wenn er auf Steine in der Asche stieß, und streckte die gesunde Hand vor, um sich aufrecht zu halten.

Es war kein großer Ort, das Zentrum bestand aus einer Allee müder Bäume, wahrscheinlich Kroton, Wundersträucher, solche, die in Mutters Fenster immer in Rot, Gelb und Grün aufflammten. Außerdem gab es einen Marktplatz, ein Polizeirevier und ein paar Geschäfte. Die Häuser waren angeordnet wie immer: die größten und gediegensten direkt um den Marktplatz herum, die zerbrechlicheren in weitem Kreis darum herum. Natürlich gab es auch Sari-sari-Läden, aber die Luken waren geschlossen und verschraubt, nur die Schilder hingen noch. Es war vollkommen windstill und vollkommen leise, kein Hund bellte, kein Vogel sang, und plötzlich kam mir in den Sinn, dass ich die ganze Zeit gewusst hatte, dass dieser Ort verlassen worden war. Nicht erst jetzt in diesem Augenblick, bereits während der langen Nacht war mir klar gewesen, dass es hier keine anderen Menschen gab.

Es gab zwei Kirchen, eine normale und eine kleine Zuckerbäckerkirche in Rosa und Himmelblau. Butterfield blieb stehen und schaute sich um: »Wenn es in Disneyland Kirchen gäbe, dann müssten sie so aussehen. Das ist Iglesia ni Christo, erkennst du ihn?«

Er war weit vorausgeeilt, ich war außer Atem, als ich versuchte, ihn lachend einzuholen.

»Natürlich. Den gibt es überall. In Quezon City haben sie eine ganze Kathedrale für ihn. Du hast Recht, das sieht wirklich aus wie in Disneyland …«

»Warst du schon mal in einer drinnen?«

»Nein, Ricky sagt, da dürfen nur Mitglieder rein.«

»Ist er Mitglied?«

Endlich erreichte ich ihn, ich blieb stehen und hörte selbst, wie ich keuchte.

»Nein, Ricky doch nicht. Er ist ganz normaler Katholik. Aber er hat erzählt, dass das so eine Art Freimaurerloge ist, alle, die dabei sind, kriegen einen Job bei den anderen Mitgliedern. Dafür müssen sie der Kirche die Hälfte ihres Lohns geben …«

»Ein Job ist ein verdammt gutes Argument in diesem Land«, nickte Butterfield. »Kein Wunder, dass sie ihre Plastikkirchen in jedem Örtchen aus dem Boden stampfen können … Vater hätte es nicht besser machen können.«

Während er redete, ging er auf die katholische Kirche zu, sie war gelb verputzt, mit schwarzem Dach und angestrichenen Fenstern. Er drückte die schwere schwarze Tür auf, schaute sich über die Schulter um und wartete ungeduldig auf mich.

Für mich war Ricky zu dem Philippino an sich geworden und Rickys Glaube zu dem Glauben der Philippinos. Ich begriff ihn nicht, er hatte versucht, ihn mir zu erklären, aber ich hatte ihn niemals verstanden. Er sprach nicht von einem Christus, er sprach von vielen. Santo Niño, das Jesuskind, war ein anderer als der Gekreuzigte, und Der Schwarze Nazarener war ein anderer als der Messias, der gerade vom Kreuz genommen worden war, der tot dalag und auf seine Auferstehung wartete.

Hier gab es sie alle. Der tote Messias lag in einer Glasvitrine neben der Tür. Das war eine alte, rissige Figur, das Holz war eingetrocknet und hatte neue Furchen in sein Gesicht gerissen. Santo Niño stand dick mit breitem Lachen auf einem Altar an der Wand, sein Glorienschein war ein Teller hinter seinem Kopf, ein Goldteller für einen Kartoffelprinzen. Über dem Mittelgang hing der Gekreuzigte mit geschlossenen Augen, und weit in der Ferne, fast direkt an dem großen Altar, da stand Der Schwarze Nazarener. Er trug einen purpurfarbenen Mantel und war wie immer unter dem Kreuz gebeugt. Ein menschlicher Gott, ein Bettlerkönig.

Butterfields Füße flüsterten auf dem Marmorboden, als er zu ihm ging, er kroch dicht zu ihm und strich ihm eine Sekunde lang über den Mantel, dann ließ er seine Finger über die Füße der Christusfigur gleiten.

»Komm«, sagte er. »Das ist eine fantastische Arbeit.«

Eigentlich wollte ich nicht. In Manila hatte ich einen Schwarzen Nazarener mit Nägeln aus Perlmutt gesehen, das war eklig, das bereitete mir unerklärlicherweise Übelkeit. Aber diese Figur hier hatte keine glänzenden Nägel: Der Fuß war ganz und gar aus dunklem Holz geschnitzt, Rosenholz vielleicht oder Mahagoni. Trotzdem erkannte man die Nägel ganz deutlich, sie waren raffiniert geformt, der Halbmond am Ansatz war eine feine Intarsie aus hellerem Holz.

Butterfield ging drei Schritte zurück und zündete sich eine Zigarette an.

»Fantastisch. Der Schönste, den ich je gesehen habe.«

Ich folgte seinem Blick: Der dunkelbraune Nacken war ungewöhnlich schmal, ähnelte dem eines Jungen, die Augen waren halb geschlossen, die Lippen leicht geöffnet. Er war schön. Trotzdem mochte ich ihn nicht, er war zu aufdringlich und real mit all seinen schattierten Adern und angespannten Sehnen. Er erinnerte mich an jemanden. Doch, genau. Nur die prachtvolle Kleidung unterschied ihn von dem Fremden in unserem Haus.

Das wollte ich nicht sehen. Ich wandte mich ab, ging zu einem der hohen Fenster und betrachtete eine schillernde biblische Erzählung. Es war die Verkündigung: Der Engel war weiß, blau und himmlisch, die Jungfrau kniete in einem roten Gewand vor ihm.

Butterfield merkte nicht, dass ich gegangen war, er redete, als würde ich immer noch neben ihm stehen.

»Ich wünschte, ich könnte ihn malen. Seitdem ich hierher gekommen bin, habe ich immer den Schwarzen Nazarener malen wollen...«

Ich drehte mich nicht um, aber meine Stimme hallte unter dem Dach wider.

»Und warum tust du es dann nicht?«

Ein Stuhl scharrte über den Boden, er setzte sich.

»Weil ich es nicht kann. Es gibt keine Form für das, wofür er steht. Das ist nur tot, übrigens wird alles, was ich mache, tot...«

Ich dachte an das Bild in seiner Zelle und drehte mich um.

»Wieso?«

Er lachte auf und zog an der Zigarette.

»Tot und süßlich, so wird es. Das liegt vielleicht daran, dass ich aus Schweden komme. Wir tragen ein totes, süßliches Land mit uns herum.«

Er zitterte ein wenig bei den Vokalen, das irritierte mich. Es fällt mir schwer, das Selbstmitleid anderer Menschen zu ertragen, es erinnert mich an mein eigenes. Deshalb wurde mein eigener Ton um so schärfer.

»Schweden ist weder tot noch süßlich. Ich mag diese Routineverachtung für Schweden nicht. Mein Gott, ich habe Diplomaten getroffen, die eine internationale Zukunft für ihre Kinder gleich bei deren Geburt geplant haben. Als ob es schon eine Karriere wäre, nicht schwedisch zu sein. Warum? Ist es zu sauber auf den Straßen? Ist die Säuglingssterblichkeit zu niedrig, die Kriminalität zu unschuldig?«

Ich schnappte nach Luft, aber plötzlich war meine Kehle voller Worte, die hinaus wollten: »Ich begreife diese Verachtung für Sicherheit und Stolz nicht, man soll nicht denjenigen verhöhnen, der versucht, im Chaos eine gewisse Ordnung zu schaffen. Es gibt etwas sehr Bewundernswertes darin. Hier wie dort. Nachlässigkeit und Gleichgültigkeit sind gefährlich, das ist ein großes schwarzes Loch. Das endet mit dem Slum, und das ist schlimmer als alles andere ...«

Ich zündete mir auch eine Zigarette an und wartete auf seine Erwiderung. Aber sie kam nicht, er sah mich mit hochgezogenen Augenbrauen und einem frechen Lachen in den Augen an. Doch ich meinte es ernst, ich war der Meinung, dass ich einen wichtigen Punkt getroffen hatte.

»Verstehst du nicht, Butterfield? Wenn ich sauber geschrubbte, frisch gewaschene Frauen hier auf den Philippinen aus ihren Höhlen treten sehe, dann werde ich froh. Sie haben den Slum besiegt, auch wenn sie in ihm leben. Ich weiß, wie viel Arbeit sie dieses saubere Aussehen gekostet hat, ich weiß, welche Tarnung das sein kann. Nicht, dass es das Chaos an sich abwehrt, das wäre eine Illusion, aber es schützt gegen das Vorurteil. Gegen Verachtung und Mitleid ...«

Das Lachen verschwand aus Butterfields Gesicht.

»Scheiße, was bist du eifrig. Weißt alles, kannst alles. Aber du solltest lieber die Schnauze halten über das, wovon du keine Ahnung hast ...«

Dann fing er an, von seiner Mutter zu erzählen.

Die Venus von Gottlösa brauchte lange Zeit, um sich an Nässjö zu gewöhnen, mehrere Jahre vergingen, bis sie begriff, dass sie nie aufgenommen werden würde. Sie watschelte zum Kaffeeklatsch des Hausfrauenvereins mit Butterfield in ihrem dicken Bauch und dachte, es wäre die Schüchternheit der anderen Frauen, die ein Vakuum um sie herum schuf. Sie verstand nie die unterschwelligen Ausreden auf der Entbindungsstation. Sie fühlte sich frisch und gesund, warum sollte sie von Spezialisten in dem großen Krankenhaus in Eksjö entbunden werden? Dennoch fügte sie sich und blieb in dem Glauben, es wäre ihr breites Schonisch, die runden Vokale und die gurrenden Kehllaute, was ihre Einsamkeit verursachte. Erst als Butterfield mit drei Jahren im Kolonialwarenladen als Zigeunerjunge beschimpft wurde, wurde ihr klar, dass das gesamte Projekt zum Scheitern verurteilt war. Es war nicht möglich, in Nässjö Berglund zu heißen.

»Wir müssen wegziehen«, sagte sie zu Jefferson. »Hier kann man nicht leben. Ich bin keine Zigeunerin, und du brauchst auch keiner zu sein.«

Er saß mit Aron am Küchentisch, beide waren nur wenige Meter von ihrer Stimme entfernt, dennoch gelangte diese nie bis zu ihnen. Sie hatten Ohrenschützer: Schon früh hatten sie gelernt, die Ohren zu verschließen, sobald jemand das Wort Zigeuner benutzte.

»Ich halte es nicht aus«, sagte sie ein paar Jahre später, als sie Butterfield auf einer verschneiten Treppe vor dem Haus eines anderen Jungen sitzen sah. Sein Freund esse zu Mittag, erklärte Butterfield, und die Mama wolle ihn nicht reinlassen. Er könnte ja etwas klauen.

»Ach«, sagte Jefferson am Esstisch. »Worüber regst du dich auf? Butterfield hat doch nichts auszustehen.«

»Kinder sind immer gemein zu anderen Kindern«, erklärte Aron und pulte seinen Kautabak mit dem Zeigefinger heraus. Er begutachtete die Kugel eine Sekunde, dann strich er den Finger am Tellerrand ab. Venus von Gottlösa erschauerte und schluckte. Der Esstisch war die exakte Kopie eines Bildes aus der Zeitschrift »Vi«. Kariertes Wachstuch, Porzellan von Gustavsberg, eine kleine rostfreie Schale mit Tomaten, über die die Männer nur schmunzelten.

Sie hatte acht Monate gebraucht, um die neuen Teller zu bekommen, acht Monate voller Sticheleien und Spott, wenn sie ihren Wunsch vorbrachte, acht Monate Gnadengeschenke und Kniffe in den Po, wenn Jefferson gut gelaunt war. Trotzdem hatte sie weitergemacht. Das Aufdecken war wichtig, eine hübsche Tafel war eine von vielen hundert notwendigen Eintrittskarten in den Sozialstaat, und dorthin wollte die Venus von Gottlösa, das war ihr größtes Ziel. Aber da saß Aron mit seinem Kautabak und seinen braunen Zähnen und erinnerte sie daran, dass das hier immer noch nur die Zigeunerwohnung in Galmarp war, ein Haus mit schwarzem Holzofen und altmodischem Boden, der geschrubbt werden musste.

Aber sie sagte nichts. Schon in Gottlösa hatte sie gelernt, wie schmerzhaft es sein konnte, wenn sie ihre eigene Meinung sagte. Sie wollte nicht wieder zum Zahnarzt, dort mit schmerzendem Gaumen sitzen und lügen, dass sich gerade jetzt dieser Zahn gelöst hätte. Außerdem brauchte sie einen neuen Mantel, sie hatte nur einen Regenmantel, und es war schon Januar. Alle Argumente der Vernunft ergaben ein einziges Resultat: Sie musste schweigen. Als Butterfield klein war und sich noch auf den Schoß nehmen ließ, da war alles viel einfacher gewesen. Sie hatte eine Kerze auf den Küchentisch gestellt und die Dunkelheit ausgesperrt, ihm die Strümpfe ausgezogen und mit seinen Perlenzehen gespielt, das kleine Ferkel geht zum Markt, das kleine Ferkel bleibt daheim. Sie genoss sein Lachen und lachte mit. Aber inzwischen lachte Butterfield nur noch selten, und nie über irgendwelche kleinen Ferkel; noch ging er nicht zur Schule, aber sein Körper war bereits eckig und hart geworden. Er stieß ihr seine spitzen Ellenbogen in die Brust und entwischte ihr, wenn sie versuchte, ihn zu umarmen, immer auf der Flucht vor ihrem halb erstickten Schluchzen und dem Mitleid, das sie Liebe nannte und das eigentlich nie etwas anderes als Selbstmitleid war. Wenn es ihr glückte, ihn festzuhalten, dann würde er nachgeben und untergehen.

Butterfield Berglund brauchte seine spitzen Ellenbogen und

harten Jungenmuskeln. Er hatte einen Auftrag: Jedes Mal, wenn ein anderes Kind seine Zunge oder seine Gedanken zu dem Wort »Zigeuner« wandern ließ, würde er es überfallen und verprügeln, er würde die Jacken in Pfützen werfen, die Mützen in die obersten Äste der Bäume schleudern und die verrotzten Gesichter in Schneewehen drücken, so tief, dass das harte Eis, das sich immer da drinnen verbarg, rote Striemen auf die Wangen der Kinder ritzte. Ansonsten würde er schweigen und wegsehen, genau wie sein Vater und Großvater, wenn seine Mutter sich manchmal versah und das verbotene Wort durch die Küche flattern ließ.

Die Venus von Gottlösa wünschte sich ein weiteres Kind, ein kleines Mädchen. Es sollte fix und fertig zur Welt kommen, in einem Schottenkarokleid von Algots und mit schönen Schuhen mit Rohgummisohlen von Oscaria. Sie sollte auf Mamas Schoß klettern, ohne darum gebeten zu werden, sie sollte lachen, flüstern, fragen und zuhören. Sonntags würden sie beide die gleiche Kleidung tragen, die Venus von Gottlösa hatte bereits ein Muster in »Allers« gesehen und es heimlich bestellt. Wenn das Mädchen kam, würde sie nämlich gleichzeitig eine Nähmaschine haben, so groß war die Macht des Mädchens, dass sich alles verändern würde. Aron würde sich in Nebel auflösen und verschwinden, Jefferson würde sich in einen normalen, schweigsamen Mann verwandeln. Vielleicht konnte er Elektriker werden. Das wäre schön: Dann könnte er einen kleinen Motor an die Nähmaschine bauen, sie hatte in »Allers« gelesen, dass es Männer gab, die so etwas taten.

Immer wieder schlug das magische Sozialstaatsmädchen Wurzeln in dem Bauch der Venus von Gottlösa, immer wieder floh sie von dort. Etwas donnerte gegen die Gebärmutter, eine Faust oder ein Stiefel oder ein Schimpfwort, und das Sozialstaatsmädchen bekam so einen Schreck, dass sie losließ. Sie dachte offensichtlich gar nicht daran, sich in solche Zustände gebären zu lassen. Also entwischte sie durch den engen roten Gang, floss in einer Flut aus Blut dahin und fiel in eine Ewigkeit, wenn der kleine Zellklumpen in der Tonne des Plumpsklos landete. Das Mädchen selbst begab sich zu dem Ort, an dem die ungeborenen Kinder warten, dass sie an die Reihe kommen. Manchmal hörte sie die Venus von Gottlösa weinen und sie anflehen, sie möge doch bleiben, aber meistens ging es schneller vonstatten, sie verschwand, bevor ihre Mutter überhaupt etwas von ihrer Existenz bemerkt hatte. Die Venus von Gottlösa bemerkte gar nicht, dass das Sozialstaatsmädchen da gewesen war, bevor sie das Blut an ihrem Schenkel sah. Es hatte eine andere Farbe und eine andere Konsistenz als das normale Monatsblut, es war röter, klebriger und eher formbar. Da stellte die Venus von Gottlösa fest, dass sich äußerst detailfreudige Karten auf ihren Schenkeln abzeichneten. Und das wurde ihr Unglück.

Wieder einmal, genauer gesagt das siebte Mal, lag die Venus von Gottlösa in einem gekachelten Flur des Krankenhauses von Nässjö und wartete auf eine Ausschabung. Man hatte ihr die Handtücher weggenommen, die sie sich zwischen die Beine gestopft hatte, sie war gewaschen und bereit, rasiert und sauber um die Genitalien, vollgepumpt mit der Ruhe, die nur eine wohlabgewogene Dosis von Chemikalien schenken kann. Eine Krankenschwester flatterte mit frisch gestärkter Haube und hellblauem Kittel vorbei, und die Venus von Gottlösa vergaß sich, sie wollte sich jemandem anvertrauen und von dem großen Erlebnis berichten, das ihr widerfahren war. Sie griff nach der weißen Schürze und flüsterte: »Ich habe Afrika zwischen den Schenkeln…«

Die Schwester blieb stehen, runzelte die Stirn und fragte nach: »Entschuldigung? Was sagen Sie?«

»Ich habe Afrika zwischen den Schenkeln. Der Kongo ist ein weißer Fleck, aber der Kilimandscharo liegt da, wo er sein soll…«

Die Hand der Schwester huschte ängstlich zur Brosche hoch, die ihren Kragen zusammenhielt. Afrika zwischen den Schenkeln? Was war das für ein Blödsinn?

»Heute Morgen«, erzählte die Venus von Gottlösa verträumt,

»heute Morgen hatte ich Afrika zwischen den Beinen. Jeder Berg, jeder Fluss, Hunderte von Wüsten, Tausende von Missionsstätten und ein Albert Schweitzer in jeder waren da. Die verüben gute Taten, die Schweitzer. Nur der Kongo ist ein weißer Fleck! Der arme Kongo! Der arme, arme Kongo!«

Die Venus von Gottlösa begann zu schluchzen, die Schwester stand regungslos an ihrer Seite.

»Kein Albert Schweitzer im Kongo, nur eine große weiße Leere. Oh, die Armen, ich weiß, wie es ihnen geht, die armen Kinder, die allein gelassen wurden... Wenn meine Tochter groß ist, soll sie Krankenschwester werden wie ihr, und sie soll in den Kongo reisen und dort helfen, und ich werde mitfahren und mich um sie kümmern, ich werde in der Hitze unter den Palmen laufen und mich um sie kümmern und um all die anderen kleinen Kinder...«

Ihr Griff um die Schürze wurde härter, der Stoff krauste in ihrer Hand. Jetzt weinte sie hemmungslos.

»Helfen Sie mir, ich habe Afrika zwischen den Beinen, und das Mädchen kommt einfach nicht... Sie wird nie kommen! Nicht einmal sie will mich haben...«

Die Schwester befreite ihre Schürze, trat einen Schritt zurück und sprach mit blecherner Stimme: »Jetzt müssen sie ganz ruhig sein, Frau Berglund. Der Arzt kommt gleich, und dann müssen Sie hübsch ruhig sein, liegen Sie ganz still und versuchen Sie vernünftig zu sein...«

Ihre Absätze klapperten, als sie über den Flur eilte, um Bericht zu erstatten.

Zwei Tage später war die Venus von Gottlösa eine andere Frau, grau und lustlos, viel mehr als nur Schleimhäute und Blut hatte man aus ihr entfernt. Sie ging leicht vorgebeugt wie eine Greisin hinter der Sozialarbeiterin her, die sie ins Büro des Oberarztes begleiten sollte.

Er war kerzengerade, in weißem Kittel, mit herunterhängenden Mundwinkeln und langen, weißen Fingern. Die Formulare lagen bereits fertig zur Unterschrift auf seinem Tisch, sie musste nur noch ganz unten ihren Namen hinsetzen. Seine Stimme klang knarrend und mürrisch: Da! Ganz unten auf dem Bogen! Nur zu ihrem Besten. Er konnte das wirklich nicht verantworten. Abgearbeitet, wie sie war. So viele Fehlgeburten. Nein, nein.

Sie weinte nicht, und sie leistete keinen Widerstand, sie fragte nicht einmal, warum er so viel redete und was das für ein Formular war. Sie schrieb ganz unten ihren Namen mit runden, zaghaften Buchstaben hin. Vielleicht waren es die Buchstaben eines Kindes: der letzte Gruß des Sozialstaatsmädchens.

Die Unterschrift des Arztes war genauso gespreizt und scharf wie die Worte in seinem Brief an das Gesundheitsamt. Beschreibung: Frau aus einer Zigeunerfamilie. Minderbegabt und mit gewissen Wahnvorstellungen. Feig und einschmeichelnd auf die Art der Zigeuner. Motivation: Die Sterilisierung dieses Individuums wäre ein Akt der Barmherzigkeit, zum einen für sie selbst, zum anderen für die Kommune, die bereits seit vielen Jahren ihre Mühe mit der Familie Berglund hatte, und schließlich auch für die Nachkommen, denen sie noch das Leben schenken könnte.

Das Sozialstaatsmädchen seufzte und ging, um eine geeignetere Mutter zu finden.

Seine Vokale zitterten nicht länger, seine Stimme klang ruhig und sachlich. Aber er holte tief Luft, als er seinen Bericht beendet hatte.

»Es heißt, Schweden hätte außerhalb der Geschichte gelebt. Dass wir keine Pogrome gehabt hätten. Verdammte Lüge. Das waren die Pogrome des Anstands und der Sicherheit: kein Schweinkram mit Leichen und Gräbern. Schneid dem Zigeuner nur den Schwanz ab, ohne dass er es merkt, und reiß den Zigeunerweibern die Eingeweide zum Wohle der Ökonomie der Gemeinde heraus.«

Ich wandte ihm den Rücken zu und suchte etwas in meiner Handtasche.

»Entschuldige«, sagte ich. »Du hast Recht. Ich war beschäftigt, ich wusste nicht, dass …«

»Nein, woher solltest du das denn verdammt noch mal wissen? Kein Schwein wusste es, und trotzdem haben alle mitgemacht. Sie holten sich in den Fünfzigerjahren zweitausend Zigeunerfrauen im Jahr, zweitausend Zigeunerweiber, die im Laufe von zehn Jahren mindestens dreitausend Zigeunerkinder geboren hätten, von denen mindestens die Hälfte zu Dieben, Alkoholikern, Phantasten und Betrügern herangewachsen wäre. Dreißigtausend nicht-existierende Zigeuner. Was für ein riesiger Gewinn für den Staatshaushalt! Und wenn dabei ein paar Zigeunerweiber über die Klinge gesprungen sind – *so what.*«

Ich hielt ihm die Zigarettenpackung hin, ich konnte ja nicht die Brieftasche als Schild benutzen, schließlich war er Schwede.

»Es tut mir Leid, Butterfield. Aber man weiß nicht alles über sein eigenes Land, und schon gar nicht, wenn man so lange wie ich nicht dort gelebt hat …«

»Du bist in Nässjö aufgewachsen. Du hast gesehen, was sie mit uns gemacht haben!«

Ich nickte, erinnerte mich an ein Mädchen, das ein anderes über den Schulhof gejagt hatte. Zigeuner! Zigeuner! Der Ruf stieß wie blinde Krähen gegen die gelben Ziegel der Wände. Die Berglunds waren nicht die Einzigen.

Butterfield nahm einen Lungenzug und wurde plötzlich daran erinnert, wo wir eigentlich waren: in einer namenlosen Kirche in einer namenlosen Stadt.

»Wasser«, sagte er. »Ich habe Durst. Jetzt müssen wir sehen, dass wir Wasser finden …«

Es war noch heißer geworden. Die Hitze presste mich zwischen die Wolken und die Asche, ich hatte das Gefühl, mehrere Dezimeter kürzer zu werden, als ich aus der kühlen Kirche trat. Die Luft war sehr feucht. Ich atmete tief ein und bewegte mich nur langsam, um überhaupt vorwärts zu kommen. Butterfield war schneller, während er sich zu einem Sari-sari-Laden am Straßenrand durchkämpfte. Er trug etwas Längliches in der Hand, ich konnte nicht sehen, was es war, mir brannten die Augen. Ich musste laut rufen, damit er mich überhaupt hören konnte.

»Butterfield, warte, was hast du da in der Hand?«

»Einen Kerzenständer. Den habe ich aus der Kirche. Wir brauchen doch was, um die Tür aufzubrechen. Aber du brauchst dir keine Sorgen zu machen: Ich will ihn nicht stehlen. Ich werde ihn wieder zurückstellen, wenn wir Wasser gefunden haben.«

Ich stampfte wütend in die Asche.

»So habe ich das nicht gemeint. Ich habe nur gefragt. Mir läuft der Schweiß in die Augen, ich kann kaum was sehen …«

Er zuckte mit den Schultern und bahnte sich zielstrebig weiter seinen Weg. Am Kiosk angekommen, blieb er stehen und begutachtete ihn genau: Er hatte eine Holzluke vorn und eine Tür mit Vorhängeschloss an der Seite. Keine Glasfenster.

»Hast du einen Nagel?«, rief er.

Einen Nagel? Meine Wut blitzte auf: Wie dumm kann man eigentlich sein?

»Nein, ich habe keinen Nagel. Ich laufe normalerweise nicht mit Nägeln in den Taschen herum …«

Er schaute lächelnd über die Schulter.

»Das solltest du aber. Einen Nagel kann man immer brauchen.«

»So, so. Und wo hast du dann deinen eigenen?«

Er lachte, jetzt war er plötzlich fröhlich und locker.

»Aber was Scharfes hast du doch wohl in deiner Handtasche. Eine Nagelfeile? Oder eine kleine Schere?«

Ich war bei ihm angekommen, sank in der Asche nieder und reichte ihm die Tasche. Leichte Kopfschmerzen begannen sich in meinem Hinterkopf aufzubauen.

»Es müsste irgendwo ein Nähetui sein …«

Die Schere war nicht größer als sein Daumen. Er betrachtete sie genau.

»Jetzt musst du das Schloss festhalten, Cecilia. Ich habe nur eine Hand, mit der ich arbeiten kann …«

Die Kopfschmerzen explodierten, als ich versuchte aufzustehen. Ich schrie jammernd auf und sank wieder zurück, hob die Arme und verschränkte sie über dem Kopf.

»Was ist denn mit dir los?«

Wenn es mir sehr schlecht geht, habe ich keine Worte mehr. Ich rede nur noch im Telegrammstil.

»Schmerzen!«

»Hast du Schmerzen im Kopf? Geht es dir schlecht?«

Ich nickte wieder, ich hörte ihn, aber ich konnte nicht antworten.

»Trinkst du normalerweise jeden Tag Kaffee?«

»Mhm.«

»Dann ist es Koffeinabstinenz. Das fühlt sich schrecklich an, aber es ist nicht gefährlich. Das trifft alle Schweden. Dir wird es wieder gut gehen, wenn du Kaffee kriegst...«

Er lachte und fuhr mir mit der Hand durchs Haar. Ich wollte aufschreien, konnte es aber nicht, wenn ich schrie, würde ich mich erbrechen. Mitten in meinen Schmerzen fühlte ich mich dennoch gekränkt. Kaffeedurst. Lächerlich.

Butterfield rasselte mit dem Schloss über meinem Kopf, fluchte und rasselte erneut.

Ich weiß nicht, ob ich für Butterfield überhaupt jemals existierte. Existieren wir überhaupt für die Männer? Ich denke, die sind alle von einem leichten Schielen befallen, sobald sie in meine Nähe kommen, es ist, als beäugten sie einen Punkt genau über meiner rechten Schulter. Aber da bin ich nicht. Da gibt es gar nichts.

Und trotzdem: Er wühlte eine Weile im Kiosk herum, kam dann schließlich zu mir heraus, hockte sich neben mich und drückte mir etwas an die Lippen.

»Trink!«

Ich öffnete den Mund, eine dicke, lauwarme Flüssigkeit lief mir über die Zunge. Sie schmeckte widerlich. Ich schob ihn von mir.

»Was ist das?«

»Kondensmilch und Nescafé. Das ist das Einzige, was es gibt. Ich weiß, es schmeckt eklig, aber du musst es trinken... Wenn wir zurück im Haus sind, können wir richtigen Kaffee kochen, aber so weit kannst du nicht gehen, solange der Mangel nicht behoben ist. Das geht schnell vorbei. Trink jetzt!«

Er hatte Recht. Es ging schnell vorbei. Nach ein paar Minuten konnte ich die Augen öffnen und reden, die Kopfschmerzen waren in den Scheitel hinauf gezogen.

»Hast du Wasser gefunden?«

»Keinen Wasserhahn, aber Unmengen von Mineralwasser und Cola. Wir werden uns allein mit dem, was da drinnen ist, eine Woche lang behelfen können. Es gibt sogar Tanduay…«

»Was ist das?«

Er lachte.

»Billiger Rum. Wir nehmen eine Flasche für Ricky mit, vielleicht wird ihn die ein wenig beruhigen…«

Ich erwiderte sein Lächeln und nahm einen neuen Schluck, das war gar nicht so schlimm, wenn man sich erst einmal daran gewöhnt hatte.

»Aber womit sollen wir uns waschen? Ich möchte mich so gern waschen…«

Wieder lachte er und schlüpfte durch die Tür hinein.

Doch, vielleicht ja doch.

Vielleicht existierte ich genau in dem Augenblick für Butterfield, als er mich unter den Armen fasste und mich hochzog, mich in den Kiosk führte und anfing, mich auszuziehen. Ich verschränkte automatisch die Hände vor der Brust, und er kommentierte das nicht, er ließ mich ich sein und das verbergen, was ich verbergen wollte.

»Wir fangen mit den Haaren an. Beug dich vor, so, ja…«

Das Mineralwasser war sonderbar kühl, das Shampoo duftete schwer nach Parfüm. Er kippte ein bisschen auf meinen Hinterkopf und massierte meinen Kopf mit seiner gesunden Hand.

»Jetzt spülen wir es aus…«

Die Kohlensäure schäumte um meine schwarzen Zehen, ich bewegte sie und fühlte mich wohl. Die Kopfschmerzen waren fort, die Übelkeit auch. Geblieben war nur die leicht vibrierende Luft, die immer kommt, wenn der Schmerz geht. Ich lachte:

»So, das reicht. Den Rest kann ich selbst waschen. Hast du auch Seife gefunden?«

»Aber natürlich, Madam. Echte Palmolive! Das hier ist eine richtige Schatzkammer, hier gibt es alles ...«

Ich seifte mich ein und schaute mich um. Die Regale reichten bis zum Dach, und sie waren vollgestopft. Ich zählte fünf Dosen Nescafé, sieben Flaschen Rum, Unmengen von Seife, Shampoo und Zahnpasta, Obstkonserven, Speiseöl und kondensierte Milch, Teebeutel und losen Tee, Zucker, Streichhölzer, Zigaretten und Schokolade. Und dazu Mineralwasser und Coca Cola literweise.

»Wir können ein bisschen Schokolade für Dolly mitnehmen, wenn wir zurückgehen ...«

Er zog sich sein T-Shirt über den Kopf.

»Natürlich. Und Tanduay für Ricky, mich und den anderen ... Dann kommt er wieder zu sich.«

»Ich kann Reis im Mineralwasser kochen. Es gibt Reis im Haus.«

Er zog sich die Shorts mit dem Rücken zu mir gewandt aus, er hatte keine Unterhose darunter.

»Auf jeden Fall.«

»Und dann kann ich Zwiebeln und Tomaten für eine Gemüsepfanne braten.«

»Klingt gut. Ich bin verdammt hungrig.«

Das Mineralwasser brauste um seine Beine. Ich trat näher und strich ihm mit der Seife über den Rücken, er drehte sich um, ich sah ihm starr in die Augen, traute mich nicht, den Blick zu senken. Dennoch klang meine Stimme ganz normal.

»Am besten, wir spülen uns draußen ab, sonst gibt es noch eine Überschwemmung auf dem Boden hier ...«

Er antwortete nicht. Seine Lippen schmeckten nach Seife, nach Schweiß und Mineralwasser, und sie taten all das, was er gesagt hatte, was sie tun könnten. Und dennoch erinnere ich mich am besten an die Hände: die verletzte Hand auf seiner Brust, die zwischen uns lag, zuckte und sich bewegte, und die gesunde Hand, die wie ein Befehl auf meiner Hüfte lag.

Nie zuvor war ich bereiter gewesen zu gehorchen.

Butterfield. Butteracker. Wiesen von Butter.

Ich schaute Butterfield an und dachte an blühenden Raps, an die blaue Dämmerung der Mittsommernächte und an den goldbraunen Schimmer, der immer auf dem Grund der småländischen Tümpel zu sehen ist.

Der Boden war aus grobem Zement. Er zerkratzte meine Knie, als ich vor ihm niedersank und meine Wange an sein Glied lehnte. Er drückte mich für eine Sekunde an sich, ließ dann seine Hand über meinen Nacken gleiten und strich über meinen Kopf. Er legte die Handfläche auf meine Stirn, drückte meinen Kopf zurück und hielt den Atem an.

Und hinterher, als ich auf dem Boden lag, die Arme wie gekreuzigt ausgestreckt, da zügelte er sich, stützte sich auf die Ellenbogen, schaute mich an und sagte:

»Wie schön du bist.«

Ich lächelte mit geschlossenen Augen. Nie zuvor hatte das gestimmt, und niemals danach sollte es stimmen, aber genau in dem Augenblick, genau in dieser Sekunde, da war ich tatsächlich sehr schön.

Ricky saß auf der Treppe, das Gesicht in den Händen verborgen, als wir zurückkamen. Ich ging sehr langsam, nicht wegen der Asche oder der Hitze, sondern weil ich einen schweren Karton auf dem Kopf trug. Wir hatten ihn im Kiosk gefunden und mit Mineralwasser und Nescafé gefüllt, mit Seife, Shampoo, Tanduay und Schokolade. Butterfield konnte nichts tragen, und der Karton war zu schwer für meine Hände und Schultern, aber auf dem Kopf ging es gut. Butterfield ging neben mir und stützte mich, weil ich schnell das Gleichgewicht verlor.

Ich stellte den Karton hin, setzte mich neben Ricky und legte zum ersten Mal den Arm um ihn.

»Was ist?«

Er redete durch die Hände.

»Kein Benzin mehr. Wir werden niemals von hier wegkommen…«

Butterfield legte ihm eine Hand auf die Schulter.

»Wir haben etwas zu essen und Wasser gefunden. Wir kommen zurecht.«

Aber Ricky weinte laut: »Wir werden niemals von hier wegkommen. Und die Kinder und Zosima werden untergehen! *Ay naku, Zosima!*«

Ich lehnte meinen Kopf auf seinen Arm, er zog ihn etwas zur Seite, akzeptierte dann aber die Berührung und entspannte sich ein wenig.

»Wir kommen von hier weg, Ricky. Du bist hungrig und müde, wir werden essen und uns ausruhen, dann werden wir beraten, wie wir es anstellen werden. Uns fällt schon etwas ein…«

Butterfield schraubte den Korken von der Rumflasche.

»Hier, Ricky. Nimm einen Schluck!«

Ricky nahm die Hände herunter, schaute die Flasche an, dann strich er sich übers Gesicht und führte sie an den Mund.

Ich ging mit leichtem Schritt durch den Raum, um die Kranken nicht zu wecken.

Der Fremde lag immer noch in der gleichen Stellung wie zuvor, aber er hatte die Augen geöffnet. Trotzdem schien er bewusstlos zu sein. Er reagierte nicht, als ich ihn berührte, blinzelte nicht einmal.

Dolores schlief weiterhin ruhig. Ich streichelte ihr die Wange, die Haut war immer noch rau, aber die harten Muskeln waren weicher geworden.

»Wenn sie aufwacht, geben wir ihr eine von deinen schmerzstillenden Tabletten«, flüsterte ich Butterfield zu.

»Können wir das? Sind die nicht zu stark?«

»Gerade deshalb. Sie hat schreckliche Schmerzen. Wir müssen ihr Bein auch schienen, ich denke, das wird helfen.«

»Gib ihr nur eine halbe Tablette.«

»Okay. Aber jetzt werde ich erst mal was zu essen machen.«

Ich strich ihm über die Wange und freute mich über das, was ich unter meiner Hand spürte.

Ricky zündete den Spirituskocher an und ging zum Wagen, um aus dem Kofferraum Gemüse zu holen, ich schüttete Reis in eine dünne Pfanne und wies Butterfield an, in einer anderen Mineralwasser zu schlagen. Er war skeptisch, und ich musste lachen.

»Das ist, wie Champagner schlagen, man kriegt die Bläschen raus. Moussierender Kaffee ist nicht gut, ich will richtigen Kaffee haben.«

Er lächelte mir zu, zuckte mit den Schultern und begann mit einer Holzgabel zu schlagen, während er laut nachdachte:

»Möchte wissen, ob es hier irgendwo Bier gibt. Ich habe noch drei andere Sari-sari-Läden gesehen, in einem davon muss es doch Bier geben…«

Ricky kam herein und stellte die Plastiktüten vor mich auf den

Boden. Der Rum hatte bereits seine Wirkung getan, er lachte uns vorsichtig an.

»Sie sehen aus wie eine richtige *proviciana,* Madam, wie Sie da auf dem Boden sitzen und Essen machen. Und Sie auch, Mister Berglund ...«

Butterfield schaute zu ihm auf: »Wollen wir los und nach Bier suchen?«

Ricky strahlte.

»Gute Idee. Es muss doch irgendwo Bier geben ... Ich will nur erst das restliche Gemüse holen.«

Ich hörte an seinen Schritten, dass etwas passiert war, er lief mit schweren Schritten die Treppenstufen hoch.

»Madam! Mister Berglund!«

Er hielt die Waffe in beiden Händen, der Kolben ruhte in seiner linken Hand, mit der rechten umklammerte er den Lauf.

»Das lag im Auto. Auf dem Rücksitz.«

Ich sah sofort, dass es ein automatischer Karabiner war, er hatte einen Holzkolben und einen Körper aus Metall, aber ich konnte nicht sagen, ob es sich um eine russische Kalaschnikow oder um eine amerikanische M 16 handelte. Waffen haben mich immer hilflos gemacht. Das, was ich als werdende Diplomatin zu lernen gezwungen war, habe ich zielstrebig und erfolgreich vergessen.

Ich hörte, wie Butterfield hinter meinem Rücken aufstand, er wischte sich die Hände am Hemd ab und sagte: »Verdammt, dieses Arschloch!«

Wir schlossen die Tür zum Wohnraum und sprachen gedämpft weiter.

»Ein Soldat«, sagte Butterfield. »So ein verdammter NPAler. Für meinen Geschmack fehlt nicht viel am *Trigger-happy*.«

Ich versuchte meine Angst zu verbergen. Wer wohl als Erster hätte erschossen werden sollen, wenn das stimmte? Wie viele ausländische Diplomaten hatte die Guerilla in den letzten Jahren mit ihren Autobomben in die Luft gejagt? Da waren dieser Franzose, der italienische Attaché und…

»Das wissen wir nicht«, sagte ich. »Er kann ebenso gut eine Wache irgendeiner Art gewesen sein… Oder zu so einer Privatarmee eines Großgrundbesitzers gehören…«

»Oder ein Dieb sein«, sagte Ricky. »Es gibt Diebesbanden oben in den Bergen, das hat mir mein Cousin erzählt…«

Während er sprach, streckte er Butterfield die Waffe hin.

»Was ist das für eine?«, fragte ich. »Eine M 16?«

Butterfield schüttelte den Kopf und nahm das Magazin heraus.

»Das ist eine Kalaschnikow. Eine NPA-Waffe. Und wir müssen sie verstecken…«

Ricky bekam Angst.

»Das können wir nicht machen, Mister Berglund. Dann wird er wütend werden… Und wenn er zur NPA gehört, dann werden die anderen aus seiner Gruppe nach ihm suchen.«

»Gerade deshalb. Lag noch mehr Munition im Auto?«

»Nicht, soweit ich sehen konnte, aber es war ja stockdunkel.«

»Nimm das Feuerzeug und guck gründlich nach. Wir müssen bei ihm auch eine Leibesvisitation vornehmen. Cecilia, das musst du machen. Tu so, als würdest du ihm den Schweiß abwischen oder so…«

Der Fremde hatte die Augen wieder geschlossen und lag vollkommen still da, er war immer noch glühend heiß und atmete in kurzen, keuchenden Atemzügen. Ich wusch ihn halbherzig mit einem in Mineralwasser getauchten Tuch. Er jammerte ein paar Mal leise und suchte durstig mit dem Mund nach dem feuchten Tuch, als ich ihm übers Gesicht fuhr, aber ich war zu nervös, um ihm Zeit zum Saugen zu geben.

Butterfield stand hinter mir, das Magazin in der einen Hand, die Waffe in der anderen.

»Überprüf auch die Shorts«, sagte er auf Schwedisch.

»Da komme ich nicht ran«, erwiderte ich.

»Dann dreh ihn um!«

Der Perlonstoff war starr vor Dreck. Früher war die Hose wohl einmal gelb gewesen, dachte ich, während meine Finger in die erste Tasche glitten. Nichts drin. Aber als ich ihn umdrehte, um an die andere zu kommen, fühlte ich das zweite Magazin an seiner linken Hüfte, er lag halb darauf, und ich musste ihn hin und her rollen, um es herauszubekommen. Es fühlte sich unangenehm intim an, die Hand hineinzuschieben und es herauszuziehen.

»Gib her«, sagte Butterfield.

Ich erfuhr nie, wo er die Waffe versteckte. Ich sah, wie er den Nippes und die Seidendecke von dem Karton nahm und darin das Magazin verbarg, aber er erzählte mir nie, wo er die Waffe hingelegt hatte. Er verschwand einfach in einer Wolke von rosa Blüten.

Als ich mit dem bewusstlosen Fremden allein war, kniete ich mich hin und betrachtete ihn. Er sah nicht aus wie ein Soldat. Aber auch nicht wie ein Dieb.

Aber wie sehen Soldaten und Diebe eigentlich aus?

Essen und Medizin. Es gibt nichts, was besser gegen die eigene Unruhe hilft, als jemandem Essen und Medizin zu geben.

Ich schob Dolores ein Stück Schokolade in den Mund, sie schlief mit offenem Mund. Sie reagierte sofort: schloss die Lippen und begann zu lutschen. Dann schlug sie die Augen auf und schaute mich an.

»Hallo. Hast du gut geschlafen?«

Sie murmelte etwas und versuchte sich hinzusetzen, ließ sich dann aber mit schmerzverzerrtem Gesicht wieder zurückfallen.

»Hier, mach den Mund auf, dann kriegst du Medizin. Und hinterher mehr Schokolade. Also, Mund auf...«

Sie fing an zu weinen, es war ein dumpfer, eintöniger Klagegesang, *lola, lola,* er erschreckte mich und weckte in mir das Bedürfnis, auch zu weinen.

Butterfield und Ricky kamen herein, sie hatten Bier gefunden, viel Bier. Beide waren durchnässt, der Regen hatte eingesetzt, und in unserem Haus herrschte Dämmerung, obwohl es immer noch mitten am Tag war.

»Weint sie?«, fragte Butterfield.

Ich konnte nur nicken, wenn ich versucht hätte, etwas zu sagen, hätte ich auch angefangen zu weinen.

»Sie ruft nach ihrer Oma«, erklärte Ricky und stellte ein paar Flaschen auf die Tischplatte über uns, dann beugte er sich herunter und sagte etwas auf Tagalog. Dolores verstummte sofort. Ich war vollkommen überrascht: »Was hast du gesagt, Ricky?«

»Ich habe gesagt, sie soll aufhören zu weinen und ein braves Mädchen sein.«

Ich rümpfte die Nase, dieser Spruch gefiel mir nicht.

»Sag ihr bitte, dass ich finde, sie ist ein braves Mädchen. Aber dass sie ihre Medizin nehmen muss, dann tut es nicht mehr weh.«

Ricky übersetzte, und sie öffnete gehorsam den Mund.

Wir kippten Mineralwasser in den Mund des Fremden, um ihn zu wecken. Es nützte nichts, er schluckte es, ließ sich aber nicht in die Gegenwart locken.

Wir betrachteten ihn eine Weile, standen schweigend und mit ernsten Gesichtern alle drei nebeneinander und versuchten, seine Geheimnisse zu erraten. Dann zuckte Butterfield mit den Schultern, und Ricky wurde wieder ganz der Alte, er krabbelte unter den Tisch und hob Dolores hoch. Wir legten sie auf das genoppte Sofa mit einem Pullover unter dem Kopf, dann schoben wir den großen Tisch heran und deckten Teller und Becher auf. Der Reis hatte die richtige Konsistenz, die Gemüsepfanne war heiß und sättigend, und wir hatten literweise Bier.

Ich setzte mich zu Dolores und fütterte sie. Sie schaute mich mit klaren Augen an. Butterfields Tabletten hatten ihr geholfen, sie konnte sich ohne schmerzverzerrtes Gesicht bewegen.

»Dann kann sie zumindest Tagalog«, sagte ich zu Ricky. »Ich möchte nur wissen, warum sie nichts verstanden hat, als ich mit ihr geredet habe?«

Er sprach einige Sätze zu ihr, und Dolores antwortete. Er musste lachen.

»Sie sagt, dass sie nicht gemerkt hat, dass Sie Tagalog reden, Sie haben so einen Akzent …«

Ich lächelte zurück.

»Bitte sie, von sich zu erzählen«, sagte ich.

»Später, Madam. Jetzt essen wir erst. Wir sind alle hungrig …«

Der Regen vor dem Fenster, Kaffee in Blechbechern, noch mehr Schokolade für das übersatte Kind und eine Kerze auf dem Tisch. Butterfield war noch einmal in die Kirche gegangen, um Kerzen für den Kerzenständer zu holen. Jetzt streckte er die Füße unter dem Tisch aus, rieb sie schmunzelnd an meinem Knöchel.

Da hätte die Zeit stehen bleiben sollen. Aber ich selbst setzte sie in Bewegung, indem ich sagte: »Jetzt müssen wir den Fuß des Mädchens schienen …«

Sie weinte nicht, aber sie verzog das Gesicht, und der Schweiß trat ihr auf die Stirn. Wir hatten nicht viel, womit wir schienen konnten: vier kleine Holzlöffel aus der Küche und ein paar dünne Latten, die Butterfield im Bücherregal gefunden hatte. Ich legte eine unter ihren Fuß und begann, mit dem Verbandszeug eine feste Bandage zu wickeln.

»Erzähle ihr ein Märchen, Ricky«, sagte ich. »Damit sie auf andere Gedanken kommt.«

»Ich kenne keine Märchen«, erwiderte Ricky.

»Na, irgendeines wirst du doch kennen …«

Er schwieg eine Weile und schaute weg, zog fest an seiner Zigarette, bevor er Englisch mit ihr redete.

»Willst du eine Geschichte hören, Dolly? Verstehst du so viel Englisch, dass ich sie auch für unsere *kanos* erzählen kann?«

Sie nickte, immer noch ganz ernst. Ich lächelte sie an, erleichtert darüber, dass sie zugab, dass sie uns verstand. Das ließ den Abstand schrumpfen, und damit er noch weiter schrumpfte, versuchte ich es mit einer Art Vorstellung: »Wir sind keine Amerikaner. Wir kommen aus Europa.«

»Für uns sind alle Weißen *kanos*«, erklärte Ricky.

Er schaute weg, während er erzählte.

»Dieses Märchen handelt davon, wie alles anfing. Zuerst gab es nur Himmel und Wasser. Und über dem Meer flog ein Vogel, ein einziger Vogel, der mit der Zeit sehr, sehr müde wurde. Er hatte ja keinen Ort, um sich auszuruhen. Aber das war ein schlauer Vogel. Er wusste, was er wollte, und er wusste, wo er es kriegen würde …

Also flog der Vogel zum Himmel und sagte: ›Das Meer will dich ertränken!‹ Und der Himmel antwortete: ›Das soll es sich nur trauen! Ich werde Felsen und Steine ins Meer werfen, wenn es nur einen einzigen Tropfen auf mich spritzt!‹

Da flog der Vogel zum Meer und sagte: ›Der Himmel will dich mit einem Regen aus Steinen und Felsen vernichten.‹ Und das Meer antwortete: ›Das soll er sich nur trauen! Ich werde ihn schon lange vorher ertränkt haben!‹

So begann der Streit: Das Meer warf mächtige Wellen gen Himmel, und der Himmel antwortete, indem er Felsen und große Steinblöcke ins Meer warf. Zum Schluss waren es so viele, das sie das Meer fesselten, es konnte sich nicht mehr auf den Himmel stürzen. Und der Vogel freute sich: Jetzt hatte er viele Inseln und Felsen, auf denen er sich ausruhen konnte …«

Er verstummte. Dolores musterte ihn kritisch und wartete auf mehr.

»War das alles?«, fragte Butterfield. »Und wo bleiben die Menschen?«

Ricky lächelte zögernd.

»Nun ja, als der Vogel auf einer der Inseln ausruhte, da spülte das Meer ein Stück Bambus an Land. Das rollte immer weiter und legte sich auf die Kralle des Vogels, der hüpfte ein Stück weiter, aber der Bambus rollte ihm hinterher und legte sich wieder auf seinen Fuß …«

Dolores lachte heiser. Das unerwartete Geräusch ließ mich

zusammenzucken. Ricky machte eine Pause, sah Dolores aber nicht an.

»Der Vogel hüpfte immer wieder weiter, aber jedes Mal rollte das Bambusstück hinter ihm her und legte sich auf seinen Fuß. Schließlich wurde er wütend, er beugte sich herunter und hackte Löcher in den Bambus. Und da kletterte ein Mann aus dem Bambusrohr. Er hieß Malakas, und er war der erste Mensch.

Kurz darauf rollte noch ein Stück Bambus an Land, und der Mann warf es auf den Fuß des Vogels, und der Vogel wurde so wütend, dass er wieder zuhackte. Und da kletterte die erste Frau aus dem Bambus. Sie hieß Maganda, und sie war sehr schön…«

Wir dachten eine Weile an ihre Schönheit, jeder schuf sich schweigend sein eigenes Bild.

»Malakas baute ein Haus auf der Insel, und Maganda gebar viele Kinder. Aber das waren keine guten Kinder, sie waren faul und wollten nur spielen, sie wollten nie ihren Eltern helfen. Sie liefen weg, wenn es Zeit zu arbeiten war, kamen aber immer wieder ins Haus zurück, wenn die Zeit zum Essen gekommen war. Zum Schluss wurde Malakas es Leid, er hatte versucht, freundlich mit ihnen zu reden, aber sie gehorchten nicht und wollten ihrem Vater nicht zuhören. Da brach er im Wald einen Stock ab und ging nach Hause, um sie zu verprügeln.

Da bekamen alle zusammen Angst und versuchten zu fliehen. Einige liefen aus dem Haus und verschwanden, andere versteckten sich im Schlafzimmer, wieder andere im Wohnzimmer, und ein paar drängten sich in der Küche zusammen.

So wurden sie die Vorfahren aller Menschen: Die sich im Schlafzimmer versteckt hatten, wurden die Ahnen aller Häuptlinge und Zauberer, die sich im Wohnzimmer versteckt hatten, wurden die Vorfahren aller freien Menschen, und die sich in der Küche versteckt hatten, die Vorfahren der Sklaven. Ein paar von ihnen waren zwischen die Töpfe und Pfannen gekrochen und wurden von dem Ruß ganz schwarz im Gesicht, sie wurden die Ahnen der Aetas. Deshalb haben die Wilden so eine dunkle Hautfarbe…«

Die Geschichte war offensichtlich zu Ende. Ricky schaute uns an.

»Und die, die aus dem Haus geflohen waren?«, fragte ich. »Was ist mit ihnen passiert?«

Ricky lächelte mich an.

»Das wurden Ihre Vorfahren, Madam. Sie wurden die Urahnen aller fremden Völker.«

Ich band eine feste Schleife um die Gazebinde und setzte mich wieder aufs Sofa, mit Dolores' Kopf auf meinem Schoß. Butterfield winkte mit der Rumflasche in meine Richtung, aber ich schüttelte den Kopf. Ich hatte probiert, und er schmeckte wie Terpentin. Ricky dagegen nickte und griff nach seinem Glas.

»Jetzt sind Sie an der Reihe mit einer Geschichte«, sagte er und wippte auf dem Stuhl. »Wie ist denn Ihrer Meinung nach die Welt entstanden?«

Ich zuckte mit den Schultern.

»Ach, wir haben nur Adam und Eva…«

»Nicht ganz«, warf Butterfield ein und schaute auf den Tisch. »Wir haben noch eine Geschichte…«

Er fügte auf Schwedisch hinzu: »Die hat Wallin mir erzählt, er hielt viel von dem Altnordischen, trotz aller Altarbilder…«

Dolores zog sich plötzlich zum Sitzen hoch, stützte die Ellenbogen auf den Tisch und legte das Gesicht in die Hände. Sie schaute Butterfield direkt an, und zum ersten Mal war weder Scheu noch Angst in ihrem Blick.

»*Tell me story!*«, sagte sie.

Ich war so froh, dass ich laut auflachte.

»Mach ich«, sagte Butterfield und lehnte sich gegen den geschnitzten Rücken seines Stuhls zurück. »Bevor es die Welt gab, da gab es zwei andere Welten. Niflheim und Muspelheim. Niflheim, das im Norden lag, war das Reich der Kälte und des Zwielichts, da herrschte ewige Dämmerung und große Stille. In Niflheim gab es elf Flüsse, die sich in den Abgrund zwischen Niflheim und Muspelheim stürzten. Der Hohlraum dazwischen wurde Ginnungagap genannt, und in ihm erstarrte das Wasser der Flüsse zu Eis.

Muspelheim, das im Süden lag, war das Reich des Feuers und der Hitze, hier stiegen hohe Flammen aus den Bergen hoch, die Erde zerriss, und glühende Klüfte öffneten sich. Von Muspelheim kam ein Strom heißer Funken, der sich über Ginnungagap ergoss.

Eine Ewigkeit lang war Ginnungagap nur ein Vakuum, aber eines Tages begannen die Funken von Muspelheim das Eis von Niflheim zu schmelzen. Das Wasser tropfte auf den Boden des Abgrunds und wurde zu einem Riesen. Er hieß Ymer. Als er fertig war, wurde das Wasser zu einer Kuh. Ymer saugte an ihr und lebte von ihrer Milch.«

Ricky verzog das Gesicht vor Abscheu und trank einen Schluck Tanduay.

»*Tell more*«, sagte Dolores mit ihrer heiseren Stimme.

Butterfield strich sich mit der Hand über den Mund, plötzlich sehr viel reservierter als noch vor ein paar Minuten. Sein Fuß streichelte meinen Knöchel nicht mehr.

»Eines Tages, als Ymer schlief, leckte die Kuh an einem Eisklumpen. Und da stellte sich heraus, dass in dem Eis ein Mensch war. Es war ein Mann mit Namen Bure. Er bekam einen Sohn, der Bor hieß, obwohl niemand weiß, wie das zuging, und Bor wiederum heiratete eine Riesin, die Betsla hieß. Sie gebar ihm drei Söhne: Oden, Vile und Ve. Sie wurden Götter. Und sie töteten Ymer.«

Butterfield fuhr mit dem Zeigefinger über die Tischplatte.

»Oden und seine Brüder nahmen Ymers toten Körper und legten ihn über Ginnungagap. So schufen sie daraus die Welt. Das Blut wurde zu Meer und Seen, das Fleisch zu Erde, die Knochen zu Bergen und die Zähne zu Steinen. Der Schädel wurde der Himmel, und dort hinauf warfen die Götter Ymers Gehirn und bliesen drauf, so dass es zu Wolken wurde. Und zum Schluss fingen sie die herumfliegenden Funken von Muspelheim auf und schufen die Sonne, den Mond und die Sterne daraus …«

Er verstummte und trank einen Schluck Rum, wir saßen alle eine Weile schweigend da. Ich dachte an Niflheim und Muspelheim und an Ymers undichten alten Körper, so müde davon, sich immer zwischen Nord und Süd zu strecken und auszudehnen, zwischen Kälte und Hitze.

»Dann erstreckt sich die Welt über einen Abgrund?«, fragte Ricky.

Butterfield legte seine gesunde Hand mitten auf den Tisch.

»Ja«, sagte er. »Die Welt erstreckt sich über einen Abgrund.«

Dolores beugte sich vor und legte ihre Hand auf die Butterfields. Ohne nachzudenken, legte ich meine Hand auf ihre. Ricky zögerte eine Sekunde, dann legte er seine Hand auf meine.

Hinten an der Wand stöhnte der Fremde vor Schmerzen.

Ich liege vor Kälte erstarrt im weißen Meer des Badezimmers und erinnere mich an diese Frau in Indien.

Alle hatten von ihr gehört, aber niemand konnte sicher sagen, ob es sie wirklich gab. Aber nun war ihr Vater gestorben, und sie hatte ein Erbe anzutreten. Die Familie flehte uns um Hilfe an; sie hatte versucht, sie mit Briefen und Telegrammen zu erreichen, aber ohne Erfolg.

Wir hatten nur den Namen eines Ortes und den Namen eines Teilstaats. Mehr nicht. Es gab kein Telefon in dem Ort und wohl kaum eine zuverlässige Postzustellung. Ich war also gezwungen, sie persönlich aufzusuchen. Das stimmte mich ganz vergnügt, ich hatte schon oft an sie gedacht und versucht, ihr Schicksal zu verstehen. Aber Ulf gefiel das gar nicht.

»Das kann gefährlich werden. Ich fürchte, du unterschätzt die Risiken, Cecilia. Ich weiß wirklich nicht, ob ich das überhaupt erlauben soll…«

Ich hob eine Augenbraue.

»Wieso erlauben? Ich bitte nicht um Erlaubnis, ich wollte dir nur mitteilen, was ich tun werde.«

Er lächelte mich über den Frühstückstisch hinweg an.

»Du selbst warst doch diejenige, die wieder anfangen wollte zu arbeiten, nicht wahr? War dir dabei nicht klar, dass ich dein Chef sein würde? Das mache ich also nicht, und das will ich um des lieben Friedens willen ausdrücklich betonen, ich zögere hier nicht in der Eigenschaft als dein Ehemann. Sondern in der Eigenschaft als Botschafter. Meine Frau kann machen, was sie will, aber ich kann nicht zulassen, dass mein Personal alle möglichen Risiken eingeht.«

»Auch nicht, wenn ich jemanden mitnehme? Suhan Lal zum

Beispiel? Er stammt doch aus Uttar Pradesh, er kennt die Wege und die Verhältnisse ...«

»Aber er gehört zu einer niederen Kaste, er hat nicht genügend Autorität, um das zu schaffen. Mein Gott, das ist ein ziemlich zurückgebliebener Teil des Landes, vor fünf Jahren, als ich das erste Mal dort war, gab es kaum Autos. Es gab fast einen Volksauflauf, als wir in unseren Jeeps angetuckert kamen ...«

»Aber sie ist schwedische Staatsbürgerin, jemand muss doch nachsehen, wie es ihr und den Kindern geht.«

Er runzelte die Stirn: Kindergartenmentalität.

»Sie hat selbst die Entscheidung getroffen, und sie hat die Botschaft nie um Hilfe gebeten. Es ist die Familie, die dahinter steckt ...«

»Und die Zeitungen? Ihre Mutter droht damit, den Expressen zu informieren, wenn wir nicht herausfinden, ob ihre Tochter noch lebt ...«

Das saß. Er überlegte eine Weile.

»Es gibt nur einen, von dem ich glaube, er könnte es schaffen: Radju. Wenn du ihn und Suhan Lal mitnimmst, dann müsste es gehen. Sie können den großen Jeep nach Uttar Pradesh fahren, und du kannst dann fliegen. Sonst würde es eine Woche dauern. Mindestens. Und du hast sicher noch etwas anderes zu tun, nicht wahr?«

»Aber ich bin von Radju nicht gerade begeistert ...«

»Ja und? Er soll ja nur mit dem Patronengürtel um den Bauch auf dem Vordersitz sitzen und bedrohlich aussehen, du musst dich doch nicht weiter mit ihm befassen.«

Natürlich kam es, wie er es wollte. Radju und Suhan Lal fuhren mit dem Jeep los, vier Tage später nahm ich das Flugzeug nach Uttar Pradesh. Radju stand auf dem Flugplatz und empfing mich in seiner protzigen Uniform: Turban mit Federn, rote Jacke, grüne Hose und glänzende Messingknöpfe. So sehen alle Botschaftswachleute in Delhi aus. Radju war der überheblichste von allen: ein Mann, der alles wusste, alles konnte und nicht zögerte, das auch kundzutun, vorausgesetzt, Ulf war außer Hörweite.

Wir fuhren sofort los, ich saß allein auf der Rückbank und schwieg, um Radju auch zum Schweigen zu zwingen. Das war schade, ich hätte gern mit Suhan Lal geredet. Aber er hatte anderes zu bedenken, seine Aufgabe war es, den richtigen Ort zu finden. Es gab keine Karte. Und in Uttar Pradesh gibt es viele Ortschaften. Niemand kann mit Gewissheit sagen, wo die allerkleinsten eigentlich liegen.

Es war schon später Nachmittag, als wir endlich unser Ziel gefunden hatten. Die Straße hatte schon lange aufgehört, und wir waren eine Stunde über etwas gefahren, das in erster Linie einer Steppe ähnelte.

Der Ort war klein und sehr arm, mit winzigen Ackerfetzen, sandgelben Häusern und braunen Hütten. Ein paar Affen klammerten sich meckernd an die Dächer, ansonsten war es vollkommen still. Ich stieg aus dem Wagen und schaute mich um. Nicht ein Mensch war zu sehen, die Straße lag vollkommen leer da. Nur eine ausgemergelte Kuh betrachtete uns wiederkäuend.

Suhan Lal stellte den Motor ab, er und Radju stiegen jeweils auf ihrer Seite aus dem Jeep.

»Madam«, sagte Radju. »Es sieht so aus, als wäre das da hinten ein Teehaus. Soll ich hingehen und mal fragen? Frauen sind da ja nicht so willkommen …«

Ich schüttelte den Kopf, was in Indien gleichbedeutend mit einem Nicken bei uns ist, und Radju ging los. Suhan Lal stellte sich lächelnd auf meine Wagenseite, seine Zähne blitzten wie Elfenbein in dem dunklen Gesicht.

»*Creepy place!* Gruseliger Ort! So still!«

Ich erwiderte zögerlich sein Lächeln und schob die Hände in die Taschen meines Kleides. Es war wirklich schaurig hier, und sicher noch schauriger für Menschen einer sehr niedrig stehenden Kaste, an der Grenze zu den Unberührbaren.

Radjus rote Jacke leuchtete in der Türöffnung des Teehauses, und in dem Moment kamen ein paar Kinder die Straße entlanggelaufen, sie entdeckten mich und begannen laut zu rufen. Nach wenigen Sekunden war ich von ihnen umringt, sie lachten und schnatterten, trauten sich aber nicht, mich anzufassen.

Radju kam zurück, ein dicker Mann lief hinter ihm her. Der Mann trug einen großen Stock in der Hand, und als er sich den Kindern näherte, hob er ihn hoch und schwang ihn in der Luft herum, um sie wegzujagen. Einen kleinen Jungen traf der Stock an der Schläfe, so dass er schwankte, aber ein älteres Mädchen bekam ihn zu fassen und zog ihn wieder auf die Füße.

»Madam, das scheint der Ortsvorsteher zu sein. Er redet kein Englisch, und ich habe Schwierigkeiten, ihn zu verstehen.«

Ich wandte mich Suhan Lal zu.

»Kannst du mit ihm reden?«

Suhan Lal räusperte sich, trat einen Schritt zurück und begann zu reden. Der Ortsvorsteher hörte mit missmutiger Miene zu, bisher hatte er mich nicht einmal mit einem Blick gestreift. Das war ungewöhnlich, als westliche Frau in Indien wird man immer begafft und oft belacht, aber dieser Mann schien offenbar in keiner Weise von meiner Erscheinung beeindruckt zu sein. Sein Gesicht war verschlossen, er hörte Suhan Lal zu, bellte anschließend ein paar kurze Sätze und marschierte zurück ins Teehaus.

»Was hat er gesagt?«

Suhan Lal schluckte.

»Er hat gesagt, dass sie am Rand des Ortes wohnt, auf der anderen Seite...«

Wir warteten. Der Mann hatte noch mehr gesagt. Suhan Lal schaute zu Boden.

»Bei den Kastenlosen. Er hat gesagt, dass sie direkt neben den Kastenlosen lebt...«

Wir gingen dicht nebeneinander durch den Ort. Plötzlich war ich sehr dankbar dafür, dass Ulf darauf bestanden hatte, dass ich mit zwei Begleitern reiste. Das war kein gewöhnlicher Wohnort: Die Kinder, die uns folgten, lachten nicht mehr, die Erwachsenen wandten ihre Blicke ab und zogen sich in ihre Häuser zurück, als wir kamen, nicht einmal die Alten, die auf ihren Pritschen auf den Veranden lagen, sahen freundlich interessiert drein.

Wir sahen sie schon von weitem. Sie hockte auf einem mit Kies bestreuten Hofplatz vor ihrer Hütte und wusch Wäsche in einer kleinen Zinkwanne, sie wrang ein Stück nach dem anderen aus und legte es dann in eine emaillierte Schüssel. Sie hatte ihr aschblondes Haar in einem indischen Knoten im Nacken festgesteckt und trug einen beigefarbenen Baumwollsari der billigsten Sorte. Sie war nicht schön. Westliche Frauen sehen in einem Sari selten gut aus, sie sehen verwaschen aus, als hätte sie jemand bei viel zu hoher Temperatur durch die Waschmaschine gezogen.

Sie schaute erst auf, als wir direkt vor ihr standen. Sie verzog keine Miene, es schien, als hätte sie uns erwartet.

»Birgitta?«, sagte ich. »Bist du Birgitta?«

Sie stand auf, wischte sich die feuchten Hände an den Hüften ab und sah mich mit einem kleinen Lächeln an. Dann presste sie die Hände aneinander, verbeugte sich auf indische Art und entgegnete: »Was glaubst du denn?«

Ich hatte die Hand zur Begrüßung ausgestreckt, ließ sie aber wieder sinken, denn ich wusste bereits, dass diese Frau nicht daran dachte, irgendetwas auf schwedische Art und Weise zu machen.

Sie bat mich einzutreten, während Radju und Suhan draußen auf dem Hof hockend warten mussten. Sie durfte ihren Ruf nicht aufs Spiel setzen, indem sie fremde Männer in ihr Haus ließ.

»Es ist nicht groß«, sagte sie. »Aber ich mag es ... Ich habe es selbst gebaut. Es war nicht einfach, das Material dafür zu beschaffen.«

Das sah ich: Die Hütte war lose zusammengefügt aus Zweigen und Brettern, die sie mit Bändern und Draht zusammengebunden hatte. Die eine Wand bestand zur Hälfte aus einer alten Tür, aber vor der Türöffnung gab es nur einen schmutzigen Vorhang. Das Dach war so niedrig, dass ich mich bücken musste. Sie war kleiner als ich, und offensichtlich hatte ihre Körpergröße die Höhe des Hauses bestimmt. Es war sehr dunkel, es dauerte mehrere Minuten, bevor ich sah, dass wir nicht allein waren. Ein Mädchen von etwa drei Jahren saß in einer Ecke. Sie war vollkommen still, atmete kaum.

»Das ist meine Kleinste«, erklärte Birgitta und reichte mir ein Glas Tee. »Leider habe ich weder Milch noch Zucker im Haus, ich habe es mir in letzter Zeit nicht leisten können…«

Ich versuchte mich zu beherrschen und ganz normal zu klingen.

»Bald wird es dir besser gehen. Es tut mir Leid, dir das mitteilen zu müssen, aber dein Vater ist gestorben. Deine Familie sucht nach dir: Du hast ziemlich viel Geld geerbt…«

Sie sank in die Hocke und malte mit dem Zeigefinger auf dem Lehmboden.

»Ach. Er ist tot. Möge er in der Hölle schmoren!«

Ich sagte nichts, nahm nur einen Schluck von dem bitteren Tee.

»Wie viel Geld ist es? Genau?«

»Fünfhundertdreiundsechzigtausend Kronen und ein Haus in Norrtälje. Deine Mutter möchte, dass du nach Hause kommst und es dir anschaust. Sie meint, es wäre ideal für dich und die Kinder.«

»Meine Mutter ist nicht gescheit. Sie war noch nie besonders klug. Ich bin doch hier verheiratet, ich wohne doch hier, hier sollen meine Kinder aufwachsen.«

»Wie viele Kinder hast du?«

»Fünf. Alles Mädchen, deshalb kommt mir das Geld gut zupass. Damit können wir die Mitgift bezahlen…«

»Wo ist dein Mann?«

»In Delhi. Er arbeitet als Putzhilfe in einem großen Hotel.«

Ich war vollkommen überrascht.

»Und warum wohnst du nicht bei ihm?«

»Das geht nicht. Er will, dass ich hier im Ort lebe. Bei seinen Eltern…«

Sie schwieg eine Weile.

»Aber die mögen mich nicht so gern. Sie haben mich und die Mädchen rausgeworfen. Schließlich sind sie Brahmanen und meinen, dass solche wie wir in irgendeiner Weise kastenlos sind. Weißt du, dass sie meinen, wir Weißen wären alle Kastenlose?«

Ich schüttelte den Kopf: Das konnte von dieser Frau sowohl als Ja als auch als Nein gedeutet werden.

»Als ich in ihrem Haus gelebt habe, da haben ich und die Mädchen an einem extra Tisch sitzen müssen, und wir hatten unser Geschirr in einem gesonderten Schrank. Ich durfte nicht in dem gleichen Wasser wie sie abwaschen, nicht einmal in der gleichen Schüssel. Mein Essen war schmutzig, und alles, was mein Essen berührt hatte, war für alle Zeit verschmutzt. Obwohl ich doch kein Fleisch esse, ich habe seit fünfzehn Jahren kein Fleisch mehr gegessen.«

Das war zu sehen. Sie war vollkommen ausgemergelt, das Schlüsselbein in ihrem Ausschnitt warf tiefe Schatten.

»Aber ich bin auch so ganz gut zurecht gekommen. Ich habe mir mit Geld, das ich mitgebracht habe, ein paar Schafe angeschafft. Und eine Kuh. Und ich habe mich wirklich angestrengt, eine gute Schwiegertochter zu sein, das tue ich immer noch. Ich gehe zu ihnen und helfe fast jeden Tag bei der Hausarbeit. Und die großen Mädchen helfen ihnen auf dem Feld, sie selbst können ja nicht so viel arbeiten, mein Schwiegervater muss sich ja um das Religiöse kümmern ...«

Das Mädchen kam über den Boden gekrochen und schmiegte sich eng an die Mutter, immer noch schaute sie äußerst ernst drein. Der Bauch wölbte sich angespannt, die Augen waren sehr groß. Ich konnte nicht an mich halten: »Deine Tochter ist unterernährt.«

Sie schaute kurz auf das Mädchen.

»Ja, das stimmt wohl. Wir haben in letzter Zeit nicht viel zu essen gehabt. Ich kann ja kein Handwerk, ich versuche weben zu lernen, aber es dauert lange, bis man das gut kann. Deshalb kriege ich nicht viel dafür bezahlt.«

»Was ist mit den Schafen passiert?«

»Der Schwiegervater hat sie auf dem Markt verkauft. Die Kuh haben sie behalten, als sie mich rausgeworfen haben.«

»Und dein Mann, was hat er gemacht?«

»Mein Mann ist ein guter Sohn. Er hat seinen Eltern nur ein einziges Mal getrotzt, und zwar als er auf der Universität aufgehört und mich geheiratet hat. Er will sie nicht noch trauriger machen. Aber jetzt kann ich neue Schafe kaufen, ich glaube nicht, dass er deshalb böse werden wird. Das kann ja kein Ungehorsam sein, wenn ich sie selbst bezahle... Und Hühner, ich kann auch ein paar Hühner kaufen. Dann haben wir Eier, das ist gut gegen Unterernährung, ich denke, sie werden die Mädchen die Eier essen lassen...«

Sie schwieg eine Weile, dann schaute sie wieder auf.

»Du hältst mich für verrückt, nicht wahr? Du begreifst nicht, warum ich das tue?«

Ich antwortete nicht und versuchte wegzusehen, aber sie schaute mich weiterhin intensiv an und packte mich am Arm.

»Du hältst mich für verrückt, aber ich weiß, was ich tue. Das kann doch nicht für alle Zeiten so weitergehen mit dem Luxus und dem Überkonsum der Industrieländer und dem Leiden und Elend der Entwicklungsländer. Es wird der jüngste Tag kommen! Und wenn dieser Tag kommt, dann will ich mit meinen Kindern nicht in der reichen Welt sitzen. Ihr werdet alle gebraten werden, ihr werdet an euren eigenen Abgasen ersticken, im Feuer der Rache brennen... Aber ich werde überleben, ich, mein Mann und meine Kinder, wir werden überleben. Und wir werden von unserer eigenen Arbeit leben können, von dem, was die Erde hergibt. In Harmonie! Weißt du, was das ist? Weißt du, was wahre Harmonie ist?«

Ich stellte das Teeglas auf den Boden und zog meine Karte heraus.

»Du kannst deinem Mann sagen, er möge sich an die schwedische Botschaft wenden. Er muss sich ausweisen können. Dann werden wir helfen, dass das Geld auf eine indische Bank überwiesen wird. Möchtest du deiner Mutter einen Gruß oder etwas anderes ausrichten?«

Sie war aufgestanden und ballte die Fäuste.

»Du kannst ihr ausrichten, dass ich hoffe, dass sie vor dem Tag der Rache sterben wird. Sage ihr, dass ich hoffe, sie muss nicht mehr zusehen, wie die Menschen aus Afrika, Asien und Lateinamerika sich durch Norrtäljes Straßen schieben und ihre Rache fordern. Das wünsche ich ihr: den Tod!«

Ich holte ein paar hundert Rupien aus meiner Brieftasche und reichte sie ihr:

»Nimm das Geld. Kauf dafür etwas zu essen für die Kinder. Sie werden sich niemals in Norrtälje rächen, wenn sie sich nicht satt essen können …«

Sie senkte den Kopf, geschlagen, aber nicht besiegt, sie zögerte eine Sekunde und griff dann nach den Scheinen. Ich ging gebückt durch die enge Türöffnung hinaus. Die Sonne ging gerade unter, der Himmel war rosa, und die Hütten der Kastenlosen standen schwarz in der Dämmerung da.

Ich war innerlich vollkommen aufgewühlt und erhitzt, wusste aber zuerst nicht, worauf diese Hitze beruhte. Ich nahm an, es war Scham, die übliche Scham, die immer in mir brennt, wenn ich jemanden geschlagen habe, der schwächer ist als ich. Erst als der Jeep sich holpernd seinen Weg auf den Sonnenuntergang zu suchte, wurde mir klar, dass es Wut war. Eine nur zu vertraute Wut.

Ich hatte sie schon früher erlebt, aber nie überprüft. Jetzt erkannte ich, was sie beinhaltete: Wut über die, denen Abstraktionen loyaler sind als Menschen, Empörung über Erwachsene, die ihren Ideen liebevoller begegnen als ihren Kindern, Angst vor Menschen, die in der Lage sind, ihre Kinder zu opfern …

Mitten in meinen Erinnerungen bin ich aufgestanden, um mir eine Zigarette anzuzünden. Jetzt entdecke ich mein eigenes Bild im Badezimmerspiegel. Die Frau da drinnen lächelt ihr verhaltenes Hohnlächeln. Was hast du gedacht, Cecilia? Was hast du über Menschen gedacht, die in der Lage sind, ihr Kind zu opfern?

Ich ertrage es nicht mit ihr, sie erstickt mich, ich will sie nicht sehen, jetzt nicht und nie wieder. Ich nehme ein Frotteehandtuch und drapiere es sorgfältig über dem Spiegel.

Dolores kratzt an der Badezimmertür, und das Telefon klingelt in einem fort.

Ich glaube, es ist Morgen. Verkehrsgeräusche sickern durch die Lüftung herein, dann müsste es draußen wohl hell sein. Oder zumindest dämmern.

Aber man kann sich dessen nicht sicher sein. Ich drehe langsam den Schlüssel im Badezimmerschloss, öffne aber nur einen Spalt breit. Wenn es da draußen immer noch dunkel ist, kann ich die Tür schnell wieder zuziehen.

Jemand hat den Armutskasten auf den Flur geworfen, die Kerzenstummel und die alten Lappen liegen über den Boden verstreut. Aber es ist hell, die Sonne scheint durch Mamas Schlafzimmerfenster herein. Ich laufe eilig im Obergeschoss herum und mache Durchzug.

Nachdem ich geduscht und das Badezimmer aufgeräumt habe, decke ich den Küchentisch für ein anständiges Frühstück. Saft und starker Kaffee, Käse auf einem Glasteller und Marmelade in einer kleinen Schale. In der Mikrowelle taue ich Frühstücksbrötchen auf, während ich hinausgehe und die Morgenzeitung hole. Als ich zurückkomme, lasse ich die Haustür offen, ich will, dass das Bananenhaus heute durchgeweht wird. Und das wird es: Das Smålands Dagblad flattert in meiner Hand, als ich mich hingesetzt habe, und ich muss den Morgenmantel am Hals zuknöpfen. Der Wind duftet nach Winter. Wenn man den Duft auf Flaschen ziehen könnte, dann würde er im Land Diplomatien ein Verkaufsschlager werden.

Ich würde ihn jedenfalls kaufen, denke ich und schlage die Zeitung auf.

Meine Mutter schaut mich mit ernstem Blick an. Für den Nachruf haben sie ein altes Bild ausgesucht, eines, auf dem sie immer noch blond, kompetent und stärker als ihr Krebs ist.

Plötzlich erahne ich Butterfields Stimme im Winterwind der Küche.

»Pogrome für den schönen Schein«, flüstert er. »Dreißigtausend nicht existierende Zigeuner …«

Ich schlage schnell die Seite um, und aus irgendeinem Grund fällt mir ein, dass Olssons nur eine einzige Zahnbürste hatten. Sie wurde all die Jahre von der ganzen Familie benutzt. Sie war graubraun und abgenutzt. Als die Lehrerin in der Schule uns einen Film über Mundhygiene zeigte, kam so eine Zahnbürste darin vor. Sie wurde mit einem dicken schwarzen Kreuz durchgestrichen und voller Verachtung in den Mülleimer geworfen. Das Kreuz verfolgte mich.

Ich schaute Marita an, und sie erwiderte meinen Blick.

In dem Jahr fand die Weltausstellung statt, in einer Stadt namens Brüssel. In Mamas »Folket i Bild« gab es ein Foto, das mich faszinierte: Wichtige Wissenschaftler hatten vor dem Eingang zur Ausstellung ein riesiges Modell eines Atoms gebaut.

»Was ist ein Atom, Mama?«

Sie war dabei, Fenster zu putzen, und strich sich schnell über die Stirn, den Lappen in der Hand.

»Das Kleinste, was es gibt, der Kern der Dinge …«

Sie kam quer durch die Küche zu mir und schaute mir über die Schulter, dankbar für die Unterbrechung. Meine Mutter zog eine theoretische Diskussion immer dem Fensterputzen vor, aber es nützte nichts. Sie war so oder so gezwungen, die Fenster zu putzen. Wenn sie nicht die saubersten Fenster in der Straße hätte, würden die Nachbarn behaupten, dass sie ein Stück Scheiße wäre, eine, die die ganze Zeit nur zu politischen Treffen und Terminen rannte.

Aber jetzt hatte sie einen Grund, eine Pause zu machen. Mama liebte es, jemanden zu unterweisen. Sie setzte sich neben mich auf den Küchenstuhl und begann: »Alles besteht aus Atomen. Du und ich und das Fenster, alles besteht aus kleinen Kügelchen, die in einem großen Vakuum herumschweben, genau wie die Erde, die Sonne und der Mond im Weltall herumkreisen …«

An diesem Tag veränderte sich die Wirklichkeit. Ich zupfte vorsichtig an meinem Kleid und dachte an die Welten, die es verbarg, ich strich mit der Hand über den Küchentisch und sah seinen Weltraum vor mir.

»Was glotzt du so, Pissnelke«, sagte Marita auf dem Heimweg.

»Ich glotze nicht«, erwiderte ich.

»Doch, du glotzt. Und du stinkst, igitt, wie du stinkst!«

Diese Anklage war nicht gerechtfertigt, ich hatte es den ganzen Tag geschafft.

»Ich stinke nicht. Ich habe nicht in die Hose gepinkelt.«

Marita blieb jäh stehen und drehte sich um: »Aber du stinkst trotzdem, du bist einfach eklig!«

Ich schwieg und schluckte, aber etwas war anders, und das wussten wir beide. Sie trat zwei Schritte auf mich zu und schwenkte ihre Schultasche in einem Halbkreis vor mir.

»Du stinkst so oder so. Du wirst immer stinken!«

Widerstand. Das Wort schwebte am Rande meines Bewusstseins, es ließ sich nicht einfangen und formulieren, aber plötzlich sah ich, dass sie nicht größer war als ich. Nur ein kleines Mädchen.

»Ich stinke nicht. Jedenfalls nicht schlimmer als du. Du mit deinen gelben Zähnen!«

Sie ließ die Schultasche los, und sie landete mit einem dumpfen Knall auf der Straße. Das ermutigte mich.

»Wie oft putzt du dir eigentlich die Zähne? Mit dieser ekligen Zahnbürste bei euch … Hä? Einmal die Woche? Oder einmal im Jahr? Hast du nicht gehört, was unsere Lehrerin gesagt hat? Man soll die Zähne zweimal am Tag putzen. Das habe ich immer schon gemacht. Und ich habe eine eigene Zahnbürste.«

Sie krümmte sich zusammen, gleich würde sie zum Angriff übergehen. Trotzdem machte ich weiter.

»Die gleiche Zahnbürste für alle, das ist doch widerlich … Igitt!

Und außerdem stinkt es nach Schnaps, das habe ich schon ein paar Mal gemerkt, bei euch zu Hause stinkt es nach Schnaps, äh ...«

Sie stürzte wie ein wildes Tier auf mich zu, ich fiel auf dem Bürgersteig nach hinten in die Schneewehe und musste meine Schultasche loslassen. Sie versuchte, mich im Gesicht zu kratzen, aber ich bekam ihre Haare zu fassen und zog hart daran, sie heulte auf und drehte ihr bleiches Gesicht zum Himmel, aber ich ließ nicht los, ich drehte mich herum und saß plötzlich auf ihr, wie die Jungs auf ihren Feinden sitzen, wenn es eine Prügelei auf dem Schulhof gibt.

»Du bist so eklig«, sagte ich und zog sie wieder an den Haaren. »Du bist diejenige, die eklig ist!«

Sie schaute mich mit ihren Fieberaugen an, und eine Sekunde lang glaubte ich, sie würde mir Recht geben. Das erschreckte mich, ich begann zu zögern und ließ los, stand schließlich auf und begann mir den Schnee von der Hose zu bürsten.

Sie kam von hinten, und jetzt hatte ich keine Chance mehr, sie zu besiegen. Sie drückte mich tief in eine Schneewehe, presste mir das Knie in den Rücken und schlug mir mit der Schultasche auf den Kopf, jeder Schlag ließ mich erzittern. Eis und Schnee fielen mir auf den Kopf, vielleicht wollte sie mich ja in dieser menschenleeren Straße im Schnee begraben. Der Gedanke durchfuhr mich panisch wie ein Blitz, aber plötzlich lockerte sich der Druck, und sie war weg.

Ich stand auf. Eine Frau mit braunem Hut kam auf der anderen Straßenseite heran. Deshalb war Marita abgehauen.

Die Frau sah mich an, wie ich mir mit dem Handschuh Rotz und Tränen abwischte, aber sie sagte nichts. Ich nahm meine Schultasche und bürstete sie ab. Da passierte es: Plötzlich wusste ich es.

In dieser Tasche befindet sich ein Weltall, dachte ich. Ein Weltall mit einer Erde. Eines dieser kleinen Kügelchen in einem der Atome dieser Tasche ist haargenau so wie die Erde, und da gibt es ein Mädchen, das heißt Cecilia, und sie ist gerade von einer, die Marita heißt, verprügelt worden. Und die Erde, unsere

Erde, auf der ich in diesem Augenblick stehe, ist nur ein Kügelchen in einem Atom in der Schultasche eines anderen Mädchens. Sie heißt auch Cecilia, und sie ist riesengroß, aber sie wohnt auch auf einem Atom in der Tasche eines noch größeren Mädchens. Und sie … Nein, weiter vermochte ich nicht zu denken.

»Ich bin nicht allein«, flüsterten die Cecilias aller Weltalle einander zu. »Ich bin nicht allein, und heute habe ich nicht einmal in die Hose gepinkelt.«

Es wird ein schöner Vormittag, die Kälte ist plötzlich zurückgekommen, und die Bäume im Garten des Bananenhauses glänzen vom Frost. Schon eine halbe Stunde bevor Katarina Söderberg kommen soll, bin ich angezogen und bereit, ich habe Pumps an den Füßen und frisch gewaschenes Haar, das Fotoalbum liegt bereit, und der Vormittagskaffee ist fertig gekocht.

Ich gehe langsam mit einem Staubtuch in der Hand durch das Haus und kontrolliere, ob alles in Ordnung ist. Das ist es: Ich habe den Armutskasten ganz hinten in Mamas Schrank geschoben und einen alten Kaffeefleck von Papas Schreibtischunterlage weggerieben.

Ich stehe am Fenster von Mamas Schlafzimmer, als sie kommt. Sie ist sehr jung, sehr blass und merkwürdig gekleidet: schwarze Lederjacke, schwarzer Pullover und eine Art gemustertes Trikot darunter. Ein Paar graue Wollsocken gucken aus den kurzen Stiefelschäften hervor.

Sie sieht aus wie ein Halbstarker. Wie soll sie meine Mutter verstehen können?

Aber sie hat ihre Hausaufgaben gemacht. Sie weiß mehr, als ich erwartet habe. Und sie ist jetzt deutlich sicherer als am Telefon.

»Alle diese Daten und so, die habe ich in etwa«, sagt sie, als wir uns vors Feuer gesetzt haben. »Jahreszahlen und mit welchen Fragen sie sich beschäftigt hat und so. Ich möchte gern, dass Sie sie als Person beschreiben, wenn Sie verstehen, was ich meine. Wie sie als Mensch war. Und als Mutter.«

»Oh je«, sage ich.

Sie schaut von ihrem Notizblock auf und legt den Kopf schräg.

»Nun, nicht so schrecklich persönlich. Nichts im Stil der Boulevardpresse. So meine ich das nicht. Schließlich ist das ja für das Smålands Dagblad, nicht wahr.«

Ich nehme meine Kaffeetasse und trinke einen Schluck.

»Sind Sie neu in der Stadt?«

»Ja, das ist nur eine Vertretung hier. Ich wohne eigentlich in Göteborg, ich habe meinen Freund dort.«

»Ach. Ist er auch Journalist?«

Sie lässt den Blick durch den Raum schweifen.

»Nein, nein. Er will Architekt werden. Ich glaube, ihm würde dieses Haus gefallen.«

Ich muss lachen.

»Das glaube ich kaum. Die Architekten, die ich kenne, haben mir erklärt, dass dieses Haus ein abschreckendes Beispiel ist. Kitsch der schlimmsten Sorte.«

Sie lächelt.

»Mein Freund mag Kitsch. Ich auch. Aber ehrlich gesagt habe ich nicht so ein Haus erwartet. Irgendwie passt es nicht zu einer sozialdemokratischen Kommunalabgeordneten.«

Sie gefällt mir. Sie mag ja aussehen wie ein jugendlicher Krimineller, aber ich mag sie. Ich beschließe, das Visier zu öffnen.

»Nun ja, sie hat es auch nicht gekauft. Das war mein Vater. Arne Dahlbom hieß er, er ist vor ein paar Jahren gestorben. Er war Bauunternehmer.«

Sie macht sich ernsthaft Notizen.

»Arne Dahlbom, haben Sie gesagt? War er auch Sozialdemokrat?«

Ich muss kichern.

»Wohl kaum. Er stand gleich links von Dschingis Khan.«

Sie muss lachen und merkt nicht, wie ich mir auf die Zunge beiße.

»Und es war trotzdem eine glückliche Ehe?«

Ich nehme einen Schluck Kaffee, schlucke.

»Ja. Sehr. Aber es wäre nett, wenn wir uns ein wenig beeilen könnten, weil ich um ein Uhr im Beerdigungsinstitut sein muss … Und seien Sie so nett und zitieren nicht das von Dschingis Khan. Das ist ein alter Familienscherz, den wir gern in der Familie behalten möchten. Und das erst recht im Zusammenhang mit der Beerdigung.«

Mir steigen Tränen in die Augen, ich putze mir diskret die Nase.

»Aber natürlich«, sagt Katarina Söderberg. »Selbstverständlich.«

Ich beschreibe meine Mutter als arbeitsame und wahrlich idealistische Person. Eine, die sich nie von Widerstand entmutigen ließ. Humorvoll und mitfühlend.

»Warm?«, will Katarina Söderberg mit erhobenem Stift wissen.

Ich denke an die fünf Pelze. Fünf Jahre nacheinander schenkte Gyllen ihr jedes Mal zu Weihnachten einen Pelzmantel. Niemand begriff, warum: ich nicht, Lars-Göran nicht, Mutter selbst nicht. Aber eine Person, die fünf Pelzmäntel besitzt, muss wohl als warm beschrieben werden.

»Sehr warm«, sage ich wahrheitsgemäß.

»Ist sie in Nässjö geboren?«

»Nein. Sie stammte aus Malmbäck. Ihr Vater war eine Art Landarbeiter dort. Aber er ist früh gestorben, und meine Großmutter musste ihre vier Kinder allein großziehen.«

»Das war sicher hart?«

»Sehr. Meine Mutter musste anfangen zu arbeiten, als sie dreizehn war. Sie war Haushaltshilfe bei einer Lehrerfamilie hier in der Stadt … Das war irgendwann in den dreißiger Jahren.«

Sie hatten ein Vorhängeschloss vor der Speisekammer, aber das erzähle ich nicht. Ich weiß zu wenig über diese Geschichte, weiß nur, dass meine Mutter nach einem halben Jahr in der feinen Gesellschaft nicht mehr aus dem Bett aufstehen konnte. Unterernährung. Studienrat Dahlberg konnte sich ein Dienstmädchen eigentlich nicht leisten, aber seine junge Ehefrau war es gewohnt, das Frühstück ans Bett serviert zu bekommen und nur auf Staubflocken zeigen zu müssen. Dennoch war sie eine sparsame, tüchtige Frau. Das Mädchen in der Küche bekam zweimal am Tag Haferbrei, morgens gekocht, mittags gebraten. Als der Proteinmangel sich schließlich bemerkbar machte, wurde meine Mutter zurück zu ihrer Mutter nach Malmbäck geschickt, um dort aufgepäppelt zu werden und von einem neuen, kräftigeren Mädchen ersetzt zu werden.

Meine Mutter sprach nicht oft über diese Zeit, aber als Gyllen bei Rotary eintrat, warf sie ihm einen Spüllappen ins Gesicht und schrie in einer Art Telegrammstil: »Rotary! Wo dieser Rektor Dahlberg Vorsitzender ist! Dass du dich nicht schämst, mit so einem Pack zu verkehren! Er hat mich hungern lassen, dieser Teufel! Er hat mich hungern lassen!«

Gyllen warf den Spüllappen zurück und brüllte, dass das Küchenfenster vibrierte: »Wenn du damals schon genauso mürrisch und zänkisch warst wie heute, dann ist dir verdammt noch mal nur recht geschehen! Bestimmt hast du deine Arbeit nicht ordentlich erledigt. Leute, die ihre Sachen erledigen, die essen sich verflucht noch mal auch satt. Überall und immer und damit basta.«

Sie weinte damals, und das erschreckte mich. Sie weinte sonst nie. Oder besser gesagt: Sie tolerierte keine Tränen. Nicht ihre eigenen und nicht die anderer.

»Hallo«, sagt Katarina Söderberg.

»Oh, Entschuldigung, ich bin wohl in Gedanken versunken. Was haben Sie gefragt?«

»Ihr Vater, stammte er aus besseren Verhältnissen?«

»Nein, absolut nicht. Sein Vater war Bahnarbeiter. Und meine Großmutter war Hausfrau, nein, die hatten es nicht besonders dicke. Sie wohnten die ganzen Jahre in einer Ein-Zimmer-Wohnung mit Küche...«

»Aha. Dann hat Ihr Vater sich das alles hier also selbst erarbeitet?«

»Ja. Das hat er. Aber das waren ja auch andere Zeiten.«

Katarina Söderberg lutscht nachdenklich an ihrem Stift.

»Das ist eigentlich ganz interessant. Dass sie jeweils in ihre Richtung gegangen sind. Politisch, meine ich. Man denkt doch, sie hätten sich gegenseitig beeinflussen müssen, gerade weil sie so erfolgreich waren, jeder auf seine Art. Dass sie auf der gleichen Seite hätten landen müssen.«

»Tja«, sage ich und stelle meine Kaffeetasse ab. »Ich weiß nicht. Menschen ziehen unterschiedliche Schlüsse aus dem Fortschritt. Einige sagen: Wenn ich es kann, dann können es alle anderen auch. Und die, die es nicht können, die sind selbst schuld. Andere sagen: Man darf nicht vergessen, wer man ist und woher man kommt.«

»Mm. Und was sagen Sie?«

Ich hebe die Tasse und lächle sie an: »Nichts dergleichen. Ich bin nicht besonders erfolgreich, deshalb brauche ich darüber nicht nachzudenken. Und beides kann ja als ein wenig überheblich angesehen werden.«

Sie steckt sich wieder den Stift in den Mund und schaut mich an.

»Aber Ihr Bruder hat sich auf die Seite Ihrer Mutter gestellt ...«

»Politisch gesehen ja. Und die Politik bedeutete ja für meine Mutter mehr als für meinen Vater. Er fand sich mit einem gewissen Gleichmut damit ab und war natürlich sehr stolz, als Lars-Göran Minister wurde. Es war schön, dass er das erleben durfte. Kurz darauf ist er gestorben.«

Katarina Söderbergs Stift kratzt, und ich möchte nur verschwinden. Meine Zunge wird ganz müde vom vielen Lügen.

Was ist die Wahrheit?

Dass meine Mutter die kleinen Leute schützte, aber nie ihre Kinder in den Arm nahm?

Das ist wahr und auch nicht wahr: Es kam vor, dass sie die Hand ausstreckte und es versuchte, aber es wollte ihr nie so richtig gelingen. Ihr fehlten die Worte, sie litt an einer Art Sprachstörung. Darf ich sie deshalb anklagen?

Und Papa? War er nur ein Frauenheld und ein Aufsteiger? Oder wollte er mehr, als er mit seinen Pelzmänteln und echten Teppichen ankam? Und warum sollte er nicht das Einzige geben dürfen, was er geben konnte?

Aber ich habe sie verurteilt. Ich sehe mich selbst in diesem Zimmer stehen, ich bin vierundzwanzig Jahre alt, zitternd und weiß vor Wut. Mein Schweigen ist gebrochen, aber noch kann ich nicht laut sprechen.

»Hört auf!«, fauche ich, und sie hören tatsächlich auf. Mama dreht sich in Windeseile um und zieht die Augenbrauen hoch. Meine Stimme wird kräftiger: »Keinen einzigen Fluch mehr, hört ihr! Nicht ein Schimpfwort mehr! Ich halte das nicht aus, ich habe es lange genug ertragen. Ihr habt mit eurem Geschrei mein Leben zerstört. Ich bin nicht fähig zu leben! Ich weiß nicht, was normal und was unnormal ist, ich traue mich nicht, einem einzigen Menschen zu vertrauen, durch euch ist mein ganzes Leben widerlich und stinkend geworden ...«

Mein Vater saß da, wo ich jetzt sitze. Er schaute mich mit offenem Mund an, beugte sich dann vor und schlang die Arme um die Knie. Er weinte, nein, er brüllte seine Klage heraus:

»Was habe ich denn Böses getan? Was habe ich Böses getan? Ich habe doch nur versucht ...«

Und Mama, die ihn eben noch gehasst hatte, sie sank neben seinem Sessel auf die Knie und schlang ihm den Arm um den Nacken. Ich sah sie voller Verachtung an, und sie erwiderte meinen Blick.

»Ich denke, du solltest jetzt lieber gehen«, sagte sie. »Das hier wirst du sowieso nie verstehen ...«

Ich suchte schluchzend nach meiner Tasche, fand sie und ging zur Tür. Dort drehte ich mich um und sah die beiden an. Sie hatte ihre Wange auf seinen Nacken gelegt, sein Rücken zitterte vor Schluchzen, und sie streichelte ihn. Es brannte in mir vor Mitleid, aber ich war dennoch nicht bereit zu verzeihen.

»Ich bin auf einem Kriegsschauplatz aufgewachsen«, sagte ich. »Das könnt ihr nicht ungeschehen machen. Ich werde nie ein richtiger Mensch werden.«

Neunzehn Jahre später seufze ich resigniert in Papas Sessel. Vielleicht bin ich gerade deshalb ein Mensch geworden.

Der Fremde stöhnte nur einmal, dann sank er wieder unbeweglich in seine Schmerzen zurück.

Wir saßen immer noch regungslos an dem großen Tisch. Rickys Hand lag auf meiner. Meine Hand auf der von Dolores. Dolores' Hand auf der Butterfields. Wir saßen lange da, die Kerze flackerte bei jedem unserer Atemzüge. Ricky bewegte sich als Erster: Er zog seine Hand zu sich und griff nach seinem Glas. Wir anderen machten es ihm nach, der Bann war gebrochen, aber das Schweigen dauerte an.

Dolores ließ langsam ihren Kopf auf mein Knie sinken, sie war ernst, schien aber keine Schmerzen mehr zu haben. Ich streichelte ihr die Stirn und wickelte eine Locke ihres Ponys um meinen Finger. Meine andere Hand tastete sich unbewusst zu der kahlen Stelle über dem Ohr vor, sie reagierte nicht, schaute nur mit ihren schwarzen Augen zur Decke hoch.

Ich beugte mich über sie, meine Stimme war gedämpft: »*Who are you, Dolly? Where do you come from?*«

Und da begann sie zu erzählen.

Ricky wurde unser Dolmetscher, aber seine Stimme klang hohl und tonlos, als er einige meiner Fragen in Tagalog übersetzte und einige ihrer Antworten ins Englische. Sein Blick wich meinem aus. Er musterte das Glas in seiner Hand und schüttelte es ab und zu, als wollte er die Bewegungen des Rums studieren.

Sie war nach eigener Schätzung acht Jahre. Sie kannte ihren Nachnamen nicht, wusste nicht einmal, was ein Nachname war. Ihr Gesicht glänzte ängstlich, als ich mich über das Unbegreifliche mokierte, sie gab sich alle Mühe, es mir recht zu machen, begriff aber nicht so ganz, was ich eigentlich wollte. Der Name ihres Vaters? Papa. Der Name ihrer Mutter? Mama. Und Oma, *lola*, das war einfach nur Oma.

Die Oma war zur Fabrik gekommen. Die Oma war die Einzige, die kam. Und Mister Carubian war dieses Mal nett gewesen, er hatte ihr erlaubt, eine Weile wegzugehen und mit der Oma im Hof draußen zu sitzen. Diese hatte Reiskuchen mitgebracht, zwei Stück, und sie hatte Dolores dazu gebracht, beide zu essen, während sie zusah.

Das war alles, was sie von sich aus erzählte. Den Rest musste ich ihr mit tausend zähen Fragen abluchsen.

»Leben deine Eltern?«

»Ja.«

»Wo?«

»In Floridablanca.«

»Liegt die Fabrik auch dort?«

»Nein.«

»Wo liegt die Fabrik?«

»Weit weg. Ich weiß nicht, wie der Ort heißt.«

»Was für eine Fabrik ist das?«

»*Textile mill.*«

»Wie heißt die Fabrik?«

»*Paradise Textile Mill.*«

»Was macht die Fabrik?«

»Weiß ich nicht. Tücher.«

»Wie lange arbeitest du dort schon?«

»Weiß ich nicht. Sechs Wochen vielleicht. Oder zwei Jahre. Doch, ja, seit zwei Jahren.«

»An wie vielen Tagen in der Woche?«

»Weiß ich nicht.«

»Kannst du lesen?«

»Nein.«

»Was machst du in der Fabrik?«

»Ich arbeite in der Spinnerei. Trage Rollen, volle Rollen, leere Rollen. Manchmal passe ich auf eine Maschine auf. Manchmal fege ich aus.«

»Wo schläfst du?«

»In der Fabrik. Auf einer Decke.«

»Warum wohnst du nicht bei deinen Eltern?«

»So viele Kinder. Kein Platz, kein Essen. Weit weg.«

»Hat deine Mutter noch mehr Kinder gekriegt, seit du in der Fabrik warst?«

»Weiß ich nicht. Doch, Oma hat erzählt, dass es eine Schwester geworden ist. Aber ich habe sie nicht gesehen. Ich weiß es nicht.«

»Was arbeitet dein Vater?«

»Straßenhändler. Er verkauft Omas Reiskuchen.«

»Und deine Mutter?«

»Sie verkauft auch Reiskuchen.«

»Wie viel verdienst du in der Fabrik?«

»Weiß ich nicht. Papa kriegt das Geld. Nicht ich.«

»Woher kriegst du etwas zu essen?«

»Mister Carubian gibt den Kindern einmal am Tag etwas zu essen. Meistens Reisbrei. Reinen Reis nur ab und zu. Manchmal tun wir den erwachsenen Arbeitern Leid, dann geben sie uns etwas zu essen. Ab und zu.«

»Wer ist Mister Carubian? Gehört ihm die Fabrik?«

»Er ist *big boss.*«

»Wer hat dir das Englisch beigebracht?«

»Mister Carubian redet nur Englisch. Er wird wütend, wenn man ihn nicht versteht. Aber ich verstehe ihn.«

»Was ist mit deinem Haar passiert? Warum fehlt es über dem einen Ohr?«

Diese Frage weckte Ricky auf. Er schaute von seinem Glas auf und sprach mit seiner normalen Stimme: »Fragen Sie das nicht, Madam. Sie wird sonst anfangen zu weinen.«

Doch Dolores weinte nicht. Sie richtete ihren Blick an die Decke und erzählte mit ihrer flüsternden, heiseren Stimme.

Es geschah, als sie noch ganz neu in der Fabrik war. Bevor sie alles gelernt hatte. Bevor sie Emma kennen lernte.

»Wer ist Emma?«

Ein großes Mädchen. Eine Freundin. Eine, die auch aus Floridablanca stammte und die schon lange in der Fabrik war. Sie arbeitete zu der Zeit im Websaal, deshalb waren sie sich noch nicht begegnet.

Dolores arbeitete in der Spinnerei. Und sie hatte Angst. Die großen Spindeln wisperten die ganze Zeit, wisperten und dröhnten, man konnte seine eigene Stimme nicht hören, wenn man etwas sagte. Und die Frau, die an Dolores' Spinnmaschine stand, war böse, sie wollte ein geschicktes Mädchen haben, das die Rollen schnell herausziehen konnte, und keine tollpatschige Anfängerin. Sie wurde noch wütender, als es Dolores nicht gelang, die vollen Rollen rechtzeitig herbeizuholen. Sie gab sich wirklich alle Mühe – das tat sie wirklich, Madam –, aber sie schaffte es nicht. Die Maschine war so lang, wenn eine Rolle an dem einen Ende voll war, sollte sie gleichzeitig am anderen Ende sein und helfen, gerissenes Garn wieder zusammenzuknüpfen. Zum Schluss wusste sie nicht mehr, in welche Richtung sie laufen sollte, und konnte die Fäden auch nicht richtig zusammenknüpfen, das hatte sie zu Hause nie gelernt, wusste nicht, dass man das können musste …

Die Maschinenfrau beschimpfte sie als faul und schlug ihr ins Gesicht. Dolores beeilte sich noch mehr, aber die Maschine war schneller, sie schaffte es nicht, obwohl sie so schnell lief, dass sie anfing zu husten. Sie hatte zu der Zeit noch lange Haare, und ihr Zopf ging auf, das Haar flatterte, und sie versuchte es wirklich, Madam, sie versuchte wirklich, ihre Arbeit zu schaffen und den Zopf wieder zu flechten. Aber als die Maschinenfrau sah, dass sie mit den Haaren beschäftigt war, wurde sie so wütend, dass sie ein paar leere Garnrollen unter die Maschine trat. Und da war Dolores ja gezwungen, sie hervorzuholen, die durften da nicht einfach so herumliegen. Kein Müll auf dem Boden, hatte Mister Carubian gesagt. Sie hatte Angst vor seiner Stimme, und deshalb kroch sie unter die Maschine.

Ich sah es nicht, aber ich sehe es. Der graue Zement der Fabrikwände, die offenen Türen voller Sonnenlicht und die wabernde Hitze auf dem Hof draußen, die kleinen und großen Schatten im Halbdunkel, die der Arbeiter und die der Maschinen, sie gleiten ineinander und wieder auseinander, vereinigen sich und trennen sich. Das Dröhnen ist so ohrenbetäubend, dass niemand es mehr hört.

Die Spindel surrt und schnurrt, hundertzwanzig Umdrehungen in der Minute, das Garn wird aufgewickelt und die Rolle wächst. Das geht ganz schnell, das Ganze dauert nur dreißig Sekunden, sechzig schnelle Spindelumdrehungen: Ein paar Strähnen aus dem Haar des Mädchens flattern im Windzug unter der Maschine auf, werden eingefangen, aufgewickelt und herumgedreht. Plötzlich ist mitten unter all den weißen Fäden ein schwarzer Streifen zu sehen, ein Lederriemen peitscht und windet sich, und langsam, ganz langsam hebt die Maschine das Mädchen vom Boden, löst ihr den halben Skalp vom Kopf und verdreht ihn, bald wird sie ihr ganzes Haar schlucken.

Aber die Maschinenfrau sieht es und fängt an zu schreien, sie schreit und drückt auf einen Knopf, der die gesamte Szene einfriert, dann kriecht sie unter die Maschine, packt Dollys schlaffe Beine und zieht. Das genügt: Der Hautfetzen, der Dolores hält, reißt, und das skalpierte Kind fällt auf den Zementboden hinunter.

Sie spürt nichts. Sie blutet, aber sie fühlt nichts. Der Schmerz kommt erst später: als die Maschinenfrau sie auf den Hof hinaus trägt und die Wunde unter dem Wasserhahn säubert und als die anderen Maschinenfrauen mit Büscheln ungesponnener Wolle vom Kardieren kommen. Sie haben die Büschel in Mister Carubians Whisky getaucht, und Dolores' Kopf brennt. Das Whiskyfeuer spürt sie. Daran wird sie sich für alle Zeit erinnern.

Sie darf den ganzen Tag auf ihrer Decke liegen bleiben, sie blutet zu stark, als dass es möglich wäre, sie zur Arbeit zu schicken. Aber als sie nicht mehr blutet, kommt Mister Carubian selbst und zwingt sie, auf eine Palette zu klettern. Er schneidet ihr den Rest der langen Haare ab. Das tut er, damit sie es lernt: In der

Fabrik darf man nicht mit seinen Haaren spielen. Hier arbeitet man. Und wer das nicht versteht, der darf keinen Zopf haben.

Am Abend kommen Kinder aus der Weberei, um das skalpierte Mädchen anzugucken. Eines von ihnen hat eine Mango für sie mitgebracht. Das ist das erste Geschenk, das Dolores jemals bekommt. So lernt sie Emma kennen…

Mitten im Satz hörte sie auf zu reden, und es dauerte eine Weile, bis ich begriff, dass sie in den Schlaf geflohen war. Ihr Atem war schwer geworden und das Kinn heruntergesunken.

Ricky drehte seinen Rum nicht mehr im Glas und schaute mich an.

»Verstehen Sie jetzt, warum ich nach Hause zu meinen Kindern will, Madam? Das passiert, wenn man sehr arm ist. Und ohne mich werden Zosima und die Kinder sehr arm werden…«

Es dauerte eine Weile, bis ich antworten konnte.

»Ich verstehe«, sagte ich. »Ich versuche wirklich zu verstehen, Ricky.«

Butterfield stand auf der anderen Seite des Raumes, mit dem Rücken zu uns, und sagte nichts.

Das hättest du sein können, Marita. Das hätte ich sein können. Es war nur ein Zufall, der uns vor einem anderen Leben rettete. Wir haben das nicht verdient, wir haben nur Glück gehabt.

Vergiss das nicht. Wir haben Glück gehabt, trotz all unserer Klagen. Oder besser gesagt: trotz all meiner Klagen. Ich weiß nicht, ob du dich beklagst, vielleicht schluckst du weiterhin schweigend deine Qualen hinunter.

Aber in jedem Slumgebiet, in jeder schmutzigen Hütte auf der Welt gibt es Menschen wie Dolores, und sie hat allen Grund, sich zu beklagen. Sie ist das Kind, das ganz hinten in den Schatten sitzt, sie ist nicht die Jüngste und nicht die Älteste, sie hat Angst, ist aber nicht die Ängstlichste, ist krank, aber nicht die Kränkste, hungrig, aber nicht am hungrigsten. Niemand hat sie sich gewünscht. Sie muss sich ihr Leben selbst verdienen.

Wenn sie vier Jahre alt ist, fängt sie an, auf ihre kleinen Geschwister aufzupassen, so wie sie vorher selbst von einer älteren Schwester bewacht wurde. Sie schlägt sie, wie sie selbst geschlagen wurde, und stiehlt ihnen das Essen, wie die älteren Geschwister ihres gestohlen haben. Und wenn sie sechs Jahre alt wird, nimmt jemand sie bei der Hand – ihre Mutter, ihr Vater, ein Onkel oder ein Cousin – und geht mit ihr zu einer Fabrik. Es gibt keinen anderen Ausweg. Sie isst zu viel. Und das Geld für ihre Arbeit kann das Leben oder die Schulausbildung eines kleinen Bruders ermöglichen.

Niemand holt sie ab, wenn sie ein paar Jahre später verbraucht ist. Dann ist sie eine durchgerostete Maschine, eine vernarbte Greisin mit Vitaminmangel und Tbc. Es fällt ihr schwer, auf der Straße zurechtzukommen: Die Fabrik hat sie so hässlich gemacht, dass sie nicht einmal betteln kann. Diejenigen, die Geld haben, weichen vor ihrem verlebten Gesicht zurück. Bettlerkinder sollen niedlich und kläglich aussehen, sie sollen dekorativ mit unbewegtem Gesicht weinen. Alte Kinderarbeiter sind zittrig, knochig und schneiden hässliche Grimassen. Sie machen Angst.

Manchmal finden solche Kinder wieder nach Hause. Manchmal gelingt es ihnen, sich einen Platz in einer anderen Fabrik zu erbetteln. Manchmal verlaufen sie sich in der Asche.

»Sie hat immer Angst vor der Armut gehabt«, erkläre ich Katarina Söderberg. »Schreiben Sie das. Das, was meine Mutter angetrieben hat, das war ihre Angst vor der Armut.«

Ihr Gesichtsausdruck verändert sich. Sie begreift, dass das hier ernst gemeint ist.

»Aber warum hat sie solche Angst gehabt? Was ist ihr denn zugestoßen?«

»Ich weiß es nicht in allen Details. Ich weiß nur, dass sie größere Angst vor der Armut hatte als je ein Mensch, dem ich begegnet bin. Sie wusste, was das bedeutete, und sie wollte auch andere Menschen davor schützen.«

Es bleibt still, während sie sich Notizen macht.

»Warten Sie«, sage ich. »Ich habe mich falsch ausgedrückt ...«

Sie hebt den Stift und wartet. Ich versuche es, aber ich kann den Gedanken nicht formulieren, der mir gerade gekommen ist. Die Kehle schnürt sich zu, die Worte sind verboten. Was ich sagen wollte: Nicht Mama war diejenige, die am meisten Angst hatte. Papa hatte noch größere Angst.

Ich schaue mich in dem vertrauten Zimmer um: Kristallleuchter und echte Teppiche, schweres Mahagoni und weinroter Plüsch. Papa hat das Meiste ausgesucht, er brachte kostbare Dinge wie Trophäen mit nach Hause und legte sie meiner Mutter vor die Füße. Aber sie sah sie gar nicht, sie schaute aus dem Fenster und träumte von Bruno Mathsons Möbeln und Lithographien von der Kunstförderung. Manchmal gab er auf und ließ ihr ihren Willen: Ein Pernillasessel versteckt sich in einer Ecke des Wohnzimmers, und auf dem Couchtisch steht eine Alvar-Aalto-Vase und verachtet ihre Umgebung. Draußen im Flur hängt eine Reihe von melancholischen Volksbilderlithographien, sie sind müde und resigniert nach Jahrzehnten, die sie gegen Papas Schund in Goldrahmen ankämpfen mussten.

Das Bananenhaus ist eine Burg, die Festung meiner Eltern gegen die Armut. Sie wollten sie aussperren. Aber das ist ihnen nicht gelungen, sie haben sie nur eingesperrt.

Endlich brechen die Tränen hervor, endlich kann ich um meine Eltern trauern – um ihr Leben, nicht nur um ihren Tod.

Drei Tage lang lag NogNog schweigend und unbeweglich an der Wand.

Drei graue Tage. Tage aus Asche und Regen.

Grau ist eine verleumdete Farbe, verstört und hässlich gemacht durch den Zement und Beton der Menschen. Das Grau der Natur ist etwas ganz anderes: glänzender Sand, der durch die Finger rinnt, die Herbstdämmerung, der Regen in einer Sommernacht.

Ich genoss die Stille während der grauen Tage, sog sie in mich auf und wünschte, mein Körper hätte sich mit all diesen sanften Nuancen füllen können. Ich wachte früh am Morgen auf und huschte lautlos in die Küche, um Reis fürs Frühstück zu kochen, spielte dann leise und lächelnd mit einer gerade aufgewachten Dolores, während Butterfield und Ricky langsam aus der Tiefe der Nacht an die Oberfläche des Tages stiegen.

Ich hatte wenige Pflichten und viel Zeit fürs Vergnügen. Meine Aufgabe war es, in regelmäßigen Abständen Aspirin und Mineralwasser in den jammernden Fremdling an der Wand zu schütten und dafür zu sorgen, dass es dreimal am Tag heißen, frisch gekochten Reis im Topf gab.

Dolly und ich hatten viel Zeit für Spiele. Ich hatte einen Faden gefunden und lehrte sie das alte Fadenspiel: Ich mache einen Korb mit dem Faden zwischen meinen Händen, und wenn du die Fäden richtig aufnimmst, dann wird es ein Bett, dann zupfe ich sie so hier, und schon wird daraus ein Fischernetz …

Als sie ermüdete, opferte ich einen Apfel und schnitt vorsichtig ein Gesicht ins Fruchtfleisch, spießte ihn auf einen Stock und kleidete die Puppe in einen flammenden Seidenschal von Kenzo, eines von Ulfs unzähligen Tax-free-Geschenken aus einer anderen Zeit und einer anderen Wirklichkeit. Dolores beobachtete meine Arbeit mit großem Ernst und drückte die Puppe an ihre Brust, sobald sie fertig war.

Sie schlief oft und lange, vielleicht weil Butterfield sich dazu entschlossen hatte, ihr zuliebe auf seine schmerzstillenden Medikamente zu verzichten. Ich gab ihr zweimal am Tag eine halbe Tablette, schnitt sie vorsichtig mit einem scharfen Messer durch, damit sie nicht zerbrach oder zerbröselte. Es musste gespart werden.

Sie schlief in meinem Schoß ein. Wenn sie so tief in ihre Träume versunken war, dass ich ihren Atem nicht mehr hören konnte, legte ich sie vorsichtig auf den Boden und huschte hinaus in die Küche, um zu waschen. Hinterher hängte ich die Kleider zum Trocknen über das Bücherregal. Der Raum duftete nach Seife.

Ricky und Butterfield waren viele Stunden fort. Jeden Tag gingen sie hinaus in die namenlose Stadt, um in Häuser und Geschäfte einzubrechen. Sie kamen gegen Mittag mit ihren Schätzen zurück: Reis und Bier, Konserven und Erfrischungsgetränke. Nachdem sie gegessen hatten, legten sie sich unter den Tisch, um einen Mittagsschlaf zu halten. Ich selbst nahm meine Kaffeetasse und setzte mich auf die Treppe. Dunkle Wolken hingen schwer über dem Ort, sie wurden langsam dunkler, während sie sich für den nachmittäglichen Regen sammelten. Wenn die ersten schweren Tropfen mir auf die Haut schlugen, hob ich mein Kleid und trug vorsichtig die Blüten hinein, die mir in den Schoß gefallen waren. Ich ließ sie in einer Schale mitten auf dem Tisch schwimmen, und mir wurde bei dem Gedanken, dass ich sie vor dem peitschenden Regen und der Vergänglichkeit gerettet hatte, ganz warm ums Herz.

Doch, Marita. Ich gebe es zu. Das war lächerlich.

Ich war während dieser grauen Tage unendlich lächerlich. Vollkommen offen für alles und alle, schutzlos vor Liebesglück und mütterlicher Wärme, ganz und gar nackt und ohne Gedanken daran, dass dieser graue Friede nicht für alle Zeiten halten konnte.

Vor dem Haus sank die Asche unter dem Regen zusammen, wurde schwer und schlammig. Vormittags hielt ich mich im Haus auf und zögerte, die Füße in diese klebrige Konsistenz zu stecken, aber wenn Butterfield aus seinem Mittagsschlaf aufwachte und mich anlachte, griff ich eifrig nach seiner Hand und folgte ihm dorthin, wohin er wollte.

Ich glaube, ich schweige lieber über diese Stunden, Marita, denn wenn ich davon berichten muss, dann kommt der Hohn in mir hoch. Guckt euch nur Cecilia an: Mit zweiundvierzig Jahren wird sie plötzlich zur reinen Unschuld!

Hatten wir jemals Spaß zusammen?

Doch, natürlich. Ab und zu. Oft.

Wir hatten Spaß zusammen, als wir Tannenzweige durch den Wald schleppten und heimlich eine Hütte bauten. Wir hatten unseren Spaß, als die Väter, alle Väter, sogar der Maritas, eine Tanzfläche auf dem Hof einrichteten und wir Blumen für den Mittsommerpfahl pflückten. Wir hatten Spaß, als wir auf dem Eksjöberg Schlitten fuhren. Meine Wangen wurden rot wie Winteräpfel, und Maritas Blässe bekam einen Hauch von Rosa, das Fieber in ihren Augen kühlte ab und verschwand.

Und später, als wir älter wurden?

Doch, es war schön im letzten Herbst, bevor das mit der Venus von Gottlösa geschah. Es war schön, sich jeden Samstagabend in eine Telefonzelle zu zwängen und eine Verwandlung durchzumachen. Ich fühlte mich wie Clark Kent: Ein Schwächling öffnet die Tür und schlüpft hinein, ein kurzsichtiger Reporter von der Metropolis oder ein sommersprossiges Mädchen aus Nässjö. Zehn Minuten später wird die Tür wieder geöffnet, und heraus tritt Superman in seinem glänzenden Trikot oder, was uns betraf, zwei voll ausstaffierte Halbstarkenbräute.

Wir hatten ganz genau festgelegte Rituale für unsere Verwandlung. Wir gingen frühabends von zu Hause in fast gleicher Kleidung los: enge, schwarze, lange Hose, Wildlederjacke und weißes Kopftuch. Nur Leute unseres Alters konnten die feinen Unterschiede zwischen uns deuten. Maritas Jacke hatte einen Reißverschluss, meine Knöpfe, also war sie tougher als ich. Meine Jacke war aus echtem Wildleder, während ihre eine bemühte Imitation war, also hatten meine Eltern mehr Geld oder mehr Liebe zu ihrem Kind als ihre.

Es gab noch einen anderen wichtigen Unterschied. Marita knotete ihr Tuch ganz vorn unter der Kinnspitze. Das wies auf eine verwegene Flegelhaftigkeit hin, was ich mich nicht so recht traute. Gyllen hatte mir ausführlich beschrieben, wie viel Prügel ich bekommen würde, wenn ich den Tuchknoten zu weit nach vorn rutschen lassen würde. Lars-Göran war sein williger Spion. Er konnte jeden Augenblick an jeder Stelle am Samstagabend auftauchen, nur um mich zu entlarven. Keiner von uns beiden kam auf den Gedanken, auch nur so zu tun, als würde diese Überwachung auf Geschwisterliebe und Besorgnis basieren. Sowohl Gyllen als auch Lars-Göran als auch ich wussten, worum es ging, im Bananenhaus wussten alle alles über Macht und Machtlosigkeit.

Ich hatte keine eigene Schminke, das war auch verboten, auch wenn das Strafmaß dafür niedriger lag. Ich musste sie von Marita leihen.

Sie huschte immer als Erste in die Telefonzelle und zog ihr Schminktäschchen aus der Jackentasche, es war klein, geblümt, mit einem Bügel aus abblätterndem Goldmetall. Sie platzierte es vorsichtig auf der kleinen Telefonbuchablage und holte einen Taschenspiegel heraus. Ich machte mich bereit für meine einzige Aufgabe: den Spiegel zu halten, während sie sich schminkte.

Das ging ziemlich schnell. Zuerst bedeckte sie ihre Sommersprossen mit getönter Creme, dann malte sie sich ihre Lippen so blassrosa, dass sie weiß aussahen, und zog dicke schwarze Striche um die Augen herum. Zum Schluss spuckte sie auf die Mascarabürste, rieb sie fest auf dem schwarzen Kuchen, und während ihre langen Wimpern dicker wurden, unterhielten wir uns über das einzig Wichtige und Wahre: Jungs mit schmalzigem Haar und schwarzen Lederjacken.

»Ich wette, Glenn Nilsson ist scharf auf dich«, erklärte Marita, während sie ihre Wimpern begutachtete. »Er hat dich letzten Samstag die ganze Zeit angestarrt, aber es ist ja klar, dass er sich nicht traut, dich anzubaggern, nachdem er mitgekriegt hat, wie es Henkan ergangen ist.«

Ich biss mir auf die Lippe und schwieg, wollte nicht daran erinnert werden.

Marita schob den Spiegel in die Schminktasche und holte noch einmal die Tönungscreme heraus. Ich schloss die Augen und schob den Pony hoch, damit sie die vier Punkte in meinem Gesicht ausmerzen konnte.

»Das ist dir doch wohl auch klar, dass er Angst gekriegt hat... Wenn er sieht, wie du einem Typen direkt eine verpasst. Und das ganze Gekicher...«

Ich versuchte zu reden, ohne mein Gesicht allzu sehr zu verziehen.

»Ich werde Glenn keine kleben. Ich mag ihn ja.«

Marita holte ihren blassen Lippenstift heraus, seufzte und redete überdeutlich, als wäre ich ein Kind, das überhaupt nichts kapiert: »Aber Cecilia, so begreif doch! Kapier endlich, dass man keinem Jungen mitten auf dem Södra Torget eine Ohrfeige geben darf, wo alle es sehen! Das geht einfach nicht. Wenn du mit Glenn zusammenkommen willst, dann musst du zu allen Jungs nett sein: Wenn sie mit dir knutschen wollen, dann knutsch eben. Dann kommen sie, einer nach dem anderen, und zum Schluss auch Glenn... Halt still, sonst verschmiert es.«

Sie drehte sich um, suchte nach dem Kajal, ich öffnete die Augen und sah ihren Rücken an. Die Strategie, die sie empfahl, war zwar widerlich, aber erprobt und bestätigt. Sie selbst hatte sie an einem Samstagabend vor drei Wochen angewandt, als sie uns Zugang zu einem hellblauen Ford Fairline aus Malmbäck verschafft hatte. Ich stand vor dem Auto und tat so, als ob ich meine Tage hätte, während Marita auf dem Rücksitz ihre Unschuld verlor.

»Ich meine«, sagte Marita und spuckte noch einmal auf die Wimperntusche, »ich hätte es nie geschafft, mit Lasse zusammenzukommen, wenn ich es nicht so gemacht hätte.«

Ich beschloss, eklig zu sein, langsam wurde ich es Leid, wie sie mit ihrer verlorenen Unschuld protzte.

»Ach, bist du mit Lasse zusammen? Er hat sich doch seitdem nicht wieder blicken lassen ...«

Sie ließ die kleine Tasche zuschnappen, unerschütterlich in ihrem Selbstbewusstsein.

»Na und. Er wird bald wieder auf den Södra Torget kommen. Und dann bin ich da und erwarte ihn. Und bis dahin gibt es ja noch so viele andere ...«

Ich betrachtete mein schwarzweißes Gesicht in dem kleinen Spiegel. Es überraschte mich, dass mein Neid nicht zu sehen war.

Doch, Marita, ich habe dich beneidet. Nie habe ich dich so sehr beneidet wie während dieser letzten Wochen. Ich habe dich beneidet, als du auf einer Rückbank nach der anderen kichertest, ich habe dich beneidet, als fremde Hände sich ihren Weg unter deinen Pullover suchten, und ich habe dich beneidet, als ich hörte, wie der Reißverschluss deiner Hose aufglitt. Ich selbst saß auf dem Vordersitz, kerzengerade und feindlich, mit geballten Fäusten und einer falschen Menstruation, die nie aufhören wollte.

Ich wollte auch begehrt sein, nichts wünschte ich mir mehr, als genauso begehrt zu sein wie du. Endlich hattest du eine Waffe gegen die Welt gefunden, dein Gesicht strahlte, und deine Augen glänzten. Du sahst aus wie eine Heilige, eine schwarzäugige Madonna mit toupiertem Haar.

Du hattest es erreicht. Du warst endlich erwünscht.

Was war es eigentlich, was wir während der Zeit der Freiheit lernten, Marita? Nur die Form der Lust und ihre Künste, die magischen Tricks der Geilheit. Und so ging es weiter, jedenfalls für mich, auch wenn ich im Laufe der Jahre natürlich mehr Tricks gelernt habe.

Erst mit Butterfield begriff ich, dass Erotik mehr sein kann als Machtspiele und ein Varieté.

Er nahm mich mit zu geplünderten Sari-sari-Läden und in Ruinen, die einmal das Heim von Menschen gewesen waren. Schweigend und ernst drückte er mich auf rauen Zementboden oder gegen die seidenweichen Bretter der Wände. Meine Lust lag in seiner Hand, und das wusste er, trotzdem ließ er sich davon nicht verschrecken. Er packte mein Haar, rieb seinen harten Ständer an meinem Bauch und wich nicht zurück, wusste, dass ich eher vor Lust als vor Schmerzen jammerte. Ich legte meine Wange auf seine Bartstoppeln, und meine angeschwollenen Schamlippen schwollen noch weiter an. Ich ließ meine Finger über die grauen Haare auf seiner Brust gleiten und spürte, wie die Feuchtigkeit meine Scheide überschwemmte. Ich sank vor ihm auf die Knie, ließ meine Finger über seine Eichel flattern und spürte das Blut pulsieren, heiß brennend, zwischen meinen Schenkeln.

Die Erotik ist eine Messe, Marita. Die Lust hat ihre Liturgie.

Das lernte ich, als Butterfield Berglund mich ein ums andere Mal in eine Unschuld verwandelte.

Ricky wurde im Laufe der grauen Tage immer schweigsamer. Wenn Butterfield und ich zurückkamen, schaute er peinlich berührt drein und weigerte sich, mich anzusehen, stundenlang wich er meinem Blick aus, bis ich alles wieder gutmachte, indem ich eine Flasche Tanduay auf den Tisch stellte.

Er trank schweigend und zielbewusst, und wenn der Rum in seine Adern gelaufen war, begann er von dem zu sprechen, woran er unaufhörlich dachte. Von der Heimfahrt.

In Gedanken probierten wir viele unmögliche Varianten aus. Butterfield träumte von einem Schlitten. Wir sollten ihn aus einem Stück Plastik aus dem Kofferraum des Autos bauen und Zugseile aus den Sicherheitsgurten. Wir würden Dolores auf den

Schlitten legen, und Ricky und ich würden uns beim Ziehen ablösen. Er selbst würde den Proviant in seiner gesunden Hand tragen.

»Und der Fremde?«, fragte ich. »Sollen wir ihn hier einfach liegen lassen, so dass er verdurstet?«

Ricky träumte davon, das Auto zum Fahren zu bringen. Wenn er nur irgendwo Benzin finden könnte, dann würde er schon starten, da war er sich ganz sicher.

»Please, Ricky«, sagte ich. »Sieh doch der Wahrheit ins Gesicht: Es gibt keine Straßen mehr! Können wir nicht versuchen, stattdessen eine Karre zu finden? Oder ein Fahrrad?«

»Man kann doch einen Karren nicht durch diesen Matsch ziehen«, widersprach Butterfield. »Und wie willst du Dolly und den anderen auf ein Fahrrad kriegen? Das geht nicht. Wir können nichts mit Rädern gebrauchen. Wir werden stecken bleiben, und dann stehen wir da…«

Der andere, sagte Butterfield.

Der Fremde, sagte ich.

*That man,* sagte Ricky.

Wir sprachen nicht oft über ihn, es schien, als würden wir hoffen, dass er unscharfe Konturen bekommen und sich schließlich in Luft auflösen würde, wenn wir ihn nur lange genug ignorierten. Wir verabscheuten und wir fürchteten ihn, wie er so dalag. Jeder auf seine Weise und jeder aus seinem eigenen Grund.

Ricky, weil er uns daran hinderte, aufzubrechen.

Dolly, weil ich gezwungen war, sie ab und zu zu verlassen und auch ihn zu pflegen, sie warf ihm vor Eifersucht schwarze Blicke zu, wenn er stöhnte, und griff nach meinem Kleid, um mich festzuhalten.

Butterfield fürchtete die Bedrohung, die NogNog ausmachte. Oft stellte er sich in die Türöffnung und spähte hinaus in den Regen. Ich glaube, er befürchtete, dass die Waffenbrüder des Fremden sich irgendwo dort draußen versteckt halten könnten.

Ich selbst verabscheute ihn, weil er mich an die Welt dort draußen erinnerte. Sein Leiden störte mein Puppenhausspiel.

Es würde bald Abend werden. Butterfield und Ricky waren ein weiteres Mal auf der Jagd nach Essen und einem Ausweg im Ort unterwegs. Ich selbst saß an der offenen Tür und schaute hinaus in das Grau.

Dolores wimmerte im Schlaf, gleich würde sie aufwachen.

Der Raum war nach dem Regen heller geworden. Jetzt war zu sehen, wie schmutzig sie eigentlich war. Ich strich ihr übers Haar.

»Ich glaube, ich muss dich mal waschen, Dolores.«

Ich stellte eine Schüssel auf den Boden in der Küche und hielt sie unter dem Nacken fest. Sie lag unbeweglich da, mit weit aufgerissenen Augen, als ich ihr Haar befeuchtete, schnupperte aber vorsichtig in die Luft, als ich das Shampoo darauf gab. Ich hielt ihr die Flasche unter die Nase, damit sie den Duft richtig aufnehmen konnte. Das ließ sie lächeln.

Das Mineralwasser in der Schüssel blubberte schwarz und flockig, als ich sie abspülte, erst nach dem vierten Shampoonieren wurde es heller.

Sechs Flaschen Mineralwasser gingen drauf, bevor das ganze Mädchen sauber war. Aber zum Schluss blieb sie einfach sitzen, gegen die ungehobelten Bretter der Küchenwand gelehnt: ein lächelndes, frisch gewaschenes Kind, in ein gestreiftes Badelaken gewickelt. Sie rieb sich mit dem Frottee über dem Zeigefinger über die Nase und bewegte vorsichtig die Zehen des gesunden Fußes. Sie waren immer noch ein wenig grau.

Dolores war ein kleines Mädchen geworden.

Ich bin noch sehr klein und gehe neben meiner Mutter über die Kiesfußwege. Mama hat mir einen blauen Mantel genäht, er hat einen Samtkragen. Aber ich habe Steine in den Schuhen, ich balanciere vorsichtig auf einem Bein, während Mama zuerst den einen und dann den anderen Schuh ausleert. Ein Mann geht vorbei, er hat große Schuhe und guckt mich an.

»Mama«, frage ich, »warum lachen alle Großen über mich?«

»Die lachen nicht über dich«, sagt Mama. »Die lachen dich an. Sie finden, dass du süß aussiehst, deshalb.«

Wir gehen weiter, mein Arm gestreckt, Mama hat es eilig.

»Marita hat Korkenzieherlocken«, sage ich.

»Mm«, nickt Mama. »Aber das sind keine echten Korkenzieherlocken. Sie hat eine Dauerwelle.«

»Warum habe ich keine Dauerwelle?«

»Weil du noch zu klein dafür bist.«

»Marita ist auch noch klein.«

»Ja, aber ihre Mutter denkt da anders. Ich finde dich niedlich, so wie du bist. Und wenn man nur brav ist, dann sind Korkenzieherlocken nicht so wichtig. Das Wichtigste ist, dass man an andere mehr denkt als an sich selbst.«

Ich bekomme einen Schreck und stolpere in dem Kies. Ich denke meistens an mich selbst. Und an Korkenzieherlocken.

Ich suchte eine gelbe Seidenbluse aus meiner Reisetasche heraus. Das würde ihr Kleid werden. Dann holte ich eine saubere weiße Baumwollunterhose mit einer kleinen rosa Schleife auf dem Gummizug heraus. Sie war viel zu groß, aber Dolores liebte sie. Sie hatte die Bluse über den Bauch hochgezogen und fummelte an der Schleife, als ich mit dem Parfüm kam. Sie kicherte und wandte sich ab, als ich ihr etwas davon auf das Handgelenk sprühte. Ich zeigte ihr, wie sie den Wohlgeruch verreiben sollte, und dann hob ich ihre Hand an meine Nase und verdrehte die Augen. Dolores ahmte meine Geste nach und lachte ihr heiseres Lachen.

Sie selbst durfte den Schmuck aussuchen, ich leerte eine Plastiktüte mit Ketten und Ohrringen in ihren Schoß. Als sie endlich begriffen hatte, dass das erlaubt war, suchte sie schweigend und konzentriert aus: zuerst ein Collier aus gebrannten Kugeln in bunten Farben, dann eine Kette aus falschem Gold. Sie war leicht wie Plastik, glänzte aber schön. Ich hielt ihr meinen Taschenspiegel hin, Dolores betrachtete ihr geschmücktes Spiegelbild und lachte wieder.

Butterfield tauchte in der Türöffnung auf.

»Was macht ihr denn?«

Es gab keine Worte dafür, zumindest keine, die den Ernst in dem Spiel beschrieben. Ich legte den Taschenspiegel zur Seite und benutzte die abgedroschenste Phrase, die es gibt:

»Guck nur, ist Dolores nicht süß geworden?«

Ich trug sie in den großen Raum und stellte sie mitten ins Zimmer. Sie stand dort auf einem Bein und hielt sich an meinem Arm fest, ein kleines hinkendes, halbglatziges Wesen mit Füßen, die nicht richtig sauber geworden waren. Pathetisch. Aber nicht nur pathetisch. Mitten in all dem Elend funkelte wirkliche Schönheit, und sie wusste das. Sie lächelte ein kleines Lächeln, senkte den Blick und strich mit der Hand über die Seide.

Butterfield und Ricky wussten natürlich sofort, was sie machen mussten. Sie stellten sich ein paar Meter entfernt auf und erklärten, wie süß sie doch sei. Unglaublich niedlich. So hübsch wie die Maganda der Mythen!

Ich holte ihnen jeweils ein Bier als Belohnung.

Das Haar ist die erste Freude, die mit dem weiblichen Geschlecht einhergeht.

Keiner lacht mich mehr an oder aus, und Maritas Korkenzieher haben sich ausgehängt. Ihre Mutter schafft es nicht mehr, mit ihr zum Friseur zu gehen, und außerdem wird das zu teuer. Viel zu teuer. Jetzt trägt sie halblanges Haar, in einer Frisur, die vielleicht einmal ein Pagenkopf war, bevor er zu lang wuchs. Ich habe einen langen Pferdeschwanz und einen dicken Pony. Ich stehe gern auf dem Deckel der Klobrille, den Handspiegel in der Faust, und betrachte ihn. Er bildet einen Kupferfluss über meinem Nacken, ich kann sehen, dass er schön ist. Die Jungs in der Schule haben es aufgegeben, mich wegen der Farbe zu necken, ich schüttle nur stolz meinen prachtvollen Pferdeschwanz und habe das Gefühl, er würde in der Sonne Funken sprühen.

Aber am Abend genieße ich meine Haare am meisten. Ich ziehe mich aus und gehe ins Bad, setze mich dann auf die Toilette und löse vorsichtig den Pferdeschwanz. Das Haar rinnt mir über den Rücken, ich schaue zur Decke und schüttle den Kopf ein wenig, so dass es mich streichelt. Jeden Abend fühle ich mit den Fingern, wie lang es schon ist. Die Schulterblätter hat es schon lange passiert, bald wird das Haar mir bis zur Taille reichen.

Am liebsten sollte die ganze Welt mein offenes Haar sehen, ich möchte damit laufen und fühlen, wie es hinter mir flattert. Aber ich darf es tagsüber nicht offen tragen. Das sieht schlampig aus.

Mama hat eine neue Frisur: Ihre Haare liegen glänzend am Kopf an und locken sich über den Ohren. Sie hat sich ein neues Kostüm aus weicher Wolle genäht, es ist türkis, und der Rock ist ganz weit. Wenn sie sich vor mir hinhockt, damit sie mit mir auf einer Augenhöhe ist, sieht es aus wie ein Prinzessinnenkleid.

»Wie du wieder aussiehst!«, schimpft sie. »Zieh den Pullover aus, der ist ja ganz fleckig. Und wie du riechst. Igitt. Hast du dir wieder in die Hose gepinkelt? Ich verzweifle noch an dir, mein Kind.«

»Oh Scheiße, wie eklig«, sagt Lars-Göran routinemäßig.

»Du sollst nicht fluchen«, sagt Mama. »Und das ausgerechnet jetzt, Cecilia, wo ich es doch so eilig habe. Nun ja, da musst du jetzt sehen, wie du allein zurechtkommst, saubere Wäsche ist im Schrank. Lars-Göran, ich muss jetzt gehen, kannst du Cecilia helfen, etwas Sauberes zu finden … Sag Papa, dass ich nicht so spät zurück bin, das Essen steht im Backofen.«

Die Tür schließt sich, ihre Absätze klappern auf der Treppe.

Ich gehe ins Badezimmer und öffne mein Haar, obwohl es mitten am Tag ist, obwohl das verboten ist. Ich bürste mich lange, dann stelle ich mich mit dem Handspiegel auf den Toilettensitz, um meinen Rücken zu betrachten. Das Haar ist rot, es glänzt, und jetzt reicht es mir endlich bis zur Taille.

Lars-Göran hört es nicht, als ich hinausschlüpfe, er liest, ist in einer anderen Welt, dort gibt es mich und meinen fleckigen Pullover und meine vollgepinkelte Unterhose nicht.

Es ist April, eigentlich müsste ich eine Mütze aufsetzen. Aber ich habe nichts auf dem Kopf, gehe so zum Eksjöberg und spüre, wie der Frühlingswind mein Haar hochhebt.

Ich bin vollkommen glücklich, obwohl der Wald leer ist, obwohl nur die Bäume die Schönheit sehen.

Als Dollys Haar getrocknet war, wurde es seidenweich, sie lag mit dem Kopf auf meinem Schoß und streichelte ihren Seidenbauch.

»Hatte Emma lange Haare?«, fragte ich.

Nein. Niemand in der Fabrik durfte lange Haare haben. Das befahl Mister Carubian nach dem, was passiert war.

Er war der Erste, der die Fabrik verließ. Als die Dämmerung langsam einsetzte, holte er zwei erwachsene Arbeiter vom Kardieren, beides Männer, und gab ihnen den Befehl, ein Teil nach dem anderen aus dem Büro hinauszutragen. Die Maschinen liefen immer noch, sowohl im Websaal als auch in der Spinnerei, aber die erwachsenen Arbeiter waren unruhig, die Arbeit lief langsamer und immer langsamer, einer nach dem anderen suchte eine Gelegenheit, um an den offenen Türen zum Hof hin vorbeizustreichen und hinauszugucken. Dämmerung, fast Dunkelheit, mitten am Tag. Das war unnatürlich, und dennoch, man konnte ja nicht einfach weggehen, wenn man deshalb rausgeworfen wurde, was sollte dann werden …

Die Kinder verstummten im gleichen Rhythmus wie die Erwachsenen, Dolores hörte auf zu laufen, sie kauerte sich hin und versank in dem lauten Dröhnen der Maschinen. Ihre Maschinenfrau stand mit einigen anderen an der Tür und sah, wie Mister Carubian in sein schwer beladenes Auto stieg und dem Chauffeur befahl, loszufahren. Die Männer, die ihm geholfen hatten, fragten etwas, sie bekamen aber nur wütende Gesten als Antwort. Mister Carubian drückte auf den Knopf für den Fensterheber und hielt sich an dem Handgriff über dem Fenster fest. Er wollte jetzt los, schnell, es eilte.

Die Männer vom Kardieren schlenderten über den Hof, kamen zu den wartenden Frauen der Spinnerei, sie wechselten ein paar Worte miteinander, und das Zögern pflanzte sich fort, zunächst schauten sie auf den immer dunkler werdenden Himmel, und dann sahen sie einander an, zuckten mit den Schultern und redeten weiter.

Doch sie brauchten den schweren Entschluss gar nicht zu fassen. Er wurde ihnen abgenommen: Der Strom fiel aus, und die Maschinen hielten von allein an. Ein junger Mann kam aus dem Büro herübergelaufen, er trug zunächst schwer an seiner Verantwortung und seinem Gewissen, aber dann wurde er kleinlauter und begann zu zögern. Er konnte den Strom nicht durch Schimpfen wieder anstellen, und eine andere Art, die Produktion wieder zum Laufen zu kriegen, kannte er nicht. Er blieb in der Türöffnung stehen, mit hängenden Armen, und machte schließlich eine resignierte Geste. Die erwachsenen Arbeiter eilten dem Ausgang zu, sie drängelten und begannen zu laufen, plötzlich voller Panik und Angst. Sie wollten nach Hause zu ihren Hütten und Schuppen. Alle hatten Kinder und Alte, an die sie denken mussten, Kinder und Alte, die vor dieser unnatürlichen Dunkelheit gerettet werden mussten, und vor dem Wind, der bereits heulte und den Orkan ankündigte.

Nur die Fabrikkinder blieben zurück, eine kleine Schar von Lumpengestalten, die im dunklen Tor der Spinnerei standen und sahen, wie die Erwachsenen verschwanden. Ein kleiner Junge fing an zu weinen und nach seiner Mutter zu rufen. Das löste etwas in ihnen allen aus, etwas, das sie nicht sehen und nicht anrühren wollten, und sie waren alle auf einmal über ihm, schlugen ihn und stopften ihm den Mund mit ungesponnener Baumwolle.

Als er endlich alles ausgespuckt und seinen pelzigen Gaumen mit einem Finger gesäubert hatte, war er ganz allein. Die anderen Kinder waren nicht mehr zu sehen, vielleicht hatte der brüllende Sturm sie weggefegt.

Emma hatte Dolores bei der Hand genommen, die anderen Kinder waren in Windeseile in alle Richtungen auseinandergestoben, aber Dolores und Emma hielten zusammen. Sie liefen

Seite an Seite, Hand in Hand direkt in die Dunkelheit und die Asche hinein.

»Wohin wolltet ihr denn laufen?«

»Zu Emmas Mama. Nach Floridablanca. Emma meinte, sie würde den Weg kennen.«

Aber alle Straßen waren verschwunden, sie irrten in einer wogenden Menschenmenge umher und folgten der Masse eine Weile, verloren den Griff ihrer Hände und wurden auseinandergerissen. Das machte ihnen Angst, Dolores schrie laut, und Emma antwortete mit ihrem Namen, sie fanden einander wieder und verflochten die Finger ineinander, kämpften sich aus dem Gedränge hinaus. Sie wollten einen anderen Weg einschlagen, ihren eigenen. Sie liefen, solange man sich aufrecht halten konnte. Der Orkan spielte dann und wann mit ihnen, baute sich wie eine unsichtbare Wand vor ihnen auf, um sich im nächsten Augenblick zu drehen und sie von hinten zu schieben. Emma bekam einen Stein an den Kopf, das tat weh, und sie fiel hin, aber sie stand wieder auf, lief ein paar Meter weiter, fiel wieder hin und zog Dolly mit zu Boden. Und während sie auf dem Boden lagen, immer noch Hand in Hand, begann die Erde sich zu bewegen, sie wogte wie ein Meer, schüttelte sie immer fester, schlimmer als jemals ein Erwachsener sie durchgeschüttelt hatte.

Und plötzlich war Emma weg.

Dolores' Hand war leer, ihr fehlten die Worte, und ihr Kopf war ganz leer. Emma war weg. Es gab sie nicht mehr. Dolores brüllte in den Sturm, sie kroch über die bebende Erde und rief nach ihrer Freundin, sie streckte die Hände in die schwarze Leere aus, ohne etwas anderes als Asche zu finden.

»Jetzt weint sie, Madam«, bemerkte Ricky vorwurfsvoll. »Sie hätten nicht so viel fragen dürfen.«

Aber ich musste es wissen. Und dann? Was geschah danach?

Dolores presste die Fäuste auf die Augen, ihre Antwort war ein Schrei, mehr ein Schrei als ein Schluchzen: »Dann kam ein Licht, eine Lampe. Dann war ich hier. Aber wo ist Emma? *Ay naku,* wo ist meine Emma?«

Ich weine und schäme mich meiner Tränen, ein Gedanke verhöhnt mich, behauptet, dass alles nur Lüge und Verstellung ist, ein anderer ermahnt mich, darauf zu achten, was ich tue, man kann sich nicht so ohne Vorbehalte offenbaren, schon gar nicht vor Journalisten. Nicht einmal vor Journalisten vom Smålands Dagblad, denn dann läuft man Gefahr, dass sie etwas Schmieriges, Sentimentales schreiben, und danach kann man diese Zeitung nie wieder in die Hand nehmen…

Aber die Gedanken nützen nichts. Die Tränen laufen immer weiter, das Weinen wallt wie Lava aus meiner Kehle.

Katarina Söderberg wird unbeholfen mütterlich, sie sieht, dass mein Papiertaschentuch nass und nicht mehr zu gebrauchen ist, und geht in die Küche, holt die Rolle Haushaltspapier. Das Telefon klingelt genau in dem Moment, als sie sie mir reicht.

»Soll ich rangehen?«

Ich nicke, kann nichts sagen, aber mein Bewusstsein ist glasklar, ich registriere alles, was geschieht.

»Hallo, hier bei Familie Dahlbom.«

Schweigen.

»Ja, sie ist hier. Aber sie kann leider im Augenblick nicht ans Telefon kommen. Kann sie zurückrufen?«

Schweigen.

»Von wem soll ich grüßen? Ja, versuchen Sie es in einer halben Stunde noch einmal.«

Ihre Schritte sind lautlos. Das muss an den Wollsocken liegen. Jetzt steht sie vor mir, nimmt die Tasse vom Tisch, sie will sich nicht wieder hinsetzen, aber dennoch austrinken.

»Wer war das?«, frage ich mit belegter Stimme.

»Eine Frau. Sie wollte mit Ihnen sprechen, aber ihren Namen

nicht nennen. Sie sagte, dass sie wahrscheinlich in einer halben Stunde wieder anrufen wird.«

Marita. Das muss Marita gewesen sein.

Ich bringe sie zur Tür, die Rolle Haushaltspapier unterm Arm.

»Es tut mir Leid, dass ich Sie so aufgewühlt habe«, sagt sie, während sie sich die Lederjacke anzieht. »Das wollte ich nicht.«

Ich fühle mich schlecht und will sie nur so schnell wie möglich loswerden. Aber wie stets kenne ich die passenden Phrasen und spreche sie aus: »Das war nicht Ihre Schuld. Das ist die Situation. Es ist einfach alles hochgekommen. Sie müssen mich entschuldigen, ich wollte das nicht.«

»Kein Problem.«

Ich nicke und öffne die Tür, wir möchten beide das Treffen so schnell wie möglich beendet haben. Trotzdem kann ich mich nicht zurückhalten. Als sie bereits ein paar Schritte auf dem Weg gegangen ist, frage ich: »Wie klang sie? Die Frau, die angerufen hat?«

Katarina Söderberg denkt einen Augenblick lang nach, zuckt dann mit den Schultern und antwortet mit einem einzigen Wort:

»Schroff.«

Ich warte fünfundvierzig Minuten lang, und zuletzt stehe ich im Mantel neben dem Telefon. Das schweigt. Ich hebe ein paar Mal den Hörer ab, um zu überprüfen, ob es auch nicht kaputt ist, aber es funktioniert genau, wie es soll.

Schließlich muss ich doch gehen, ich soll in zehn Minuten im Büro des Beerdigungsinstituts sein. Aber ich spitze die Ohren, bis ich auf dem Bürgersteig bin, wenn ich das Klingeln höre, werde ich zurücklaufen und abheben.

Aber ich höre nichts außer meinen eigenen Schritten.

Der Mann vom Beerdigungsunternehmen hat alles geregelt. Ich muss nur Ja oder Nein sagen und meinen Namen auf einen Bogen schreiben. Der Ortsverband der Partei hat von sich hören lassen: Sie wollen ein Fahnenspalier vorn in der Kirche organisieren. Ob das in Ordnung sei?

Das ist in Ordnung.

Und wie du – ähm, wie Sie, Frau Lind, meine ich – sicher bemerkt haben, hat Smålands Dagblad es nicht geschafft, heute schon die Todesanzeige zu schalten. Sollen wir sie umformulieren, so dass die Daten der Beerdigung mit drin stehen?

Machen Sie das.

Und dürfen wir hinterher einen kleinen Empfang im Hotel Högland vorschlagen? Mit Kaffee, Sherry und Schnittchen? Für ungefähr fünfundsiebzig Personen?

Ich nicke stumm und lege alles in seine Hände. Er weiß sicher besser als ich, wie viele wohl kommen werden.

Anschließend gehe ich zu Grens Modehaus und kaufe mir ein schwarzes Leinenkostüm. Es steht mir nicht, Schwarz hat mir noch nie gestanden.

Ich laufe den ganzen Nachmittag herum und vergesse bald, wer ich bin und wie man sich zu benehmen hat. Die Tüte von Grens schlägt mir gegen die Beine wie die Schultasche eines kleinen Mädchens. Das sieht sicher merkwürdig aus, aber darum kümmere ich mich nicht. Ich denke nicht, ich gucke nur. Ich betrachte die Stadt, die meine Eltern gebaut haben: die eine mit Beschlüssen, der andere mit Beton.

Nässjö sieht aus wie ein Waisenhauskind, ein frisch gewaschenes Kind, in saubere Kleidung gesteckt, gut gepflegt und nass gekämmt, aber niemals geliebt. Alles ist glänzend sauber und vollkommen heil, aber nichts ist schön.

Frisch. Ich sehe das Wort vor mir, dieses so schwedische Wort, das man nicht aussprechen kann, ohne in irgendeinen schwedischen Dialekt zu verfallen. Frisch, frischer, am frischesten. Das ist ein pastellfarbenes Wort, es sieht aus wie drei Kugeln Eis in einer Waffel: Erdbeer, Pistazie und Zitrone.

Die Menschen ähneln ihrer Stadt, sie sind heil, sauber und frisch, aber keiner ist wirklich schön. Vielleicht sind es die Farben, die sie hässlich machen: ihr sandfarbenes Haar und ihre bleichen Augen. Oder die Haut, ist es diese dünne Haut? Sie sind durchsichtig wie Aquariumsfische, ihre Gesichter sind gefleckt von der Kälte des Nachmittags, und dünne blaue Adern zeichnen sich an den Schläfen der Allerjüngsten ab.

Die Haut. Ich streiche mir den Pony aus der Stirn, um all diese Gedanken über weiße Haut loszuwerden.

Es war ein ganz normaler Freitagnachmittag, lange vor dem Vulkanausbruch und der Asche. Ich war draußen im Regierungsviertel von Quezon City gewesen, und jetzt saßen wir in einer dieser endlos langen Autoschlangen auf dem Weg zurück nach Manila. Es war heiß, die Luft stand still, und die regenbogenfarbenen Abgase schillerten vor unserem Auto. Die Ungeduld zwickte mich, ich wollte heim in mein Haus, zu meinem Swimmingpool unter Palmen und meinem einsamen Essen auf der Terrasse.

Ich schaute seufzend aus dem Fenster.

»Dass es so viele Autos geben kann, Ricky… Und so viele Leute.«

Er zuckte mit den Schultern.

»Es wird besser, wenn wir auf die große Ausfallstraße kommen, Madam. Aber es muss doch viel schlimmer in Europa sein, in Ihrem eigenen Land.«

Ich hob die Augenbrauen.

»Wie meinst du das?«

Er wedelte mit der Hand, um es zu erklären: »In Europa sind doch alle reich. Da muss es viel mehr Autos geben. Und dann gibt es doch viel längere Autoschlangen, oder?«

Ich zündete mir eine Zigarette an.

»Ganz und gar nicht. Bei uns gibt es viel weniger Autoschlangen.«

Er glaubte mir nicht. Das war seinem Rücken und Nacken anzusehen, sie waren aufrechter und straffer als normal. Ich erkannte den Ausdruck wieder, genauso hatte sein Rücken vor ein paar Wochen ausgesehen, als ich ihm erzählt hatte, dass die Bären in Schweden den ganzen Winter verschlafen. Er meinte, ich wollte ihn auf den Arm nehmen, konnte mich aber natürlich nicht offen der Lüge bezichtigen. Er war zwei Tage lang sauer, bis ich ihm eine englischsprachige Broschüre über das schwedische Tierleben in die Hand drückte. Die bestätigte meine absurde Behauptung, und mir wurde verziehen.

Aus Erfahrung klug geworden, versuchte ich es jetzt zu erklären, ohne ihn zu verletzen: »Es leben ja nicht so viele Menschen in Schweden. Die Städte sind kleiner. Und darum entstehen keine so langen Autoschlangen…«

»Ja, natürlich«, nickte Ricky. »*Family planning.* Dort gibt es ja viel Familienplanung.«

»Mm«, stimmte ich zu. »Bei uns sind die Familien sehr klein. Es ist ungewöhnlich, wenn man mehr als drei Kinder hat.«

»Drei sind gerade richtig… Oder vier.«

Ricky seufzte leise und ließ die Kupplung los, aber wir kamen nur wenige Zentimeter voran. Die Schlange stand vollkommen still, während der letzten halben Stunde war sie nur zehn Meter weitergekommen. Ricky wurde auch langsam ungeduldig. Er schwitzte am Rücken und fuhr sich immer wieder mit der Hand durchs Haar. Ich reichte ihm meine Zigarettenpackung, er zündete sich eine mit seinem eigenen Feuerzeug an.

»Danke, Madam«, sagte er und reichte mir das Päckchen über die Schulter zurück. »Wissen Sie, manchmal glaube ich, dass die Familienplanung der große Unterschied ist…«

»Was für ein Unterschied?«

»Zwischen reichen und armen Ländern. Es liegt nicht nur daran, dass ihr weiß seid, die Japaner sind ja nicht weiß, und sie sind trotzdem reich. Aber sie haben eine Familienplanung.«

Er schaute mich im Rückspiegel an, unsere Blicke trafen sich. Ich schüttelte den Kopf.

»Nein. Das ist schon ein Unterschied. Aber ich denke, es ist nicht der wichtigste.«

Wieder ließ er die Kupplung kommen, ohne den Blick von

mir zu wenden. Wir rollten einen Meter vor und blieben erneut stehen.

»Und was ist dann der wichtigste Unterschied?«

Meine Augen wichen aus, ich schaute aus dem Fenster, der Jeep in der Reihe neben uns hatte eine ganze Geschichte auf den Kühler gemalt. Ich studierte sie eingehend, um Ricky nicht ansehen zu müssen.

»Die Industrie, nehme ich an. Die Fabriken. Dass wir so viele moderne Fabriken haben …«

Ich warf einen Blick in den Rückspiegel, und wieder trafen sich unsere Augen, er ahnte, dass ich nicht gesagt hatte, was ich wirklich dachte. Aber ich wich wieder aus, das war zu schwer, zu schwierig, zu wenig durchdacht, als dass ich es in einer Autoschlange an einem heißen Freitagnachmittag hätte formulieren können. Ricky zuckte leicht mit den Schultern und richtete seinen Blick wieder auf das Gedränge auf dem Bürgersteig.

Guck doch dein Leben an, Ricky, dachte ich und betrachtete seinen schweißnassen Rücken. Guck dein Leben an und dagegen meins. Sieh die tausend Katastrophen, die dich und deine Nachbarn ereilen, die ständige Katastrophe, die das Leben in einem armen Land ausmacht. Dein Sohn fiel auf den Zementfußboden, als er acht Monate alt war, und wird den Rest seines Lebens hinken. Das alte Auto deines Nachbarn, mit dem er bisher acht Kinder versorgt hat, ist durchgerostet. Jetzt hungern sie. Deine Cousine hat eine Tochter verloren, weil sie weder Elektrizität noch fließendes Wasser im Haus hat, der Spirituskocher ist umgekippt, und die Kleider der Dreijährigen haben Feuer gefangen. Bevor die Mutter den Wasserhahn im nächsten Viertel erreichte, war das Kind tot. Guck dir die Krankheiten an, das Schulgeld, das nicht bezahlt werden kann, die abgetragene Kleidung und die Schuhe, die durchgelaufen sind, bevor es Geld für neue gibt … Sieh dir all das an und denk daran, dass ich allein auf meiner Abendterrasse sitze, während ihr, du und deine Nachbarn, von Katastrophen ereilt werdet. Die Fledermäuse sausen durch die Dunkelheit, sie drehen eine Runde um meine Lampe und verschwinden wieder in der Dunkelheit, Abend für Abend, Nacht für Nacht. Aber ich habe mich an sie gewöhnt, ich achte nicht mehr auf sie. Ich denke nur daran, dass meine Haut trocken ist und dass ich abnehmen müsste.

»Die Entscheidung«, sagte ich laut, und Rickys Blick war sofort wieder im Rückspiegel, er schaute mich scharf an.

»Sorry, Madam. Ich habe nicht verstanden.«

Ich beugte mich über den Aschenbecher und drückte die Zigarette aus.

»Ach, das war nichts. Ich habe nur laut auf Schwedisch gedacht…«

Wie hätte ich Ricky erzählen können, dass die Entscheidungsfreiheit den großen Unterschied macht, die Wahl, vor die die Menschen gestellt werden? Sollen wir den Siebenjährigen zur Arbeit schicken, damit der Vierjährige genügend zu essen bekommt, um zu überleben? Sollen wir das Mädchen hungern und den Jungen essen lassen? Soll sich die Teenagertochter prostituieren, damit wir es uns leisten können, die Medizin für die Mutter zu kaufen? Wen lassen wir leben, wer muss sterben? Wer soll am meisten leiden, die Alten oder die Jungen, die Männer oder die Frauen?

Ich gehe in Nässjö herum und sehe, wie man es angemalt und aufgefrischt hat, wie man das Verschlissene und Abgenutzte weggeräumt hat. Zum Schluss bleibe ich vor einem Schaufenster in der Storgatan stehen – geblümter Gardinenstoff vor weißem Hintergrund –, schließe die Augen und wünsche mir, ich hätte Ricky damals die Wahrheit gesagt.

Der große Unterschied, Ricky, das sind nicht die Gardinen und Tapeten, nicht die Autos, die Fahrräder und die Stereoanlagen, nicht einmal das Essen und die Medikamente. Der große Unterschied besteht darin, dass ihr ständig auf die Probe gestellt werdet, dass ihr jeden Tag wieder vor die große Frage von Leben und Tod, von Gut und Böse gestellt werdet.

Wir in der reichen Welt werden selten geprüft: Wir kaufen uns mit all unserem Geld Ruhe und Distanz. Und wenn die Wirklichkeit uns doch einmal erreicht, wenn wir uns nicht länger mit unserem Geld wehren können, dann platzen wir.

Du wusstest es, Ricky. Du hast gewusst, dass ich platzen würde.

Es war während des Sonnenuntergangs, an dem dritten dieser grauen Tage.

Wir aßen etwas Obst und tranken Kaffee, dann legte sich Ricky mit einer alten Zeitung auf dem Gesicht in eine Ecke. Er war während der letzten Stunden sehr still gewesen: Er ängstigte sich wie immer über Zosimas Schicksal und das der Kinder.

Butterfield breitete eine andere alte Zeitung über der weichen Asche auf der obersten Treppenstufe aus.

»Komm«, sagte er. »Komm, lass uns die Dämmerung anschauen.«

Ich nahm Dolores in den Arm und setzte mich mit ihr auf dem Schoß hin.

Butterfield nahm ihr geschientes Bein und legte es sich vorsichtig aufs Knie.

»*Not afraid of me any more?*«

Sie wurde ganz verlegen und schaute zu Boden.

»*You big boss. Nice big boss.*«

Eine Weile schwiegen wir alle. Das sanfte Grau hatte uns erfüllt.

»Ich wünschte, wir könnten hier bleiben«, sagte ich.

Butterfield strich mir über den Rücken.

»Ich würde auch am liebsten bleiben«, sagte er.

Er legte mir seinen Arm um die Schulter. Ich lehnte den Kopf an seine Achsel. Dolores kroch seufzend tiefer in meinen Schoß.

Die Dunkelheit senkte sich. Die rosa Blumen am Baum neben der Treppe verwelkten in einer einzigen hastigen Bewegung und rieselten auf uns herab.

»Merkwürdig, dass wir uns in Nässjö nie begegnet sind«, sagte Butterfield.

»Mm. Aber hat Marita nie von mir erzählt?«

»Kann sein. Ich erinnere mich nicht mehr. Im Grunde genommen war sie nicht sehr redselig. Ziemlich verschlossen.«

»Stimmt. Hast du ihre Eltern mal kennen gelernt?«

»Ihre Mutter war im Krankenhaus, als Peter geboren wurde. Das war das einzige Mal. Sie schien froh und munter zu sein. Zumindest damals ... Ich fand, sie wirkte etwas verrückt.«

Ich strich ihm über den Schenkel, antwortete aber nicht. Er hakte nach: »War sie verrückt, Maritas Mutter?«

Ich dachte nach. Nein, verrückt war nicht das richtige Wort.

»Nein. Aber sie ist irgendwie nie richtig erwachsen geworden.«

»Kindlich?«

Ich war selbst verwundert über die Glut in meinen Worten:

»Nicht kindlich, ich mag kindliche Menschen. Maritas Mutter war eher wie ein Fötus. Auf irgendeine Weise unnahbar. Wie unreifes menschliches Obst.«

»Und der Vater?«

»Der war einfach nur eklig. Egoistisch, dumm und auf die Art der Alkoholiker eklig. Er ärgerte und erschreckte andere gern. Besonders kleine Mädchen.«

Butterfield seufzte, und wir rückten näher aneinander. Der Himmel war jetzt vollkommen schwarz, ohne Mond und Sterne. Wir saßen lange schweigend da, und als ich wieder etwas sagte, flüsterte ich: »Ich habe dich oft daheim gesehen, Butterfield. Ich wusste, wer du bist. Und ich war damals dabei, als du mit dem Komet ins Zelt gefahren bist ...«

Es war ziemlich kalt in dieser Nacht, und gegen Mitternacht fing es an zu regnen. Butterfield und der Komet waren die Helden des Abends auf dem Södra Torget, sie lehnten sich gegen die schwarze Maschine des Kometen und sogen die Bewunderung aller in sich auf. Butterfield, der aus gesellschaftlichen Gründen etwas schlecht dagestanden hatte, war rehabilitiert.

»Und dann hat er die Hose runtergezogen und seinen Arsch

gezeigt!«, erzählte der Komet begeistert zum zwanzigsten Mal. »Was für ein Kerl. Gut gemacht, Buttis.«

Butterfield lächelte bescheiden, sagte aber nichts.

»Was meinst du, was dein Vater dazu sagen wird?«, wollte einer der Zweifler wissen.

Der Komet schaute ihn voller Verachtung an. Hatte der Idiot nicht eine Kunststoffjacke an? Leute in Kunststoffjacken sollten das Maul halten.

»Buttis lässt sich von niemandem etwas sagen. Nicht einmal von seinem Alten, da kannst du einen drauf lassen!«

Butterfield senkte seine Augenlider zur Hälfte und richtete seinen Blick auf den Kunststoffzweifler. Das genügte: Der Junge zog seinen Reißverschluss ganz bis zum Kragen hoch und erklärte, er müsse nach Hause.

»Mm«, nickte Butterfield. »Ist wohl langsam an der Zeit. Fährst du mich, Komet, ich bin ja noch nicht alt genug …«

»Aber logo«, sagte der Komet. »Ist doch klar.«

Doch er fuhr ihn nicht ganz bis nach Hause. Butterfield wollte das letzte Stück gehen, deshalb hielt der Komet an der alten Kirche von Gamlarps an und ließ ihn dort absteigen. Er stellte den Motor nicht ab, er hatte es eilig, zurück zum Södra Torget zu einer neuen kleinen Braut mit weißen Lippen und schwarzen Strichen um die Augen zu kommen. Butterfield blieb eine Weile an der Friedhofsmauer stehen und hörte ihn verschwinden.

Er näherte sich dem Haus von der Rückseite her. Das war das Klügste: So konnte er erst einmal die Lage peilen, bevor er hineinging. Zwischen Plumpsklo und Holzschuppen wuchsen Himbeerbüsche, von dort würde er sehen können, ohne gesehen zu werden.

Die Juninacht war grau vom Nieselregen und ganz still. Butterfield drehte das Gesicht zum Himmel und ließ es nass werden, als er das letzte Stück ging. Deshalb sah er erst, als er die Büsche erreicht hatte, was da auf dem Hof stand.

Was war das?

Butterfield klimperte mit den Augen. Da stand etwas Weißes

mitten auf dem Kiesplatz hinter dem Haus, und es dauerte dreißig Sekunden, bis er begriff, was das war. Es war die Venus von Gottlösa. Eine nackte Venus von Gottlösa mit offenem Haar und einem Blutfaden über dem Kinn. Sie schwankte ein wenig.

Die Küchentür wurde mit einem Ruck aufgerissen, und Jefferson taumelte heraus. Er trug immer noch seine weiße Predigerhose, aber er hatte sein Jackett ausgezogen und den Schlips gelockert. Er hielt seinen Gürtel in der Hand, er hatte ihn ein paar Mal um die Faust gewickelt. Der Gürtel tanzte in der Luft, als er mit den Armen wedelte und dabei schrie: »Ich habe es gesehen! Du hast dich bewegt, du Satanshündin. Aber ich bin Gottes Werkzeug hier in diesem Haus, ich sehe alles, und ich bestrafe es!«

Er schlug ihr mit dem Gürtel auf den Rücken, ein einziger Schlag, und sie schwankte. Jefferson hob einen Stock vom Boden auf und zog einen Kreis in den Kies um ihre Füße herum.

»Hier, sagt der Herr! Und so sollst du bestraft werden, sagt Gott: Eine Nacht und einen Tag sollst du in den Grenzen stehen bleiben, die der Herr dir auferlegt hat. Und das, weil er in seiner Güte dich lehren will, dass es Grenzen gibt, damit du Hündin begreifst, was einer Ehefrau und Mutter ansteht! Aber kannst du überhaupt eine Mutter sein? Kannst du eine Ehefrau sein? Du bist doch eine Wüste, ein zerbrochener Krug!«

Das war ein neuer Gedanke, von dem er erfasst wurde, er ließ den Riemen erneut über ihren Rücken fahren und hob die Stimme: »Und so hat Gott in seiner Güte mich vor weiterer Teufelsbrut bewahrt! Halleluja, er wusste, was er tat, als er die Ärzte dich hat auskratzen lassen! Das war nur, um mich, den Diener des Herrn, vor den Abkommen des Teufels zu schonen! Halleluja, danke, mein Gott, vielen Dank! Wie sollte eine Hündin wie du auch gute Söhne gebären können? Die Bösen gebären das Böse, aber der Herr schont seine Diener. Halleluja, Amen.«

Plötzlich ermüdete er, er zog ein Taschentuch aus seiner Hosentasche und wischte sich das Gesicht ab, merkte, dass es regnete, und schaute sich kurz über die Schulter zur offenen Küchentür und dem warmen Licht dort drinnen um.

»Gott prüft uns«, sagte er in normalem Gesprächston und steckte das Taschentuch wieder in die Tasche. »Er hat mich heute Abend durch Butterfield geprüft, und jetzt prüft er dich durch mich. Füge dich! Gott weiß, was am besten für dich ist, und wenn du dich nur einen Millimeter rührst, Alte, dann werde ich dich geradewegs in die Ewigkeit prügeln. Hast du verstanden?«

Sie nickte, sah ihn dabei aber nicht an.

»Gut. Und um die Teufelsbrut werde ich mich kümmern, sobald er hier auftaucht. Hast du verstanden?«

Wieder nickte sie. Er schlug ihr mit dem Gürtel über die Schenkel.

»Dann danke deinem Herrn, du Hündin!«

»Dem Herrn sei gedankt!«, sagte die Venus von Gottlösa.

»Was hast du gemacht?«, fragte ich Butterfield.

»Ich bin in den Wald gegangen und habe mich dort hingelegt. Ich wusste, dass Aron am Morgen nach Hause kommen würde. Er war so begeistert von Jeffersons Gotteswahn, er hatte vorher nie protestiert, wenn Mutter verprügelt wurde, aber nachdem Jefferson Prediger geworden war, da kam es schon vor, dass er eingriff. Und außerdem war Jefferson nicht so unerträglich, das war wie ein Rausch. Er verprügelte Mutter, dann schlief er ein, und wenn er wieder aufwachte, war es, als wäre nie etwas gewesen. Aber man durfte kein Wort darüber sagen, sonst fing alles von vorne an. Man musste so tun, als ob alles normal wäre.«

Ich hob eine der verwelkten Blüten auf und gab sie Dolores.

»Das muss ein schreckliches Erlebnis gewesen sein…«

Er zog seinen Arm, der über meiner Schulter gelegen hatte, an sich.

»Ja, das war es wohl. Nicht so sehr für mich, sondern für sie. Damals fing sie an zu murmeln. Sie sagte danach nie wieder ein verständliches Wort, murmelte nur noch. Jedenfalls zu Hause.

Und dann fing sie an herumzustreunen, wie sie es dann die ganzen letzten Monate machte.«

Ich erwiderte nichts, erinnerte mich nur an sie. Sie wanderte die Storgatan auf und ab, mit gerunzelter Stirn, das lange Haar lose flatternd. Ich war groß genug, um wegzusehen, wenn sie kam, aber ein paar kleine Jungs hängten sich an sie, sie liefen in ihrem Takt mit und äfften sie nach, sie zogen Fratzen und wedelten unsichtbare Feinde mit den Händen fort.

Butterfield legte wieder den Arm um mich.

»Ich habe sie im Stich gelassen. Das war alles zusammen meine Schuld. Der ganze Mist. Ich wollte zeigen, was für ein Kerl ich war, aber ich war gar nicht so ein toller Kerl. Ich hätte auf den Hof gehen und Jefferson eine langen sollen, ich hätte ihr zeigen müssen, dass ich sie verteidige.«

»Aber du warst doch noch ein Junge ...«

»Trotzdem hätte ich ihm eine langen können. Das wusste er, das wusste ich, deshalb ist er ja auf Mutter losgegangen.«

»Und warum hast du es dann nicht gemacht?«

Er lächelte in die Dunkelheit hinein.

»Weil ich mir nicht sicher war. Vielleicht war er ja wirklich Gottes Werkzeug. Oder auf irgendeine verdammte Art und Weise Gott selbst.«

Dolores gähnte in meinem Schoß, und ich trug sie zurück ins Haus, strich das Lager unter dem Tisch zurecht und zog ihr die gelbe Bluse aus. Sie bekam eines von meinen T-Shirts als Nachthemd. Ich legte das gestreifte Badelaken über sie, und sofort wickelte sie sich einen Zipfel um den Finger und rieb sich damit die Nase.

Butterfield legte mir den Arm um die Taille, wir standen schweigend da und schauten sie an. Ich erinnere mich noch, wie ich dachte, dass sie vollkommen war.

Dass er Kinder gebären lässt und dass es Kinder gibt, das ist Gottes einzige Entschuldigung. Das ist seine Buße gegenüber den Menschen.

An dem Abend liebten wir uns im Auto. Wir knieten auf der Rückbank einander gegenüber und strichen uns mit langsamen Bewegungen die Kleidung vom Leib. Ich konnte ihn kaum sehen, der Abend stand schwarz und kompakt um uns herum, und trotzdem spürte ich seine Farben: die scharfe Grenze zwischen der sonnengebräunten Haut und dem Weiß um seine Taille, das Schwarzgraubeige, das die Haare und die Haut auf seinen Schenkeln war, das warme Braunrot, das sein Geschlecht war.

Er schlang die Arme um mich und rang nach Luft. Ein schöneres Kompliment hatte ich nie bekommen.

Hinterher waren wir albern wie die Teenager und versuchten vergeblich, nebeneinander auf dem Sitz zu liegen. Das ging nicht. Ich, die ich nicht verletzt war, musste außen liegen, aber das war zu schmal. Immer wieder rutschte ich auf den Boden, und wenn ich mich wieder aufgerappelt hatte, dann schob Butterfield seinen Ellenbogen einen Zentimeter vor, und schon rutschte ich wieder runter.

»Hör auf!«, kicherte ich auf dem Autoboden. »Denk daran, dass du ein erwachsener Mann bist und mit einer gewissen Würde auftreten solltest.«

»Sollte ich? Ich als alter Knastbruder?«

»Lass deinen Ellenbogen endlich still liegen! Auch Geldfälscher müssen doch irgendwann mal erwachsen werden.«

Er lachte leise.

»Das wollen wir doch nicht hoffen.«

»Wie hast du es eigentlich gemacht? War es schwer?«

»Fotokopiert. Das ist überhaupt nicht schwer. Das erfordert Sorgfalt und Konzentration, aber schwer ist es nicht. Nilsson hat es mir beigebracht, es war sein Apparat. Er hatte einen der ersten Farbkopierer hier im Land.«

»Wer?«

»Rolf Nilsson. Ihm gehören drei Bars unten im Hurenviertel. Oder gehörten. Ich weiß nicht, ob er noch hier ist.«

Ich verzog das Gesicht. Natürlich wusste ich, wer Rolf Nilsson war. Ein Zuhältertyp mit Backenbart, so unangenehm, dass die Blumen verwelkten, wenn er einen Raum betrat. Aber Bengt und Lydia mochten ihn: Er hatte als eine Art Spitzel fungiert, rief die Botschaft an und gab Tipps hinsichtlich von Plänen weniger gut angepasster Schweden in Manila. Ich hätte ihn manchmal anrufen sollen, tat es aber nie, ich hatte das Gefühl, dass seine schleimige Stimme im Hörer kleben bleiben würde.

»Oh je! Wie konntest du es nur mit so einem aushalten?«

Butterfield lachte.

»Ich war ja nicht mit ihm verheiratet. Ich habe nur für ihn gearbeitet, habe ihm eine Bar geführt.«

»Und der Fotokopierer?«

Butterfield legte eine Hand auf meinen Po und schob mich zu sich heran.

»Ja, genau. Ich habe mich um den Fotokopierer gekümmert. Und deshalb bin ich im Gefängnis gelandet und nicht Rolf Nilsson, das wäre nicht mehr als recht und billig, erklärte der Staatsanwalt. Er hat echte Scheine von seinem Freund Roffe gekriegt. Kannst du jetzt endlich still sein?«

Ich ließ meine Zunge seinen Hals entlang gleiten. Es schmeckte nach Mandel. Butterfield packte mein Haar, fuhr mit den Fingern hindurch und tauchte sein Gesicht hinein.

Und wieder einmal versanken wir ineinander.

In dieser Nacht erzählte Butterfield, wie er das Altarbild zerschnitten hatte.

Hast du diese Geschichte jemals gehört, Marita? Und wenn ja, war es dann die gleiche, die er mir erzählt hat?

Ist ja auch egal.

Jetzt steht Butterfield in dem wohlgeordneten Chaos des Ateliers mit einem Messer in der Hand, er ist gleichzeitig gefährlich und bemitleidenswert. Sein Gesichtsausdruck ist genauso perfekt wie seine Pomadenfrisur, die kunstvoll geordneten Locken fallen in die Stirn, und er lächelt ein kaum wahrnehmbares Lächeln.

Wallin steht in der Tür, die Arme ausgestreckt, um die Flucht zu verhindern, die er erwartet. Er hat Angst, ist aber voller Verzweiflung bereit, sich aufschlitzen zu lassen, genau wie sein blonder Jesus gerade aufgeschlitzt wurde.

»Ich rufe die Polizei«, sagt er atemlos. »Ich rufe die Polizei …«

Butterfield erwidert nichts, doch er lässt das Messer fallen. Die Scheide hat Farbflecken, der Schaft ist rot und rau, es trifft kurz mit der Spitze auf den Holzfußboden auf, bevor es sich zur Ruhe legt.

»Ich hätte es wissen müssen«, sagt Wallin. »Ich hätte wissen müssen, dass dir nicht zu helfen ist … Zwei Jahre Arbeit! Mein ganzes Leben!«

Die Worte enthalten viele Geschichten. Zunächst erzählen sie von dem Bild, das er so viele Jahre in sich getragen hat und das er schließlich doch noch schaffen zu können geglaubt hatte. Das ist ein Bild, das Licht und Dunkel gleichzeitig in sich birgt, Hoffnung und Verzweiflung, Tod und Auferstehung, es enthält den ganzen Künstler Wallin und sein frommes Weltbild. Aber die Worte erzählen auch etwas über seine verschämten Träume von weltlicher Anerkennung und künstlerischer Zugehörigkeit, die das zerschnittene Bild ihm endlich hätte schenken sollen. Und ganz zum Schluss erzählt es von seinem schlechten Gewissen, das ihn dazu getrieben hat, sich in einer Art widerstrebender Freiwilligkeit als Aufpasser für den schlimmsten Zigeunernachwuchs von Nässjö zur Verfügung zu stellen. Warum? Weil er es nicht ertragen konnte zuzusehen, wie die Stadt bestimmten ihrer Söhne Steine statt Brot anbot, Würmer statt Fisch. Das hätte er gesagt, der Künstler Wallin, falls sich jemand die Mühe gemacht hätte, ihn zu fragen.

Und dann war da noch das mit der Mutter des Jungen. Wallin hatte es nicht mit eigenen Augen gesehen, er hatte nur den Tratsch hinterher gehört, und trotzdem meinte er, einen Teil der Schuld an ihrem Tod mitzutragen und etwas machen zu müssen.

Deshalb hatte er etwas getan: Er holte den Jungen mit dem Auto ab, als dieser aus der Besserungsanstalt entlassen wurde, und nahm ihn mit in sein Atelier. Er wusste ja, dass er begabt war, das hatte er schon gesehen, als er nebenbei als Zeichenlehrer in der Centralskolan gearbeitet hatte. Und der Junge zeichnete und sog alles in sich auf, viele Monate lang arbeiteten sie nebeneinander, schweigend und intensiv, nur mit kurzen Unterbrechungen für Tee und Unterricht. Jetzt bevölkerten die Bilder des Jungen das halbe Atelier, und während Wallin wie ein Gefängniswächter vor der Tür stand, konnte er sehen, dass sie lebten, sie lachten und schrien, sie jammerten über das, was gewesen war, und sangen von dem, was kommen würde …

Und dann das: ein zerschnittenes Altarbild, ein zerstörter, toter Jesus. Zwei Jahre Arbeit. Ein lebender Wallin stand in der Tür und wiederholte: »Ich rufe die Polizei!«

Butterfield setzte sich nonchalant auf eine Tischkante und zündete sich eine Zigarette an. An der Wand ihm gegenüber hing ein Spiegel, und er betrachtete den Jungen hinter der Rauchwolke. Gut. Das sah gut aus. Aber er müsste noch den Kragen seiner Lederjacke hochstellen …

»Ich rufe die Polizei!«

»Dann ruf sie doch endlich! Sieh zu, dass du es endlich machst!«

Er beobachtete Wallins Bewegungen aus dem Augenwinkel, ein weißer Kittel mit Ölfarbflecken flatterte durch den Raum. Butterfield musterte sein Spiegelbild und stellte den Kragen hoch. Genau. Das sah noch besser aus.

Jetzt sah er fast wie James Dean aus.

Wir waren hineingegangen und hatten uns unter den Tisch gelegt. Ricky schnarchte leise ein Stück weiter.

»Aber warum?«, flüsterte ich. »Warum hast du sein Bild zerstört? Er hat dir doch das Malen beigebracht … Er hat dir geholfen.«

»Nur wegen seiner verdammten Güte. Ich wollte nicht der Lappen sein, mit dem er seine Krone putzt …«

Eine Weile blieben wir schweigend liegen.

»Diejenigen, die Slums bauen, müssen die Konsequenzen daraus ziehen«, sagte Butterfield plötzlich. »Ich glaube, das wollte ich Wallin damit sagen, nur dass ich es nicht formulieren konnte. Wallin begriff nicht, dass seine Güte einen Slum aus meinem Leben machte. Ich wollte nicht sein Büßer sein. Ich wollte nur Butterfield Berglund sein, wer auch immer das sein mochte, nicht so ein verdammtes metaphysisches Symbol für das, was er seiner Meinung nach auch immer symbolisieren sollte. Ich lebte und es gab mich, als Individuum, als Person, als Mensch neben ihm, aber alles, was er sah, war der Zigeuner und der Rowdy und sein eigener blöder eingekaufter Humanismus. Wenn ich ihn hätte weitermachen lassen, dann wäre ich untergegangen. Wie viel er mir auch beigebracht hat, er hätte mich nie wirklich an der Kunst teilhaben lassen: Ich hätte nie über ihn hinauswachsen dürfen. Und weil dem so war, hatte ich keine andere Wahl. Ich war gezwungen, einen Punkt zu machen.«

Butterfield lag auf der Seite, und ich war hinter seinen Rücken gekrochen, hatte die Arme um ihn geschlungen. Ich wollte meine Hand auf seinem Bauch liegen haben, der war warm, weich und ein wenig gewölbt, genauso ein Bauch, nach dem ich mich mein ganzes Leben lang gesehnt hatte.

Nachdem er eingeschlafen war, lag ich noch lange wach und lauschte seinen Atemzügen, Rickys Schnarchen und Dollys Traumgemurmel.

Vielleicht schlief ich trotz allem auch ein. Ich weiß es nicht.

Ich weiß nur, dass ich voller Angst aufschreckte, als NogNog plötzlich anfing zu reden.

NogNog redete. Endlich redete NogNog.

Das Gewehr, dachte ich. Butterfield hat seine Kalaschnikow versteckt. Vielleicht ist er jetzt wütend.

Die Angst pochte in meinen Schläfen, aber ich bewegte mich nicht, sondern lag vollkommen still da und versuchte zu verstehen, was er sagte. Doch das war nicht möglich: Er hielt eine lange unverständliche Rede auf Tagalog. Aber seine Stimme hatte einen gemessenen, konstatierenden Tonfall, dem ich schon viele Nächte zugehört hatte. Ulf sprach häufig im Schlaf.

Das beruhigte mich. Er schlief sicher, trotz allem, er redete im Fieber oder träumte. Am besten, ich schaute mal nach ihm.

Ich kroch über den Boden, tastete nach Streichhölzern und zündete die Kerze an. NogNog verstummte, als die Schatten der Flamme über die Wände flackerten. Ich hätte begreifen müssen, was das bedeutete – dass er wach war, dass er den Atem anhielt und abwartete. Aber ich begriff nichts, mir fiel das plötzliche Schweigen nicht einmal auf.

Ich war eine barfüßige Frau in T-Shirt und Unterhose, ein Mensch, dessen Körper noch weich und empfindsam war von der Liebe, ein vollkommen ungefährliches Wesen, das durch die Dunkelheit mit dem Kerzenhalter in der Hand herankam. Ich glaube, ich lächelte sogar.

Trotzdem schrie NogNog auf, als er mich erblickte.

Es war ein schriller Schrei, der tiefer wurde und sich zu einem Brüllen reinster Angst verdunkelte. Er versuchte, in sitzende Stellung zu kommen, und drückte sich gegen die Wand, er kroch in sich zusammen und zog die Hände über den Kopf, um sich zu schützen. Die Stimme brach und änderte die Tonart, aber der Schrei selbst enthielt nur ein einziges Wort, ein Wort, das er immer wieder bis in alle Ewigkeit wiederholte: »*Kanos! Kanoos! Kanooos!*«

Als wäre ich ein Monster.

Als wären wir alle irgendwelche Monster.

Genau vier Monate nach dem Fall der Berliner Mauer wurde mir klar, dass Ulf plante, mich zu verlassen.

Wir hatten eine schwedische Exportdelegation zu Besuch und führten sie zu dem roten Fort in Delhi. Sie waren nicht besonders begeistert: Sie hatten eine Woche lang Geschäfte gemacht, jetzt wollten sie den Rest der Reise mit Einkaufen verbringen. Ein Schwede, der in Indien war, muss seine Reisetasche mit glänzender Seide und duftendem Sandelholz gefüllt haben. Andererseits waren sie natürlich gut erzogen: Wenn der Botschafter ihnen den Herrschersitz der Mogule zeigen wollte, dann hieß es, zu folgen und sich dafür zu bedanken.

Ulf und ich waren besessen von dem roten Fort, aber aus unterschiedlichen Gründen. Ulf bewunderte seine Architektur und bedauerte aufrichtig den Verfall, er seufzte über verwitternde Mosaike, rissige Fußböden und verwahrloste Goldfischteiche. Mich selbst interessierten nicht die Gebäude, ich wollte nur auf die östliche Mauer gelangen, weil man von dort auf die Rasenfläche darunter schauen konnte. Und dort traf sich alles: Feuerschlucker und Schlangenbeschwörer, Akrobaten und Fakire. Einer von ihnen konnte schweben. Er lag wie ein Kranker unter einer großen Plane, und plötzlich hob er ab, er und die Plane schwebten in absoluter Ruhe einen Meter über der Erde. Die Illusion war perfekt. Man konnte die Konturen seiner Arme und Beine unter der schwebenden Plane erkennen.

Seine Zauberkunst beunruhigte alle Schweden, und diese Delegation machte da keine Ausnahme. Wie machte er das eigentlich?

»Ich glaube, er hebt sich irgendwie hoch. Bestimmt hat er die Arme direkt unter sich«, sagte ein Aga-Direktor und zündete sich eine Zigarre an. »Er muss verdammt gut trainiert sein...«

»Und die Plane?«, fragte ein Mann von Electrolux. »Nein, das ist nicht möglich. Er muss Helfer haben. Die haben sicher Löcher in den Boden gegraben, eins in jeder Ecke und eins unter ihm. Und in jedem Loch steht einer und hebt ihn hoch…«

Der Schwebende begann langsam wieder auf den Boden zu sinken. Ich warf eine Rupie auf die Plane, um den Geschäftsleuten zu zeigen, was von ihnen erwartet wurde. Sie verstanden sofort und begannen in ihren Taschen nach Kleingeld zu suchen.

»Sollen sich vielleicht sechs Leute die Einkünfte teilen?«, fragte der Mann von Aga und hüllte den Mann von Electrolux in eine Wolke aus blauem Rauch. »Das ist doch nicht möglich, da wird ja keiner von ihnen fett…«

Er warf seine Münze in hohem Bogen über die Mauer, drehte sich um und ging, ohne zu sehen, dass die Münze den Schwebenden an der Stirn traf. Er blinzelte, änderte aber nicht seine Geschwindigkeit, weiterhin sank er in der gleichen Ruhe zu Boden. Ich blieb stehen und sah zu, wie er landete. Schnell kroch er hervor und sammelte die verstreuten Münzen ein.

Ulf stand mit einer Gruppe von Geschäftsleuten um sich ein Stück entfernt und erzählte von den mächtigen Moguln. Eine junge Frau, Adelige und erfolgreiche Repräsentantin des Grossistenverbandes, stand dicht neben ihm und schaute ihn intensiv an. Innerhalb einer einzigen glasklaren Sekunde erkannte ich, dass zwischen den beiden etwas geschehen war und dass noch mehr geschehen sollte. Ulfs Haltung war ein Geständnis. Ihr Blick eine Zeugenaussage.

Meine eigenen Gefühle waren gespalten: schwere Trauer und große Erleichterung. Bald würde es also geschehen, all das, worauf ich immer gewartet hatte.

Alle Bereitschaftspläne waren gefasst. Tausendmal hatte ich mir selbst versichert, dass ich die Erniedrigung mit Würde ertragen würde, tausendmal hatte ich mir gesagt, dass es eine Befreiung sein würde, tausendmal hatte ich mich ermahnt, dass alles in der Einsicht der ersten Sekunde entschieden werden sollte. Genau dann, Cecilia, genau jetzt, in diesem einzigen Augenblick muss der Rücken straff und der Blick fest sein, trotz des Blutgeschmacks in deinem Mund. Vergiss nicht, dass Cecilia alles ertragen kann: Dunkelheit, Birnengläser und verlassen zu werden.

Die Adelige legte ihre Hand auf Ulfs Arm und stellte eine Frage, seine Augen lächelten, als er sich vorbeugte, um zu antworten. Ich wandte ihnen den Rücken zu und verzog verächtlich meine Oberlippe. Ein Feuerschlucker fing meinen Blick ein und ließ eine prachtvolle Flamme aus seinem Mund schießen. Der Mann von Electrolux schloss sich mir an, er beugte sich lächelnd über die Mauer.

»Ihr Mann scheint sehr bewandert in Geschichte zu sein.«

Ich war selbst überrascht, dass ich ihm ein vollkommen echtes Lächeln schenken konnte. Mein Mann wird mich verlassen. *Who cares?*

»Ja, er ist sehr bewandert …«

»Und was sagt er dazu, dass die Geschichte jetzt zu Ende ist?«

Ich lachte laut. Eiswasser schwappte in meiner Brust.

»Was sagen Sie dazu? Ist die Geschichte zu Ende?«

Er schaute auf den Feuerschlucker hinunter.

»Haben Sie es nicht gehört? Das steht doch in jeder Zeitung zu Hause. Nachdem der Ostblock zusammengebrochen ist, ist die Geschichte beendet. In Zukunft werden wir alle für den Rest unserer Tage glücklich und zufrieden leben, und nichts wird mehr geschehen …«

Der Feuerschlucker spülte den Mund mit Brandbeschleuniger und drehte seine Fackeln. Ich machte eine Geste auf ihn zu: »Und diese Menschen hier?«

Der Mann von Electrolux zuckte mit den Schultern.

»Keine Ahnung. Darüber steht nichts in der Zeitung. Vielleicht gehören sie nicht zur Geschichte …«

Ich schaute ihn mit neu erwachtem Interesse an. Ein ungewöhnlicher Typ für einen aus der Wirtschaft: lebendig und mit offenen Augen, ohne dieses krampfhafte Bedürfnis, die irdischen Realitäten zu verleugnen.

Er grinste und legte seine Hand auf meine. Das irritierte mich.

So einfach war das also: Er hatte gesehen, dass ich verlassen wurde, und wollte deshalb gleich versuchen, das eheliche Grab zu schänden. Ein Zuchthengst. Ein Staubsauger-Don-Juan. Solche Männer sind wie Seifenblasen, sie funkeln vor Lust und Empfindsamkeit während der Verführung, zerplatzen aber zu einem Nichts, wenn man das Laken anhebt und sie ins Bett bittet. Sie sind zu nichts nutze. Nicht einmal als Rache, wenn man verlassen worden ist.

Ich zog mich zurück und suchte in der Handtasche nach Zigaretten. Der Feuerschlucker strich sich mit der Fackel über die Arme und die Brust, seine Rippen zeichneten scharfe Schatten unter den Flammen.

»Sehen Sie nur«, sagte der Mann von Electrolux und packte mich fest am Arm, plötzlich waren alle Pläne hinsichtlich einer Verführung vergessen. »Sehen Sie! Da sitzt ein weißer Mann unter all den Bettlern. Der Rothaarige da, da hinten, der mit dem langen Haar …«

Ich zündete meine Zigarette an und folgte seinem Blick. Da saß eine Gruppe grauer Wesen ein Stück vom Feuerschlucker entfernt. Ihre Körper waren ebenso schmutzig wie ihre Kleidung, und ihre Blicke waren leer. Trotzdem bemerkten sie, dass sie beobachtet wurden, einige streckten uns langsam ihre vernarbten Handstummel entgegen, ein Wesen ohne Beine stützte sich mit den Knöcheln aufs Gras und streckte sich, ein Dritter erhob sich wachsam auf die Knie und blieb so stehen, als schätze er unsere eventuelle Generosität ab. Er hatte ganz merkwürdige Farben. Seine Haut war schmutzig weiß, und sein verfilztes Haar schimmerte in mattem Kupfer.

Der Mann von Electrolux packte mich noch fester am Arm, offensichtlich erregt über seine Entdeckung.

»Sehen Sie? Wie kann denn nur ein Europäer Bettler in Neu-Delhi werden? Meinen Sie, dass er eine Art Hippie sein könnte?«

Ich zog meinen Arm zurück und hängte mir die Tasche über die Schulter.

»Ach«, sagte ich. »Wenn Sie seine Pupillen sehen könnten, dann würden Sie feststellen, dass sie ganz rot sind. Das ist kein Europäer. Das ist ein Albino.«

Doch.

Butterfield hatte Recht.

Die Konsequenz aus den Slums ist Hass.

Die Konsequenz aus dem Hass ist Gewalt.

Die Konsequenz aus der Gewalt ist der Tod.

Und derjenige, der Slums errichtet, muss die Konsequenzen tragen.

Fünfhundert Jahre lang baute Europa einen Slum auf.

NogNog war eine Konsequenz aus dem Slum.

Der Fremde schrie eine Ewigkeit. Seine Stimme schwankte zwischen schriller Panik und dumpfer Angst hin und her, das eine Wort, *kanos, kanos, kanos*, es stieß flatternd gegen die Wände wie ein Insekt, das von einer Lampe eingefangen wird.

Butterfield stolperte hinter mir heran, Ricky redete mit schlaftrunkener Stimme von seinem Platz unter dem Tisch, Dolly begann zu weinen, und die ganze Zeit vibrierte der Schrei um uns herum. Ich trat prüfend einen Schritt vor, und der Schrei stieg eine hysterische Oktave höher, worauf ich mich schnell zurückzog und auch Butterfield mit zurückzog.

Erst als Ricky von seinem Platz hervorkroch und dem Fremden sein Gesicht zeigte, wandelte sich der Schrei zu einem schrillen Jammern. Ohne ein Wort drückte ich Ricky den Kerzenständer in die Hand und zog mich dann zurück in die Dunkelheit und den Schatten. Fast wäre ich auf Dolly getreten, sie war über den Boden gerobbt und lag jetzt lang ausgestreckt vor mir, beide Hände an den Ohren. Ich beugte mich hinab und hob sie auf.

Es dauerte lange Zeit, sie zu beruhigen, aber schließlich war nur noch Rickys gedämpftes Murmeln zu vernehmen. Er hatte sich vor dem Fremden auf den Boden gesetzt und den Kerzenständer neben sich gestellt. Die Kerze brannte klar und hell, sie flackerte nicht mehr, seit der Schrei verstummt war.

»Essen«, sagte Ricky, als der Fremde verstummt war. »Er braucht etwas zu essen, Madam. Aber kommen Sie nicht zu nahe, er hat Angst …«

Butterfield folgte mir in die Küche, er trug Dolly auf seinem gesunden Arm, während ich den übrig gebliebenen Reis auf dem Spirituskocher erwärmte und ein wenig Obst aus der Konservendose und den Rest von Rickys Gemüse dazutat. Dolly schluchzte leise, aber sie war dabei, sich zu beruhigen.

Ich stellte das Essen ein Stück entfernt in der Dunkelheit auf den Boden. Ricky stand auf und betrachtete mit ernster Miene das, was ich zusammengestellt hatte.

»Bier auch«, sagte er. »Er braucht auch ein bisschen Bier.«

Ich nickte und gehorchte.

Butterfield hatte die Tür geöffnet und saß auf der obersten Treppenstufe, als ich zurückkam. Er lehnte sich an den Türpfosten und rauchte. Dolly lag immer noch in seinem Schoß und schaute mit wachen, alles sehenden Augen hinaus in die Dunkelheit. Ich setzte mich zu ihnen und streckte die Arme nach ihr aus. Sie kuschelte sich seufzend an meine Brust. Nach wenigen Minuten schlief sie.

Wir saßen lange dort, Butterfield und ich, schauten mal in die Nacht hinaus und mal in den dunklen Raum. Zuerst hörten wir nur Rickys Stimme, aber nach einer Weile antwortete der Fremde. Sie redeten lange miteinander. Das muss der Schock gewesen sein, dachte ich. Oder die Fieberträume. Sonst würde er nicht so schnell reden, sonst würde seine Stimme nicht so schrill klingen …

NogNogs Stimme hob und senkte sich, sie war mal klagend und hell, mal bitter und schroff, mal samtweich und flüsternd. Ab und zu lachte er, das war ein scharfer kurzer Laut mit spitzen Kanten. Zweimal schluchzte er trocken auf, das ließ ihn für eine Weile verstummen und zwang ihn, unbeweglich zu sitzen und nur ins Licht der Wachskerze zu schauen. Sie flackerte wieder, sie war kurz davor zu verlöschen, und in NogNogs Gesicht zitterten immer neue Schatten. Als er wieder anfing zu reden, hob er beide Hände und strich sich über die Wangen. Dann redete er schneller, die Worte purzelten nur so aus ihm heraus, während er mit langen, schlanken Fingern unbegreifliche Buchstaben in die Luft malte. Schließlich stockten die Worte in seinem Mund, sie drängten sich zusammen, es wurden zu viele, und sie brachten ihn zum Schweigen. Er verschränkte die Arme über dem Kopf, in gleicher Art wie vorhin, als er mich zum ersten Mal erblickt hatte, kroch in die Fötusstellung und begann zu wimmern.

Das war ein Geräusch, scharf wie Stacheldraht.

Zum Schluss war er verstummt und in Schlaf gefallen, da endlich stand Ricky auf und kam zu uns.

»Was hat er gesagt?«, fragte ich.

»Was ist das für einer?«, fragte Butterfield.

Ricky setzte sich in den Schneidersitz.

»Er sagt, dass er NogNog heißt«, erzählte er. »Aber er will nicht sagen, ob er zur NPA gehört oder nicht. Vielleicht ja. Ich weiß es nicht…«

Ich streckte Ricky die Zigarettenpackung hin, er zündete sich eine an und nahm einen tiefen Zug.

»Aber worüber hat er so lange geredet?«, fragte ich. »Was hat er erzählt?«

Ricky warf mir einen unsicheren Blick zu, prüfte mich mit den Augen.

»Er hat Angst, Madam«, sagte er schließlich und strich sich übers Gesicht. »Vor Ihnen…«

Ich lächelte unsicher und wechselte meine Haltung. Dolores lag schwer in meinem Schoß.

»Angst vor mir? Warum?«

Ricky senkte den Blick.

»Weil Sie eine *kano* sind. Er sagt, dass alle *kanos* gefährlich sind…«

»Und Butterfield? Hat er vor ihm auch Angst?«

»Er hat Mister Berglund nicht gesehen. Er weiß nicht, dass er hier ist … Er hat nur Sie gesehen, und vor Ihnen hat er Angst.«

»Aber warum? Was denkt er denn, was ich ihm antun will?«

Die Kerze in dem Kerzenhalter war erloschen, und wir konnten nur unsere Konturen in der Dunkelheit wahrnehmen. Rickys Stimme klang angespannt und gequält.

»Er glaubt, dass wir ihm seine Kalaschnikow weggenommen haben …«

Ein wenig Angst flatterte in meinem Bauch.

»Aber mein Gott, Ricky, du hast ihm doch wohl nicht gesagt, dass wir die Waffe gefunden haben? Du hättest ihm sagen sollen, dass sie weg ist, dass wir sie nicht gesehen haben …«

Ricky schwieg. Butterfield räusperte sich und sagte mit leiser Stimme: »Hast du ihm das gesagt? Hast du ihm erzählt, dass wir seine Waffe gefunden haben?«

Keine Antwort. Butterfield wurde lauter: »Oh Scheiße, Ricky! Da haben wir einen Verrückten am Hals, und du erzählst ihm, dass wir ihm seine Waffe weggenommen haben!«

Ricky fummelte mit dem Feuerzeug herum und versuchte, die Kerze in dem Kerzenständer anzuzünden. Aber der Docht war zu kurz, die Flamme flackerte auf, erlosch aber augenblicklich wieder.

»Was hätte ich denn sagen sollen, Mister Berglund? Hätte ich lügen sollen?«

Butterfield schnappte nach Luft, eine Weile blieb es still.

»Okay, Ricky. Was also hast du gesagt? Erzähl uns haargenau, was du gesagt hast.«

Rickys Zigarette glühte intensiv, er nahm einen tiefen Zug.

»Ich habe nur gesagt, dass wir die Waffe gefunden haben …«

»Hast du ihm erzählt, dass wir sie versteckt haben? Hast du ihm gesagt, wo wir sie versteckt haben?«

Rickys Stimme klang beleidigt.

»Nein. Ich weiß doch gar nicht, wo die Waffe ist, das haben Sie mir nie gesagt …«

Butterfield schnappte sich das Zigarettenpäckchen und fluchte auf Schwedisch.

»Na, da haben wir ja noch Glück! Oh Scheiße!«

Die Insekten der Unruhe krochen mir unter die Haut. Ich musste etwas sagen, ich war gezwungen, Ricky und Butterfield zu beruhigen, um selbst ruhig zu werden.

Hastig strich ich Butterfield über den Arm.

»Bleib ruhig! Du darfst nicht so mit ihm reden … Dann wird es nur noch schlimmer …«

Butterfields Gesicht leuchtete kurz über dem Zigarettenanzünder auf.

»Es hat alles seine Grenzen!«

»Aber trotzdem …«

Er zuckte ungeduldig mit den Schultern. Ich wechselte ins Englische und wandte mich an Ricky.

»Keine Sorge, Ricky. Das ist schon in Ordnung. Erzähl weiter. Warum hat er solche Angst vor mir?«

Ricky war nur eine vage Kontur in der Dunkelheit, aber die Glut seiner Zigarette wurde intensiver, und seine Stimme erklang zitternd: »Er glaubt, Sie wollen ihn umbringen, Madam. Er glaubt, dass Sie vorhaben, ihn umzubringen und ihm das Herz aus dem Leib zu schneiden …«

Es wurde still, absolut still. Weder Butterfield noch ich bewegten uns.

»Er sagt, dass Sie Kannibalen sind, Madam. Dass alle *kanos* Kannibalen sind. Dass sie solche wie uns aufreißen und uns unsere Herzen stehlen …«

Er verstummte, wartete auf eine Antwort. Butterfield und ich saßen schweigend und unbeweglich da.

»Wie Hähnchen, Madam. Das hat er gesagt. Dass Sie uns die Eingeweide herausreißen werden, als wenn wir Hähnchen wären.«

Ricky verstummte wieder und wartete auf unsere Stimmen. Als wir nichts sagten, stand er auf und ging ins Haus. Er kam mit drei Flaschen Bier von der Sorte wieder, die ich am liebsten trank. San Miguel. Er beugte sich vor und stellte eine Flasche neben mich, griff dann nach meinem Arm. Das war das einzige Mal, dass er mich von sich aus berührte.

»*I'm sorry, madam*«, sagte er mit gedämpfter Stimme. »*I'm sorry.* Aber das hat er gesagt…«

Ich habe den Entschluss gefasst, noch bevor ich ihn für mich selbst formuliert habe: nicht noch so eine Nacht wie die letzte.

Tabletten müssen die Lösung sein.

Ich gehe rechtzeitig vor Sonnenuntergang nach Hause und dort direkt ins Obergeschoss. Die Nachmittagssonne lässt Mamas Schlafzimmer gelbrosa schimmern. Ihre Tablettenschachteln stehen noch auf dem Nachttisch, und es liegt ein alter Patientenpass auf dem Regal. Ich hole ihn und blättre darin, ich will keinen Fehler machen.

Ich fühle mich sicher, als ich eine Schlaftablette von jeder Sorte schlucke. Heute Nacht werde ich mich nicht im Badezimmer verstecken. Ich baue einen Schutzraum in mir selbst auf. Das ist ebenso sicher, sie werden nicht an mich herankommen können…

Ich schlafe in meinem Zimmer. Siebzehn Stunden lang schlafe ich in meinem Zimmer, und weder Lebende noch Tote sind in der Lage, mich aufzuwecken.

Als ich endlich wieder an die Oberfläche gelange, blinzle ich und sehe meine eigene Hand auf dem Kissen, sie ist weiß und durchsichtig. Die Haut ist ein wenig zu groß, es sieht so aus, als würde ich schnell altern.

Jetzt höre ich, was mich aufgeweckt hat. Das Telefon. Ich wälze mich aus dem Bett und stolpere in Mamas Schlafzimmer, irgendwie weiß ich, dass ich darauf warte, dass jemand anruft, aber nicht mehr, wer das sein soll.

»Mama! Was ist passiert? Ich habe den ganzen Vormittag versucht anzurufen und gestern Abend auch… Wo bist du gewesen?«

Sophies Stimme klirrt und klingt, sie bringt die ganze Welt dazu, die Form zu ändern. Alle Konturen werden schärfer, alles wird deutlich und klar, leicht und einfach. Ein Ast klopft gegen die Fensterscheibe, und ich kann sehen, dass es nur ein Ast ist, hier gibt es weder Gespenster noch Schatten. Trotzdem muss ich erst einmal tief Luft holen, um meine Mutterstimme zu finden.

»Hallo, Kleines! Du brauchst dir keine Sorgen zu machen, ich musste nur erst einmal ausschlafen, deshalb habe ich das Telefon leise gestellt. Tut mir Leid, mein Mäuschen, ich wollte dich wirklich nicht erschrecken, aber jetzt bin ich ja wach... Wie geht es dir denn, Liebes, du bist doch hoffentlich nicht allzu traurig wegen Oma, du weißt doch, welche Schmerzen sie hatte und dass es so am besten für sie ist... Gut. Und wie lief die Matheprüfung? Hast du sie bestanden? Wie schön, du bist immer so tüchtig. Wir sehen uns dann am Mittwoch, nicht wahr, ich hole dich am Bahnhof ab, dann haben wir noch ein paar Tage für uns, bevor Lars-Göran mit seiner Familie kommt. Zieh dein weißes Kostüm an, das Sommerkostüm, weißt du, zur Beerdigung. Wenn du es in die Schnellreinigung gibst, dann wird es noch fertig... Ach, es ist schon gereinigt, na, das ist ja prima...«

Es gibt so viele Worte zwischen mir und meiner Tochter, und trotzdem wissen wir so wenig voneinander. Im letzten Jahr in Delhi wurde der Abstand zwischen uns immer größer, zum Schluss schien ihr Platz am Esstisch irgendwo fern am Horizont zu liegen. Wenn ich ab und zu die Hand ausstreckte, um sie heranzuziehen und um ein wenig Freundschaft zu betteln, unsere Gemeinschaft aus ihrer frühesten Kindheit wieder zu erwecken, glitt sie so schnell und elegant davon wie ein erschrockener Fisch.

In dem Moment, als ich den Hörer auflege, klingelt das Telefon noch einmal. Es ist ein schrilles Signal, das mir in den Ohren weh tut und mich zwingt, die Augen zu schließen.

Es ist Gunilla, aber nicht die gleiche Gunilla wie vorgestern. Ihre Stimme hat einen merkwürdigen, halb trotzigen Tonfall: »Ich habe sie.«

»Was hast du?«

»Die Telefonnummer. Maritas Telefonnummer. Ich dachte, du wolltest sie haben …«

Ich antworte nicht. Gunilla wird lauter.

»Hast du einen Stift bei der Hand?«

Mamas Stifteköcher ist aus gedrechseltem Birkenholz, mir kommt der Gedanke, dass sie ihn bestimmt in einem Kunstgewerbeladen gekauft hat.

»Bemüh dich nicht«, sagt Gunilla. »Bist du oben? Im Schlafzimmer deiner Mutter?«

»Mm …«

»Gut, da gibt es Stifte, also schreib jetzt die Nummer auf. Sie wohnt in Göteborg …«

Sie legt auf, ohne sich zu verabschieden. Ich selbst bleibe am Schreibtisch sitzen und schaue auf die Ziffern, die ich direkt auf die Schreibtischunterlage gekritzelt habe. Ich kann sie kaum entziffern.

Ich lerne, mit Mamas Tabletten umzugehen, so dass der Schlaf schwarz und die Tage sanft graugelb werden. Vier Tage lang bin ich in eine Wolke gehüllt, ein Gefühl, als würde ich ein wunderschönes Kleid tragen, ausladend und sanft, etwas aus Seide oder Chiffon. Ich schreibe viele Briefe, an meine eigenen Freunde und an die meiner Mutter, und ich mache einen kurzen Spaziergang zum Briefkasten, aber ansonsten bleibe ich im Haus.

Die ganze Zeit meide ich Mamas Schlafzimmer. Ich will die Ziffern auf ihrer Schreibtischunterlage nicht sehen.

Dann kommt der Dienstag, und die Ruhe ist vorbei. Morgen kommt meine Tochter, und ich kann nicht in eine Tablettenwolke eingehüllt sein, wenn ich ihr begegne, sie hat immer noch den scharfen Blick eines Kindes. Ich stelle mich vor den Spiegel und versuche, mich mit ihrem Blick zu sehen: Ich sehe, dass der Nagellack abgeblättert ist und das Haar seinen Glanz verloren hat. Die Augenlider sehen angeschwollen aus, aber das ist nur natürlich, sie wird glauben, dass ich geweint habe. Trotzdem kann ich nicht anders, ich muss in die Küche gehen und Eiswürfel in zwei Plastiktütchen geben, dann lege ich mich mit den Eistüten auf den Augen auf mein Bett.

Ich überlege, ob Marita wohl noch Wert darauf legt, wie sie aussieht? Versucht sie immer noch, sich hübsch zu machen? Oder geht es ihr wie Gunilla, ist sie in die Tarnkleidung unserer Generation geschlüpft: Jeans und Pullover.

Ich versuche mich daran zu erinnern, wie Maritas Mutter aussah, kann mich aber nur an eine Schürze und ein Paar weiße Arme erinnern.

Plötzlich stehe ich in der Küchentür der Familie Olsson, und es überrascht mich, dass ich alles so klar und deutlich sehen kann, unsere eigene Küche erinnere ich kaum noch in den Details. Es ist Sommer, das ist an dem Papierüberwurf zu erkennen, der über dem Handtuchhalter hängt. Maritas Mutter hängt zu jeder Jahreszeit neue Überwürfe auf, sie kauft sie im Kolonialwarenladen, und das ist immer ein Ereignis, mehrere Tage lang überlegt sie, welches Motiv sie nehmen soll. Diesmal hat sie ein Bild von einem Acker ausgesucht: Das Getreide steht schwer und golden da, fertig für die Ernte, während der Bauer selbst mit seiner jungen Frau auf einer grünen Decke an der Seite sitzt. Sie trägt ein blaukariertes Kopftuch, und ihre Schürze ist strahlend weiß, sie gießt Kaffee aus einem richtig altmodischen Kaffeekessel ein, so einem, wie ihn die Olssons auch haben. Bei uns kocht Mama jetzt neuerdings den Kaffee in einer rostfreien Kaffeekanne. Maritas Mama schnaubt verächtlich über solch neumodischen Kram und sagt, was sie davon hält, aber nur zu mir. Ich wiederum versuche, es Mama zu erzählen.

»Tante Olsson hat gesagt, dass du nur versuchst, dich wichtig zu machen, Mama. Sie sagt, dass es angeberisch ist, den Kaffee zu filtern …«

Mama schüttelt ihr blondes Haar, während sie am Herd steht. Papa hat ihr eine elektrische Kochplatte besorgt, die auf den

Herd gestellt wird, der Wohlstand beginnt langsam heranzukriechen.

»Dummes Zeug, Cecilia. Warum sollte sie dir so etwas erzählen, du bist doch nur ein kleines Mädchen. Ich rede doch auch nie so mit deinen Freundinnen, oder?«

Wie soll ich meiner Mutter erklären, dass Tante Olsson wie ein Mädchen redet, wenn sie mit uns allein ist, dass sie zwei Stimmen und einen doppelten Satz Worte hat, einen für die Erwachsenenwelt und einen für die der Kinder.

»Aber das hat sie gesagt, Mama. Dass du versuchst, dich wichtig zu machen …«

»Jetzt hör aber auf, Cecilia. Ich verstehe nicht, warum du dir immer alles Mögliche ausdenken musst, du bist doch groß genug, um zwischen Fantasie und Wirklichkeit zu unterscheiden. Man darf nicht einfach so über Menschen reden, dann können sie traurig werden.«

»Ja, aber sie hat gesagt …«

»Ich glaube, Tante Olsson würde ziemlich traurig sein, wenn sie dich hören könnte. Jetzt sei still und iss auf, damit du endlich an die frische Luft kommst …«

Wieder stehe ich in der Tür zu Olssons Küche, und ich schaue nicht mehr den Überwurf an, ich bin eine Kamera, die alles registriert. Der Kaffeekessel steht vergessen, kupferfarben glänzend auf dem schwarzen Herd, eine Fliege surrt vor der Fensterscheibe, der Flickenteppich vor der Spüle ist verrutscht, jemand ist mit eiligen Schritten darüber gelaufen und hat ihn hinterher nicht wieder richtig hingeschoben.

Marita sitzt auf der Küchenbank und umklammert ihre Beine, sie ist barfuß, trägt ein blaues Sommerkleid, aus dem sie fast herausgewachsen ist, sie versucht die ganze Zeit, ihre Füße unter die Naht zu bekommen, aber das gelingt ihr nicht, das Kleid ist zu kurz. Sie hat immer noch Reste von ihren letzten Korkenzieherlocken, das Haar ist am Scheitel glatt, ringelt sich aber noch über den Schultern ein wenig. Ihr Gesicht ist vollkommen weiß, sie hat die Lippen zurückgezogen und zeigt ihre Milchzähne.

Maritas Augen sind ungewöhnlich groß, sie reißt sie auf, blinzelt nicht einmal, es scheint, als würde sie mich gar nicht sehen, sie starrt beharrlich ihre Eltern an. Die stehen dicht beieinander neben dem weggerutschten Flickenteppich, sie beugen sich lachend vor, betrachten etwas Graues, Unförmiges, das sich vor ihren Füßen bewegt. Olsson ist betrunken, das hört man an seiner Stimme. Er schwankt ein wenig und hält sich an der Schulter seiner Frau fest. Sie lacht laut und hebt einen Fuß hoch. Ihre Beine sind breit und kräftig, es wundert mich, dass sie sich so graziös bewegen kann, diese Füße müssten doch eigentlich ganz schwer sein.

Tante Olsson entdeckt mich, ihre Augen funkeln. Vielleicht ist sie ja auch betrunken, aber nein, Frauen werden nicht betrunken, die werden nur wahnsinnig, vielleicht ist Tante Olsson ja wahnsinnig. Sie sieht merkwürdig aus, wie sie mich so ansieht, aber sie redet nicht mit mir, sie sagt etwas zu ihrem Mann. Olsson lacht leise und beugt sich hinunter, er schwankt und ist gezwungen, sich mit einer Hand an dem Bein seiner Frau festzuhalten, während er mit dem anderen nach diesem grauen Etwas auf dem Boden tastet.

Das will nicht in seine Hand kommen, es windet und schlängelt sich um sich selbst und entwischt ihm, die Erwachsenen reden, aber ich höre nicht, was sie sagen, ich sehe nur, wie Tante Olsson hilfsbereit ihre Arme ausstreckt und ihren Mann stützt, so dass er beide Hände benutzen kann. Fluchend tastet er hin und her, bekommt schließlich den Schwanz zu fassen, er steht auf und dreht sich langsam um, so dass ich sie deutlich sehen kann. Sie ist groß, viel größer und dicker, als ich mir jemals eine Kreuzotter vorgestellt habe.

Die Schlange ist die ganze Zeit in Bewegung, sie ringelt sich und schnappt in die Luft. Olsson hält sie nun auch mit der anderen Hand fest, sein brauner Daumen drückt sie genau hinter dem Kopf, er lässt ihren Schwanz los und lässt sie sich auf seiner freien Hand zusammenrollen. Dort hat sie nicht genügend Platz, Teile ihres Körpers hängen auf beiden Seiten seiner Handflächen herunter.

Sie reden, aber ich höre immer noch nicht, was sie sagen, ich sehe nur, wie Olsson seinen Mund lächelnd bewegt, ich sehe, wie er seine Füße in Zeitlupe hebt und den ersten Schritt zur Küchentür hin macht, dorthin, wo ich stehe. Er stolpert über den unordentlichen Flickenteppich, fällt aber nicht hin, und er lässt das, was sich da in seiner Hand windet, nicht fallen, eine Ewigkeit lang geht er mit großen Schritten auf mich zu. Ich versuche, ihn mit meinem Blick zu verzaubern, *stirb, Kerl, stirb, gleich auf der Stelle,* aber er stirbt nicht, er macht einen Schritt nach dem anderen.

Er bleibt direkt vor mir stehen, er hält mir die Schlange vors Gesicht, hält sie mir direkt unter mein linkes Auge, so nahe, dass sie wahrscheinlich zubeißen könnte, aber das weiß ich nicht genau, und selbst wenn ich es wüsste, so könnte ich doch nichts dagegen tun. Ich kann mich nicht bewegen, ich bin irgendwie tot.

Sie sehen einander an, die Schlange und die sechsjährige Cecilia, einen Augenblick lang sehen sie einander an, und sie hat das Gefühl, als würden sie sich gegenseitig bedauern. Ja, Cecilias Herz will vor Schreck und Verzweiflung über diese Schlange schier zerbrechen, sie nimmt an, dass die Schlange weiß, dass sie bald sterben muss, und so groß ist ihr Mitleid, dass sie vergisst, dass sie selbst ja bereits tot ist, dass ihr Herz aufgehört hat zu schlagen und dass ihre Lunge nicht länger atmet.

Das Reptil erwidert ihren Blick für einen kurzen Moment, es lässt seine Zunge spielen und öffnet das Maul, dieses widerlich grinsende Maul, groß genug, um eine Ratte mit Haut und Haar zu schlucken …

Cecilia sieht die Reißzähne und ersteht wieder auf, dennoch kann sie weder sprechen noch schreien, aber sie kann sich bewegen, sie kann rückwärts ins Treppenhaus fliehen, und dort kommt auch ihr Gehör zurück. Sie hört ihre eigenen Schritte, als sie die Treppe hinuntersaust, und Olssons Säuferstimme, die hinter ihr herruft: »Aber verdammt noch mal, Cecilia, kannst du etwa keinen Spaß verstehen?«

Ich laufe mit den Händen vor dem Mund über den oberen Flur, ins Badezimmer, schließe die Tür und presse meinen Rücken gegen die kalten, sicheren Kacheln. Meine Hände zittern, und ich atme kurz und keuchend. Ich wasche mein Gesicht mit kaltem Wasser, um das Bild von dem, was vor so langer Zeit passiert ist, zu vertreiben. Mein Spiegelbild schaut mich an, es ist nass und nackt, enthält weder Hohn noch Verstellung.

»Das ist nicht möglich«, sage ich. »Das kann nicht wahr sein.«

»Warum nicht?«, fragt das Spiegelbild. »Natürlich kann das wahr sein. Das Puzzle geht auf: Du erinnerst dich doch, wie du in den Wald gelaufen bist und einen tröstenden Baum gefunden hast, das muss damals gewesen sein…«

»Aber warum bin ich nicht zu meiner Mutter gelaufen? Warum habe ich nicht meine Mutter um Hilfe gebeten? Sie hätte sie umgebracht, schließlich war ich erst sechs Jahre alt…«

Das Spiegelbild lächelt und zuckt mit den Schultern.

»Glaubst du das wirklich, Cecilia? Glaubst du tatsächlich, dass sie sie umgebracht hätte?«

Ich lehne mich ans Waschbecken und senke den Kopf, zwinkere ein paar Mal, bevor mein Blick wieder klar wird.

»Und Marita?«, flüstere ich. »Marita. Wenn sie mir so etwas angetan haben, was haben sie dann ihr angetan?«

Ich hebe den Kopf und schaue meinem Spiegelbild in die Augen, das Gesicht ist verzerrt. Wir beugen uns gleichzeitig vor, lehnen die Wangen aneinander und weinen verzweifelt, jede auf ihrer Seite des Spiegels.

Wir stehen in Reih und Glied in der Turnhalle. Der Schularzt soll unsere Rücken begutachten, er soll kontrollieren, ob wir auch gerade wachsen. Alle haben einen nackten Oberkörper, alle außer Marita. Sie hat sich geweigert, das Hemd auszuziehen, obwohl unsere Klassenlehrerin wie auch die Schulkrankenschwester mit ihr geschimpft haben. Der Arzt steht vor ihr, piekst sie mit seinem Füllfederhalter und sagt: »Runter mit dem Hemd, junge Dame. Wir haben keine Zeit für solche Scherze!«

Diesmal traut sie sich nicht, sich zu weigern, sie zieht ihr Hemd aus, knüllt es zusammen und drückt es sich gegen die Brust.

Die Erwachsenen werden ganz still, sie sehen etwas, was wir Mädchen nicht sehen können. Wir müssen in Hab-Acht-Stellung nebeneinander stehen und dürfen nicht die Köpfe drehen.

»Hm«, sagt der Arzt nach einer Weile. »Und wie ist das passiert?«

Maritas Stimme ist heiser: »Ich bin gegen die Heizung gefallen, als wir gespielt haben …«

»Hm«, sagt der Arzt. »So, so. Das muss aber eine sehr heiße Heizung gewesen sein. Die Arme zur Seite! Nun ja, mit dem Rückgrat ist jedenfalls alles in Ordnung.«

Er murmelt der Krankenschwester etwas zu, sie beugt sich vor und flüstert Marita zu, dass sie ihr Hemd wieder anziehen soll. Die Erwachsenen bleiben stehen und sehen zu, wie sie es sich über den Kopf zieht und über den Hüften glatt streicht. Als sie fertig ist, streckt der Arzt seine Hand aus und zieht sie leicht am Nackenhaar: »Ich denke, dass du ein ziemlich ungezogenes Mädchen bist. Ändere dich! Brave Mädchen haben es leichter …«

Ich drehe den Kopf und sehe Maritas starres Profil. Schweigend formen ihre Lippen ein Wort, ein einziges Wort, das nicht ausgesprochen wird.

Scheißkerle.

Ich muss mich zusammenreißen, ich kann nicht den ganzen Tag im Badezimmer sitzen bleiben. Ich habe viel zu tun, immer habe ich viel zu tun …

Trotzdem gehe ich in mein Zimmer und werfe mich aufs Bett, obwohl es noch so lange hin ist bis zum Sonnenuntergang. Das Einzige, was ich jetzt will, ist schlafen. Ich fürchte die Dunkelheit und den Tod nicht mehr. Es sind die Lebenden, die fürchtenswert sind, sie sind es im wahrsten Sinne des Wortes wert, gefürchtet zu werden.

Im Traum reite ich auf einem weißen Pferd geradewegs gegen eine Mauer.

Es ist dunkel, als ich aufwache, aber ich nehme an, dass es bald hell werden wird, und habe keine Lust, auf die Uhr zu gucken. Ich gehe direkt hinunter in die Küche und mache mir Frühstück. Ich bin sehr hungrig und esse schon zwei Brotscheiben, während ich noch darauf warte, dass das Kaffeewasser anfängt zu kochen.

Nachdem ich satt bin, wasche ich das Geschirr mehrerer Tage ab, das sich in der Spüle stapelte und angetrocknet ist, dann mache ich eine schnelle Runde mit dem Staubtuch im ganzen Erdgeschoss, bevor ich den Staubsauger heraushole.

Ich fange aus lauter Vergnügungssucht im Eingang an, ich mag das Geräusch, wenn der Sand im Staubsaugerrohr knistert. Dieses Geräusch versichert mir, dass ich wirklich etwas Nützliches tue.

Hinterher stelle ich die Schuhe ordentlich unter den Garderobenschrank, Mamas Schuhe und meine eigenen Stiefel.

Als viele Stunden später die Sonne aufgeht, habe ich die Kontrolle über mein Dasein wiedererlangt: Meine Fingernägel sind in diskretem Braunrosa lackiert, mein Haar ist gebürstet und geföhnt. Alle Dinge im Haus stehen an ihrem Platz, inklusive Armenkarton. Der steht ganz hinten in Mamas Kleiderschrank mit einem Stapel Schuhkartons oben drauf.

Meine Tochter kommt in sechs Stunden. Ich bin bereit.

Es brennt in mir vor lauter Liebe, als sie aus dem Zug steigt: Sie ist so jung und sieht so ernst aus. Sie trägt eine Ledertasche über der Schulter, eine teure Markentasche, die Ulf ihr in London gekauft hat. Sie schiebt den Schulterriemen hoch und schaut sich nach mir um. Ich eile über den Bahnsteig, fast laufe ich. Erst jetzt erkenne ich, wie sehr ich sie vermisst habe.

»Ach, Sophie«, sage ich. »Ach, Sophie, wie schön, dich zu sehen!«

Sie hat Hunger, ihr Geld hat nicht für etwas zu essen im Zug gereicht. Wir gehen in eine Pizzeria in der Nähe des Bahnhofs. Ich plappere den ganzen Weg über hemmungslos über Nichtigkeiten, und sie antwortet einsilbig. Als wir hineinkommen, wird es anders. Wir bestellen etwas, und ich verstumme, finde nichts mehr, worüber ich plaudern könnte.

Es stehen Blumen auf dem Tisch, gelbe und blaue Plastikkrokusse. Ich reibe ein Blütenblatt zwischen den Fingern und warte, dass Sophie etwas sagt, aber sie sitzt schweigend da, während wir darauf warten, dass uns die Pizzas gebracht werden.

»Papa will, dass ich bei ihm wohne«, sagt sie da und schaut auf ihre Calzone. »In New York. Er meint, da gebe es bessere Schulen …«

Ich lege das Besteck hin, kann plötzlich nichts mehr essen. Meine Angst ist blutrot.

»Und willst du das?«, frage ich und höre, dass meine Stimme ganz heiser klingt.

Sie trinkt einen Schluck Milch.

»Nein. Eigentlich nicht. Ich will in Schweden leben, ich will irgendwann schwedisch werden. Ganz normal. Einen normalen Job haben und in einem normalen Haus wohnen. Nicht mehr reisen müssen.«

Ich greife nach meinem Besteck.

»Dann willst du nicht mit mir nach Canberra?«

Wieder schaut sie nach unten.

»Nein. Ich hoffe, dass du nicht traurig bist, Mama, aber ich will nie wieder reisen. Der Fahrstuhl ist das einzige Verkehrsmittel, das ich benutzen will, wenn ich erwachsen bin. Ich will in Schweden wohnen, hier ist es ruhig und schön …«

Ich nicke, und sie erwidert meinen Blick. Ich sehe, dass sie Angst hat.

»Was meinst du, ob Papa traurig sein wird?«

Die Frage verwundert mich: Mir ist nie auch nur der Gedanke gekommen, dass Ulf traurig sein könnte. Aber für sie ist er ein anderer als für mich.

»Das glaube ich nicht. Aber das ist auch nicht die Frage. Du solltest das tun, was du selbst willst.«

Sophie atmet leise aus, aber ihre Angst lässt sie noch nicht los.

»Aber wenn er jetzt traurig wird? Und sie, seine neue Frau, wenn sie meint, das wäre ihre Schuld? Dann wird sie auch traurig.«

»Ich werde mit ihm reden, Sophie. Mach dir keine Sorgen. Du musst nicht nach New York. Du kannst bis zum Abitur in Sigtuna bleiben. Abgesehen vom Urlaub natürlich.«

Sie nickt und lächelt ein wenig müde.

»Sommer in New York und Weihnachten in Canberra?«

»Ich weiß es nicht, Sophie. Ich kann es nicht sagen. Vielleicht bleibe ich auch in Schweden. Im Augenblick weiß ich nicht, was die Zukunft bringt.«

Weit entfernt ruft Ricky mit erstickter Stimme: Die Zukunft, Madam, wird sie jemals kommen?

Kannibalin. Mörderin. Ich?

Ich war verletzt und gekränkt, verängstigt und wütend, aber mein Äußeres war wie immer kühl und ruhig. Zumindest zu Anfang.

»Lass meinen Arm los, Ricky«, sagte ich. »Immer mit der Ruhe!«

Meine Stimme klang sehr artikuliert und sehr überlegen.

»So«, sagte ich. »Jetzt legen wir Dolly richtig schlafen, dann können wir in Ruhe darüber reden ...«

Weder Ricky noch Butterfield gaben eine Antwort, sie bewegten sich nicht einmal. Ich musste allein versuchen, mit dem Kind im Arm auf die Beine zu kommen. Das gelang mir mit einiger Mühe.

Es war sehr heiß, heißer als je zuvor, unter der Haut schmolz mein Fleisch und wurde zu flüssigem Metall. Ich wischte mir den Schweiß mit einem Zipfel meines T-Shirts von der Stirn, als ich zurück zur Türöffnung ging. Mein ruhiges Äußeres begann zu bröckeln, und mitten in der Bewegung merkte ich, wie ich zitterte.

»Dieser Mann hat Fieber, Ricky«, sagte ich, als ich mich hinsetzte. »Er ist sehr krank. Er fantasiert.«

Ricky räusperte sich.

»Ich habe es überprüft, Madam. Er ist nicht besonders heiß.«

»Das kann man bei dieser Hitze nicht mit der Hand feststellen. Die Luft selbst ist ja schon fieberheiß.«

Ricky gab keine Antwort, er hatte sich noch weiter in die Schatten zurückgezogen. Ich konnte sein Gesicht nicht erkennen, nicht einmal seine Konturen. Er schwieg und wartete ab, was mich noch wütender machte.

»Ich soll euch also umbringen wollen«, sagte ich und nahm einen Schluck Bier. Es war warm und schmeckte bitter. »Ich will euch also das Herz aus dem Leibe reißen. Nur weil ich weiß bin. Das ist doch verrückt. Das ist doch verdammt noch mal total verrückt!«

»Das ist nicht so wichtig«, sagte Butterfield und beugte sich vor, um noch einmal zu versuchen, die Kerze anzuzünden. »Scheiß drauf.«

Das Licht flackerte hastig über Rickys Gesicht, er schüttelte den Kopf und öffnete den Mund, um etwas zu sagen, aber er kam nicht dazu. Jetzt war ich an der Reihe zu reden, und ich konnte mich nicht mehr zurückhalten.

»Warum guckst du mich so an, Ricky? Bin ich zu einer Art Monster geworden? Habe ich plötzlich Reißzähne, Klauen und einen Buckel gekriegt?«

Ich trank noch einmal von meinem bitteren Bier und redete zu mir selbst.

»Organdiebstahl. Das muss er gemeint haben. Es gibt ja jede Menge merkwürdiger Erzählungen über *kanos*, die Augen, Lungen und alles Mögliche sonst stehlen, die habe ich hier und auch schon in Indien gehört.«

Ricky strich sich mit der Hand übers Gesicht.

»Ich weiß«, sagte er. »Ich habe auch davon gehört, ich habe es im Fernsehen gesehen. Und als ich noch Taxifahrer in Manila war, da hatte ich einen Kumpel, der hat seine Niere an einen *kano* verkauft. Er hat über zweitausend Dollar gekriegt...«

Ich nickte kurz: »Natürlich. So etwas kommt vor. Alle wissen, dass *kanos* nach Manila kommen, um Organe von armen Menschen zu kaufen. Aber dabei handelt es sich um Kauf, Ricky. Das ist vielleicht unmoralisch, aber es ist kein Mord. Alle diese Erzählungen von Mord und Diebstahl sind vollkommen aus der Luft gegriffen. Das gibt es nicht, dass jemand losgeht und links und rechts auf die Leute schießt, das gibt es nicht, das würde gar nicht funktionieren... Das sind nur Lügen und Erfindungen!«

»Das ist nicht wichtig«, sagte Butterfield wieder.

Ricky schwieg und zündete sich eine Zigarette an. Sein Schweigen ließ meine Wut erneut aufflammen.

»Es gibt nichts, was mich wütender macht, als wenn ich für etwas verurteilt werde, das ich gar nicht beeinflussen kann«, sagte ich. »Ich will verflucht noch mal als Person und Individuum beurteilt werden, nicht als Weiße, Frau oder Schwedin. Und ich bin kein *kano*, Ricky. Ich bin eine Europäerin. Das ist ein verdammter Unterschied. Kapierst du das, Ricky? Wirst du das jemals kapieren?«

Genau da ging ich zu weit. Butterfield packte mich beim Handgelenk und drückte zu. Das tat so weh, dass ich die Bierflasche fallen ließ.

»Jetzt hältst du mal den Mund, Cecilia! Jetzt bist du still!«

Er ließ meinen Arm los, gab mir aber gleichzeitig einen kleinen Schubs, so dass ich fast das Gleichgewicht verlor, obwohl ich doch saß. Seine Bewegungen waren eckig vor Wut.

»Manchmal bist du einfach lächerlich! Ricky ist zur Armut verurteilt, weil er derjenige ist, der er nun einmal ist. Dolly ist zur Kinderarbeit verurteilt, weil sie diejenige ist, die sie ist. Ich bin verurteilt, ein Zigeuner zu sein. Heute Nacht bist du dazu verurteilt worden, ein *kano* zu sein. Du bist dieses einzige Mal verurteilt worden, und das in den Fantasien eines Wahnsinnigen. Verflucht, was hat das für eine Bedeutung?«

Ich blinzelte und musste einsehen, dass ich zu Ricky gesprochen hatte, wie die Macht zu den Machtlosen redet. Ich hatte einen Abgrund zwischen uns offenbart. Die Scham schmeckte bitter in meinem Mund. Ich wollte alles wieder zurechtrücken, wusste aber nicht, wie.

»Entschuldige, Ricky«, sagte ich und schaute auf meine Knie. »Ich bitte dich vielmals um Entschuldigung für alles Dumme, was ich gesagt habe. Ich weiß nicht, was mich da geritten hat.«

Aber da war es bereits zu spät. Ricky, der mein Freund gewesen wäre, wenn Freundschaft möglich gewesen wäre, schaute in die Dunkelheit und antwortete tonlos:

»Natürlich, Madam. Ist schon okay. *Never mind.*«

Aber nach diesem Vorfall lächelte er mich nie wieder an.

Wir saßen noch lange schweigend in der schwarzen Türöffnung, die Hitze vertiefte und verdichtete sich. Wir atmeten keine Luft mehr, sondern den reinen Dampf. Ich lehnte den Kopf gegen den Türpfosten und spürte, wie der Puls in meinen Schläfen pochte.

»Das Wichtige«, sagte Butterfield schließlich. »Das einzig Wichtige ist, wer er ist. Was hat er dazu gesagt?«

Ich hörte, wie Ricky sich den Schweiß von der Stirn strich.

»Er hat gesagt, dass er ein Vietnambaby war...«

Ich drehte vorsichtig den Kopf in seine Richtung, um nicht den Kopfschmerz zu wecken, der hinter dem Hirnlappen lauerte.

»Was soll das bedeuten? Ist er Vietnamese?«

Ricky lachte trocken auf.

»*No, madam.* Das bedeutet, dass er der Sohn von einem amerikanischen Soldaten ist. Von einem, der während des Vietnamkriegs hier war.«

»Dann ist er ja selbst ein *kano.* Zumindest zur Hälfte.«

Ricky seufzte.

»Das sieht er nicht so, Madam.«

Butterfield beugte sich vor: »War sein Vater schwarz, wurde er deshalb NogNog genannt?«

Ricky zog sich ein wenig zurück und zuckte mit den Schultern.

»Ich weiß es nicht. Ich habe nicht danach gefragt. Aber er hat gesagt, dass er seinen Vater nie gesehen hat...«

Butterfield beugte sich vor: »Dann stammt er also aus Olongapo?«

Ricky schüttelte den Kopf. Seine Konturen begannen sichtbar zu werden, bald würde die Morgendämmerung einsetzen.

»Nein, aus Angeles...«

»Aber wie ist er hierher gekommen?«, wollte ich wissen. »Wie ist er in unser Auto gekommen?«

Ricky zuckte noch einmal mit den Schultern und schien plötzlich sehr müde zu sein.

»Er sagt, dass er mit ein paar anderen Männern im Jeep gefahren ist. Und plötzlich wurde es dunkel, und es fing an, Steine zu regnen. Sie haben sich festgefahren, ganz einfach, kamen nicht weiter…«

Ricky verstummte und nahm einen Schluck Bier, wir warteten ungeduldig auf die Fortsetzung.

»Er hat nur gesagt, dass er sie verloren hat. Er hat seine Kameraden in dem Ascheregen aus den Augen verloren und sich verlaufen. Er ging viele Stunden lang und geriet direkt in ein Erdbeben, genauso eines, wie Dolly es geschildert hat…«

Ricky strich sich mit der Hand übers Gesicht und schaute zum Himmel, der war schwer mit dunklen Regenwolken verhangen, aber hinter ihnen war bereits das Morgenlicht zu erahnen.

»Er hat gesagt, dass er unser Haus nicht gesehen hat, Madam«, sagte er. »Er hat das Haus nicht gesehen, und er hat keine Ahnung, wer wir eigentlich sind.«

Er nahm einen Schluck Bier und schloss die Augen.

»Er sagt, dass er nicht weiß, wie lange er in unserem Auto gelegen hat, er ist stundenlang durch den Orkan gelaufen und hat es dann einfach gefunden. Er ist reingekrochen, um sich vor der Asche und den Steinen zu schützen. Es war kein Problem, die Tür zu öffnen, wie er sagt, das war ganz einfach. Also muss er kurz, nachdem wir ins Haus gelaufen sind, gekommen sein…«

Eine Weile blieb es still, Butterfield stellte seine leere Bierflasche auf den Boden.

»Und«, sagte er dann. »Was meinst du? Glaubst du, dass er einer von der NPA ist?«

Ricky stand auf und bürstete sich die Hose ab.

»Ja«, sagte er. »Ich denke schon. Schon möglich.«

»Warum?«, fragte ich atemlos. »Warum glaubst du das?«

»Wegen der Bezeichnung, die er für seine Kameraden benutzt hat, Madam. Er hat sie seine *patrulya* genannt. Das war eine Patrouille, die in diesem Jeep gefahren ist.«

Er blieb mit den Händen in den Taschen stehen und schaute in das Grau. Ich folgte seinem Blick. Setzte die Dämmerung ein? Oder war das Dampf, der aus der Asche aufstieg?

»Aber du bist dir nicht sicher?«, fragte Butterfield mit gedämpfter Stimme.

»Nein«, sagte Ricky.

»Warum nicht?«

»Weil er so viel von Gott und den Engeln geredet hat…«

»Ach was«, wehrte Butterfield ab. »Das muss gar nichts bedeuten. Die meisten bei der NPA sind doch gute Katholiken.«

»Das schon«, sagte Ricky. »Kann sein, ja. Aber die behaupten doch nicht von sich selbst, dass sie Engel sind, oder?«

Er zog die Hände aus den Taschen und strich sich über das Gesicht.

»Aber das behauptet er, Mister Berglund. Er sagt, dass er ein Engel sei. Deshalb nehme ich an, dass Sie wohl Recht haben. Er ist verrückt, vollkommen verrückt.«

NogNog wachte mit einem Ruck auf und setzte sich sofort auf, ließ seinen Blick über die Wände gleiten, bis er uns entdeckte. Wir anderen frühstückten hinten am Tisch, wir saßen müde und verschlafen auf unseren gewohnten Plätzen. NogNogs Blick streifte mich und Dolly, glitt weiter zu Ricky und hielt abwartend inne, als er Butterfield erblickte. Wir erstarrten und warteten ab, doch er schrie nicht. Aber er sagte auch nichts.

Nach einer Weile stand ich auf und holte sein Frühstück, stellte den Teller mit gekochtem Reis und getrocknetem Fisch ein Stück von seinem Schlafplatz entfernt auf den Boden. Er schaute zuerst das Essen an, dann mich und nickte schließlich verhalten.

Ich ging zurück an den Tisch und setzte mich neben Dolly, strich ihr gedankenverloren über den Rücken. Der Kaffee war an diesem Morgen ungewöhnlich eklig, und ich sehnte mich nach Brot. Es regnete schlimmer als üblich, und die Luft war noch genauso schwer von Feuchtigkeit und Hitze wie in der

Nacht. Die Kleider klebten mir am Leib, der Schweiß lief mir über die Kopfhaut.

Als das Frühstück beendet war, ging ich in die Küche, zog mich aus und wickelte ein Frotteehandtuch wie einen Sarong um mich. Ich nahm Seife und Shampoo in die Hand und tappte barfuß zurück in den Wohnraum.

»Was hast du vor?«, fragte Butterfield überrascht.

»Duschen«, sagte ich. »Ich kann ebenso gut den Regen ausnutzen, solange er fällt…«

Er kicherte und schüttelte den Kopf.

»Du bist doch nicht gescheit…«

Aber natürlich war ich gescheit: Es war herrlich, im Regen zu duschen. Die Tropfen waren groß und sonderbar zäh, sie behielten ihre Form, als sie auf meiner Haut landeten, lagen eine Sekunde schimmernd wie Glasperlen da, bevor sie losließen und auf die Füße und die Asche hinunterliefen.

Ich stellte mich hinters Haus und seifte meinen ganzen Körper ein, wusch ihn und betrachtete ihn, untersuchte mich selbst Stück für Stück, um zu sehen, ob ich mich wirklich so verwandelt hatte, wie es mir vorkam. Ich betrachtete die Brustwarzen besonders genau, und es gelang mir, mir einzureden – wie lächerlich ich während dieser Tage doch war, Marita –, dass das helle Braun des einsetzenden Alters einen Hauch vom Rosa der Jugend bekommen hatte.

Ich streckte meine Arme dem grauschwarzen Himmel entgegen und beobachtete, wie die Haut sich dehnte, ich war schimmernd weiß und glatt wie Elfenbein. Während eines Atemzugs fühlte ich mich wie eine Göttin, dann senkte ich eilig die Arme wieder.

So eine Geste ist eine Lästerung für jemanden, der wirklich mal eine Göttin getroffen hat.

Das Geräusch fällt mir als Erstes ein. Wie die Muschel schepperte, als sie auf die Straße fiel.

»Was war das?«, fragte ich.

»Ein Auto ist über etwas gefahren«, sagte Marita. »Ist doch scheißegal. Hast du genug Geld für ein Würstchen?«

Ich holte mein Portemonnaie heraus. Geld war nie ein Problem, Gyllen liebte es, mir Geld zu geben.

»Ein Spezial«, sagte Marita heißhungrig, »hast du genug für ein Spezial für jede?«

Das war unser letzter gemeinsamer Abend, aber das wussten wir noch nicht. Wir dachten, es wäre ein ganz normaler Samstagabend. Die Stadt war öde und leer, die Leute aus der Freikirche hatten sich in ihren Tempel zurückgezogen, und die anderen Erwachsenen blieben samstagabends zu Hause. Die Stadt gehörte uns Jungen, aber um die Wahrheit zu sagen, da gab es nicht viel, was uns gehörte. Ein paar Cafés und die Würstchenbude auf dem Södra Torget waren die einzigen Etablissements, die offen hatten. Die Autos der Halbstarken umkreisten den Marktplatz, eines nach dem anderen glitt heran und suchte sich einen Platz. Bald würde das Spiel beginnen, und Marita und ich würden dabei sein …

Aber zuerst wollten wir ein heißes Würstchen essen. Es war spät im Oktober, und wir froren in unseren dünnen Wildlederjacken, da wir uns weigerten, Pullover darunter zu ziehen. Das sah so plump und hässlich aus. Marita hatte nicht einmal Handschuhe an, sie wärmte sich die Hände in den Achselhöhlen, während der Budenbesitzer seine Spezial fertig machte. Brot, gegrillte Würstchen, drei Löffel wässriger Kartoffelbrei und ein Klacks Ketchup oben drauf.

Wieder klirrte und schepperte etwas, aber das Geräusch wurde vom Komet übertönt, der seine Harley Davidson im Stand hochdrehte. Er war der König des Södra Torget: schon neunzehn und von vielen Mythen umwoben. Wir hatten uns noch nicht getraut, ihm und seiner Motorradgang näher zu kommen.

Ich erinnere mich immer noch, wie der kleine Holzlöffel schmeckte, dieser kleine, raue Löffel, den man zum Kartoffelbrei dazu bekam. Ich hatte ihn gerade in den Mund gesteckt, als ich sie erblickte und das klirrende Geräusch wieder hörte.

»Guck mal«, sagte ich zu Marita. »Da ist die Venus von Gottlösa …«

Sie trat auf den Bürgersteig und sah aus, wie sie in den letzten Monaten immer ausgesehen hatte: Das lange Haar flatterte hinter ihrem Rücken, sie runzelte die Stirn und murmelte etwas vor sich hin. Aber an diesem Abend gestikulierte sie nicht. Sie hatte die Hände voll.

Marita leckte sich ein wenig Ketchup von der Oberlippe.

»Was schleppt sie da mit sich rum?«

In dem Moment hatten alle Jugendlichen auf dem Södra Torget sie entdeckt. Ein paar Sekunden lang war alles mucksmäuschenstill, dann verbreitete sich die Nachricht, dass etwas ganz Ungewöhnliches geschehen würde. Autotüren wurden zugeworfen und abgeschlossen, Zündschlüssel von den Motorrädern abgezogen.

Ich erinnere mich heute noch an die Stimmen und die Rufe: »Verdammt noch mal, was macht sie da?«

»Was schleppt sie da mit sich rum?«

»Das ist die Muschel! Verdammt! Die Alte hat die Shell-Muschel geklaut!«

»Scheißzigeunerin! Was will sie denn bloß damit?«

»Oh Mann, wird Abrahamsson sauer sein! Komm, lasst uns nachgucken.«

Marita und ich hielten unsere Spezial in festem Griff, als wir mit den anderen zu Abrahamssons geschlossener Tankstelle liefen.

»Oh Mann! Guckt mal, da liegt noch die Leiter, die Alte ist hochgeklettert und hat die Muschel abgeschraubt!«

»Die Zigeuneralte hat die Shell-Muschel geklaut!«

»Die ist ja verrückt!«

»Sie ist total gaga!«

»Vollkommen wahnsinnig!«

Marita hielt ihre Wurst immer noch fest, während wir liefen, ich hatte meine verloren. Die Venus von Gottlösa hatte inzwischen die Straßenecke bei der Heilsarmee erreicht, jetzt stand sie zögernd am Zebrastreifen und wartete, obwohl kein einziges Auto zu sehen war. Sie hielt die gelbe Metallmuschel mit beiden Händen hinter dem Rücken, schleppte sie mit sich, so dass sie gegen den Rinnstein schlug, als sie endlich auf die Straße trat.

»Sie will zur Eisenbahnbrücke…«

Der Komet hatte die Führung übernommen: »Haltet Abstand, verflucht noch mal, nicht zu nahe!«

Wie viele waren wir? Wer war dabei? Zwanzig oder fünfundzwanzig flaumbärtige Jünglinge und sieben seidenweiche Mädchen, Kinder mit runden Wangen und klaren Augen, Kinder, die später als eine Horde Schakale beschrieben wurden.

Die Venus von Gottlösa hielt unter einer Straßenlaterne ganz oben auf der Brücke an. Sie ließ die Metallmuschel mit einem Knall fallen, diese schaukelte kurz auf ihrer Rundung, bevor sie zu Boden fiel. Die Venus von Gottlösa beugte sich mit ernstem Gesicht über das Brückengeländer und schaute auf die Eisenbahngleise, schaute auf ihre Uhr und nickte. Dann bückte sie sich und hob die Muschel auf, nahm sie zwischen ihre ausgestreckten Hände und hob sie über das Geländer.

Wir standen ein paar Meter entfernt im Schatten, und plötzlich war niemand mehr da, der sich traute zu schreien, nur ein paar Jungs sagten etwas, und ihre Stimmen waren gedämpft.

»Was macht sie?«

»Sie will das vor den Zug werfen…«

»Oh verdammt, sie ist ja total verrückt, dann kann der doch entgleisen.«

»Man sollte sie ins Irrenhaus sperren…«

»Solche dürften nicht frei herumlaufen…«

»Aber guckt nur, jetzt legt sie sie auf diese Streben, die da rausragen…«

Die Venus von Gottlösa stöhnte vor Anstrengung. Mit großer Mühe war es ihr gelungen, die Muschel zwischen zwei Eisenstreben auf der Außenseite des Geländers zu legen. Solche Metallstreben gab es die ganze Brücke entlang, schwarze Eisenteile im Abstand von einem Meter. Ich weiß nicht, wofür die gut waren. Ich weiß nur, dass ich dachte, dass ihre einzige Aufgabe wohl war, zu verhindern, dass solche Kerle wie Olsson auf die Gleise fielen, wenn sie auf der Brücke standen und sich übergaben. Was mich betraf, hätte man sie sich sparen können.

Die Venus von Gottlösa hockte sich auf den Bürgersteig und schob eine Hand durch das Geländer, schob die Muschel zurecht, so dass sie sicher auf zwei Streben lag. Dann erhob sie sich und begutachtete das Resultat, schaute noch einmal auf die Uhr und schien beruhigt zu sein.

Sie riss mit einer einzigen hastigen Bewegung die Druckknöpfe ihres alten Regenmantels auf, zog den Mantel aus und faltete ihn zu einem ordentlichen Paket, das sie auf den Bürgersteig legte. Sie stand auf, ihre weiße Bluse war bis oben an den Hals zugeknöpft, der weiße Rock flatterte im Wind. Sie drehte den Kopf ein wenig und schaute uns an.

Ich packte Marita fest am Arm. Die Venus von Gottlösa sah mich an, Marita, uns alle. Einen brennenden Moment lang war ihr Blick glasklar und ganz nah, sie sah aus, als wäre ihr vollkommen bewusst, dass wir da waren. Sie lächelte ein wenig und legte einen Finger auf die Lippen, mahnte uns geheimnisvoll zur Ruhe und lachte uns an. Vielleicht sahen wir auch wirklich komisch aus: Wir hatten unsere Glieder ineinander verschlungen und waren zu einem Busch geworden, dessen nackte schwarze Zweige sich umeinander wanden.

Sie begann ihre Bluse aufzuknöpfen. Da ging ein Wind durch den Busch, ein leises Sausen und eine Bewegung, die schnell wieder erstarb. Jetzt zog sie ihre Bluse aus und faltete sie sorgfältig zusammen, beugte sich vor und legte sie vorsichtig auf den Regenmantel. Sie trug ein weißes Unterkleid aus Nylon, die Brust war mit schmutziger Spitze bedeckt.

Der Wind erfasste den Rock und wehte ihn weg, sobald sie ihn auf die andere Kleidung gelegt hatte. Die Venus von Gottlösa sah ihm einen Moment lang nach, zuckte dann mit den Schultern und zog das Unterkleid aus. Sie hielt es locker in einer Hand, ließ es ein paar Mal durch die Luft fliegen, mit einer

Geste, grob wie Sandpapier, und ließ es dann in die Dunkelheit, auf Åkershäll zu wehen.

Sie knöpfte ihren BH auf und griff sich selbst unter die Brust, murmelte etwas und lachte, während sie die Schuhe wegkickte. Der BH baumelte locker von ihrer Schulter, als sie sich hinunterbeugte und die Schuhe nebeneinander stellte. Sie waren vollkommen unmodern und erinnerten mich an ein Paar, das Mama schon seit langem im Armenkarton aufbewahrte.

Die Venus von Gottlösa löste ihre Strumpfbänder und hakte das Korsett auf. Das war ein Fünfzigerjahremodell aus glänzendem Satin mit Metallfedern, viel zu schwer, um mit dem Wind wegzuwehen. Sie wickelte es zu einer Rolle und ließ es zu Boden fallen. Dann begann sie umständlich erst den einen, dann den anderen Strumpf herunterzurollen.

Das letzte Kleidungsstück war eine altmodische lachsfarbene Unterhose. Sie war abgenutzt und verwaschen. Die Venus von Gottlösa schob gedankenverloren den Zeigefinger in ein Loch genau unter dem Gummiband und schob den Finger dort ein wenig hin und her, bevor sie mit einer schnellen knicksenden Bewegung die Hose auszog.

Jetzt war sie nackt.

Sie stellte sich auf die Zehen und streckte beide Arme in die Luft, der Wind packte ihr taillenlanges Haar und hob es hoch. Das Licht von der schwankenden Straßenlaterne über uns ließ sie erglänzen. Sie war ein Pfeiler aus Elfenbein und Kupfer, verführerisch in ihrer Schönheit, erschreckend in ihrer Vollkommenheit.

Hinterher wurde behauptet, wir hätten sie aufgehetzt, wir hätten geschrien, gerufen und sie verhöhnt.

Das ist nicht wahr.

Wir haben nie geschrien. Früher schon, aber nicht zu diesem Zeitpunkt, nicht an diesem Ort. Niemand bewegte sich. Niemand sagte ein Wort. Wir waren von ihrer weißen Haut und dem flatternden Haar zu Stummheit und Unbeweglichkeit verurteilt, so erschlagen waren wir, dass wir nicht einmal den

Kaugummi im Mund umdrehten. Die Luft war plötzlich schwer von der duftenden Sehnsucht der Jungs, sie platzte und brach hervor wie Blüten an den kahlen Zweigen des Busches. Aber wir Mädchen schlugen mit feuchten Augen die Blicke nieder, hoffnungslos überwältigt von ihrer unnahbaren Weiblichkeit.

Sie musste über das Geländer auf die schwankende Muschel geklettert sein, aber daran erinnere ich mich nicht, ich erinnere nur noch, wie sie sich auf dem mit Kies bestreuten Fußweg einen Augenblick lang gen Himmel reckte und wie sie schwankend ganz außen auf der Muschel stand. Sie beugte den Kopf zurück und schaute zu den Sternen auf, senkte ihn dann und lauschte. Es sang in den Schienen unter der Brücke, der Katrineholmszug war im Anmarsch.

Ich glaubte wirklich, sie könnte fliegen. Als ich sah, wie sie einen Schritt direkt in die Luft machte, war ich überzeugt davon, dass gewaltige Flügel aus ihren Schulterblättern brechen würden, dass sie den Zug mit ihrem Rauschen übertönen und sich hoch über die Bahngleise und die Stadt heben würde.

Aber die Venus von Gottlösa hatte keine Flügel in ihrem Rücken verborgen. Sie machte einen Schritt in die Luft, wedelte eilig mit den Armen, als würde sie es plötzlich bereuen, und fiel dann mit einem äußerst irdischen Schrei vor den Zug aus Katrineholm.

Es klang, als würden die Räder kauen.

Das Frotteehandtuch war natürlich vom Regen durchnässt, und ich war bis über die Knie hinauf schmutzig vom Laufen durch die Asche.

Ich stellte mich in die Türöffnung und hob erst das eine Bein, dann das andere, um den letzten Schmutz abzuspülen. Das brachte zunächst Dolly zum Lachen, dann auch Butterfield. Ricky lag auf dem Boden mit einer Zeitung auf dem Gesicht, der Fremde hatte sich zur Wand gedreht und schien zu schlafen.

»Du bist verrückt«, sagte Butterfield. »In dieser Feuchtigkeit wirst du niemals trocken werden …«

»Das wird schon gehen, wenn du dich nur nicht einmischst. Kannst du mir das T-Shirt geben, es liegt unter dem Tisch …«

Ich zog mich in der Küche an und rieb das Haar halbtrocken, während das Kaffeewasser auf dem Spirituskocher summte. Dann trug ich die Kaffeebecher ins Zimmer und hockte mich neben Ricky, drängte mich ihm auf, um alles wiedergutzumachen.

»Schläft er?«, fragte ich und nickte in Richtung NogNog.

»Mm«, brummte Ricky.

Ich stand auf und ging zum Tisch.

»Weck ihn«, sagte ich. »Wir müssen uns beraten. Jetzt können wir aufbrechen. Und er kann ja mitkommen, wenn er will, oder hier bleiben. Das liegt ganz bei ihm …«

Rickys Gesicht veränderte sich: Es war, als hätte ich ihm ein Geschenk überreicht. Er drückte sich vom Boden hoch, um aufzustehen. Aber Butterfield hielt ihn mitten in der Bewegung zurück.

»Noch nicht«, sagte er. »Noch nicht.«

Ich verschüttete ein wenig Kaffee auf dem Tisch, als mir die Tragweite dessen, was er gesagt hatte, klar wurde.

Ich weiß nicht, wer Butterfield dir gegenüber war, Marita. Ich weiß nicht, was ihr euch gegeben habt und wessen ihr euch beraubt habt.

Aber ich weiß, wer er für mich war. Das vollendete Schweigen, der stumme Ernst, die ehrliche Wortlosigkeit.

Er störte unseren Liebesakt nie, indem er falsche Versprechungen flüsterte, er murmelte nach dem Orgasmus nie pflichtschuldig etwas über die Liebe. Und das war am besten so. Wenn er gesagt hätte, er würde mich lieben, dann wäre ich aufgestanden und hätte ihn in der Asche zurückgelassen.

Das Wort wäre eine Lüge gewesen. Und Butterfield log nicht.

Aber er mochte mich, Marita. Er mochte mich wirklich gern und wollte mich nicht verlieren.

Und als mir das klar wurde, bekam ich Angst und verschüttete Kaffee auf dem Tisch.

Dolly lag mit dem Kopf in meinem Schoß und spielte mit der Keramikkette. Sie hielt sie ins graue Licht der Türöffnung hoch und schaute immer nur mit einem Auge auf die verschiedenfarbigen Perlen.

»Aber wann wollen wir dann los, Mister Berglund?«, fragte Ricky. »Wann?«

Butterfield schaute weg und wollte nicht antworten.

»Es regnet heute zu stark«, sagte ich halbherzig.

»Ja, genau«, sagte Butterfield.

Ricky sank über seinem Kaffeebecher zusammen.

»Morgen wird es genauso viel regnen. Schließlich ist jetzt Regenzeit!«

»Und wir brauchen ordentlichen Proviant«, sagte ich.

»Ja, genau«, sagte Butterfield. »Wir müssen viel Proviant mitnehmen, vor allem Wasser. Wir wissen ja nicht, wie lange wir gehen müssen, bis wir Wasser finden ...«

»Genau«, sagte ich. »Und wir müssen ausrechnen, in welche Richtung wir gehen müssen.«

»Na, Richtung Süden, verdammt noch mal!«, sagte Ricky. »Oder nach Südwesten! Olongapo liegt nördlich von Manila, und wir sind von Olongapo Richtung Süden gefahren!«

»Fluch nicht!«, sagte ich.

Trotzdem war es nötig, Vorbereitungen zu treffen.

Butterfield half mir, die Seidendecke wie einen Tragegurt um den Rücken zu binden, während Ricky langsam Dolores dort hineingleiten ließ. Es war schwierig, ihr verletztes Bein um die Taille zu kriegen.

»Geht es?«, fragte Butterfield.

»Doch, das geht gut ... Sie ist ja nicht schwer. Wenn ich sie nur unter einem Bein stütze, damit es nicht am Hals schnürt, dann geht es ...«

Butterfield korrigierte den Knoten, Dolly lachte leise und bohrte ihren Kopf in meinen Nacken.

»Was willst du mit ihr machen, wenn wir nach Manila kommen?«, fragte Butterfield.

Ich schob sie etwas höher den Rücken hinauf.

»Na, sie adoptieren, das ist doch klar.«

»Wir sehen aus wie ein Negativ vom anderen«, sagt Sophie.

Wir stehen kerzengerade nebeneinander vor dem Spiegel im Flur und probieren unsere Beerdigungskleider an. Sie hat recht. Eine sieht aus wie das Negativ der anderen: sie in Weiß mit schwarzem Tuch um den Hals, ich in Schwarz mit Weiß um den Hals. Sie löst ihren Schal und dreht mir den Rücken zu, redet plötzlich wie eine Erwachsene.

»Willst du das Haus behalten?«

Ich zucke mit den Schultern.

»Weiß ich nicht. Das hängt davon ab, was Lars-Göran will ...«

Sie lehnt sich gegen den Türpfosten und sieht mich an.

»Es muss angenehm sein, einen Bruder zu haben.«

Ich löse auch meinen Schal und versuche die rutschige Seide zusammenzulegen, ohne dass sie zerknittert.

»Nun ja. Wir haben uns eigentlich nie sehr gut gekannt.«

»Trotzdem. Jemanden zu haben, der die eigene Geschichte kennt ... Jemanden, dem man nicht alles erst erklären muss.«

Eine von Mamas Goldketten liegt in einer kleinen Glasschale auf dem Garderobenschrank, ich nehme sie und halte sie mir prüfend vor.

»Ich weiß nicht. Wir waren eigentlich nie zusammen, als wir noch klein waren. Vielleicht lag es daran, dass er ein Junge und ich ein Mädchen war. Und dann der Altersunterschied ...«

Eine Erinnerung huscht vorbei: Lars-Göran sitzt als frisch ernannter Minister am Mittagstisch meiner Eltern und träumt von den Straßen seiner Kindheit.

»Wie Bullerbü«, sagt er. »Es war, wie in Bullerbü aufzuwachsen, mit all den roten Häusern und dem Wald dahinter.«

Ich musste damals laut lachen, laut, überrascht und höhnisch, bis ich von Mamas Gemeinderatsblick zum Schweigen gebracht wurde.

Ich lasse die Goldkette wieder in die Glasschale gleiten: »Und das mit der gemeinsamen Geschichte – ich weiß nicht so recht. Man erinnert so unterschiedliche Dinge. Du weißt: *It's all in the eye of the beholder.*«

»Kann sein«, meint Sophie lächelnd. »Aber es wäre schön, eine Schwester zu haben …«

Mein Spiegelbild schaut sie an und lächelt etwas höhnisch. Willst du wissen, was deine Mutter mit deiner Schwester gemacht hat, Sophie? Bitte sie doch, es dir zu erzählen!

Ich wende dem Spiegel den Rücken zu und lächle meine Tochter jetzt offen an.

»Wollen wir in die Stadt gehen und sehen, ob es Flieder im Blumenladen gibt? Oma hat Flieder so gern gemocht. Wir stellen zur Beerdigung einen großen Strauß ins Wohnzimmer. Das wird schön.«

»Sie adoptieren?«, fragte NogNog mit seiner dünnsten Stimme. »Sie wollen Sie also adoptieren?«

Ricky und Butterfield waren hinausgegangen, um nach Mineralwasser zu suchen. Butterfield war zunächst besorgt und wollte mich nicht mit dem Fremden allein lassen, aber Ricky hatte ihm versichert, dass er zum einen vollkommen ungefährlich sei und zum anderen so tief schliefe, dass er nicht aufwachen würde, bevor sie zurück wären.

Eine kleine Welle der Angst schwappte durch meinen Magen, aber ich wusste, dass das Wasser wichtig war. Deshalb legte ich meine Hand auf Butterfields Brustkorb und schob ihn sanft durch die Haustür hinaus.

»Keine Gefahr«, sagte ich mit Gyllens Stimme. »Wenn er Dummheiten macht, setze ich mich einfach auf ihn …«

Zunächst war ich mit Dolores beschäftigt. Sie schwitzte und blinzelte wie immer, wenn die Schmerzen im Fuß zu stark wurden. Ich traute mich nicht, ihr noch mehr von Butterfields Schmerztabletten zu geben, zum einen mussten wir sie für den langen Marsch aufsparen, und zum anderen hatte sie bereits ihre Morgendosis bekommen. Ich gab ihr stattdessen Aspirin und Schokolade und wiegte sie vorsichtig, während ich alle schwedischen Kinderlieder sang, dir mir einfielen.

Ich merkte erst, dass er sich aufgesetzt hatte, als er anfing zu reden.

»Dieses Lied«, sagte er. »Das handelt von den kleinen Fröschen, nicht wahr?«

Er war ein dunkler Schatten im Dunkel am anderen Ende des Zimmers, ein Schatten mit der Stimme eines Kranken. Sein Englisch war ausgezeichnet: Es klang, als wäre er in Kalifornien geboren.

Ich spürte, wie die Muskeln im Rücken sich anspannten. Ich war auf der Hut.

»Ja«, bestätigte ich. »Es handelt von den kleinen Fröschen…«

»Das gibt es auch auf Tagalog. Wer ist dieses Mädchen?«

»Ich weiß es nicht genau. Wie haben sie während des Vulkanausbruchs ganz allein draußen auf der Straße gefunden…«

»Und was wollen Sie mit ihr tun?«

Ich schaute auf und versuchte seinen Gesichtsausdruck zu deuten. Das ging nicht, es war zu dunkel im Raum.

»Was meinst du? Was mit ihr tun?«

»Ich meine, Sie hätten gesagt, Sie wollten sie adoptieren?«

Dolores lag ganz still mit großen Augen in meinem Schoß, ich betete hastig darum, sie möge nicht verstehen, was er sagte, und strich ihr das Haar aus der Stirn. Es war feucht vom Schweiß.

»Ach, das hast du gehört? Wir dachten, du würdest schlafen. Hast du nur so getan?«

Seine Stimme wurde abweisend.

»Ich habe mich nur ausgeruht.«

Er machte eine kurze Pause.

»Sie wollen sie also adoptieren? Und wozu wollen Sie sie dann haben?«

Ich schnaubte wütend, aber leise genug, dass er es nicht hörte.

»Was meinst du? Ich werde sie adoptieren. Ihr etwas zu essen geben, ein eigenes Zimmer und sie zur Schule schicken, das ist alles.«

Jetzt war seine Stimme scharf: »Essen und ein eigenes Zimmer und die Schule ... *Oh madam, the goodness of your heart!*«

Ich habe schon immer Probleme gehabt, mit der Ironie anderer Menschen umzugehen, sie macht mich jedes Mal wehrlos. Jetzt blieb ich schweigend auf dem rauen Sofa sitzen und biss mir auf die Oberlippe.

NogNog stand schwankend auf und stützte sich an der Wand ab, er war größer und knochiger, als ich erwartet hatte.

»Hast du Hunger?«, fragte ich.

»*No, madam.* Ich habe ja gerade gegessen, ich bin es nicht gewohnt, so oft zu essen wie ihr *kanos*. Ich wollte nur wissen, wozu Sie sie haben wollen.«

Ich rückte zur Seite und lockerte meine Arme um Dolores ein wenig. Sie sah ängstlich aus, sagte aber nichts und weinte auch nicht. Der Stuhl, dachte ich. Wenn er etwas tut, dann schlage ich ihm den Stuhl über den Kopf, und wenn mir das nicht gelingt, dann beiße ich ihm in den Arm oder ins Bein oder in die Nase oder weiß der Teufel wohin.

Er ging in Zeitlupe durch den Raum. NogNog. Der Dunkle. Der Name passte zu ihm: Ich konnte sein Gesicht erst erkennen, als er am Tisch angekommen war.

»Aber etwas zu trinken«, sagte er und griff nach der Cola-Flasche, die auf dem Tisch stand. Er führte sie zum Mund und trank mit langen, hörbaren Schlucken, wischte sich dann den Mund mit dem Handrücken ab und schaute mich an.

»Also, Madam. Was wollen Sie mit ihr?«

Plötzlich hätte ich am liebsten losgeweint, ich wollte Dolores die Ohren zuhalten, damit sie nichts hören musste.

»Ich verstehe nicht, was du meinst ... Ich will sie für nichts haben. Ich mag sie, und ich will ihr helfen, man adoptiert doch kein Kind, weil man etwas mit ihm will ...«

NogNog lachte und sagte mit seiner schrillsten Stimme: »*Oh madam. The goodness of your heart, the goodness of your kind!*«

Er wandte sich von mir ab und ging zur Tür, lehnte sich gegen den Rahmen und schaute in den Regen hinaus. Ich saß unbeweglich da und betrachtete seinen schmalen Rücken. Seine Stimme war jetzt leiser, als er langsam wiederholte: »*The goodness of your kind…*«

Ich ergriff Dolores' schlaffe Hand und sprach zu seinem Rücken.

»Was weißt du von der eventuellen Güte meines Herzens? Was weißt du von mir und meinesgleichen?«

Er schob die Hände in die Taschen seiner Shorts und senkte seine Stimme noch mehr.

»Alles, Madam. Alles weiß ich von Ihrer Sorte. Ich bin auch einmal adoptiert worden. Von einem *kano*.«

Er drehte sich um und schaute mich an.

»Deshalb weiß ich ganz genau, wozu *kanos* kleine braune Kinder haben wollen. Sie hängen sie in den Baum und pflücken sie wie Früchte.«

Dolores schrie auf und hielt sich die Hände vor die Ohren.

Verdammter NogNog! Verteufelter, verfluchter NogNog!

Immer noch kann ich es nicht lassen, muss die Fäuste ballen und das Gesicht verziehen, wenn ich an ihn und an seine Geschichten denke.

Ich hätte ihn verdursten lassen sollen, ich hätte ihn schlagen sollen, ich hätte mit seiner eigenen Kalaschnikow auf ihn zielen sollen, um ihn zu zwingen zu schweigen. In meiner Fantasie sehe ich mich die Waffe heben und auf seine Kehle zielen…

Aber ich bin nicht in der Lage zu schießen, ich senke die Waffe und lasse sie fallen. Es sind schon genügend Menschen gestorben.

»Was ist, Mama?«, fragt Sophie. »Geht es dir nicht gut?«

»Nur ein bisschen müde«, sage ich und beuge mich über den

Flieder. Die weißen Blüten sind dick und wachsartig, sie haben keinen Duft. Eigentlich haben diese Blumen überhaupt keine Ähnlichkeit mit dem Bauernflieder, den Mama so gern mochte. Das hier sind solche Blumen, wie Gyllen sie gekauft hätte.

»Was kosten die?«

Die Verkäuferin lächelt verlegen:

»Zu dieser Jahreszeit sind sie sehr teuer…«

Ich zucke mit den Schultern.

»Wir nehmen sie. Alle.«

Dolly kauerte sich mit geballten Fäusten und abweisendem Gesicht an meinen Hals, ab und zu wurde ihr Rücken von einem trockenen Schluchzen zusammengezogen. Ich trug sie wie einen Säugling, lief mit ihr auf und ab und erzählte ihr flüsternd, was sie alles bekommen würde, wenn wir in Manila wären. Ich möblierte das karge Gästezimmer in meinem Haus mit weißen Jungmädchenmöbeln und flüsterte von Puppen, einer Puppenstube und einem geblümten kleinen Puppengeschirr.

»Und du wirst so viele Kleider kriegen, wie du willst. Rosa, hellblaue und gelbe Kleider mit Rüschen und Schleifen und kleine Seidenschuhe dazu. Wir werden auf der Terrasse frühstücken und hinterher wirst du im Swimmingpool baden, das Wasser ist grün, kühl und einfach wunderbar…«

Ihr Rücken erzitterte unter einem Schluchzen, aber ich spürte, dass sie zuhörte.

»Und wenn es Wochenende ist, dann holen wir unser großes Auto heraus – ich werde in Manila ein neues Auto kaufen, ein rotes –, und dann packen wir es voll mit Essen und Geschenken. Und du ziehst das schönste von all deinen schönen Kleidern an, und ich kämme dir dein Haar und flechte es, denn das ist inzwischen lang gewachsen, ganz wahnsinnig lang, und dann setzen wir uns ins Auto und fahren nach Floridablanca zu deiner Mama und deinem Papa und all deinen Geschwistern. Und alle laufen auf die Straße, wenn du kommst. Sie bleiben sprachlos stehen und wundern sich, wer das Mädchen nur sein kann, dieses niedliche Mädchen in dem schicken Wagen, und du steigst aus und verteilst die Geschenke, du hast für jeden etwas dabei ...«

Sie hatte aufgehört zu schluchzen, aber ich war so in meine Trostfantasie vertieft, dass ich nicht wieder zurück konnte. Ich brauchte den Traum genauso sehr wie sie.

»Und dann kommt *lola*, deine Oma, auf den Bürgersteig, und als sie dich sieht, schlägt sie die Hände zusammen und ruft: Ich habe es gewusst, ich habe doch gewusst, dass Dolly das niedlichste Mädchen auf der ganzen Welt ist! Und wir nehmen deine Oma mit uns im Auto nach Manila, sie soll auch in unserem Haus wohnen, sie kann den ganzen Tag auf der Terrasse sitzen und zusehen, wie du spielst. Vielleicht kaufen wir ihr eine Katze oder einen kleinen Hund oder ein paar Wellensittiche ...«

Jetzt schlief sie fast, ihr Atem ging tief und ruhig, und ich sprach nur noch mit leiser Stimme.

»Dann fängst du in der Schule an, in einer kleinen Schule mit einer netten Lehrerin, die nach Parfüm duftet. Und abends sitzen wir zusammen auf der Terrasse und lesen. Ich werde dir jeden Abend Märchen vorlesen ...«

Sie schlief. Ich sank vorsichtig auf die Knie und legte sie auf ihren Platz unter dem Tisch. Als ich mich wieder erhob, stand NogNog direkt neben mir und bewegte die Hände in einem lautlosen Applaus.

»*Beautiful, madam*«, sagte er mit schiefem Lächeln. »Sehr schön und sehr rührend. Das Problem ist nur, dass das Kind keine Ahnung hat, wovon Sie reden. Sie weiß weder, was Puppen sind, noch Rüschen oder Märchen. Wie schade um die schönen Versprechungen.«

Jetzt war ich eher wütend als ängstlich.

»Wie kannst du nur! Es ist unverantwortlich, ein Kind so zu erschrecken, wie du es gemacht hast.«

Er verzog das Gesicht.

»*Oh, excuse me, missus!* Verzeihen Sie mir, entschuldigen Sie, vergeben Sie mir! Ach, wenn ich das Gesagte doch nur ungesagt machen könnte!«

Wo hatte er gelernt, so zu reden? Das beunruhigte mich. Ich griff nach der Zigarettenpackung auf dem Tisch, er packte mein Handgelenk in der Bewegung.

»Sie sollten nicht so viel rauchen, Madam…«

Ich zog die Hand zurück.

»Was soll das jetzt wieder? Bist du ein Gesundheitsapostel? Ich dachte, du wärst ein Engel. Oder ein Guerillasoldat…«

Ich bereute meine Worte augenblicklich, es konnte gefährlich sein, ihn zu verhöhnen. Für eine Sekunde kam er aus dem Gleichgewicht, fing sich aber schnell wieder und lächelte mich an.

»Als Guerillasoldat lernt man viel, Madam. Unter anderem, dass man sich keine Angewohnheiten zulegen darf, die einen verwundbar machen. Ein Raucher ist verwundbar. Wenn die Polizei oder das Militär ihn erwischt, dann lassen sie ihm die Zigaretten, nehmen ihm aber die Streichhölzer ab. Das ist nur eine leichte Folter, verglichen mit vielem anderen, aber dennoch ist es eine Folter… Und man sollte alles vermeiden, was es den anderen leicht macht, einen zu quälen.«

Ich schnappte mir die Zigaretten, zündete eine an und machte demonstrativ einen tiefen Zug.

»Ich bin kein Soldat, ich brauche keine Angst vor Polizei und Militär zu haben.«

Er zuckte mit den Schultern und wandte sich ab, schien plötzlich das Interesse an mir verloren zu haben. Er ging zu seinem Schlafplatz an der Wand. Ich hörte, wie meine Stimme vom Ernst tiefer geworden war, als ich seinen abgewandten Rücken ansprach: »Wer bist du eigentlich, NogNog?«

Er zuckte mit den Schultern.

»Das habe ich doch schon gesagt. Ich bin ein Engel und ein Soldat. Ich bin ein Vietnambaby. Ich bin ein Kind, das einmal in einem Baum hing.«

Plötzlich ist das Haus voller Leute. Yvonne und Lars-Göran sind gekommen und mit ihnen seine Söhne aus der ersten Ehe, Mattias, Max und Markus, drei proteingefütterte Riesen in den späten Teenagerjahren. Ich betrachte ihre Schuhe, während sie die Treppe hoch trampeln. Es sieht aus, als wäre die spanische Armada in Mamas Garderobe gelandet.

»Jetzt müssen wir aber miteinander reden«, sagt Lars-Göran.

»Worüber?«, frage ich.

»Über das Haus und die Möbel und alles Praktische…«

Ich gehe vor ihm ins Wohnzimmer und setze mich vor den offenen Kamin. Er lässt sich auf Papas Sessel nieder und räuspert sich: »Ich möchte, dass du eines weißt, Cecilia. Ich möchte, dass das hier ordentlich abgewickelt wird. Keine Intrigen und faulen Tricks, alle Erbschaftssteuern und Veräußerungsgewinnsteuern und so müssen pünktlich und vollständig bezahlt werden. Nicht der geringste Versuch, die Steuer zu drücken. Das ist lebensnotwendig. Es reicht schon, dass die Abendzeitungen sich das Maul darüber zerreißen, dass ich ein Vermögen erbe, sie dürfen verflucht noch mal keine Ungereimtheiten finden…«

Er zieht ein Papier aus der Innentasche seiner Jacke und schiebt seine Brille zurecht.

»Das Bargeld und die Aktien sind ja kein Problem, die müssen einfach nur geteilt werden. Aber dann geht es um den Grundbesitz und so. Mattias hat eine Wohnung gefunden, er kann Glas, Porzellan und Wäsche gebrauchen. Vielleicht auch ein Bett und ein paar Möbel. Und Yvonne ist ganz verliebt in diese Möbel, das Plüschsofa, die Sessel und so… Und dann sind da die Pelze. Sie möchte so gern den Nerz haben und etwas von dem Goldschmuck für die Kleine. Als Erinnerung. Und dann haben

Yvonne und ich schon über die Grundstücke außerhalb der Stadt geredet, die Frage ist, was man mit denen macht…«

Yvonne und Yvonne und Yvonne. Seine Feigheit macht mich wütend, und dass er seine Gier hinter ihrer versteckt. Er verhält sich zu Besitz und Geld wie ein Freimaurer zur Sexualität, er kann kaum verbergen, dass ihm der Speichel tropft.

»Lieber Lars-Göran«, sage ich kühl und schaue auf einen Fingernagel, in einer Geste, so verlogen wie eine Zeitschriftenillustration. »Wir werden wohl damit noch ein paar Tage warten müssen. Ich habe das noch nicht so durchgeplant wie du. Können wir das nicht nach der Beerdigung besprechen?«

Er hört mich nicht. Wie alle mächtigen Männer hat er ein selektives Gehör entwickelt.

»Und das Haus«, sagt er. »Das muss ja verkauft werden, und die Frage ist, was man dafür bekommen kann. Was meinst du? Das müsste doch mindestens eineinhalb Millionen bringen?«

Ich stehe auf, meine Bewegungen sind steif vor Wut.

»Und der Armutskasten?«, erwidere ich. »Hast du auch an den gedacht? Wer soll den Armutskasten erben?«

Jetzt hört er mich endlich. Er schiebt die Brille auf die Nasenspitze und blinzelt über sie hinweg.

»Armutskasten?«, wiederholt er. »Wovon redest du?«

Ich sollte die Treppe hoch gehen, den Karton holen und ihn ihm auf den Schoß legen. Sieh nur, sollte ich sagen, das hier ist das wirkliche Erbe. Das ist das Wichtigste, was wir bekommen haben: die Gewissheit, dass es den Abgrund gibt. Und was gedenkst du damit zu tun?

Aber ich tue es nicht. Ich weiß schon vorher, wie sein Leugnen klingen würde: Das hast du nun aber wirklich missverstanden, Cecilia, so war es nun ganz und gar nicht. Armutskasten! Pah. Nur so ein bisschen Plunder, den alte Frauen halt so aufheben…«

Stattdessen werde ich eklig. Ich setze mich wieder auf den Stuhl, lächle und lege den Kopf in die Hände: »Ich habe dich gestern im Fernsehen gesehen. In ›Aktuell‹ war es wohl…«

Er sieht zufrieden drein und schiebt die Brille an ihren Platz, er hat den Armutskasten vergessen.

»Mm. In ›Rapport‹ auch. Und in TV4. Wir haben mit der Gesetzesvorlage viel Aufmerksamkeit erregt...«

»Wen versuchst du eigentlich nachzumachen? Gunnar Sträng?«

Er sieht etwas verängstigt aus. Das ermuntert mich.

»Dann solltest du aufhören, Tennis zu spielen. Würde erfordert eine fülligere Figur, es ist nicht möglich, mit so flachem Bauch Gunnar Sträng darzustellen. Und die Konkurrenz um diese Rolle ist ziemlich groß, soweit ich es verstanden habe.«

Er faltet seine Papiere zusammen und schiebt sie in die Innentasche zurück.

»Ich weiß nicht, wovon du redest. Manchmal mache ich mir wirklich Sorgen um dich, Cecilia. Du hast so merkwürdige Ideen.«

Ich lache über ihn, ich habe ihn am Haken und genieße das:

»Und der Dialekt! Du redest nie so breit småländisch wie im Fernsehen. Du klingst wie ein freikirchlicher Prediger, so ein Freikirchenprediger, der nicht an Gott glaubt, das ist die schlimmste Sorte, weißt du...«

Er holt ein Taschentuch heraus und wischt sich gekränkt die Stirn ab.

»Ist es der Nerz, Cecilia? Drehen sich diese Dummheiten um den Nerz?«

Ich lache noch lauter.

»Aber lieber Lars-Göran, jemand muss dir doch mal die Wahrheit sagen. Und wer steht dir näher als deine eigene Schwester? Du klingst tatsächlich wie ein freikirchlicher Prediger, obwohl man merkt, dass du versuchst, Gunnar Sträng zu spielen. Du bräuchtest einen Theaterlehrer. Und einen Rhetorikexperten.«

Er stopft das Taschentuch wieder in die Tasche.

»Jetzt hör aber auf, Cecilia. Es ist möglich, dass ich nicht so telegen bin, wie ich es sein sollte, aber so bin ich nun einmal, und daran ist nichts zu ändern. Ich habe mich nie verstellt. Ich versuche einen ehrlichen Job als Politiker zu machen und konzentriere mich auf die Sachfragen. Solche persönlichen Anschuldigungen brauche ich mir nicht gefallen zu lassen, weder von dir noch von irgendjemandem sonst…«

Ich stehe auf und stelle mich hinter seine Rückenlehne, rede überdeutlich.

»Sachlich, das ist das Wort. Sachfragen. Du bekommst langsam eine Glatze, weißt du das?«

Er schnaubt unter mir, rührt sich aber nicht und sagt nichts. Ich zupfe ein wenig an den dünnen Strähnen auf seinem Schädel.

»Sachlich, ja genau. Es gibt kein besseres Wort für denjenigen, der die Wirklichkeit verbergen will… Die Wirklichkeit ist nämlich hoffnungslos unsachlich. Die Leute werden verrückt und verliebt und gehässig, immer abwechselnd.«

Er streicht sich mit der Hand über den Scheitel, um meine Finger loszuwerden.

»Bitte, Cecilia, es ist schon gut möglich, dass die Ereignisse der letzten Jahre zuviel für dich waren. Du hättest eine Therapie machen sollen. Aber versuche doch um Gottes willen, dich die nächsten Tage zu beherrschen! Reiß dich zusammen und denk an Mama…«

Ich beuge mich vor und lege den Arm um seinen Kehlkopf, drücke ein wenig zu, so dass sein Kopf nach hinten gegen die Kopflehne gepresst wird.

»Pass auf!«, flüstere ich. »Nicht ich bin diejenige, die verrückt ist, das bist du. Der du dich nicht einmal daran erinnerst, dass es den Armutskasten gibt!«

»Oft habe ich bei den Hunden geschlafen«, erzählte er und setzte sich auf seinen Schlafplatz. »Wenn meine Mutter jemanden mit nach Hause brachte, dann musste ich bei den Hunden schlafen. Aber das war nicht schlimm, das wusste sie, und das wusste ich. Sie hätte mich nie dazu gezwungen, wenn das eine Qual für mich gewesen wäre, sie war eine gute Mutter…«

NogNog zog die Beine hoch und schlang die Arme um die

Knie, seine schmalen Hände hingen in der Luft. Er lächelte verschmitzt bei der Erinnerung.

»Es gab fast immer Welpen im Hundezwinger auf dem Hof, kleine, kläffende Welpen, die schnappten und spielten. Die Hündin behandelte mich wie einen davon. Wenn wir mitten in der Nacht Unfug trieben, schubste sie mich in gleicher Weise wie die Welpen, und wenn wir uns zusammenkauerten, um zu schlafen, dann leckte sie mich auch ab …«

Er schaute auf, sah mich an.

»Und es war immer sauber im Hundezwinger. Ich selbst putzte ihn jeden Morgen, bevor ich auf den Markt ging, um Plastiktüten zu verkaufen. Obwohl es nicht unsere Hunde waren, sie gehörten der Hausbesitzerin. Mama und ich hatten ein Zimmer von ihr gemietet. Uns ging es gut. Ein eigenes Zimmer in einem richtigen Haus. In all den anderen Zimmern wohnten mehrere Familien …«

Er lehnte den Kopf an die Wand und schloss die Augen.

»Aber ich bin nie bei den Hunden aufgewacht. Wenn Mamas *kano* gegangen war – sie ließ sie nie die ganze Nacht bei sich schlafen –, dann ging sie zum Hundezwinger und holte mich heraus. Sie trug mich genau, wie du dieses Mädchen getragen hast. Ich bin fast immer aufgewacht, wenn sie gekommen ist, habe aber so getan, als würde ich schlafen, weil es so schön war, getragen zu werden. Sie roch so gut.«

Er öffnete die Augen und strich sich über die Stirn.

»Die Leute glauben immer, dass mein Vater schwarz war. Aber ich glaube das nicht. Mama war auch sehr dunkel, fast noch dunkler als ich. Vielleicht waren ihre Vorfahren Aetas. Außerdem kam sie wahrscheinlich aus Negros, und da sind die Menschen ja alle so dunkel wie ich …«

»Weißt du das nicht?«, fragte ich gedämpft. »Weißt du nicht, woher deine Mutter kam?«

Er ließ den Blick über mich schweifen, schaute mich aber nicht direkt an.

»Nein«, antwortete er. »Ich weiß nicht, woher sie kam. Ich

weiß nicht einmal, wie sie hieß. Ich weiß nur, dass sie ein Callgirl in Angeles war und dass sie gestorben ist, als ich ungefähr sechs Jahre alt war.«

NogNog bohrte seinen Blick in die Türöffnung und schaute in den Regen hinaus. Es blieb still zwischen uns.

»Und?«, fragte ich schließlich.

»Und was?«

»Was ist passiert, nachdem deine Mutter gestorben ist? Wer hat dich adoptiert?«

Er machte eine schlaffe Handbewegung.

»Niemand. Ich musste sehen, wie ich allein zurechtkam.«

»Aber du hast doch gesagt …«

Er brachte mich mit einem Blick zum Schweigen, wich dann aus und zuckte mit den Schultern.

»Als meine Mutter gestorben war, habe ich einen ganzen Tag lang nur auf der Treppe gesessen und vor mich hingestarrt. Hatte eine Scheißangst. War vollkommen verwirrt. Ich wusste nicht, was ich tun sollte. Dann tauchte die Bande auf. Da bekam ich noch mehr Angst. Ich kannte sie nicht, aber ich hatte von ihnen gehört, sie trieben sich immer am Rand des Marktes herum und stahlen, was sie zu fassen kriegten …«

Er schloss die Augen und lehnte sich zurück: »Es kursierten jede Menge Gerüchte unter den Kindern auf dem Markt. Die großen Jungs erzählten, dass die Straßenkinder Rasierklingen im Mund versteckt hätten und dass sie bereit wären, für einen Peso zu töten. Aber nicht deshalb hatte ich Angst vor ihnen. Nicht wirklich. Es waren ihre Stimmen. Ich fand immer, sie hatten so heisere Stimmen …«

Er öffnete die Augen und grinste.

»Ich bin mit der Zeit auch ziemlich heiser geworden …«

»Dann bist du ein Straßenkind geworden?«

Wieder schloss er die Augen.

»Natürlich. Ich hatte Glück, die brauchten gerade zu der Zeit einen süßen kleinen Jungen. Jemanden, der betteln konnte … Man musste klein und süß sein, um betteln zu können.«

Er lachte laut auf.

»Das ist das erste Gebot auf der Straße: *the survival of the cutest*. Die Niedlichsten überleben. Und ich hatte Glück, ich war wirklich niedlich …«

Er grinste: »Das bin ich doch immer noch, oder?«

Ich streckte mich, ich war jetzt entspannt und spürte, wie müde ich nach der langen durchwachten Nacht war. Ich lächelte als Antwort: »Und wie. Geradezu entzückend. Aber wie war das? Wie war es, auf der Straße zu leben?«

Er ahmte meine schläfrige Geste nach, vielleicht war er auch müde, vielleicht wollte er nur mir und meinen Fragen entgehen.

»Ach. Es gibt so viel verdammte Romantik um die Straßenkinder. Es gibt Leute in der NPA, die glauben, die Straßenkinder wären der Vortrupp der Revolution, dass sie alles in Gang setzen würden. Aber das ist nur dummes Geschwätz. Verdammt blödes Gerede. Es wird niemals eine Revolution in diesem Land geben.«

Er schwieg eine Weile und überlegte, bevor er fortfuhr.

»Straßenkind zu sein, das war schlimmer, als du glaubst, und gleichzeitig weniger schlimm. Meistens war es einfach nur traurig. Es ist traurig, die ganze Zeit das Gleiche zu tun: betteln und stehlen, in den Mülltonnen nach Essbarem suchen und Märchen erzählen.«

»Märchen?«

»Ja, Märchen. Wir haben uns gegenseitig Märchen erzählt, darüber, wer wir waren und woher wir kamen. Ich selbst war meistens der Sohn eines Filmregisseurs aus Hollywood. Er hat auf der ganzen Welt nach mir gesucht, aber ich wollte mich nicht zu erkennen geben. Ich war das Ganze so leid und wollte Ferien vom Luxusleben nehmen. Aber wann immer ich wollte, konnte ich zurück nach Hollywood. Oft sagte ich, dass ich nächste Woche fahren würde, schon weil meine Mutter mir so Leid täte. Sie vermisste mich so …«

Er grinste.

»Aber es kam immer etwas dazwischen.«

Ich lachte ins Zimmer hinein.

»Wie schade.«

Er legte sich auf die Seite, schob eine Hand unter den Kopf.

»Aber wurdest du nie geärgert?«, fragte ich. »Haben dich die anderen Kinder nicht wegen dieser Geschichte geneckt? Sie war doch ziemlich leicht zu durchschauen.«

Er schüttelte den Kopf.

»Nie. Alle hatten ihr Märchen. Und die waren heilig, man durfte niemals die Märchen der anderen in Frage stellen. Wir haben uns gegenseitig viel angetan, aber das nie.«

Er legte sich auf den Rücken und schaute zur Decke.

»Mach weiter«, sagte ich. »Erzähl mehr.«

»Nein. Es ist zu heiß. Ich bin müde.«

Ich sprach ein wenig lauter: »Wieso bist du dann adoptiert worden? Und von wem?«

»Das geht dich gar nichts an ...«

»Doch. Du erschreckst Dolly und beschuldigst mich, dass ich ihr Böses antun will, dann habe ich ja wohl ein Recht, dir in die Karten zu schauen.«

»*Get off my back.*«

Ich schwieg eine Weile, es war wirklich sehr heiß, mit jeder Stunde schien die Temperatur anzusteigen. Ich stand auf und ging zur Tür, der Regen draußen war wie eine Wand. Ricky und Butterfield waren irgendwo dort draußen, vermutlich hockten sie in irgendeinem Haus oder Sari-sari-store und warteten, dass es aufklarte.

Aber NogNog war wie ein Juckreiz in meinem Rücken, ich konnte ihn nicht in Ruhe lassen. Ich drehte mich um und schaute ihn an. Er lag auf dem Rücken, die Augen geschlossen.

»Dann glaubst du also nicht an die Revolution«, sagte ich. »Und warum bist du dann in der NPA? Wegen der abhärtenden Aktivitäten im Freien?«

Er hielt weiter die Augen geschlossen, antwortete aber seufzend: »Was meinst du damit?«

»Du hast es doch gesagt. Dass es keine Revolution in diesem Land geben wird. Warum bist du dann in der NPA?«

Er öffnete die Augen.

»Wer hat gesagt, dass ich in der NPA bin?«

»Du. Du hast gesagt, dass du Guerillasoldat bist…«

Er schloss wieder die Augen, sein Tonfall war bemüht gleichgültig. Angestrengt.

»Ich habe nie gesagt, dass ich in der NPA bin. Ich finde, dass die NPA sinnlos ist, sie kämpft jetzt seit fast vierzig Jahren, ohne etwas zustande zu bringen. Die Leute wollen ihre verdammte Revolution gar nicht. Die wollen etwas anderes. Und deshalb entstehen neue Gruppen, neue Armeen. Solche, von denen ihr in euren feinen Vierteln Manilas noch nie etwas gehört habt…«

Bluff, dachte ich. Noch dazu ein schlechter Bluff.

»Ach so«, sagte ich. »Und was ist das für eine Armee, zu der du gehörst? Was wollen die, wenn nicht die Revolution?«

»Rache«, sagte NogNog lächelnd. »Einfach nur Rache. Und apropos: Wo habt ihr meine Kalaschnikow versteckt?«

»Hat er die ganze Zeit geschlafen?«, fragte Butterfield, auf NogNogs Rücken nickend.

Ich schüttelte den Kopf, konnte aber nichts erklären. Allein bei dem Gedanken wurde ich müde. Wer keine Antworten hat, erträgt keine Fragen.

»Er schläft nicht«, sagte ich auf Schwedisch. »Er liegt auf der Lauer…«

Butterfield strich sich den Schweiß von der Stirn und verstand mich falsch.

»Auf der Lauer? Wieso?«

»Ach«, sagte ich, plötzlich wütend, und wandte mich an Ricky. »Wenn ich Unmengen von Reis koche und den abkühlen lasse, glaubst du, dass wir ihn dann in einer Plastiktüte mitnehmen können?«

Ich wusste die Antwort. Die Frage war nur ein Versuch, eine Brücke über dem Abgrund zwischen uns zu bauen. Aber Rickys Gesicht war weiterhin starr und verschlossen.

»Das wird klappen, Madam«, sagte er höflich. »Das wird gehen. Ganz viel Reis und Mineralwasser. Und dann müssen wir einfach losgehen...«

Das letzte Mal liebten wir uns ohne Worte. Es gab nichts mehr zu sagen. Ich hatte stundenlang Reis gekocht und einen Teil davon zu Mittag serviert, entschieden, was hier bleiben und was eingepackt werden musste. Im Verbandskasten fand ich die Konservendosen mit Cornedbeef: Das würde das perfekte Frühstück vor dem Aufbruch werden, aber sie mussten jetzt geöffnet werden, wenn wir es schaffen wollten. Ich war lange damit beschäftigt, mit einem Stein und einer Schere auf sie einzuhacken, zum Schluss waren die Dosen perforiert, und Ricky konnte den Deckel hochhebeln. Da war ich bereits mit der nächsten Aufgabe beschäftigt: ein paar leere Seiten aus dem Handbuch fürs Auto herauszureißen. Ich schrieb einen langen Entschuldigungsbrief an den Hausbesitzer. Falls wir etwas beschädigt hätten, so würden wir das gern wieder gutmachen. Wenn sie so freundlich wären, sich mit der Schwedischen Botschaft in Manila in Verbindung zu setzen... Ich legte meine Visitenkarte und ein paar Dollarscheine auf den Papierbogen und platzierte das Monster von einer Plastikmadonna oben drauf.

Dolly wand sich vor Unbehagen aufgrund der angestrengten Stimmung, sie beklagte sich über Schmerzen im Fuß und behauptete, sie wäre hungrig, obwohl wir doch gerade erst gegessen hatten.

Ich gab ihr stattdessen einen Stift und die Bedienungsanleitung fürs Auto, versuchte sie dazu zu bringen, Häuser und Menschen zu zeichnen, aber sie begriff nicht, was ich meinte, und begann zu weinen, als ich ihr zeigte, wie man den Stift hält. Sie hatte Angst, einen Fehler zu machen. Ihr Schluchzen verursachte bei mir Schuldgefühle und den Eindruck zu versagen. Ich wusste nicht, was ich tun sollte, um sie zu trösten. Schließlich holte ich den Rest einer Schokoladentafel aus der Küche und kaufte mich frei.

Es war bereits dunkel, bevor alles fertig war. Dolly war endlich eingeschlafen, und unser Gepäck stand fein säuberlich aufgestapelt neben der Tür. Ricky hatte zwei Plastiktüten mit zwölf Flaschen Mineralwasser zusammengeknotet. Die wollte er um den Hals tragen. Ein Plastiksack mit gekochtem Reis sollte auf seinem Rücken hängen. Butterfield sollte den Verbandskasten und eine kleinere Tüte mit Medikamenten, Kaffee und Zigaretten tragen. Ich selbst würde Dolly auf dem Rücken haben.

NogNog hatte sich den ganzen Nachmittag über nicht gerührt und keinen Ton von sich gegeben. Seine Schale mit Mittagsreis stand unberührt neben seinem abweisenden Rücken. Wir waren uns leise darüber einig geworden, bis zum nächsten Morgen zu warten und ihm erst dann anzubieten, sich uns anzuschließen. Ich glaube, wir hofften alle, dass er Nein sagen würde. Ich selbst drückte krampfhaft die Daumen in dieser Hoffnung: Alles würde für alle einfacher werden, wenn er Nein sagte.

Ricky hatte sich an eine Wand weit hinten im Raum gelegt, er lag auf dem Rücken, die Hand auf der Stirn, und schaute schweigend zur Decke. Ich hatte keine Ahnung, was er dachte, erst hinterher begriff ich, dass er in diesem Augenblick seinen Entschluss gefasst haben musste.

Ich versuchte mich auf die Treppe zu setzen, um zu rauchen, aber es regnete so stark, dass die Zigarette schon vollkommen durchnässt war, bevor ich sie noch angezündet hatte.

»Komm«, sagte Butterfield, als er sah, wie ich vor dem Regen zurückwich. »Komm, setz dich hier zu mir …«

Er saß allein am Tisch. Eine frische Kerze brannte im Kerzenständer, ich beugte mich über die Flamme und zündete eine neue, trockene Zigarette an. Butterfield saß schweigend neben mir, während ich rauchte.

»Ich möchte wissen, wo wir morgen um diese Zeit sind«, sagte ich.

Er schaute mich an.

»Du bist bestimmt in deinem schicken Haus in Manila. Badest vielleicht im Pool …«

Ich runzelte die Stirn und streifte die Asche ab.

»Pah! Diese Wanderung wird sehr viel länger dauern. Wir können froh sein, wenn wir in einer Woche in meinem Pool baden können ...«

Butterfield nahm meine Hand und küsste sie.

»Ich werde niemals in deinem Pool baden, Cecilia. Ich werde immer irgendwo anders sein ...«

Ich griff nach seiner Hand.

»Wo?«

»Irgendwo anders ...«

Ich küsste leicht seine Handknöchel.

»Komm«, sagte ich. »Lass uns raus in den Regen gehen ...«

Danach redeten wir nicht mehr.

Am Morgen der Beerdigung frühstücken wir im Esszimmer. Ich bin schon früh aufgestanden und habe mit Silberkandelabern und weißer Damastdecke gedeckt. Der weiße Flieder steht in der Alvar-Aalto-Vase mitten auf dem Tisch.

Yvonne bleibt auf der Türschwelle stehen und flüstert, dass es schön aussieht, dass die Decke schön ist und dass sie die hübschen Silberkerzenständer noch nie gesehen hat. Ich nehme an, dass sie mein Tischdecken als ein Ergebnis meiner Manieren aus dem Land Diplomatien ansieht. Aber dem ist nicht so.

Das Tischdecken ist eher ein Gruß an Mama, ein Versuch, das letzte Wort in dem stummen Gespräch zu behalten, das wir schon so lange geführt haben. Die Schönheit der Dinge und die Arbeit der Frauen, will ich damit sagen, die sind nicht zu verachten. Aber das hast du geglaubt. Das zu glauben, hast du von Papa und von der Politik gelernt. Ich streiche mit der Hand über die Tischdecke und schaue hinaus in den Garten. Auch er ist in Silber und Damast geschmückt, der Frost ist nach mehreren Tagen Feuchtigkeit und Nieselregen zurückgekehrt.

Ich liebe diesen Ausblick, Mama. Er ist so schön. Und Schönheit ist wichtig, sie stillt den Schmerz und lindert die Unruhe. Das musst du gewusst haben. Ab und zu musst du das gewusst haben, sonst hättest du nie für deinen Pernillasessel und deine Alvar-Aalto-Vase gekämpft.

Aber das ist lange her, die Jahre sind vergangen und die Dinge für dich verwelkt. Du hast einen blinden Fleck im Auge bekommen, deine Welt ist geschrumpft und deine Sprache verdorrt. Ich könnte ein ganzes Nachschlagewerk mit all den Worten aufschreiben, die du dir verboten hast: Güte, Seele, Schönheit, Liebe, Mitgefühl ...

Lars-Göran räuspert sich in der Türöffnung. Er wirft mir einen schnellen Blick zu, wir erinnern uns beide an meinen Griff um seine Kehle. Dann rückt er seinen Schlips gerade und übernimmt die Rolle als nächster Trauernder. Auch dabei verlangt er eine Rangordnung.

Nach dem Frühstück bleiben wir allein in der Küche. Lars-Göran stellt die Dinge in den Kühlschrank, ich fülle die Geschirrspülmaschine. Er sucht eine Weile nach dem Deckel für das Marmeladenglas, er liegt vor mir auf der Anrichte, und ich reiche ihn ihm.

»Gibt es etwas, das schön ist für dich, Lars-Göran?«, frage ich. »Interessiert dich Schönheit?«

Er seufzt tief und schraubt den Deckel auf das Marmeladenglas.

»Bitte, Cecilia, nicht jetzt... Wir werden Mama in wenigen Stunden beerdigen.«

»Ein Grund mehr. Früher hatte Mama einmal ein Bild von dem Schönen, aber das hat sie verloren. Warum?«

»Das hat sie doch gar nicht...«

»Doch, das hat sie. Das habt ihr alle. Aber wenn die Ästhetik die Mutter der Ethik ist – wie man sagt –, dann muss es doch verheerend sein, wenn der Politik die Ästhetik fehlt...«

»Ich weiß nicht, wovon du redest.«

»Ich rede von Schönheit und Tugend...«

»Schönheit und Tugend«, sagt Lars-Göran und schlägt die Kühlschranktür mit einem Knall zu. »Ach, rutsch mir doch den Buckel runter!«

Ich beuge mich über den Waschtisch und husche mit dem Lippenstift über den Mund. Es darf an einem Tag wie diesem nicht zu viel werden.

Beerdigungen sollten höchst private Veranstaltungen sein, denke ich. Der Pfarrer sollte hinter einem Vorhang verborgen stehen, und die Trauernden sollten einer nach dem anderen hineingehen und allein trauern dürfen. Das wäre ein würdiger

Abschied. Würdig und ehrlich. Wie kann man ehrlich in seiner Trauer sein, wenn man beobachtet wird?

Ich senke den Kopf und ziehe den Reißverschluss der Schminktasche zu. Als ich mich wieder im Spiegel ansehe, ist kein Lippenstift mehr da. Ich habe ihn schon abgekaut.

Meine Muskeln versteifen sich vor Unbehagen, als das Taxi auf den Waldfriedhof einbiegt, allein die Anzahl der Autos auf dem Parkplatz macht mir Angst.

Wir sind plötzlich eine kleine verschworene Gruppe: die nächsten Angehörigen. Wir stehen in einer schwarzweißen Gruppe vor dem Zaun, stampfen verhalten auf dem knirschenden Kies. Einige Trauergäste nicken schweigend und eilen an uns vorbei. Yvonne hat die Verantwortung für den Sargschmuck, rote Rosen natürlich, und während sie diese an die Kinder verteilt, streiche ich Lars-Göran vorsichtig über den Jackenärmel.

»Entschuldige«, sage ich schnell. »Entschuldige, dass ich so auf dir rumgehackt habe …«

Er zuckt verkniffen mit den Schultern, schaut mich nicht an. Er sucht in seiner Tasche nach einem Taschentuch.

»Jetzt«, sagt der Beerdigungsunternehmer und macht die Türen zur Kapelle auf.

So viele Leute!

Die Kapelle ist bis auf den letzten Platz gefüllt, nein, mehr als das, es sitzen noch einige Leute auf Klappstühlen ganz hinten. Ich kann einige bekannte Gesichter erkennen. Mamas Freundinnen aus dem Frauenclub sitzen zusammen in der dritten Reihe, und auf der anderen Seite des Mittelgangs drehen die Vorsitzenden der Gemeindeverwaltung ihre Tweedkappen.

Links kann ich Berits besorgtes Gesicht wahrnehmen. Doktor Alexandersson steht neben ihr und nickt tröstend. Dass er gekommen ist … Und da ist Gunilla. Sie nickt kurz, aber das ist eine merkwürdige Bewegung. Es scheint nicht, als würde sie grüßen, eher, als wollte sie mir etwas zeigen. Aber ich kann nicht erkennen, was ich sehen soll, ich muss weitergehen. Lars-Göran und Yvonne sind bereits in der ersten Reihe, und ich habe endlich freien Blick auf den Blumenberg, der Mamas Sarg umgibt.

Fast alle haben für ihre Kränze und Sträuße rote Rosen ausgesucht, Unmengen roter Rosen und einige weiße Lilien. Das ist gut so. Das passt. Und hinter dem Sarg stehen zwei breitbeinige Fahnenträger, den linken Arm hinterm Rücken verborgen. Sie haben alte Seidenfahnen in Weiß und Gold ausgesucht. Das ist auch gut so, das passt auch.

Ich sitze während der gesamten Zeremonie steif und mit trockenen Augen da, meine Augen werden nicht einmal feucht, als ich gezwungen bin, zum Sarg zu gehen und meinen Strauß auf den Deckel zu legen. Ich verziehe nur das Gesicht, eine Grimasse, die ich später wiederhole, als die roten Fahnen über den Sarg gesenkt werden. Alle sehen mich! Wie sollte ich weinen können, wenn alle mich sehen?

Die Sozialdemokratie hat in solchen Momenten etwas sehr Religiöses an sich, denke ich und richte mich auf. Das irritiert mich. Alle Religionen verbergen Gottes Gesicht. Irdische Religionen verbergen das des Menschen.

Hinterher, als die Trauergäste murmelnd und leise flüsternd vor der Kapelle stehen, schleiche ich mich noch einmal hinein. Ich gehe schnell den Gang nach vorn, bis zum Sarg, und beuge mich über ihn, lehne die Wange an den Punkt, wo ich meine, dass sie ihren Kopf hat.

»Bitte, Mama«, flüstere ich. »Gib Dolly ein bisschen Schokolade, da, wo du bist, und hilf ihr, Emma zu finden …«

Es stehen nicht mehr viele Trauergäste vor der Kapelle, als ich herauskomme. Die meisten sind bereits auf dem Weg zum Empfang im Hotel Högland. Sophie steht am Taxi und wartet auf mich. Gunilla steht direkt neben ihr, die Hände tief in die Manteltaschen geschoben. Sie sehen einander nicht an.

Ich habe die Mascararänder aus meinem Gesicht gewischt,

jetzt eile ich zum Auto, wobei ich mir die Handschuhe anziehe. Aber ich bleibe natürlich noch vor Gunilla stehen und reiche ihr die Hand.

»Danke, dass du gekommen bist«, sage ich.

Sie schaut auf ihre Stiefelspitzen.

»Ist schon gut. Hast du schon angerufen?«

»Angerufen?«

»Marita.«

Ich schüttle den Kopf.

»Nein. Ich habe es noch nicht geschafft...«

»Willst du es denn noch tun?«

»Ich weiß nicht. Mal sehen. Willst du mit Sophie und mir ins Hotel fahren? Oder hast du dein eigenes Auto?«

Sie schüttelt den Kopf.

»Ich fahre nicht dorthin. Ich komme nicht mit...«

Ich strecke meine handschuhbekleidete Hand aus und lege sie auf ihren Mantelärmel.

»Aber warum denn nicht?«

»Ach, da sind ja nur jede Menge Gemeinderäte und Ärzte und so. Und dein Bruder. Nein, das will ich nicht... Das reicht so.«

Ich ziehe meine Hand zurück, weiß, dass es keinen Sinn hat zu versuchen, sie zu überreden.

»Jedenfalls vielen Dank, dass du gekommen bist...«

»Ich habe zu danken«, sagt Gunilla und schiebt ihre Schultertasche zurecht. »Hast du ihn gesehen?«

»Wen?«

»Maritas Papa. Olsson. Er saß direkt hinter dir.«

Weiße Tischdecken, Blumen und Kerzen. Ein Porträt von Mama im Silberrahmen. Graukalter Winternebel vor dem Fenster.

Lars-Göran und ich stehen nebeneinander und begrüßen die Gäste, ich habe es noch geschafft, mein Make-up aufzufrischen, und er hat die Tränenschwellungen in seinem Gesicht mit kaltem Wasser weggewaschen.

Die meisten sind mir unbekannt, aber Lars-Göran kennt sie alle. Das ist sein Wahlkreis, das sind die Menschen, die ihm sein Leben und seine Karriere geschenkt haben. Er umfasst ihre Hände mit beiden Händen und schaut ihnen tief in die Augen, während er im Austausch mit ihren Beileidsbekundungen seinen Dank murmelt. Ich selbst nicke nur, nicke und bewege die Lippen, so dass es aussieht, als würde ich mit leiser Stimme danken. Meine Hände sind weiß und sehr kalt.

Berit hebt ihre Hand, als wir uns begrüßen, und will mir über die Wange streichen, aber es gelingt mir, mich unbemerkt einen halben Zentimeter nach hinten zu schieben, so dass sie stattdessen die Luft streichelt.

»Danke, dass du gekommen bist, Berit«, sage ich mit meiner freundlichsten Stimme, während ich mich gleichzeitig Doktor Alexandersson zuwende. »Und danke, dass Sie gekommen sind, danke für alles, was Sie für meine Mutter getan haben.«

Er verbeugt sich ernst, wie ein Schuljunge, und ich bin so fasziniert von dieser Bewegung, dass ich nicht merke, wie sich die Gefahr nähert. Plötzlich wird mein Gesicht gegen einen Mantel gedrückt, plötzlich bin ich in einer Umarmung gefangen, die ich nicht kenne, und eine weinerliche Stimme schluchzt über meinem Kopf: »Meine Liebe, meine Beste, dass Dagny so früh von uns gehen muss, aber sie hat es dort, wo sie jetzt ist, besser, im Schoße des Erlösers und unter Gottes Obhut... Hallelujah, jetzt ist sie beim Herrn, und er verzeiht ihr, er verzeiht allen Sündern!«

Das ist einfach obszön! Ich mache mich mit einer heftigen Bewegung frei, schwanke auf meinen hohen Absätzen und versuche hastig, mein Haar zu richten. Er weicht einen Schritt zurück.

»Erinnerst du dich nicht mehr an mich, Cecilia? Wir waren doch Nachbarn, als du noch klein warst! Aber da war ich ein anderer, jetzt bin ich Jesus begegnet!«

Alte Angst und alte Wut grummeln in meinem Bauch. Dieser Scheißkerl! Der Teufel ist alt und religiös geworden.

»Ja, ja«, sage ich gleichgültig. »Kann schon sein. Ja, ja.«

Dann wende ich mich dem nächsten Gast zu.

Alle sitzen an kleinen Tischen, das habe ich so angeordnet. Unsere Familie sitzt an einem großen runden Tisch in der Mitte zusammen mit dem Pfarrer, dem Kommunalrat und Doktor Alexandersson. Es werden viele Reden gehalten, und mit jedem Wort, das gesprochen wird, wird Mama nur nebulöser und immer unwirklicher.

Ich habe mich als Letzte gesetzt und mir sorgsam meinen Platz ausgesucht, ich wollte mit dem Rücken zu Olsson sitzen. Jetzt sitze ich so, dass ich den Blick aufs Foyer habe. Zwei Schatten bewegen sich dort draußen, den einen erkenne ich wieder. Als das gedämpfte Beerdigungsflüstern sich zum üblichen Gemurmel ausgewachsen hat, stehe ich auf und gehe zu ihr hinaus.

Sie haben sich jeweils in einen Sessel gesetzt, aber Katarina Söderberg steht sofort auf, als sie sieht, dass ich komme. Ihr Fotograf bleibt breitbeinig in seinen Jeans sitzen.

»Hallo«, sage ich mit gedämpfter Stimme, bemüht, einen vernünftigen Eindruck zu machen. »Wollt ihr nicht reinkommen und auch etwas essen?«

»Hallo«, antwortet Katarina Söderberg. »Nun, ich weiß nicht. Ich wollte eigentlich nur sehen, wer hier ist. Der Vollständigkeit halber. Für den Nachruf. Pålsson von Fonus will mir eine Liste der Redner machen …«

»Wie schön«, sage ich. »Es kann für Sie ja nicht so einfach sein, von allen hier zu wissen, wer sie sind. Schließlich sind Sie ja neu hier.«

Sie lächelt etwas verschmitzt.

»Doch, doch. Die meisten kenne ich. Die ganze High Society ist hier. Das sind ja nicht unüberschaubar viele in einer Stadt dieser Größe …«

Ich erwidere ihr Lächeln: »Das stimmt schon. Obwohl ich zugeben muss, dass ich nicht einmal die Hälfte kenne …«

Sie macht ein paar Schritte auf die Türöffnung zu.

»Das verstehe ich gut. Sie waren ja auch lange Zeit fort. Und alle hier gehören ja auch nicht zum Establishment. Haben Sie den Mann da mit dem Silberschlips gesehen?«

Ich folge ihrem Blick und sehe Olsson. Seine Augenbrauen sitzen wie ein umgedrehtes V auf seiner Stirn, so sanft und salbungsvoll ist er geworden.

»Was ist das für einer?«, frage ich halblaut.

Katarina Söderberg wirft mir einen prüfenden Blick zu, ich ermuntere sie mit einem weiteren Lächeln.

»Der da«, sagt sie. »Das ist ein Alkoholiker, dem Jesus auf einem Kiesweg in Hunseberg begegnet ist... Und seitdem rennt er zu jeder Beerdigung hier im Ort.«

»Als ich hierher kam, habe ich gedacht, dass es hier nicht viel anders als in Göteborg sein würde«, erzählt Katarina Söderberg. »Nur kleiner und überschaubarer.«

Wir haben uns in eine Ecke zurückgezogen, ich habe mich damit herausgeredet, dass ich eine rauchen wolle und dass es sich nicht schicke, drinnen zu rauchen. Ich will sie dazu verlocken, mir von Olssons Bekehrung zu berichten.

Sie nimmt einen tiefen Zug aus ihrer Zigarette.

»Aber es ist hier vollkommen anders. Mein Freund sagt, dass es scheint, als wären wir im amerikanischen Süden gelandet. Und das stimmt. Es ist genau wie in den amerikanischen Südstaaten. Diese Stadt ist irgendwie von der Welt abgeschnitten...«

Ich brumme aufmunternd, damit sie weiterredet. Es funktioniert.

»Schließlich möchte man vorbereitet sein, nicht wahr? Also habe ich mich am ersten Tag hingesetzt und jede Menge alter Zeitungen durchgesehen. Und ich habe meinen Augen nicht getraut! Nun ja, nicht alles war merkwürdig, das meiste war natürlich das übliche Kleinstadtleben, Vereinsberichte und Autounfälle und so. Aber dann gab es noch ein paar kleine Artikel, die vollkommen sinnlos waren. Über Wunder. Und die wurden wie eine Selbstverständlichkeit dargestellt. Es gab keine Spur irgendeiner kritischen Berichterstattung. Nicht einmal eine gewisse Distanz. Und dieser Mann war eines dieser Wunder...«

Die Schleusen sind geöffnet, jetzt kann sie sich nicht mehr zurückhalten. Sie verzieht das Gesicht und ascht in einen Blumentopf.

»Unter uns gesagt ist er ein Pickel am Arsch. Die reinste Landplage.«

»Was macht er denn?«

»Nun ja, ganz offensichtlich ist das so ein Kerl, der sein ganzes Leben lang reichlich gesoffen hat. Aber in der Woche, bevor ich bei der Zeitung angefangen habe, da ist ihm also Jesus höchstpersönlich begegnet… Der Alte ist auf den kleinen Wegen draußen in Hunseberg herumgetorkelt – am Rande der Stadt, wissen Sie –, und plötzlich kam Jesus aus der entgegengesetzten Richtung herangetrottet. Die waren beide ziemlich unscharf, jeder auf seine Art. Der Alte gab freiwillig zu, dass er ein paar Weine gekippt hatte, es war ja bereits halb zwölf am Vormittag, also war er in dieser Art benebelt. Jesus war unscharf, weil er durchsichtig war, er beschrieb ihn wie eine Art Alltagsgespenst…«

Sie zuckt mit den Schultern.

»Aber dann sah er das Licht, bekannte seine Sünden und wurde nüchtern. Und als das überstanden war, rannte er zum Småland Dagblad, wie man ihn noch nie hatte rennen sehen…«

Sie drückt ihre Zigarette im Blumentopf aus und seufzt: »Und offensichtlich gefiel es ihm, in der Zeitung zu stehen. Jetzt rennt er der Redaktion jeden Tag die Türen ein. Zwischen den Beerdigungen. Gestern wollte er, dass ich über seine Schlüssel schreibe…«

»Seine Schlüssel? Was für Schlüssel?«

»Ganz normale Wohnungsschlüssel. Zuerst konnte er sie nicht finden, aber dann hat er zu Gott gebetet, und da sind sie aufgetaucht. Er meinte, das wäre eine Nachricht für die Titelseite. Ich habe zwei Stunden gebraucht, um den Kerl aus der Redaktion rauszukriegen…«

Ich muss leise lachen und mache mich bereit für den Aufbruch.

»Sie haben meine volle Sympathie«, sage ich.

»Dankeschön«, sagt sie. »Die kann ich wirklich gebrauchen.«

Sophie ist gerade auf die Toilette gegangen, ihr Platz am Tisch ist leer. Er ist genau richtig, denn wenn ich mich dort hinsetze, habe ich Olsson in meinem Blickfeld. Ich lege mir meine kleine Tasche auf die Knie, schiebe die Ellbogen auf den Tisch und lege das Kinn leicht auf die gefalteten Hände. Ich fixiere ihn mit meinem Blick. Mein Gesicht ist unbeweglich, ich strenge mich an, nicht zu blinzeln, wenn es nicht unbedingt notwendig ist.

Viele Jahre Saufen haben seine Reaktionen langsam gemacht. Er redet mit jemandem und kaut ein Schnittchen, er hat ein wenig Speichel in den Mundwinkeln. Es dauert fast eine halbe Minute, bis er meinen Blick spürt, da hält er mitten im Kauen inne und schaut sich um, sucht mit den Augen. Und sieht schließlich. Guckt. Jetzt hat er mich entdeckt.

Er versucht etwas, das ein Lächeln sein soll, verzieht ein wenig die Mundwinkel und hofft auf eine Reaktion von mir. Aber mein Gesicht ist weiterhin unbeweglich, ich blinzle nicht, ich lächle nicht, ich schaue ihn nur mit unbeweglicher Miene an. Da schlägt er den Blick nieder und tastet nach seinem Glas, nimmt einen Schluck, als hoffte er, dass diese uninteressante Handlung meinen Blick vertreiben könnte. Aber dem ist nicht so. Ich schaue ihn immer noch an, als er Sekunden später mit den Augen in meine Richtung flattert.

Hei Olsson, sagt mein Blick. Erinnerst du dich an mich? An dein kleines Wildbret?

Das Gespräch an Olssons Tisch verstummt. Seine Tischnachbarn haben bemerkt, dass etwas passiert, sie weichen seinem Blick aus, als seine Augen um Rettung flehen. Ich habe ihn in meinen Pupillen gefangen, sie hören auf zu reden.

Alles dreht sich nur um Wahrscheinlichkeit, Olsson. Ich war dir gegenüber machtlos, weil es so unwahrscheinlich war, dass ein Erwachsener einem Kind das antun konnte, was du getan hast. Dein Alter und dein Geschlecht waren dein Alibi. Aber jetzt sind die Rollen vertauscht. Jetzt bin ich der Jäger und du das Wildbret. Jetzt habe ich mein Alibi darin, dass ich eine Dame aus dem Land Diplomatien bin, und deine Glaubwürdigkeit hast du verloren, weil du ein alter Alkoholiker bist. So kann es gehen. Plötzlich wendet sich das Blatt, und der Machtlose wird zum Herrscher...

Olsson schwitzt auf der Oberlippe und streicht mit groben Händen über die Serviette auf seinem Schoß, wagt es nicht, mich anzusehen.

Ich kann mit dir tun, was ich will, flüstern meine Augen. Ich kann dich sogar töten. Niemand würde mich auch nur im Traum verdächtigen, nicht einmal wenn du lange genug überleben würdest, um mich anklagen zu können.

Er schaut auf und verzieht flehentlich sein Gesicht, aber ich lasse nicht locker. Mein Blick hat sich an seinem schwammigen Gesicht festgeschweißt.

Ich habe dich, Olsson. Du bist in meiner Gewalt. Wenn du in einer Stunde immer noch atmest, wenn dein Herz auch morgen noch schlägt, dann nur deshalb, weil ich es geschehen lasse. Du lebst von meiner Gnade.

Er faltet die Serviette zusammen und legt sie neben seinen Teller, murmelt seinen Tischnachbarn etwas zu. Ich folge ihm mit dem Blick, er macht ein paar Verbeugungen zum Dank und zum Abschied in Richtung unseres Tisches, aber ich lasse nicht locker. Ich sitze unbeweglich mit dem Kinn in den Händen da, bis er sich aus dem Raum gerettet hat.

»Was treibst du da?«, fragt Lars-Göran.

Ich lege die Hände auf die Knie und lächle ihm gedankenverloren zu.

»Wieso?«, frage ich. »Was meinst du?«

»Jetzt ist es aber genug, Cecilia«, sagt Marita. »Hör auf! Du siehst ja bescheuert aus...«

Sie steht unter der Straßenlaterne, die vor nicht einmal einer Stunde auf die Venus von Gottlösa schien.

Ich habe mir das Kopftuch heruntergerissen und reibe mir mit ihm das Gesicht, um die Schminke wegzukriegen.

»Alles wird wieder wie immer, wenn die Bullen nur fertig

sind! Du brauchst keine Angst zu haben. Sie haben sie schon weggeschafft, den Kopf auch, ich habe es gesehen...«

Sie greift nach meiner Jacke, aber ich stoße sie von mir.

»Lass mich in Ruhe! Rühr mich nicht an!«

Meine Stimme ist heiser und atemlos, der Speichel spritzt, wenn ich rede.

»Beruhige dich. Hast du Angst, dass deine Eltern erfahren könnten, dass du hier warst? Dass wir uns auf dem Södra Torget herumtreiben?«

Ich schüttle heftig den Kopf und reibe mir mit dem Tuch über den Mund, es ist von der Wimperntusche und dem Make-up bereits ganz schmutzig.

»Hast du Angst, sie zu sehen? Aber sie haben sie doch schon weggeschafft, ich habe gesehen, wie sie den Körper auf eine Bahre gelegt haben und den Kopf in einen Karton...«

Ich senke die Hand, wedle mit dem Kopftuch vor ihrem Gesicht herum.

»Hör auf! Hör auf, du verdammtes Arschloch! Du Ekel!«

Sie tritt einen Schritt zurück und schluckt. Ihre Stimme ist ganz leise: »Was hast du gesagt? Wie hast du mich genannt?«

Ich spucke die Worte aus: »Du Ekel!«

Sie ballt die Hände in den Jackentaschen und lacht höhnisch:

»Was du nicht sagst. Dabei läuft dir der Rotz runter, und dein Haar hängt. Hast du dir auch wieder in die Hose gepisst?«

Ich fahre mir schnell mit dem Kopftuch unter der Nase entlang und versuche, noch einen Rest Würde zu bewahren.

»Nein, Marita, ich habe mir nicht in die Hose gepisst. Ich habe mir nicht mehr in die Hose gepisst, seit ich klein war, und das weißt du genau... Aber ich möchte nach Hause.«

Marita ahmt mich mit weinerlicher Stimme und verzerrtem Gesicht nach: »Sie will nach Hause!«

Ihre Stimme wird tiefer: »Es ist doch erst halb acht, was willst du denn zu Hause machen? Das Geld im Safe zählen? Oder die Schläge zählen, wenn Gyllen deine Mutter verprügelt?«

Ich knülle das Kopftuch in die Tasche, plötzlich bin ich sehr müde und resigniert. Ich kann ja nicht die Wahrheit sagen. Es ist lebensgefährlich, hier stehen zu bleiben, Marita. Wenn wir hier stehen bleiben, dann werde ich wie sie. Ich schaue schweigend zu Boden.

»Was willst du zu Hause machen?«

»Weiß nicht. Unterwäsche waschen…«

»Unterwäsche waschen? An einem Samstag? Verdammt, du bist doch nicht ganz dicht. Total durchgedreht.«

Ich hebe den Kopf und sehe sie an: »Du genießt das hier, nicht wahr? Es hat dir gefallen zuzusehen, wie sie ihren Kopf in einen Karton gepackt haben…«

Sie zieht die Hände aus den Taschen, ich weiche zurück, einen Moment lang glaube ich, sie will mich schlagen. Aber sie schlägt mich nicht, sie spuckt mir nur auf meine Wildlederjacke.

»Du bist verrückt, Cecilia. Das habe ich immer schon gewusst!«

Als ich mich von den letzten Beerdigungsgästen verabschiede, geschieht etwas mit meinen Augen.

Zuerst kann ich den Blick nicht scharf stellen. Die ganze Zeit bewegt sich etwas am Rand meines Blickfelds, etwas, das ich nicht richtig sehen kann. Eine Ratte scheint über den Boden zu laufen, ein Eichhörnchen klettert die Wand hoch, ein Schwarm schwarzer Schmetterlinge flattert unter der Decke. Ich drehe hastig den Kopf hin und her und versuche sie mit dem Blick einzufangen, aber das gelingt mir nicht. Zuerst verschiebt das Bild sich, um dann zu platzen, es zerbricht in Hunderte schimmernder Fragmente. Es ist, als würde sich die Welt in einem Prisma spiegeln.

Ich lege den Arm über die Augen und denke hastig, dass ich keine Zeit habe, um krank zu sein. Wir sollen Besuch zum Essen haben, ein paar von Mamas Freunden und Politikerkollegen. Ich habe daheim im Bananenhaus für fünfzehn Personen gedeckt.

Aber ich kann dieses Essen nicht ausrichten. Die Welt ist vor meinen Augen geplatzt.

Daheim in meinem dunklen Schlafzimmer leuchtet Doktor Alexandersson mir mit einer kleinen Lampe in die Augen. Ich schließe sie schnell, Feuer flammt unter den Lidern auf. Das ist schön, gibt mir ein Gefühl der Sicherheit. Ich mag Feuer, wenn es sauber brennt.

Aber das Feuer erlischt und verschwindet, das Prisma existiert nicht mehr, ich sinke hinab in einen Schlangennebel. Die Farben kriechen durcheinander. Die Schlangen haben Steinfarben, Moosfarben, Todesfarben. Grauschwarze, graubraune, graugrüne Flecken fließen ineinander.

Yvonne flattert flüsternd im Hintergrund herum: »Netzhautablösung? Kann es eine Netzhautablösung sein?«

Ich atme schwer und presse meine geballten Hände auf die Augen.

Aber nicht nur meine Augen lassen mich im Stich.

Ich kann meine Gedanken nicht mehr in den Griff bekommen, sie flattern auf wie ein Schwarm erschreckter Vögel und fliegen in alle Richtungen auseinander, sobald meine Erinnerung sich der letzten Nacht und dem letzten Morgen nähert.

Ich versuche es, Marita, aber ich kann nicht.

Die Gedanken weigern sich und weichen mir aus, sobald ich nur versuche, mich an das Knacken einer Tür und an das Geräusch eiliger Schritte die Treppe hinunter zu erinnern. Die namenlose Stadt verschwindet, und plötzlich sehe ich nur noch Zosimas Gesicht, wie sie sich über mein Krankenbett in Manila beugt.

»Wohin ist er gegangen, Madam? Wo ist mein Ricky?«

Ich falte die Hände auf der Decke und schließe die Augen, um mich vor ihrem Blick zu schützen, versuche, schnell etwas zu finden, was ich sagen könnte, ohne der Lüge beschuldigt zu werden.

»Ich weiß es nicht, Zosima. Wir haben uns verloren, er ist einfach verschwunden.«

Das ist fast die Wahrheit, das kann ich mit gutem Gewissen so sagen.

»Aber warum sind Sie zurückgekommen, Madam, und er nicht?«

»Ich weiß es nicht, Zosima. Vielleicht ist er in die andere Richtung gegangen, ich weiß es nicht.«

Ich schlage die Augen auf und sehe sie an. Sie trägt bereits die dunklen Ringe des Hungers unter den Augen.

»Er wird schon kommen, Zosima. Er ist bestimmt noch auf dem Weg. Und bis dahin werde ich für alles sorgen, was du und die Kinder brauchen. Du bekommst das Geld von mir.«

Sie richtet sich auf, ihr Mund ist ein verächtlicher Strich.

»Es geht nicht ums Geld, Madam. Es geht um Ricky. Sie sind aus einem Gebiet mit *lahár* gekommen. Glauben Sie, dass Ricky das überlebt hat? Glauben Sie, dass Ricky brennenden Zement überlebt hat?«

Ich schließe die Augen, tue, als wäre ich erschöpft. Die Krankenschwester greift Zosima unter den Arm und führt sie sanft, aber entschieden aus dem Zimmer.

Bevor ich zurück nach Schweden fuhr, richtete ich für sie ein Bankkonto ein. Ich zahlte viel Geld ein, ein ganzes Jahr Auslandsaufwandsentschädigung vom schwedischen Außenministerium. Und auf dem Weg zum Flugplatz bat ich den Fahrer, über San Juan zu fahren.

Zosima war nicht zu Hause, als ich kam, aber eines der Mädchen saß auf dem Zementboden in dem dunklen Raum und spielte gelangweilt mit ein paar Steinen. Sie hatte keine Schuluniform und keine Turnschuhe mehr, war ungekämmt und schmutzig im Gesicht.

Ich legte ihr alle meine philippinischen Scheine und Münzen in den Schoß und flüsterte, dass sie sie der Mama geben solle. Das Mädchen formte ihr Kleid zu einer Tüte und schaute mich schweigend an. Sie lächelte nicht, sie weigerte sich, wohlerzogen zu lächeln. Dafür war ich dankbar, ich hätte ein Lächeln in diesem Raum nicht ertragen können.

Ricky war nicht nach Hause gekommen.

Hörte ich jemals das Knacken der Tür? Hörte ich wirklich, wie er ging?

Ich weiß es nicht. Vielleicht ist das eine nachträgliche Rekonstruktion. Vielleicht waren sowohl er als auch NogNog bereits fort, als Butterfield und ich zurück zum Haus kamen. Wir machten kein Licht, wir tasteten uns schweigend durch den dunklen Raum.

Die Temperatur stieg weiter. Es wurde erstickend heiß unter dem Tisch, wo ich dicht an Butterfields Rücken geschmiegt lag. Ich hatte eine Weile gedöst, aber jetzt richtete ich mich auf und kratzte mir meine verschwitzte Kopfhaut. Das Haar war nicht nur vom Schweiß feucht, Butterfield und ich hatten uns unter einem Avocadobaum umarmt, und der Baum hatte gezittert, die Blätter hatten ihre Schalen über unseren Köpfen geöffnet.

Aber jetzt hatte es aufgehört zu regnen. Ich drehte den Kopf und lauschte, doch, es hatte aufgehört. Alles, was zu hören war, war das leise Atmen des Schlafs. Die Atemzüge von vier Menschen, wie ich annahm. Wie hätte ich hören sollen, dass es nur zwei waren?

Ich kroch über den Boden und suchte nach einer Cola, die ich in der Nähe hingestellt hatte. Ich traute mich nicht, sie drinnen zu öffnen, hatte Angst, dass das Geräusch die anderen wecken könnte. Leise schlich ich durch den Raum und schloss die Tür ganz vorsichtig hinter mir.

In dieser Nacht herrschte ein merkwürdiges Licht. Ein vages, nebelgraues Licht, das von irgendwoher schien, als wäre die Asche leicht phosphoreszierend geworden. Erst sehr viel später sollte ich begreifen, dass das Licht aus der gleichen Quelle stammte wie die schwere Hitze, aber das wusste ich damals noch nicht, zu dem Zeitpunkt wusste kein Mensch auf der Welt etwas von *lahár*. Ich breitete eine Zeitung auf der obersten Treppenstufe aus und setzte mich, ließ meine Füße tief in den regenschweren Matsch auf der Stufe unter mir sinken und öffnete meine Cola.

Ich saß lange träumend in einer grauen, selbstleuchtenden Welt, baute Puppenhäuser für Dolly und fantasierte mir ein bittersüßes Wiedersehen mit Butterfield in Manila zusammen. Zu träumen war notwendig. Ich war auf der Flucht vor allen Gedanken an den morgigen Tag und die Wanderung, die uns bevorstand. Solche Gedanken sind schwer, und ich konnte es mir nicht leisten, Kraft für Grübeleien zu vergeuden, ich sollte Dolores auf meinem Rücken tragen.

Plötzlich hörte ich ein Pfeifen in der Dunkelheit links von der Treppe, Sekunden später zischte eine Stimme von rechts:

*»O madam! Watch out! Beware of the darkness ...«*

Jemand packt mich, ich erkenne Yvonnes Hände, sie sind ebenso leicht und flüsternd wie ihre Stimme. Aber in diesem Augenblick ist nichts schlimmer als eine leichte Berührung. Schlag mich nur, beiß mich mit scharfen Raubtierzähnen, zerbrich mir die Knochen in meinem Körper und zermalme sie, aber reibe dich nicht an mir wie ein Reptil in der Dunkelheit!

Ich schlage ihre Hand weg und verkrieche mich in mich selbst, wickle mir das Nachthemd um die Füße und schiebe die Hände in die Ärmel, verstecke mich in meinem schönen Nachtkleid aus Seide, es ist sauber, weiß und glatt wie Eis.

Doktor Alexandersson weiß, wie man mich anfassen muss. Er packt mich entschlossen an den Schultern, er schützt mich. Ich presse mich dicht an seine Brust und greife nach seinem Jackenkragen.

Aber ich schreie nicht. Nicht ein Laut kommt über meine Lippen.

Ich schlang die Arme um mich und sprach in die Dunkelheit: »Hör auf, NogNog. Das ist nicht witzig.«

Ein Kichern flatterte durch die grauschimmernde Dunkelheit, ich zwinkerte mit den Augen, um den Blick zu schärfen, und versuchte ihn zu entdecken.

»Hör auf und komm her!«

Ein unscharfer Schatten huschte ein paar Meter von der Treppe entfernt entlang, wieder war ein Kichern zu hören. Ich zündete eine Zigarette an, aber das war ein Fehler. Das Licht vom Feuerzeug ließ die Dunkelheit tiefer werden; als das Feuer erlosch, sah ich keinerlei Schatten mehr. Aber irgendwo da draußen war er.

»Jetzt ist es genug. Sei nicht kindisch.«

Keine Antwort. Plötzlich war es schwer zu atmen. Die Hitze, dachte ich und strich mir den Schweiß von der Stirn. Diese leichte Atemnot beruht einzig und allein auf der Hitze. Ich habe keine Angst. Warum sollte ich Angst haben? Wir sind drei gegen einen, und Butterfield hat seine Waffe versteckt. Und wie dem auch sei, man darf nie zeigen, dass man Angst hat. Niemals.

Ich sprach mit fester Stimme in die Dunkelheit: »Du solltest schlafen, NogNog. Wir müssen morgen weit laufen, und du bist krank gewesen. Du musst dich ausruhen, wenn du es schaffen willst...«

NogNog löste sich aus der Dunkelheit und ließ seine Konturen sichtbar werden, er stand breitbeinig und barfuß ein Stück von der Treppe entfernt. Noch konnte ich sein Gesicht nicht erkennen, noch konnte ich nicht sehen, was er beschlossen hatte.

»Gehen?«, sagte er mit seiner sanftesten Stimme. »Warum soll ich irgendwohin gehen?«

Ich seufzte, wie man über ein dickköpfiges Kind seufzt.

»Wir müssen aufbrechen, NogNog. Dolly und Mister Berglund brauchen beide einen Arzt. Wir sind gezwungen, bewohntes Gebiet aufzusuchen. Du solltest mit uns kommen, es ist sicherer zu mehreren...«

NogNog zog sich wieder in das Nebelgrau zurück, seine Stimme schwebte wie ein Silberfaden in der Hitze.

»Ich bleibe«, sagte er verhalten. »Ich habe andere Pläne.«

Eine Weile blieb es still. Ich lehnte mich an die geschlossene Tür und schloss die Augen. Wenn es nur nicht so heiß gewesen wäre.

»Wie hast du den Trick geschafft, NogNog«, fragte ich im normalen Unterhaltungston.

Ich hörte das Geräusch erst, als es aufhörte, ein ganz leises Geräusch von etwas, das an Metall kratzt.

»Was für einen Trick?«

»Als du versucht hast, mir Angst zu machen. Es klang, als wärst du an zwei Stellen gleichzeitig ...«

Wieder war das Geräusch zu hören, er rieb an etwas.

»Ich bin geflogen, Madam. Ich habe doch gesagt, dass ich ein Engel bin ...«

Das war nicht witzig. Das war nicht einmal als ein Witz gedacht. Sein Tonfall klang ruhig und vernünftig, er hatte aufgehört, Scherze zu machen.

Ich erschauerte mitten in der Hitze. Ricky und Butterfield hatten Recht, dachte ich. Dieser Mann ist verrückt. Und ich hatte keine Lust, nachts mit einem Verrückten allein zu sein.

Ich stand auf, um ins Haus zu gehen.

»Nein«, sagt Doktor Alexandersson. »Ich kann kein Zeichen für eine Netzhautablösung finden. Andererseits habe ich natürlich nicht alles hier, was für eine gründliche Untersuchung notwendig wäre ...«

Ich habe mich gefasst und seine Jacke losgelassen. Ich liege ausgestreckt und ruhig mit geschlossenen Augen in meinem Bett. Tausend helle Flecken blitzen in der Dunkelheit auf, aber das macht nichts. Das ist nicht gefährlich. Das sind Elektronen, Photonen, Protonen, ich schaue in die Materie und bin vollkommen ruhig.

»Sollen wir sie ins Krankenhaus bringen?«, flüstert Yvonne.

»Nein. Noch nicht. Ich glaube, das ist eine Reaktion auf die

Beerdigung heute. Vielleicht ist sie außerdem etwas überanstrengt, schließlich hat sie Dagny in der Schlussphase gepflegt, und das war natürlich in vielerlei Hinsicht kräftezehrend. Sie braucht Ruhe.«

Ich höre ihn in seiner Tasche wühlen.

»Wir konnten ja nicht«, flüstert Yvonne. »Die Kinder. Schließlich haben wir kleine Kinder …«

Es amüsiert mich ein wenig, dass sie sich schuldig fühlt. Es amüsiert mich noch mehr, dass er ihre Bitte um Absolution total ignoriert.

Ich bin ein widerlicher Mensch, Marita. Ich sollte mit ihr reden und ihr sagen, dass ich sie nie hier haben wollte, dass nichts ihr Fehler ist und dass ich in keiner Weise überarbeitet bin.

Aber ich sage nichts, ich öffne nur gehorsam meinen Mund, wenn ich es soll. Der Arzt legt mir eine Schlaftablette auf die Zunge.

NogNog log nicht, Marita. Er konnte fliegen.

Aber er flog nicht wie ein Engel, sondern wie ein Tiger.

Er war in dem Moment über mir, als ich die Hand auf dem Türknauf hatte, er flog in einem stummen Sprung aus dem Nichts auf mich. Ich verlor das Gleichgewicht, rutschte die oberste Treppenstufe hinunter und fiel dann hin. Es brannte vor Schmerz im Steißbein.

Warum schlug er mich?

Wollte er mich nur daran hindern, ins Haus zu gehen?

Ich weiß es nicht, Marita. Aber hinterher, als ich in meinem sicheren Zimmer mit Aircondition im Krankenhaus in Manila lag, formulierte ich eine Theorie.

Die Tore der Zeit waren für NogNog stets in Bewegung, sie öffneten und schlossen sich, waren aber nie vollkommen versperrt. Er flog zwischen vielen Welten hin und her, er glitt in die Zeiten hinein und aus ihnen heraus, er war mal ein Kind, mal erwachsen, mal Opfer und mal Rächer. Und wir, die Menschen um ihn herum, bekamen in seinen Augen ständig neue Gesichter.

Und trotzdem war er nicht verrückt. In keiner Weise. Er war nur ein Mensch, der zu viel gesehen hatte. Allzu viele Bilder hatten sich in seine Netzhäute eingeätzt.

Solche Menschen schlagen zu, Marita. Sie glauben, sie könnten sich freiprügeln.

Ich verwandelte mich auch, das muss ich zugeben.

Als NogNog mich schlug, da wollte ich zurückschlagen. Die Erste Botschaftssekretärin Cecilia Lind erhob sich vom Boden, keuchend und konzentriert, und ballte die Fäuste.

Plötzlich hatte ich keine Angst mehr. Ich genoss es, Marita, ich genoss es, dass ich endlich meiner Unruhe und meiner Wut freien Lauf lassen konnte, ebenso hart an seinen Ohren zerren durfte, wie er an meinem Haar riss, ihm den Ellbogen gegen die Kehle zu drücken, als er nach meiner suchte, mit offener Hand und mit geballter Faust zu schlagen.

Er war stark, aber ich war auch stark. Er war rücksichtslos, aber ich war rücksichtsloser. Er war sich wie die meisten Männer zu gut, um zu kneifen und zu beißen – im Gegensatz zu mir. Ich hätte ihm das Gesicht zerkratzen können, wenn meine Fingernägel nicht so abgekaut gewesen wären. Als mir das nicht gelang, schlug ich stattdessen die Zähne in seinen Oberarm und biss zu, bis ich Blut schmeckte. Er schlug mir mit der Faust gegen die Schläfe, so hart, dass mir die Tränen kamen.

Vielleicht war es diese Sekunde fehlender Konzentration, die meine Niederlage besiegelte. Vielleicht lag es einfach nur an mangelndem Training und fehlender Technik. Wie dem auch sei: Als ich Anlauf nahm und auf NogNogs Schritt zielte, war er bereit und wich mir aus. Ich trat in die leere Luft, verlor das Gleichgewicht und fiel hin.

Ein paar Sekunden später kniete NogNog über mir. Er packte mich an den Handgelenken und drückte sie auf den Boden, stellte mir dann die Knie auf die Oberarme und setzte sich schwer auf meinen Oberkörper.

»Lass mich los«, sagte ich. »Du erdrückst mich.«

Aber NogNog antwortete nicht und ließ mich nicht los. Stattdessen beugte er sich vor und küsste mich.

Könnte ich doch nur lügen, Marita. Gerade hier ist eine Lüge so verlockend.

Dann würde ich behaupten, dass ich verzweifelt mit meinen kleinen Alabasterhänden wedelte, dass ich mich voller Panik wand und anfing zu weinen.

Aber du weißt es ja, Marita. Du verstehst, dass ich, als ich meinen Mund öffnete, der unter seinen Lippen weich geworden war, dass ich da nur die gleiche Frage von Neuem stellte. Wer bist du eigentlich, NogNog?

Ich bin NogNog, antwortete sein Körper. Ich bin NogNog, und ich bin wie das Salz im Meer.

Und hinterher?

Ich kann dich fast hören, Marita. Ich höre, wie du ebenso atemlos wie früher flüsterst: Und hinterher? Was geschah dann?

Ich blinzelte und öffnete die Augen, schaute in den Himmel hinauf. Aber der war fort, alles war fort, ich konnte nicht einmal mehr die sich wiegende Kokospalme sehen, die die ganze Zeit am Rande meines Gesichtsfelds gewesen war, irgendwo neben dem versteinerten Auto. Alles war grau. Und da war ein Dampf, Marita. Das war Dampf und kein Nebel.

Und was habe ich gemacht?

Was glaubst du? Natürlich bin ich durch die weiche, schmatzende Asche gekrochen, um nach meinen Zigaretten zu suchen. Ich fand sie direkt unter der Treppe, das Feuerzeug ordentlich im Paket. Und als ich zu NogNog zurückkehrte, da war ich wieder ich. Er lag still wie ein Mordopfer auf der Erde, und ich setzte mich neben ihn, lehnte den Rücken gegen die Palme und nahm einen Zug.

Ich glaubte, er wäre besiegt. Ich glaubte, ich hätte schließlich doch gewonnen. Und Idiotin, die ich war, glaubte ich, dass ich gefahrlos die Frage stellen konnte, vor der ich mich bisher gescheut hatte.

»Warum hast du so geschrien, NogNog?«, fragte ich mit gedämpfter Stimme. »Warum hast du geschrien, als du mich gesehen hast?«

Da stand er auf und befahl mir, das Feuerzeug wieder anzuzünden. Dann zog er sein Hemd hoch und entblößte das Sklavenzeichen auf seiner Brust.

Ich schlafe nicht.

Aber es ist jetzt schwarz, Marita. Nichts bewegt sich vor meinen Augen. Die Zeit steht still, alles ist still. Das ist gut. Nur in Dunkelheit und Stille können wir das beschauen, was zum Schluss in dem namenlosen Ort geschah.

Wem gehört ein Kind, Marita? Weißt du das?

Die Antwort schmeckt bitter in meinem Mund. Du und ich, wir können uns keine Süße vorheucheln. Du weißt es, und ich weiß es, dass das Kind sich nicht selbst gehört. Ein Kind muss hohe Mauern bauen, um sich selbst zu gehören, und nicht alle schaffen das.

Also: Ein Kind gehört demjenigen, der den Anspruch darauf erhebt. Der besitzt ein Kind, der sagt, dass er dieses Kind besitzt.

Donald besaß NogNog.

Das Licht der Flamme flackerte über seiner Brust. Kleine runde Narben bildeten ein Zeichen, ein V in einem Kreis.

Er redete schnell und mit leiser Stimme. Ich musste mich vorbeugen, um ihn zu verstehen. Es handelte vom Krieg, davon, wie die Eskalation des Vietnamkriegs eine Art von Wohlstand über Angeles brachte. NogNog und seine Bande gewöhnten sich an bessere Essensreste: Das Glück war nicht mehr nur *plain rice* und halbverdorbenes Gemüse. Es kam vor, dass die amerikanischen Soldaten eine Hand voll Münzen über ihnen fallen ließen, und es kam vor, dass sie sich so sehr in ihre eigene Güte verliebten, dass sie einen Jungen oder zwei mit in eine Hamburgerbar nahmen.

»Aber das Essen war nie das Wichtigste für uns«, flüsterte

NogNog. »Wir hätten auch ohne Hamburger, Chips und Coca-Cola überleben können. Und wir hätten natürlich auch ohne das andere überleben können, aber nachdem wir erst einmal auf den Geschmack gekommen waren, da wurden wir süchtig, wir konnten es nicht mehr entbehren ...«

»Haben sie den Kindern Drogen gegeben?«

Er kniete immer noch vor mir, seine Brust weiterhin entblößt. Er schüttelte den Kopf.

»Keine Drogen. Sie sahen uns. Sie machten uns damit wirklich. Große, mächtige *kanos* lernten unsere Namen und redeten mit uns. Sie riefen, wenn wir aus den Winkeln und Hofeingängen heraussprangen, und sie riefen uns: *›Hi, Joe!‹*«

Früher waren sie nur Schemen gewesen, durchsichtige kleine Gespenster, die die Erwachsenen erschreckten. Die Welt bestand aus Händen, die sie wegschoben, aus wütenden Rufen und trampelnden Füßen. Aber alles wurde besser, als die Bombenteppiche über dieses Land auf der anderen Seite des Meeres gebreitet werden sollten.

»Die neuen Soldaten hatten nie solche wie uns gesehen, sie kamen ja direkt aus den USA. Sie fanden uns lustig, wir rochen nach Abenteuer. Ich glaube, dass wir ebenso ein Traum für sie waren wie sie für uns.«

Er senkte den Kopf und schaute auf seine Brust herab, die Narben waren tief, sie bildeten im Schein des Feuerzeugs dunkle Schatten.

»Das wurde ein Hunger, einen Namen zu haben, den ein Erwachsener kannte. Plötzlich glaubten wir alle, Väter zu haben, wir glaubten, unsere Märchen würden wahr. Donald wurde mein Papa.«

Er verstummte und zog sein Hemd herunter. Ich ließ das Feuerzeug los, die Flamme erlosch.

»Und wer war Donald?«

Warum habe ich gefragt? Die Antwort war doch klar. Donald war groß und weiß. Donald war ein B52-Held. Donald war ein Mann, der Tag für Tag nach Vietnam hinüber donnerte. Aber

Donald war auch ein Mann mit einem guten Herz. Jeden Abend lud er NogNog zu Hamburgern ein, und bald gewöhnte er sich an einen dunklen kleinen Schatten, der sich ihm anschloss, sobald er die Basis verließ.

NogNogs Gesicht war vollkommen nackt, all seine knorrige Männlichkeit hatte ihn verlassen. Jetzt hatte er den Mund eines Kindes und redete mit der Stimme eines Kindes.

»Er mochte mich. Er mochte mich so sehr, dass er mich zu seinem Maskottchen machte.«

Er machte eine vage Bewegung mit seinen schmalen Händen, als wollte er den Dampf zwischen uns wegwedeln, ließ dann die Hände in einer resignierten, fast weiblichen Geste fallen. Die Stimme war tonlos.

»Er nahm mich mit auf die Basis und machte mich zum Maskottchen. Ich wurde das Maskottchen seiner Kompanie. Ich putzte ihre Schuhe und machte für sie Besorgungen, ich machte mich in tausenderlei Hinsicht nützlich. Ich lernte Drinks zu mixen und Strümpfe zu waschen, Besoffene zu betreuen und Toiletten zu schrubben. Alles. Ich tat alles für sie, ich betete sogar zu Gott, er möge ihr Leben verschonen. Und als Dank bekam ich ihre Essensreste und einen Dollar, wenn jemand gute Laune hatte.«

Er sank seufzend zusammen, die Asche schmatzte unter seinem Hintern: »Eigentlich war ich wohl so eine Art Diener. Aber ich empfand es nicht so, ich war stolz, dass sie mich ihr Maskottchen nannten. Und ich wusste ganz genau, wo die Grenzen verliefen, wann ich mich unsichtbar machen musste und wann ich sichtbar sein durfte.«

Wieder verstummte er, wir saßen einander gegenüber, dicht beieinander.

»Aber wo hast du gewohnt? Hast du auf der Basis gewohnt?«

Er zuckte mit den Schultern.

»Natürlich nicht in ihren Baracken. Aber es gab tausend Verstecke. Putzräume und Treppenhäuser. Kellerräume. Und ich war ja nicht allein. Fast alle Soldaten hatten sich Diener und

Maskottchen angeschafft, es gab viele Philippinos auf der Basis, Erwachsene und Kinder. Solange wir wussten, wo unser Platz war, und uns nicht den Hangars und Flugzeugen näherten, war es okay. Und mich verdächtigte sowieso niemand der Spionage oder Sabotage, ich war ja noch so klein …«

»Wie klein? Wie alt warst du?«

Er zuckte mit den Schultern.

»Weiß ich nicht genau. Donald sagte ich, dass ich acht sei. Ich wusste es nicht so genau. Und das war ihm ja scheißegal, Details waren ihm nicht wichtig. Das Wichtigste für ihn war, dass ich so niedlich war. Ein niedlicher kleiner Bengel, den wollte er haben.«

Er holte tief Luft.

»Hat er dich sexuell ausgenutzt?«

NogNog machte eine abwehrende Geste.

»Nein. Absolut nicht. Donald und seine Kumpel waren nicht solche, dafür wollte er mich nicht haben. Ich war eher wie ein Haustier für ihn. Ein Welpe oder ein kleines Kätzchen, jemand, über den man lachen kann und mit dem man herumtollen kann, wenn man Lust hat.«

Er verstummte und schaute in den Himmel, richtete seinen Blick irgendwo in die Dämpfe und Wolken. Ich stöhnte fast vor Ungeduld.

Er spuckte in die Asche, seine Stimme wurde schärfer: »Mir war ja nicht klar, dass ich in die gleiche Kategorie wie die Huren gehörte. Ich glaubte ernsthaft, dass Donald sich für alle Zeit um mich kümmern würde, dass ich wirklich sein Junge sei. Er putzte mir einmal die Nase, genau wie ein richtiger Vater. Und er gab mir Comics, und als ich auf die Buchstaben zeigte, da erzählte er mir, wie sie hießen …«

»Hat er dir das Lesen beigebracht?«

Wütend schüttelte er den Kopf.

»Das habe ich mir selbst beigebracht. Ich war ein verdammt schlauer Junge. Ich habe mir das Lesen beigebracht, und ich habe mir beigebracht, wie sie zu reden, ich habe ihre Worte und Buchstaben gestohlen …«

Wieder spuckte er in die Asche.

»Ich habe nie begriffen, ab wann es eigentlich schief ging. Oder warum. Sie haben sich einfach verändert, sie wurden aller Dinge müde und sehnten sich nur danach, nach Hause zu kommen. Wahrscheinlich bekamen sie Angst, so viele von ihren Kameraden kamen nicht wieder zurück. Vielleicht fingen sie deshalb an, mich zu hassen…«

Plötzlich drehte er sich um und streckte sich nach etwas in der Dunkelheit, hob einen länglichen Schatten hoch und legte ihn sich auf die Knie. Das war seine Kalaschnikow. Er hatte seine Waffe gefunden.

Nachdenklich strich er über den Kolben. Ich traute mich nicht, etwas zu sagen oder mich zu bewegen, wagte kaum zu atmen.

»Ich wurde wahrscheinlich zu einschmeichelnd«, sagte er leise. »Schließlich war es so wichtig, dass sie mich mochten. Jedenfalls Donald. Ich hoffte ja immer noch, dass er mich mit nach Amerika nehmen würde, dass ich wirklich sein Sohn werden würde.«

NogNog dämpfte die Stimme und schaute auf die Waffe auf seinen Knien.

»An dem Abend legte ich den Arm um Donalds Hals«, erzählte er. »Ich versuchte, ihn zu umarmen und mich auf seinen Schoß zu setzen…«

Ich sah es nicht, aber ich sehe es jetzt.

Donald zieht sich mit verzerrtem Gesicht zurück, aber der Junge folgt seinen Bewegungen. Er hat seinen inneren Kompass verloren, er weiß nicht mehr, dass er sich zurückhalten muss, wenn er nicht erwünscht ist. Er versucht, sich auf die Knie des erwachsenen Mannes zu schummeln, er versucht, das niedliche Hundebaby zu spielen, obwohl er dafür zu groß und nicht mehr geeignet ist. Seine Wangen sind nicht mehr weich gerundet, seine Augen sind nicht glasklar und voller Vertrauen, es gibt einen Hauch von Absicht und Berechnung in seinem Blick. Und das ist mehr, als Donald ertragen kann.

»Lass mich«, sagt er, aber das nützt nichts. Der Junge scheint nicht zu hören, er will nicht hören. Und Donald, ein Mann, der jeden Tag viele Städte brennen sieht und meint, die Schreie vieler Menschen in seiner Brust zu tragen, er kann plötzlich diese Taubheit nicht mehr ertragen, diese grenzenlose Untergebenheit, diese hundeartige Liebe. Ein Gedanke blitzt in ihm auf: Wie kann ein freier Mann aus jemandem werden, der als Sklave geboren wurde?

Und der Gedanke quält ihn mehr als die Arme des Jungen, er greift nach einem Messer, ein scharfes Messer mit breiter Klinge, das an seinem Gürtel hängt, und gleichzeitig packt er das Haar des Jungen. Es ist lange her, seit es ihm jemand geschnitten hat, er hat eine dicke schwarze Mähne, in der man sich perfekt festhalten kann. Er bekommt es fest in den Griff, kann so den Jungen von sich zerren, womit er ihn auf einen gewissen Abstand bringt, genau weit genug, um ihm das Messer an die Kehle zu setzen…

Und die anderen Männer schauen von ihren Büchern und Briefen auf, die Gespräche verstummen, und jemand schaltet den Fernsehapparat aus. Plötzlich riecht es nach Raubtier im Raum.

»Du bist ein Sklave«, sagt Donald. »Unser Sklave. Und damit du das niemals vergisst, werden wir dir unser Zeichen geben, wir werden dir unser Zeichen auf die Brust brennen…«

Einige lachen, verstummen aber schnell wieder. Fünf Männer stehen im Halbkreis um Donald und den Jungen. Sie sehen, dass er nicht mehr niedlich ist, er taugt nicht mehr als Maskottchen.

Einer von ihnen streckt schweigend eine Zigarette hin.

Wie weit weg haben sie ihn hinterher gebracht? Er weiß es nicht. Er weiß nur, dass sie eine Ewigkeit durch die Dunkelheit gefahren sind, eine Dunkelheit, die jenseits von Gut und Böse ist, eine Dunkelheit, die alles auf der Welt erklärt und alles über seinen Platz auf dieser Welt.

Und als sie seine Arme mit einem Lederriemen fesseln und ihn in den Baum hängen, da fragt er nicht mehr, warum. Es weht ein wenig, und sein Körper bewegt sich leicht im Wind. Die Männer sehen das, und plötzlich sehen sie sich selbst, wie sie dort stehen, kurzgeschoren und muskulös, alle in den gleichen Baumwoll-T-Shirts und Kaki-Shorts.

Der Krieg hat ihre Gesichter erreicht.

Sie wenden ihre Blicke ab und scheuen die der anderen. Die Gruppe zerstreut sich fächerförmig. Alle wollen plötzlich vergessen, dass es diesen Jungen gibt, dass es sie selbst gibt. Einige versuchen, vor ihren eigenen Schatten wegzulaufen, andere huschen mit kleinen Schritten in die Nacht und lassen sich von ihr schlucken.

Nur Donald steht noch dort. Er ist zu einer schwarzen Silhouette erstarrt, kann den Blick nicht von der Frucht lösen, die sich so sanft im Wind wiegt. Ein Bomber donnert Richtung Westen über den Himmel. Ein Stöhnen erweckt den Schrei in seiner Brust.

Er kann nicht mehr.

Warum wird es nie still? Warum muss ausgerechnet er all diesen Schreien zuhören, dem Schmerz dieser Welt? Er zieht seinen Ledergürtel aus den Shorts und wickelt ihn sich um die Hand, schlägt prüfend einmal in die Luft.

Dann peitscht er die Dunkelheit, den Baum und die Frucht, bis alle Schreie verstummen.

Ich streckte die Hand aus und berührte NogNog. Das erweckte ihn aus seiner Versteinerung, er begann von Neuem zu reden. Seine Stimme war grau wie der Nebel: »Irgendjemand fand mich. Irgendjemand brachte mich zu den Nonnen. Und als die Wunden geheilt waren, wurde ich ihr Diener. Da brauchte ich nicht niedlich zu sein, es genügte zu schweigen.«

Er senkte den Kopf und schaute in die Asche.

»Sie hatten viele Bücher. Lesen, das wurde mein Lohn. Aber als ich alle Bücher gelesen hatte, gab es keinen Grund mehr zu bleiben. Da ging ich in die Berge, denn dort gibt es keine *kanos* zu fürchten.«

Ich lehnte meine Stirn an ihn, seine Waffe hatte ich vergessen.

Wir blieben lange Zeit so sitzen und atmeten im gleichen Rhythmus: Meine Lunge füllte sich immer wieder mit NogNogs Atemzügen, seine Lunge füllte sich mit meinen. Ich meinte, die Zeit stünde still.

Schließlich kam trotzdem die Dämmerung in die namenlose Stadt.

NogNog öffnete ein weiteres Mal seine Tore, und er stand auf, bereitete sich mit geradem Rücken und voller Ernst darauf vor, in eine andere Wirklichkeit zu gehen. Er schwankte, während er dort mit seiner Kalaschnikow im Arm stand, fand aber schnell das Gleichgewicht wieder, hängte sich die Waffe über die Schulter und wölbte seine Hand vor dem Mund.

Seine Stimme war dunkel und männlich, als er in die Nebel hinein rief: »Ich komme, Donald! Ich bin NogNog, und ich komme jetzt!«

Ich zwinkere, etwas Helles schwebt vor meinen Augen. Ich kann besser sehen.

»Guten Morgen, Mama«, sagt Sophie. »Wie geht es dir?«

Ich ziehe mich zum Kopfende des Bettes hoch und reibe mir ein wenig die Augen. Ihr Gesicht ist ein heller Fleck, nein, mehr als das. Sie hat dunkle Flecken statt der Augen und einen beweglichen Fleck – das muss der Mund sein.

»Wie geht es dir? Geht es dir besser?«

Ich nicke. Muss mich zusammenreißen. Um Sophies willen.

»Keine Sorge«, sage ich, muss mich aber erst räuspern, damit die Stimme auch trägt. »Mir geht es gut, du hast doch gehört, was der Doktor gesagt hat, ich war nur erschöpft…«

Ich spüre, wie ihre Hand in der Luft vor mir herumflattert, eine Sekunde lang will sie mich berühren, entscheidet sich dann doch anders und zieht sich zurück.

»Kannst du jetzt besser sehen?«, flüstert sie.

Ihr Gesicht hat genauso unscharfe Konturen wie ihre Stimme. Sie hat Angst, aber ich will nicht, dass sie Angst hat.

»Viel besser«, sage ich. »Meine Augen sind nur etwas verklebt, das wird bald wieder besser.«

Erleichtert zieht sie sich ein wenig zurück, jetzt kann ich ihr Gesicht nicht mehr sehen, aber ich kann sehen, dass sie etwas Gelbes trägt.

»Wie spät ist es?«, frage ich. »Ist es Morgen?«

»Ja«, bestätigt Sophie. »Ich habe dir Frühstück gemacht.«

Sie stellt etwas auf meine Knie. Den Betttisch. Das muss Mamas Betttisch sein.

»Yvonne wollte dir Tee kochen, aber ich habe ihr gesagt, dass du lieber Kaffee trinkst. Oder nicht?«

Ich lächle ihr verschwommenes Gesicht an.

»Doch, ja. Kaffee ist genau das, was ich brauche...«

Ihre unscharfe weiße Hand fährt über das Tablett.

»Da ist Kaffee, da ist Saft, da ist ein Ei, und da ist Brot...«

»Danke. Toll. Es ist Jahre her, seit ich Frühstück ans Bett gekriegt habe.«

»Yvonne meint, du müsstest heute noch im Bett bleiben. Sie sagt, es wäre nicht gut für dich herumzulaufen, sie glaubt, du hättest eine Netzhautablösung.«

Es brennt in mir vor Wut. Yvonne hat nicht das Recht, Sophie zu erschrecken.

»Ach«, wiegle ich ab. »Sie übertreibt. Der Arzt hat schließlich keinerlei Zeichen für eine Netzhautablösung erkennen können. Sag ihr, dass ich fühle, dass es nur eine Infektion ist. Eine ganz normale, banale Augeninfektion, die man mit ein paar Tagen Spülen mit Kochsalzlösung behandeln kann.«

Sophie antwortet nicht, sie macht sich immer noch Sorgen.

»Möchtest du, dass ich bei dir sitzen bleibe?«, fragt sie schließlich. »Ich kann hier sitzen und lernen. Ich habe morgen eine Prüfung.«

Sie will nicht, glaubt aber, dass sie müsste. Ich will eigentlich auch nicht. Ich befreie sie von der schweren Verantwortung mit einem schläfrigen Seufzen: »Lieber nicht, Kleines. Ich brauche Ruhe, ich werde nach dem Frühstück noch eine Weile schlafen. Ich denke, du setzt dich lieber in Omas Zimmer und lernst da. Aber erst musst du wohl Yvonne fragen, ob du ihr helfen sollst. Mit dem Essen oder so.«

»Natürlich«, antwortet sie dankbar und zieht die Decke über meinen Füßen glatt. »Natürlich, Mama. Das mache ich.«

Wir schweigen beide.

»Danke für das Frühstück, Sophie«, sage ich schließlich.

Sie beugt sich vor und streicht hastig mit dem Handrücken über meine Wange. Ich schließe vor Scham die Augen. Das verdiene ich nicht.

Es ist ein Sommertag in Schweden, Sophie ist zwei Jahre alt. Wir sind irgendwo auf dem Land, in allen Räumen stehen die Fenster offen. Weiße Gardinen bewegen sich im Wind, der Himmel ist blau, und die Luft klar wie Glas. Ein paar Kinder spielen auf dem Rasen vorm Haus, aber Sophie ist nicht dabei. Sie schläft ihren tiefen Mittagsschlaf, liegt mit offenem Mund auf meinem Arm, der Pony feucht vom Schweiß. Sie schwitzt immer beim Einschlafen.

Sophie hat ihre Hand auf meine Wange gelegt. Eine runde Zweijährigenhand an meiner Wange. Ich bewege mich nicht, ich ruhe still im Jetzt und weiß, dass dies ein Moment in meinem Leben ist, an den ich mich erinnern werde, wenn ich sterbe.

Aber so wird es nicht sein.

Wenn ich sterbe, werde ich mich an die Hände eines anderen Kindes erinnern. An ein Paar raue Arbeiterhände um meinen Hals.

Als ich aus dem Krankenhaus in Manila nach Hause kam, redete ich zum ersten Mal mit meinem Spiegelbild.

Sie wäre sowieso gestorben, sagte ich. Sie wäre allein in der Asche gestorben, wenn wir sie nicht aufgelesen hätten, wir haben ihr Leben nur um ein paar Tage verlängert. Ja, sie wäre auch gestorben, wenn es keinen Vulkanausbruch gegeben hätte, wenn sie in der Fabrik geblieben wäre. Würmer, wahrscheinlich. Das ist üblich. Und irgendeine Lungenkrankheit. Ab und zu hustete sie, und das klang ziemlich trocken. Baumwollspinnereien sind ein außerordentlich ungesundes Milieu für Kinder, der Baumwollstaub verursacht eine ernsthafte Lungenkrankheit. Byssinose. So heißt sie.

Ich bin mit Hilfe von Verleugnung und Fakten wieder an die Oberfläche getaucht. Im Krankenhaus habe ich drei so genannte wissenschaftliche Berichte über die Lage der Kinderarbeiter gelesen. Sie haben das bestätigt, was ich mir selbst bereits eingeredet hatte. Sie wäre so oder so gestorben.

Doch als ich meinem Spiegelbild diese Tatsachen präsentierte, verdunkelten sich ihre Augen und wurden zerstört.

Versteh mich nicht falsch, sagte ich. Ich behaupte ja nicht, dass ich ohne jede Schuld wäre. Ich sage nur, dass ich nicht allein die Schuld trage.

Sie schaute mich mit hohlen Augenhöhlen an und sprach zum ersten Mal.

Was ist unsere Verantwortung? Was sind wir ihnen schuldig?

Ich senkte den Kopf und antwortete wortlos.

Alles. Wir sind ihnen alles schuldig.

Ich esse ganz langsam mein Frühstück, taste mit den Händen über das Tablett nach dem Ei und dem Orangensaft. Ich habe Angst, etwas umzuwerfen. Und wenn ich aufs Tablett kleckere, wird sich Sophie noch mehr Sorgen machen.

Das Haus ist voller Geräusche und Stimmen. Einer der großen Jungen springt die Treppe hinunter, es klingt wie eine Ein-Mann-Lawine. Lars-Görans Stimme murmelt im Esszimmer, ein anderer Junge lacht über etwas, das er gesagt hat, und Yvonnes Absätze klappern adrett über den Küchenfußboden.

Nie zuvor habe ich in meinem Schlafzimmer geraucht, aber jetzt muss es sein. Ich stelle meine Füße auf den kalten Boden und taste mich zum Fenster hin vor, mache es weit auf und lasse den Winter herein, schleiche dann zurück zum Bett, zu Kaffeebecher und Decke.

Ich wickle mich in die Decke und setze mich in den Korbstuhl. Der Kaffeebecher muss neben mir auf dem Schreibtisch stehen, genau wie zu meiner Teenagerzeit. Aber jetzt muss ich mit der Hand über die Oberfläche streichen, um zu wissen, wo ich ihn hinstellen soll.

Das ist nicht gut, denke ich. Dass ich nicht richtig sehen kann …

Der Korbstuhl knackt, als ich meinen Kopf hinten anlehne. Hier habe ich immer gesessen, wenn Marita zu Besuch gekommen ist. Sie selbst saß immer auf dem Bett.

Sie hat gesagt, mein Name würde die Blinde bedeuten.

Aber ich scheiße auf Latein. Mein Name bedeutet Spinnweben. Das weiß ich, das habe ich immer schon gewusst.

Aber was ist eigentlich aus Ricky geworden?

Ich weiß es nicht. Ganz ehrlich. Ich weiß es nicht.

Vermutlich hat er sich auf den Weg gemacht. Ich nehme es an, manchmal hoffe ich es, obwohl es sinnlos ist, das Eine oder das Andere zu hoffen.

Während der Wochen im Krankenhaus habe ich mir oft vorgestellt, er könnte auftauchen, er würde plötzlich in meinem Zimmer stehen und lächelnd an seinem Schnurrbart zupfen. Er hätte einen Teil meiner Lügen aufdecken können, aber das zu ertragen, war ich bereit. Ich hätte alles ertragen, wenn ich ihn nur noch ein einziges Mal über Zosimas Gemecker und die Turnschuhe der Kinder hätte stöhnen hören können.

Doch er kam nie.

Ich stolperte über die Tüte mit dem gekochten Reis, als ich ins Haus zurücklief, ich sah, dass sie mitten im Raum lag und keine anderen Tüten neben ihr. Aber ich verstand nicht, was das zu bedeuten hatte, da noch nicht, ich sah, ohne zu sehen. Erst hinterher konnte ich mein Gedächtnis befragen und feststellen, dass die Plastiktüten mit zwölf Flaschen Mineralwasser nicht mehr da waren.

Ricky musste sie mitgenommen haben.

Ich nehme an, dass er sie genommen hat und nachts losgegangen ist. Vielleicht ging er bereits fort, als Butterfield und ich unter dem Avocadobaum standen. Vielleicht befürchtete er, dass wir wieder einen Grund finden könnten, den Aufbruch aufzuschieben. Vielleicht dachte Zosima so intensiv an ihn, dass er nicht länger warten konnte.

Ja. So musste es gewesen sein: Zosima wickelte einen glühenden Faden der Sehnsucht um Rickys Körper, sie zog daran und zwang ihn aufzustehen, sie zog so fest, dass er sich auf die lange Wanderung zu einem Zimmer mit Zementboden im Stadtteil San Juan in Manila aufmachen musste.

Aber es war ein Fehler, ausgerechnet in dieser Nacht loszugehen. Der Himmel war wolkenverhangen und die Erde voller

Dunst, es war unmöglich, die richtige Richtung und die richtigen Wege zu finden.

Deshalb glaube ich, dass Ricky buchstäblich von der Asche ins Feuer gegangen ist.

Blubb.

Jedes Mal, wenn ich an *lahár* denke, höre ich ein Comicgeräusch, das Geräusch eines Babydrachens, der Muttermilch über die Welt erbricht.

*Lahár* hat fast die gleiche Farbe wie Muttermilch. Aber seine Konsistenz ist dicker, zähflüssig wie Brei. Es besteht aus Schlamm und Lava, es ist wie brennender, fließender Zement, der in großen Mengen aus Pinatubos Krater quoll, eine Weile nach dem ersten Ausbruch. *Lahár* bedeckt jetzt große Teile der Insel Luzon.

*Lahár* behält eine Temperatur von ungefähr dreihundert Grad, es verbrennt alles und löscht jedes Leben aus. Keiner der Wälder, keine der Städte und Orte, die sich auf seinem Weg befanden, gibt es mehr, sie sind inzwischen in Zement eingemauert. Tausende von Feldern liegen außerdem unter einer meterdicken Schicht begraben. Man kann sich ihnen immer noch nicht nähern, der flüssige Zement kühlt nur langsam ab, er hat immer noch eine Temperatur von ungefähr hundert Grad. Es wird Jahrzehnte dauern, bis er erstarrt ist. In ein paar hundert Jahren, wenn Wind und Regen und die Orkane ihre Arbeit getan haben, wird er ein äußerst fruchtbarer Ackerboden werden…

Trockene Fakten nützen nichts. Ich drücke mir die geballten Fäuste auf die Augen, um das Bild zu vertreiben.

Das Bild von Ricky, der von *lahár* gefangen und versteinert wird.

Yvonne schließt das Fenster in meinem Zimmer mit einem wütenden Knall und macht ein paar Bewegungen mit ihren verschwommenen Armen, um mich ins Bett zurückzutreiben.

»Du solltest lieber nachdenken, Cecilia. Es ist doch viel zu kalt, um nur im Nachthemd vor dem offenen Fenster zu sitzen…«

Es ist etwas mit ihrer Stimme geschehen. Sie flüstert nicht mehr, sie spricht mit einer neuen, leicht heiseren Stimme zu mir. Ihre Konturen sind unscharf, aber ihre Farben stärker als zuvor. Jetzt ist sie ganz Krankenschwester. Nicht die Schwägerin.

Was soll ich sagen?

Ich will eine Eiskönigin werden, Yvonne. Ich will, dass mein Haar vom Frost knistert und dass meine Augen zu Glas frieren.

»Es ist kein Problem«, sage ich. »Du hast doch gehört, was der Arzt gesagt hat.«

»Du gehörst ins Krankenhaus zu einer richtigen Augenuntersuchung.«

Sie darf nicht so streng mit mir reden, es fällt mir zu schwer, Haltung zu bewahren. Ich hole tief Luft und hoffe, dass sie es nicht merkt. Man bildet sich schnell ein, unsichtbar zu sein, wenn man selbst nicht sehen kann.

»Quatsch«, sage ich mit meiner festesten Stimme. »Es ist nichts Ernstes, ich muss nur eine Weile liegen und mich ausschlafen. Ich brauche Ruhe.«

Ihre Absätze klappern unzufrieden zur Tür hin.

»Ja, ja. Aber du brauchst nicht zu glauben, dass wir dich heute Nacht allein lassen. Wir werden bis morgen bleiben, ich habe schon einen Babysitter zu Hause organisiert. Man kann dich in diesem Zustand ja nicht allein lassen.«

»Das ist nicht nötig.«

»Lars-Göran und ich denken gar nicht daran, dich allein zu lassen«, sagt sie und schließt die Tür.

Ich schicke ihr eine Fratze hinterher.

Ich bohre das Gesicht ins Kissen und schließe die Augen. Ich muss mich trauen, mich zu erinnern. Wie könnte ich sonst jemals Marita berichten, wenn ich mich nicht traue, mich zu erinnern?

Ich muss es. Und es ist eigentlich gar nicht schlecht, dass

Yvonne und Lars-Göran noch bleiben. Wenn ich mich erinnern will, muss ich von menschlichen Schritten und Stimmen umgeben sein. Allein die Banalität ihrer Worte und ihrer Handlungen schützt mich.

Aber es ist schwer, Marita. Es ist so schwer, es zuzugeben. Das Gehirn weigert sich, die Bilder und Worte verstecken sich irgendwo in der schwarzen Tiefe, und dorthin traue ich mich nicht. Noch nicht.

Ich muss an *lahár* denken, um dorthin zu gelangen. Das kann ich sehen, daran kann ich mich erinnern. Ich spüre sogar seinen Geruch in meinen Nasenflügeln und höre das Geräusch von Bäumen, die knacken und brechen.

Ich sah eine verlassene Kokosplantage, die von *lahár* brannte. Ich saß auf einem nackten Berghang, während die dampfende Düne sich ins Tal unter mir wälzte.

Das war am zweiten oder dritten Tag meiner Wanderung. Ich meinte, das Blut in meinen Adern wäre dick geworden. Daran dachte ich, während ich dort saß. Dass mein Blut verdickte. Ich dachte nicht daran, dass meine Lippen rissig waren, die Zunge angeschwollen und meine Füße bluteten.

Zuerst kamen die Schwefelwinde, brennend heiß und stinkend. Sie vertrieben die schwachen Nebel, die übers Tal schwebten, die Nebelschwaden, die mir so vertraut erschienen. *Lahár*-Nebel.

Dann kam das Geräusch: Die Bäume erzitterten und bebten im Wind, einige brachen, die Zweige zerbarsten mit einem Knacken, grüne Kokosnüsse fielen schwer zu Boden. Die Palmen seufzten ergeben, sie wandten sich meinem Berg zu und verneigten sich, als wollten sie sich verabschieden, richteten sich dann wieder auf, um sich Sekunden später wieder zu neigen. Oooooh, flüsterten sie. Ooooh. Ooooh.

Es war an diesem Tag trüb, wie an all den anderen Tagen meiner Wanderung, die Sonne war eine dünne Silberscheibe hinter den Wolken. Aber das Licht veränderte sich plötzlich, es wurde heller und begann zu schimmern. Ein paar Bäume fingen Feuer, sie standen aufrecht wie Märtyrer, die brannten.

Dann wälzte sich schließlich das *lahár* ins Tal, in einer einzigen mächtigen, selbstleuchtenden Bewegung, die alles auslöschte. Die noch stehenden Bäume ergaben sich, sie fielen und warfen sich gegenseitig um, wie die Steine in einem Dominospiel.

Hinterher, als die heiße Düne alles geschluckt und die graue Masse sich zur Ruhe gelegt hatte, wurde es sehr, sehr still. Nur die Nebel bewegten sich über das Tal, sie schwebten in einem langsamen Tanz herum, wurden immer dicker und konzentrierter.

Es gab nichts mehr zu sehen.

Ich stand auf und setzte meine Wanderung fort. Zu der Zeit ging ich vorgebeugt, kroch fast und stützte mich am Hang ab. Hinauf. Nach Süden über den Berg.

Bald wird es Nacht, dachte ich. Ich hoffte, dass es bald Nacht werden würde.

Trotzdem ging ich weiter.

Natürlich erkannte ich die Gerüche und Nebel wieder. Natürlich hatte ich bereits in der namenlosen Stadt einen Hauch von Schwefel in der Luft gespürt.

Oh ja.

So war es. Ich schließe die Augen und rufe mir den Moment wieder ins Gedächtnis, als ich mich gegen NogNogs Stirn lehnte. Dachte ich nicht da schon an Feuer und Lava? Ich glaubte, es würde an seinen Erzählungen liegen, aber das war nicht der einzige Grund. Eine Welle von *lahár* war auf dem Weg.

Ich nehme an, dass der namenlose Ort inzwischen in Zement eingemauert ist. Er ist zu einem kleinen Pompeji geworden, genau wie ich es geahnt hatte.

Ich sehe, wie sich die zukünftigen Forscher über die Abdrücke beugen: zwei Männer und ein kleines Mädchen. Merkwürdig. Warum sind sie nicht wie alle anderen geflohen? Warum sind sie gestorben?

Ich möchte meine Hand durch die Zeiten strecken und ihnen zuflüstern: Hört zu, meine Herren. Hört mir zu!

Diese Menschen starben aus zwei Gründen.

Erstens: weil ich sie alle im Stich gelassen habe.

Zweitens: weil die Welt gespalten ist.

Ein leichtes Klopfen an der Tür, ich höre, dass es Sophie ist.

Ihre Konturen sind unscharf, als sie sich auf meine Bettkante setzt.

»Der Zug geht in einer Dreiviertelstunde. Lars-Göran bringt mich zum Bahnhof…«

Ich ziehe mich in halbsitzende Stellung hoch, um mich zu verabschieden.

»Was für eine Arbeit schreibst du morgen?«

»Geschichte. Über die Edda, Snorre und so.«

»Auch über Niflheim?«, frage ich mit bewusst neutraler Stimme.

»Ja, leider«, antwortet sie mit einem Schauer.

Das überrascht mich.

»Wieso denn leider? Ich finde Niflheim ganz schön in seiner Ödnis…«

Sophie macht eine Handbewegung, ich nehme an, dass sie sich den Pony aus dem Gesicht streicht.

»Anfangs, ja. Vor der Schöpfung. Aber hinterher nicht mehr, als es zum Totenreich wird. Mit Wänden aus Schlangen geflochten. Schrecklich.«

Ich falte die Hände auf der Decke und schließe die Augen.

»Du kannst deinen Stoff bestimmt gut.«

Sophie klopft auf die Decke, irgendwo unten bei meinen Knien, und antwortet fröhlich: »Ich kann immer meinen Stoff, Mama.«

Dann fällt ihr alles ein, und die Angst flattert in ihrer Stimme auf.

»Ich rufe morgen an. Ich hoffe, dann kannst du besser sehen.«

Ich lächle ihre unscharfe Kontur an.

»Spar dein Geld, Sophie. Ich werde anrufen. Und morgen wird alles wieder gut sein.«

Nachdem sie gegangen ist, sinke ich zurück in die Kissen. Ich bin erschöpft und habe vergessen, dass es ein Morgen gibt.

Ich komme, Donald. Ich bin NogNog, und jetzt komme ich!«

Er stolperte ein paar Schritte voran, blieb stehen und lauschte aufmerksam.

Ich hockte mich auf die Knie, sah seinen Rücken und hörte seine Stimme und wusste plötzlich, dass ich für ihn nicht existierte und dass ich nie existiert hatte. Noch heute kann ich nicht sagen, wer ich wohl für ihn war, welches Gesicht ich vor seinen Augen trug. Das eines *kano*, natürlich. Aber nicht nur das. Dann wäre niemals geschehen, was trotz allem zwischen uns geschah.

Ich existierte nicht für ihn, Marita. Aber ich existierte für mich selbst in dem Moment, ich brannte heißer voller Leben als je zuvor. Ich war kein Mensch, keine Person mehr, ich war nicht die Erste Botschaftssekretärin, nicht Ulf Linds Exfrau, nicht Sophies Mutter oder Butterfield Berglunds Geliebte, ich war nur ein Stück Leben. Ein Klumpen lebendiger Zellen. Und diese Zellen zogen sich im Krampf zusammen, sie vibrierten vor Wollen, sie wurden zu einem tausendköpfigen Chor, der immer und immer wieder den gleichen Gedanken sang. Leben! Leben wollen! Der Tod ist hier, aber wir werden leben!

Ein leises, klirrendes Geräusch, Metall gegen Metall. NogNog entsicherte seine Waffe. Er ging langsam in die Dünste hinaus, suchte mit dem Lauf nach einem Ziel, schwenkte ihn in einer stummen, mähenden Bewegung von links nach rechts, von rechts nach links.

Ich zog mich vorsichtig seitlich zurück, hockte mich hin und schlich. Klebrige Asche schmatzte unter meinen Füßen – verdammt, das durfte nicht wieder passieren! Leben, leben wollen! Ich streckte den Rücken und ging auf die Zehenspitzen, sprang mit leicht hüpfenden Schritten in einem großen Kreis über die feuchte Asche. Tief in die Dünste lief ich, so dass er mich nicht sehen konnte. Aber die Nebel waren nicht nur ein Schutz, sie bildeten auch eine Gefahr, ich konnte das Haus nicht mehr sehen.

Ich muss das Haus finden, sangen die Zellen. Leben, leben wollen!

Ich atmete in kurzen Zügen durch die Nase, er durfte mich nicht keuchen hören. Und da. Die Treppe. Das Haus. Ich stützte mich gegen etwas, ein Zweig erzitterte, und eine Blüte fiel auf meinen Arm, eine dicke, wachsartige Blüte, blassrosa und geformt wie eine Glocke. Sie weckte mich. Ich wurde wieder die Alte, nahm die Treppe in drei langen Schritten und riss die Tür auf, warf sie hinter mir mit einem Knall zu und stolperte in den Raum, fiel fast über eine Tüte mit gekochtem Reis. Die war mitten im Zimmer gelandet. Es lagen keine anderen Tüten neben ihr.

NogNog hatte wieder angefangen, dort draußen zu rufen. Seine Stimme war immer noch dunkel und männlich, aber sie kippte um und wurde für ein paar Sekunden zu einem schrillen Schrei: »Der Baum hat Früchte getragen, Donald. Dein Baum hat Früchte getragen!«

Etwas donnerte gegen die Treppe. War er auf dem Weg hinein? Nein, es gab kein weiteres Poltern mehr. Das war vielleicht ein Stein gewesen, vielleicht hatte er einen Stein auf das Haus geworfen.

Butterfield setzte sich unter dem Tisch auf, so schnell, dass er sich den Kopf an der Tischplatte stieß.

»Aua, verdammt noch mal«, sagte er verschlafen. »Was ist denn los?«

Ich machte eine Geste zur Tür hin, zeigte auf NogNogs Gebrüll da draußen. Noch ein Rums, aber diesmal gegen die Tür. Er näherte sich, die Stimme wurde schriller, er schrie ununterbrochen.

»*Listen to me, pig-face!* Ich werde dich umbringen! Hundert

Jahre lang werde ich dich töten, und eine Ewigkeit lang wirst du mit allen anderen *kanos* in der Hölle schmoren. Brenn, Donald, brenn! *Burn, burn!* Wie ihr Feuer gelegt habt, so sollt ihr auch brennen …«

Butterfield kroch von seinem Platz unter dem Tisch hervor, stand auf und fuhr sich verwirrt mit der Hand übers Gesicht.

»Was ist denn los?«, fragte er noch einmal.

Ich konnte ihm nicht antworten, alle Worte hatten mich verlassen.

»Wo ist Ricky?«, fragte Butterfield, schaute sich um und wiederholte: »Wo ist Ricky?«

Ich machte wieder eine Geste. Weg. Weiß ich nicht. Gefährlich.

Butterfield schaute mich an, und sein Gesicht veränderte sich, er schlang die Arme um mich und strich mir vorsichtig mit der Hand übers Haar.

»So, so«, sagte er. »Keine Angst. Was immer es ist, es ist nicht gefährlich.«

Aber er irrte sich. NogNog hatte soeben seinen ersten Schritt die Treppe hinauf gemacht, und das war sehr gefährlich.

Ich sollte mich eine Weile ausruhen, Marita. Ich sollte wieder Luft tanken. Am liebsten würde ich aufstehen und in die stille Sonntagsdämmerung vor meinem Fenster schauen.

Aber das geht ja nicht. Ich kann ja nichts sehen.

Ich sehe nicht einmal die Rosen auf meiner Wand. Aber ich erinnere mich an sie. Sie sind halb geöffnet wie die Hände eines schlafenden Kindes.

Dolores lag auf dem Rücken, die Hände über dem Kopf, sie schlief so fest, dass man nicht einmal ihren Atem hörte. Der Kopf war zur Seite gekippt, sie lag im Profil, die verschorfte Narbe entblößt.

Ich befreite mich aus Butterfields Armen und kroch unter den Tisch. NogNog hatte vier Schritte gemacht. Ich schüttelte sie mit festem Griff, während er den fünften und sechsten machte. Sie blinzelte, als er den achten machte.

»Auf meinen Rücken, Dolly«, flüsterte ich. »Schnell. Auf meinen Rücken, so wie wir es gestern gemacht haben …«

Sie kann nichts von dem gewusst haben, was im Laufe der Nacht passiert war, und nichts vom dem, was gleich passieren würde. Trotzdem begriff sie sofort, dass es ernst war. Die gerade zurückgewonnene Kindlichkeit verließ ihr Gesicht, Panik blitzte in ihrem Blick auf, Sekunden später verengten sich ihre Augen vor Konzentration und Ernst. Ohne ein Wort, ohne auch nur vor Schmerzen zu jammern, wie sie es sonst tat, wenn sie ihr verletztes Bein bewegte, schlang sie mir die Arme um den Hals und kletterte mir auf den Rücken. Ich bekam sie gut an den Beinen zu fassen, kroch unter dem Tisch hervor und richtete mich auf. Im gleichen Moment schlug NogNog die Tür auf.

Er war eine schwarze Silhouette im Dämmerlicht, eine schwarze Silhouette, die die Waffe mit beiden Händen packte und brüllte.

»Raus, Donald, raus!«

Butterfield drehte sich zu mir um. Plötzlich sah ich, dass seine Armschlinge sehr schmutzig war. Fast schwarz. Aber sein Gesicht war in seiner Verwirrung ganz rein.

»Donald?«, fragte er auf Schwedisch. »Wer ist verdammt noch mal Donald?«

Blumen. Ja. Ich denke stattdessen an Blumen.

Stockrose und Löwenzahn, Krokus und Tulpen, Rosen und Akelei, was immer das auch ist, hellblaue Vergissmeinnicht und gelbe Stiefmütterchen, Buschwindröschen und Leberblümchen, Huflattich, Pfingstrose, Kornblume und Tränendes Herz …

Und Hunderte rosa Blüten, die in einer Wolke hinter NogNogs Rücken herunterrieselten, als er mit der Waffe in der Hand Butterfield zwang, die Treppe hinunterzugehen.

Die Hässlichkeit der Verzweiflung, Marita. So sieht sie aus.

Ich wusste nicht, dass Butterfield Tagalog reden konnte. Erst während der letzten Minuten erfuhr ich es. Er redete unaufhörlich, ohne auch nur Atem zu schöpfen. Die Worte rannen aus ihm heraus, und obwohl er ab und zu den Boden in der neuen Sprache verlor und schnell ins Englische verfiel, begriff ich, dass er es gut sprach. Fast fließend.

Ooooh, summt der Baum in meiner Erinnerung. Ooooh.

Ich setze mich im Bett auf und ziehe die Beine an, beuge mich vor und verberge mein Gesicht in der Decke. Das mit der Sprache ist nicht wichtig, Marita. Das weißt du. Das erzähle ich nur, um mich nicht daran erinnern zu müssen, wie es wirklich war.

Wie Butterfield um sein Leben flehte.

Wie wir alle mit schrillen Stimmen schrien.

Eine Sekunde lang stand ich wie angewurzelt im Raum, Dolly auf meinem Rücken. Dann schrie ich laut, jaulte mit weit aufgerissenem Mund aus voller Kehle. Ich hatte keine Worte, es kam nur ein Laut, ein ohnmächtig schnarrender Vokal, der Dolores in Panik versetzte und sie in erschrockenes Kinderweinen verfallen ließ. Sie hielt die Hände um meinen Hals geklammert und bohrte ihr Gesicht in meinen Nacken, sie befeuchtete mein Haar mit ihren Tränen und ihrem Speichel.

Kleine, harte Arbeiterhände um meinen Hals. Dolly, dachte ich mitten in dem Schrei. Dolores. Mein Vogeljunges.

Dann fand ich die Worte wieder, die Worte und die Tatkraft. Ich hastete hinter NogNog her, er machte gerade den letzten Schritt die Treppe hinunter, die Waffe immer noch auf Butterfields Rücken gerichtet, und er kam ins Wanken, als ich auf ihn zuflog. Ich stieß ihn mit meiner Schulter und brachte ihn dazu, den Kopf zu drehen, er schaute mich mit weit aufgerissenen Augen an.

»Nein!«, schrie ich. »Nein! Das ist nicht Donald!«

NogNog lächelte mich sanft an, antwortete aber nicht. Das ermunterte mich, ich nahm an, dass er mich tatsächlich hörte, dass er verstehen würde. Butterfields Stimme brummte eintönig im Hintergrund. Er hatte sich umgedreht und stand jetzt mit dem Gesicht uns zugewandt, flehte und bettelte in einer Sprache, die ich nicht verstand.

Ich schob Dolly höher auf meinen Rücken, sie klammerte sich fest um meinen Hals, so dass ich kaum reden konnte. Aber ich redete, Marita. Ich floss vor Worten über.

»Hör zu, NogNog. Das ist nicht Donald. Dieser Mann ist nicht einmal ein *kano*, er kommt aus Europa. Aus Schweden, einem kleinen Land in Europa. Du darfst ihn nicht töten, er ist kein *kano*, er ist nie Soldat gewesen, er hat nie jemanden getötet, er ist genauso machtlos wie du und ich und Dolly. Töte ihn nicht! Du siehst doch, dass er kein Amerikaner ist, er ist kein *kano*, das sieht man doch von weitem …«

NogNogs Lächeln wurde breiter, er zuckte mit den Schultern.

»Die sehen doch alle gleich aus«, sagte er mit fester Stimme. »Es ist schwer, sie zu unterscheiden. Aber das ist auch egal, sie haben alle den Tod verdient.«

Dann hob er seine Waffe.

»Ooooh«, seufzte Dolly auf meinem Rücken. »Ooooh …«

Sie ließ ihren Kopf nach vorn fallen, bohrte ihr Gesicht zwischen meine Schulterblätter, als würde sie bereits trauern.

Der Himmel zitterte über unseren Köpfen, die Sonne ging auf, und die grauen Nebel bekamen einen Augenblick lang einen Hauch von Rosa.

Butterfield, dachte ich. Stirb nicht. Stirb mir nicht weg …

Er schaute mir blind in die Augen, als wüsste er nicht, wer ich war. Sekunden später wurde die Stille vom ersten Schuss zerrissen.

Als es wieder still war, glänzte eine zerrissene Dämmerungswolke in der schwarzen Asche.

Und Butterfield Berglund war an einem anderen Ort.

Du darfst nicht fragen, Marita. Nicht nach dem letzten Gebrüll und nicht nach dem Schuss. Ich kann den Kopf abwenden und dir ein paar Stichworte geben, aber das ist auch alles.

Auge. Krater. Rot.

Denke dir das, was du willst, aber rede nicht darüber.

Aber etwas wusste ich bereits da. Dass ich in Stille sterben wollte. Kein Schrei, kein Weinen, keine Stimmen, die in Panik versagen. Und kein Schuss.

Das nicht, dachte ich und wich in die Nebel zurück. Kein Schuss. Nicht noch eine Kugelsalve. Schieß nicht.

Ich weiß nicht, wie lange es dauerte, bis ich Dollys Weinen hörte. Plötzlich war es einfach nur da, wie ein Schmerz hinter meinem Trommelfell, während ich lief.

Ich erinnerte mich vage daran, dass man im Zickzack laufen sollte, und stolperte plump durch die Nebel, mal nach rechts, mal nach links. Ich konnte kaum atmen, sie drückte mir die Hände fest auf den Kehlkopf und schrie mir so laut ins Ohr, dass ich nicht hören konnte, ob wir verfolgt wurden.

Und das wurden wir. Ein Schrei drang durch das Weinen, eine Stimme, genauso panisch wie Dollys. Er lief hinter uns her und schrie: »*The child!* Das Kind! Du verdammte Scheißhure, du kriegst das Kind nicht!«

Ich stolperte weiter, die Asche war tiefer, ich war jetzt weit vom Haus entfernt und trampelte durch unberührten Aschenbrei. Er reichte mir weit die Beine hinauf, er zog schmatzend an mir und versuchte mich festzuhalten, er wollte mich in einen brüllenden, zappelnden Tod hinunterziehen. Leben, ich will leben, sangen meine Zellen und schossen mir weiße Blitze vor die Augen.

»*Kanooos!*«, schrie NogNog. »Ihr kriegt das Kind nicht! Ich schieße!«

Es muss dunkel sein, wenn ich erzähle, Marita.

Du darfst mein Gesicht nicht sehen.

Du darfst mich nicht anfassen, du darfst nichts sagen, du darfst nicht einmal seufzen.

Still und dunkel wie der Tod. So muss es sein, wenn ich beichte.

Zum Schluss schoss er.

Nach einer Ewigkeit gab er einen einzigen Schuss in den Nebel hinein ab. Aber er traf nicht, ich weiß nicht, ob er wirklich auf uns zielte, ob er uns in all dem Grau überhaupt sehen konnte.

Und doch: In einem anderen Sinn traf der Schuss.

Sekunden später ließ ich Dollys Beine los, hob meine Hände und löste ihren Griff von meinem Hals. In einer einzigen hastigen Bewegung warf ich Dolores von meinem Rücken.

Das tat ich.

Genau das habe ich getan.

»… Ausschusssitzung um zwölf Uhr.«

»… Alexandersson … schau mich an …«

»… wird wieder gut …«

Weiße Flecken tanzen. Stimmen. Aetas? Ich habe mich in der Dunkelheit verlaufen.

Der Schwarze Nazarener stand verlassen mitten auf dem Marktplatz in einer leeren Stadt, als hätten die Bewohner ihn einfach losgelassen und wären mitten während einer Prozession geflohen.

Asche und Regen hatten ihn verwandelt, der Purpurmantel war zu einem kalten, blauroten Farbton verblasst. Preiselbeeren mit Milch. Die hässlichste Farbe, die es gibt.

Ich schüttelte den Mantel, um ihn von der Asche zu befreien, strich ihn glatt und setzte mich vor ihm auf den Boden.

»Warum lässt du das geschehen?«, fragte ich.

Er hob den Kopf und antwortete: »Warum lässt du es selbst geschehen?«

Ich wich seinem Blick aus. Als ich wieder aufschaute, hatte er seinen Kopf erneut gesenkt. Er schaute zu Boden und stand in der gleichen Haltung wie immer, halb kniend, das Kreuz auf der Schulter liegend. Ich strich ihm mit der Hand übers Gesicht. Es war zu Holz erstarrt.

Die Asche grollte in der Ferne, der Himmel war schnell dunkel geworden, ein erster Regentropfen fiel mir auf die Stirn. Ich legte mich auf den Rücken und öffnete den Mund. Ich war sehr, sehr durstig.

»Cecilia, wir müssen jetzt losfahren ...«

Lars-Görans Hand auf meiner Schulter, er schüttelt mich. Yvonne flüstert im Hintergrund.

»Es ist Morgen, Cecilia. Wir müssen jetzt losfahren. Lars-Göran hat schon um zwölf Uhr eine Ausschusssitzung ...«

Ich öffne die Augen, zwinkere ein wenig mit ihnen.

»Wie geht es mit dem Sehen?«, brummt Lars-Göran.

»Viel besser, vielen Dank«, flüstert jemand mit meiner Stimme.

Und das stimmt tatsächlich. Lars-Göran und Yvonne sind nur noch etwas unscharf in ihren Konturen. Ihre Farben vermischen sich mit dem Hintergrund, aber ich kann sehen, dass sie Gesichter haben.

»Es sind Rosen auf meiner Wand«, sagt jemand mit meiner Stimme.

»Was?«, fragt Lars-Göran. »Ja, ja. Wie schön, dass du wieder sehen kannst. Jetzt müssen wir aber los, es sind vier Stunden Fahrzeit bis Stockholm.«

»Das Frühstück steht auf dem Schreibtisch«, flüstert Yvonne. »Aber du musst es nicht gleich essen. Du kannst erst noch ein bisschen schlafen, es ist ja noch so früh. In der Thermoskanne ist Kaffee, und das Ei habe ich in einen Topflappen gewickelt, damit es warm bleibt ...«

»Ja«, sagt meine Stimme. »Danke. Gut.«

»Wir haben auch mit Doktor Alexandersson geredet«, flüstert Yvonne. »Er wird im Laufe des Nachmittags von sich hören lassen ...«

Lars-Göran zieht sich zur Tür hin zurück, seine Stimme ist gewaltig, sie füllt das ganze Zimmer.

»Und ich habe mit Johansson geredet. Dem Gemeinderat. Er hat mir versprochen, dass er sich darum kümmert, dass eine Krankenschwester bei dir vorbeischaut.«

»Wir rufen heute Abend an«, flüstert Yvonne an der Tür. »Mach's gut, Cecilia.«

Die Tür wird geschlossen, ich höre ihre Schritte auf der Treppe. Ich bin wieder allein.

Ich lief eine Ewigkeit, Marita. Eine Ewigkeit lang lief ich, um von der namenlosen Stadt wegzukommen.

Zuerst mit langen, fliegenden Schritten, leicht und schwebend wie eine Diana, dann immer schwerer und irdischer. Die Lunge tat mir weh, die Kehle schnürte sich zusammen, das Zischen von zehntausend Zigaretten erfüllte die Luft. Die Zellen meines Körpers verstummten vor dem neuen Geräusch, sie plusterten sich auf und änderten ihre Gestalt, nahmen immer neue Formen an und flüsterten einander zu: Was hat sie gemacht? Was hat sie eigentlich gemacht?

Aber ich hörte nicht zu, ich lief und stolperte, fiel hin und stand wieder auf, lief weiter. Die Luft war voller Geräusche – Bäume und Büsche knackten hinter mir, ein Tier brüllte vor Schmerz irgendwo weit in der Ferne, meine Lunge wollte zerplatzen.

Ich lief eine Ewigkeit.

Ich muss gelaufen sein, bis ich bewusstlos war.

Es war Nacht, als der Regen mich weckte. Große Tropfen, anfangs warm und weich. Butterfields Lippen. Ein Gedicht strich wie ein Flötenton durch mein Bewusstsein: *Komm, küss mich mit Lippen von Wasser…*

Ich stützte mich auf Kies und Asche, um aufzustehen. Der Boden war rau, er zerkratzte mir die Handflächen. Ich zögerte und sank zurück, legte die Wange auf den Kies. Dolly. Dolores. Mein Vogeljunges.

NogNogs Wut donnerte über den Himmel. Die Asche.

Ich kam auf die Knie und lauschte wachsam.

Im Krankenhaus versuchte ich eine Art Zeitplan zu erstellen, ich versuchte auszurechnen, an welchem Tag genau ich in die namenlose Stadt gekommen war und an welchem Tag genau ich sie verlassen hatte, wie lange ich lief und wie lange ich unterwegs war. Wenn Leute aus der Botschaft mich besuchten, bestellte ich bei ihnen Material. Zeitungsausschnitte, Berichte und aufgezeichnete Nachrichtensendungen. Ich wollte alles über den Vulkanausbruch wissen und so viel sie nur zusammenkriegen konnten über Kinderarbeit.

Die Nächte hindurch blätterte ich in den Berichten und schaute mir tagsüber immer wieder die Filme an. Ich spulte sie vor und zurück, betrachtete ganz genau all die Asche und die Verwüstung, lauschte Hunderten knatternder Stimmen, die vom Denguefieber berichteten, das in den Flüchtlingslagern tobte, und von den Zehntausenden von Menschen, die kein Obdach und keine Versorgung mehr hatten, und wie verblüffend es doch sei, dass dieser gewaltige Vulkanausbruch nur einige hundert Tote verursacht hatte.

Und noch vier, dachte ich und drückte erneut auf die Fernbedienung. Noch vier.

Schließlich gab der Arzt die Anweisung, den Fernseher aus meinem Zimmer zu rollen. Er sei nicht gut für mich. Bengt und Lydia, die in dem Moment bei mir zu Besuch waren, nickten zustimmend. Das ist nicht gut für dich, Cecilia. Überhaupt nicht gut. Nach allem, was du durchgemacht hast.

Bengts Gesicht strahlte, als ich sagte, ich wollte nach Hause nach Schweden und dass ich nicht daran dachte, wieder zurück nach Manila zu kommen, dass ich eine Dienststelle irgendwo anders haben wollte. Lydia versprach, mir beim Packen zu helfen.

Sie machten sich Sorgen um mich. Etwas war mit meinem Gesicht geschehen, was sie erschreckte. Als sie gegangen waren, bat ich um einen Spiegel.

Aber ich traute mich nicht hineinzusehen.

Acht Tage.

So lange muss ich mich mit Regenwasser und wilden Bananen und dem, was ich in verlassenen Orten und Häusern fand, am Leben gehalten haben.

Aber ich erinnere mich nicht daran, hungrig gewesen zu sein. Ich erinnere mich nur an den Durst und an den weißen, brennenden Schleim, der meine angeschwollene Zunge bedeckte. Der Regen war meine Rettung. Jedes Mal, wenn es anfing zu regnen, legte ich mich auf den Rücken und öffnete den Mund, ich ließ den Regen direkt in meinen Rachen laufen. Manchmal stand ich nach einer Weile auf und machte eine hohle Hand, ließ sie füllen und trank anschließend mit gierigem Schlürfen.

Ich hatte aufgehört zu denken, ich wühlte in dem Eigentum anderer Menschen und stopfte mir alles Essbare in den Mund, sobald ich es fand. Erst in der Stadt des Schwarzen Nazareners begriff ich, dass ich nach einem Becher oder einem Glas suchen sollte, um das Regenwasser aufzufangen, aber das war ein Gedanke, den ich ebenso schnell wieder vergaß, wie er mir in den Kopf gekommen war.

Zum Schluss schlief ich immer mehr. Am letzten Tag ging ich nur noch ein paar hundert Meter. Als die Dämmerung einsetzte, konnte ich immer noch den Berghang sehen, an dem ich am gleichen Morgen aufgewacht war.

Ich hätte dort weiter geschlafen, wenn mich nicht das alte Volk gefunden hätte.

Es riecht. Mein Zimmer stinkt.

Ich schnuppere an meinem Kopfkissen. Nein. Es ist nicht das Kissen, nicht das Laken und nicht die Matratze.

Das muss ich selbst sein. Mein Gott, es ist ja Ewigkeiten her, seit ich geduscht habe.

Ich setze mich im Bett auf und schlage die Decke zur Seite, stelle vorsichtig erst den einen und dann den anderen Fuß auf den Boden.

Was war es noch, was ich tun wollte?

Das alte Volk. Aetas.

Ihre Gesichter waren dunkel und glänzten vom Regen, als sie sich über mich beugten. Eine Frau strich mir mit der Hand übers Gesicht, wandte sich dann ab und sagte etwas zu dem Mann, der hinter ihr stand. Er trug ein Messer im Gürtel, das war länger als sein Lendenschurz. Hinter ihm konnte ich andere Männer und andere Frauen erkennen.

Ricky, dachte ich. Du hast erzählt, sie würden den Leuten den Kopf abschlagen, sie sammelten die Köpfe... Jetzt gleich passiert es.

Aber sie töteten mich nicht. Sie gaben mir Kokosmilch zu trinken und legten sich dicht zu mir, als es Nacht wurde. Am Morgen stellten sie mich auf die Füße und legten meinen Arm um die Schulter einer jungen Frau. Sie lachte viel, während wir gingen, und redete ununterbrochen, sie war noch nicht wie die alten Frauen zum Schweigen gebändigt worden.

Mein Blick wurde während dieser letzten Stunden meiner Wanderung klarer. Wir gingen sehr langsam, in einem sanft wiegenden Rhythmus. Die Männer vor uns wiegten sich, sie gingen mit leichten Schritten und geradem Rücken, sie trugen Waffen und Werkzeug in den Händen. Die Frauen folgten ihnen, dumpf gebeugt unter schweren Haushaltsbündeln und schlafenden Kindern in bunten Kokons. Nackte Kleinkinder liefen hin und her, verschmolzen mit der Gruppe und trennten sich von ihr, hüpften in die Vegetation neben dem Weg und...

So entdeckte ich das Grün: Ein kleines Kind sprang in eine Bambusstaude, das hohe Gras wogte weich um seinen Körper. Ich sah, wie es sich hinter ihm wieder schloss, und plötzlich erwachte ich und blieb stehen. Gras unter meinen Füßen. Saftiges Grün an den Bäumen. Die Welt war nicht mehr von Asche bedeckt.

Das junge Mädchen lachte laut auf und zog mich weiter, ihre Worte plätscherten unaufhörlich auf mich herab. Ich verstand nicht, was sie sagte, ich erkannte nur ein einziges Wort in ihrem Redeschwall wieder. *Kano.*

Sie zeigte mit ihrer schmalen Hand ins Tal hinunter. Da lag ein Flüchtlingslager.

Der Gestank überfällt mich von Neuem.

Igitt, wie eklig du riechst. Hast du dir wieder in die Hose gepinkelt? Pfui, wie ist das Kind doch eklig. Iiih, wie du stinkst.

Ich muss duschen, ich muss mich sauber schrubben. Ich werde mich ordentlich säubern, damit der Geruch verschwindet.

Das muss doch zu schaffen sein.

Siehst du, jetzt habe ich im Badezimmer Licht angemacht. Ich hänge ein Handtuch vor den Spiegel, um allein sein zu können. Es gibt neue Seife im Badezimmerschrank, ich habe irgendwann letzte Woche eine Großpackung gekauft…

Ich reiße die Verpackung auf und schnuppere an der Seife. Sie riecht gut, richtig sauber, richtig gut.

Wo ist die Badebürste?

Das Mädchen begleitete mich bis zum Kiesweg, während die anderen in dem Grün zurückblieben. Sie löste meinen Arm von ihrem Nacken und machte sich frei, stellte mich wie eine Puppe mitten auf den Weg und verschwand in einer einzigen eiligen Bewegung.

Ich drehte den Kopf und versuchte ihr hinterherzuschauen, aber das ging nicht, sie war schon weg. Büsche und Bambus schwankten, aber es war kein Mensch zu sehen.

Ich machte einen zögerlichen Schritt, der scharfe Kies brannte an meinen verletzten Fußsohlen.

»*Kano*«, rief eine Stimme. »Eine *kano…*«

Und dann war ich zurück in der Welt.

Irgendwo muss es doch eine Badebürste geben. Oder zumindest eine Scheuerbürste.

Ich halte mich krampfhaft am Geländer fest, als ich die Treppe hinuntergehe. Mir ist ein wenig schwindlig. Dass ich nur nicht hinfalle. Ich werde schon eine Bürste finden, damit ich mich endlich waschen kann.

Mama und Gyllen stehen im Wohnzimmer und umarmen sich.

»Wisst ihr, wo in diesem Haus eine Bürste zu finden ist?«, frage ich sauer, aber sie scheinen mich nicht zu hören. Jedenfalls bewegen sie sich nicht, stehen einfach nur so da und umarmen sich, als wären sie versteinert. Typisch.

Ich suche im Schrank unter dem Spülbecken, aber da ist nur eine alte Spülbürste. Sie ist grau von altem Schmutz, und harte Borsten spreizen sich in alle Richtungen. Nicht zu gebrauchen. Ich werfe sie auf den Küchenfußboden, neben das Geschirrspülmittel und den Spüllappen und alles andere, was ich herausgeworfen habe, um zu suchen.

Irgendwo muss ich doch eine Bürste finden.

Menschen, Hände, Rufe und Stimmen.

Ich stand breitbeinig auf dem Weg und versuchte, das Gleichgewicht zu halten, als sie angelaufen kamen, aber das war nicht einfach. Alle stürzten auf mich zu, Kinder und Erwachsene, Flüchtlinge und Hilfskräfte.

Jemand packte mich fest an der Schulter, ich sank auf etwas nieder, was eine Bahre gewesen sein muss. Dann wurde ich ins Krankenzelt getragen. Jemand versuchte mich mit einem Waschlappen zu waschen, aber ich bestand darauf, duschen zu dürfen und mich selbst zu waschen. Ich setzte natürlich meinen Willen durch.

Anschließend wurde ich auf einer Trage zu einem amerikanischen Militärhubschrauber gebracht, man wollte mich nach Manila bringen. Schließlich war ich ja *kano*, ich konnte nicht in einem Flüchtlingslager bleiben, in dem das Denguefieber wütete und die Lebensmittel knapp waren.

Die Flügel des Hubschraubers knatterten, ich schloss die Augen und begann meine Lügen zu formulieren. Ricky und Butterfield verschwanden im Ascheregen. Sie gingen fort, um ein Haus zu suchen, kamen aber nie zurück. Ich blieb im Auto liegen, bis es heller wurde. Seitdem war ich herumgeirrt. Eine Gruppe Aetas half mir schließlich.

Die anderen Namen erwähnte ich nie.

NogNog? Dolores?

Wer? Was?

Die Zeit hat ihre Pforten hinter ihnen geschlossen.

Vielleicht im Putzschrank? Eigentlich sollte sich doch im Putzschrank eine ordentliche Bürste finden.

Verdammt, was liegt da bloß alles, ich muss erst einmal den Staubsauger und einen Eimer herausholen, um ranzukommen. Scheiße! Die ist viel zu weich und flach. Und dieser Gestank erstickt mich noch. Bald muss ich mich übergeben, bald kann ich nicht mehr atmen, ich muss irgendwie sauber werden.

Wo soll ich jetzt noch suchen?

Im Armutskasten. Ja. Jetzt fällt es mir wieder ein, da hatte Mama eine Bürste.

Ich sitze im Flur des ersten Stocks auf dem Boden, den Armutskasten zwischen den ausgestreckten Beinen, werfe ein Teil nach dem anderen über die Schulter hinter mich. Kerzenstummel. Alte Perlonstrümpfe. Ein Paar Schuhe aus den Fünfzigern, mit abgelaufenen Sohlen. Ein Pullover aus grellem Perlon. Und da. Endlich.

Ich hebe die kleine Bürste hoch und streiche mit der Hand über ihre Metallborsten. Eine Herdbürste, genau so eine, wie Mama benutzte, um die Herdplatten sauber zu machen.

Gut. Jetzt kann ich mich ordentlich sauber bürsten.

Man kann so gut denken in der Dusche. Das heiße Wasser ist angenehm. Mein Shampoo duftet gut, sein Parfüm überdeckt fast vollkommen diesen Geruch.

Ooh, saust der Baum in meiner Erinnerung. Ooh.

Ich reibe die Seife an der Bürste, weiße Kinderseife auf messinggelben Borsten. Gut. Jetzt kann ich mich endlich waschen.

Reib fest, Cecilia. Du musst ordentlich bürsten.

Ich weiß, Mama.

Der Seifenschaum verändert seine Farbe, als ich meine Arme schrubbe. Er wird rosa. Merkwürdig. Ich hebe die Bürste hoch und schaue sie an. Sie kann doch nicht abblättern. Metall blättert nicht ab. Und Plastik auch nicht.

Ich schaue auf meine Arme. Jetzt ist der Schaum rot. Ich blute.

Aber ich spüre nichts. Es tut nicht weh. Trotzdem steigt Brechreiz in mir hoch. Das muss an dem Geruch liegen, ich werde diesen Geruch einfach nicht los.

Ich muss fester bürsten. Härter. Intensiver.

Dampf. Heißes Wasser und Dampf.

Die Nebel liegen schwer im Bad, sie wogen durch die offene Badezimmertür in den Flur hinaus, bald wird das ganze Bananenhaus voller Dampf sein. Gut. Die Fenster werden beschlagen, niemand wird hineinschauen können.

Aber plötzlich erschauere ich, ich spüre einen kühlen Zug mitten in der Hitze. Jemand hat da unten die Tür geöffnet. Die Haustür. Ich höre, wie sie geschlossen wird, dann hastige Schritte die Treppe hinauf, jemand bahnt sich seinen Weg durch die Nebel im Flur.

Ich kann jetzt keinen Besuch empfangen. Sorry. Ich dusche.

»Oh mein Gott!«

Gunilla hält sich am Türrahmen fest und schaut mich an.

Erst lasse ich die Seife fallen, dann die Bürste, sie knallt auf den Boden der Duschwanne.

»Aber Cecilia«, sagt Gunilla. »Aber Cecilia! Was hast du gemacht?«

Sie weiß es. Sie klagt mich an. Trotzdem senke ich den Kopf unter dem heißen Wasser und antworte: »Das kann ich dir leider nicht erzählen, Gunilla. Dir nicht.«

Sie hört mich nicht, sie geht mit schnellen Schritten über den Kachelfußboden und streckt sich nach dem Wasserhahn. Ich betrachte interessiert ihren Arm, ihr Steppanorak müsste von der Dusche durchnässt werden, stattdessen bildet das Wasser kleine runde Perlen auf dem Stoff. Imprägniert. Sie hat eine gute Imprägnierung.

Gunilla reißt das Badelaken vom Haken und hüllt mich darin ein.

»Komm«, sagt sie. »Komm, Cecilia. Du bist fertig.«

Ich wittere ein wenig in der Luft, kann aber nichts feststellen.

Sie hat wohl Recht, ich rieche nicht mehr so schlecht. Wenn ich häufiger dusche, dann wird der Geruch sicher eines Tages ganz verschwinden. Aber im Augenblick genügt es. Ich kann aus der Duschwanne steigen.

Gunilla schlingt ihre Arme um mich, aber ich stoße sie weg. Bitte keine Intimitäten! Doch sie lässt nicht locker, sie reibt mich trocken und wickelt dann das Badelaken um mich. Ich schaue den weißen Frottee an. Wie hübsch: große rote Rosen erblühen und entfalten sich, als der Stoff um meinen Körper gewickelt wird.

»Oh Cecilia«, schluchzt Gunilla. »Oh Cecilia. Wenn ich es doch verstanden hätte, wenn ich es nur geahnt hätte ...«

Dann legt sie mir einen Arm um die Schulter und führt mich hinaus auf den Flur.